WOLF SCHREINER

Heiligenschein

GOLDMANN
Lesen erleben

Buch

Baltasar Senner, katholischer Pfarrer einer kleinen Gemeinde im Bayerischen Wald und Hobby-Ermittler mit Gottes Segen, fällt aus allen Wolken: Selbst vor geweihtem Boden machen Verbrecher nicht halt. Zuerst bricht ein Unbekannter des Nachts den Opferstock der Dorfkirche auf und bemächtigt sich der Spendengelder. Und dann erhält Baltasar eine Hiobsbotschaft vom Bischof: Ein Dieb ist ins Heiligste des Passauer Doms eingedrungen und hat das Herzstück des Kirchenschatzes gestohlen, eine edelsteinbesetzte Monstranz, die ein Geschenk für den Papst sein sollte. In seiner Not bittet der Bischof Baltasar, die Monstranz diskret wiederzubeschaffen. Aber als die Lösegeldübergabe scheitert und ein Mord geschieht, ist es endgültig aus mit dem Frieden im Bayerischen Wald. Mit Feuereifer ermittelt Baltasar in alle Richtungen und entdeckt: Nicht nur Gesetzesbrecher, sondern auch ganz andere Leute haben kein reines Gewissen ...

Weitere Informationen zu Wolf Schreiner
sowie zu lieferbaren Titeln des Autors
finden Sie am Ende des Buches.

Wolf Schreiner

Heiligenschein

Ein Krimi
aus dem Bayerischen Wald

GOLDMANN

Dieses Buch ist auch als E-Book erhältlich.

MIX
Papier aus verantwortungsvollen Quellen
FSC® C014496

Verlagsgruppe Random House FSC® N001967
Das FSC®-zertifizierte Papier *Pamo House* für dieses Buch
liefert Arctic Mochenwangen GmbH.

1. Auflage
Originalausgabe September 2014

Umschlaggestaltung: UNO Werbeagentur München
Umschlagmotiv: FinePic®, München
Redaktion: Karin Ballauf
KS · Herstellung: Str.
Satz: IBV Satz- und Datentechnik GmbH, Berlin
Druck und Bindung: GGP Media GmbH, Pößneck
Printed in Germany
ISBN: 978-3-442-47917-7
www.goldmann-verlag.de

Besuchen Sie den Goldmann Verlag im Netz

1

Geräusche hatten ihn geweckt. Er lauschte reglos in die Nacht. Wieder hörte er sie, wie Hammerschläge auf Metall, sie kamen von draußen von der Kirche her.

Mit einem Ruck stand Baltasar Senner auf, suchte im Dunkeln nach Hose und T-Shirt und tastete nach seiner Taschenlampe. Im Lichtkegel fand er den Weg durch den Hinterausgang ins Freie. Der Mond hatte sich hinter den Wolken versteckt, die Häuser des Dorfes waren eher zu erahnen als zu sehen.

Er schlich über den Vorplatz hinüber zur Kirche, trat auf etwas Spitzes, unterdrückte einen Aufschrei. Erst jetzt bemerkte er, dass er in der Aufregung vergessen hatte, sich die Schuhe anzuziehen. Die Tür des Eingangsportals der Kirche war nur angelehnt.

Er stutzte. Ihm fiel ein, dass er vor einiger Zeit in der Zeitung über einen Einbrecher gelesen hatte, der die Gegend unsicher machte und es offenbar auf Kirchengebäude abgesehen hatte. Er lauschte, doch aus der Kirche war kein Laut zu hören. Er glaubte, ein Kratzen zu hören, aber er konnte sich auch irren.

Plötzlich wurde ihm bewusst, dass er abgesehen von seiner kleinen Taschenlampe nichts bei sich hatte, womit er sich verteidigen könnte. Doch wer wollte von einem katholischen Pfarrer erwarten, dass er eine Waffe besaß oder in asiatischen Kampfkünsten geübt war? Selbst davonzulaufen ging nicht – schließlich war er barfuß …

Baltasar ging um die Ecke zum Eingang der Sakristei. Langsam drückte er die Klinke nach unten, hielt den Atem an und öffnete die Tür. Die Scharniere gaben einen Klagelaut von sich. Er wartete. Es war nichts zu hören. Von der Sakristei aus führte ein zweiter Durchgang in den Altarraum. Durch den Spalt der Tür versuchte er, etwas zu erkennen. Vergebens.

Was sollte er tun? Zurückgehen und die Polizei rufen? Das würde ewig dauern, bis dahin wäre ein Einbrecher längst über alle Berge.

Aber dies hier war ein Haus Gottes, und er, Baltasar, war ein Angestellter des Allmächtigen. Wo, wenn nicht hier an seinem Arbeitsplatz, sollte er auf Schutz hoffen dürfen? Also fasste er sich ein Herz, schaltete die Taschenlampe aus und schlich so leise wie möglich in den Altarraum der Kirche.

Es dauerte eine Weile, bis er sich an die Dunkelheit gewöhnt hatte. Schemenhaft erkannte er die Sitzbänke, die Kanzel und den Beichtstuhl.

Es war dieses seltsame Gefühl, nicht allein im Raum zu sein, das ihn beunruhigte, obwohl er nichts und niemanden hörte oder gar sah. Das Einzige, was er spürte, war sein eigener Herzschlag, so heftig, als habe er gerade einen Hundert-Meter-Sprint hinter sich. Mit kleinen Schritten ging er weiter vor bis zum Mittelgang, die Lampe griffbereit. Er nahm auf einmal die eigentümliche Atmosphäre wahr, die in der nächtlichen Kirche herrschte. So hatte er sie noch nie erlebt, magisch, ein wenig unheimlich. Die ihm vertraute Umgebung verwandelte sich durch die Abwesenheit von Licht in etwas Fremdes. Ihm wurde mit jedem Schritt bewusster, dass er keinen Plan hatte, keine Vorstellung davon, wie er reagieren sollte, falls tatsächlich ein Einbrecher hier wäre. Vielleicht war es nur jemand, der im Haus Gottes Obdach suchte. Oder ein Tier, das sich verirrt hatte.

Wie zur Antwort kam ein Geräusch aus der Ecke, ein Schlurfen, als wenn jemand etwas über den Boden schleifen würde.

Baltasar ging darauf zu, achtete aber darauf, sich auf Höhe der Sitzbänke zu bewegen. Wieder ein Schlurfen, diesmal ganz deutlich. Er schob sich quer durch die Bankreihen zum Seitengang. Er blieb stehen und horchte in die Dunkelheit. Wieder das Geräusch, diesmal von einer anderen Stelle. Sosehr er seine Augen auch anstrengte, er konnte nichts erkennen.

Er war fast an der Ecke angelangt, als er Schritte hörte von jemandem, der versuchte, leise zu sein. Er presste sich erschrocken an die Wand.

»Hallo? Wer ist da?« Baltasar versuchte, die Angst in seiner Stimme zu unterdrücken. »Geben Sie sich zu erkennen!«

Statt einer Antwort folgte ein Quietschen. Licht fiel durchs Hauptportal auf den Fußboden. Baltasar schaltete die Taschenlampe ein und richtete den Strahl auf den Eingang. Keine Menschenseele war zu sehen. Das Eingangstor fiel ins Schloss. Er lief darauf zu, riss die Tür wieder auf und suchte den Vorplatz nach der Person ab. Sie war verschwunden.

Baltasar ging zurück in die Kirche und untersuchte den Eingangsbereich. Im Licht der Taschenlampe war der Schaden zu sehen: Der Opferstock war aufgebrochen worden, das Vorhängeschloss lag verbogen am Boden. Ein Gedanke durchfuhr ihn: Was war mit den anderen Wertgegenständen in der Kirche?

Der wertvolle Marienrosenkranz war noch an seinem gewohnten Platz in der Glasvitrine, ebenso stand der Abendmahlkelch aus Gold unberührt im Tabernakel. Auch in der Sakristei schien nichts zu fehlen.

Er atmete erleichtert auf. Der Schaden hielt sich in Grenzen, im Opferstock konnten sich nur wenige Münzen befunden haben, er hatte ihn erst am Vortag geleert, und die Gläubigen im Bayerischen Wald waren nicht gerade für ihre Spendierlaune bekannt.

Was Baltasar schmerzte, war die Erkenntnis, dass dieser Diebstahl das Vertrauen angekratzt hatte, das er bisher allen Kirchenbesuchern entgegengebracht hatte. Es hatte ihm immer widerstrebt, die Kirche in der Nacht oder gar zu bestimmten Tageszeiten zuzusperren, wie es andere Gemeinden taten. Es war ein Haus Gottes, das zum Verweilen einladen sollte – und verschlossene Türen waren das Gegenteil einer Einladung. Diese Sicherheit, diese Bereitschaft zur Offenheit war erschüttert, jemand hatte das gut gemeinte Angebot missbraucht.

Baltasar würde wohl oder übel die Kirche absperren müssen, spätestens nach Anbruch der Dunkelheit.

Seine Fußsohlen brannten, er war hundemüde und beschloss, wieder ins Bett zu gehen und erst am Morgen aufzuräumen. Der Mond war hinter den Wolken verschwunden, stockdunkle Nacht umgab ihn. Mit der Taschenlampe beleuchtete er den Weg und eilte zurück ins Pfarrhaus.

Er trat ins Haus ein und bemerkte im selben Moment einen Schatten hinter sich.

»Sie sich nicht rühren. Ich sonst schlitzen Ihnen die Kehle auf!«

Baltasar spürte eine Klinge an seinem Hals. Jemand hatte ihm aufgelauert. Die Stimme kam ihm bekannt vor.

»Ich … Ich tu nichts, garantiert nicht. Ich bleib stehen, wo ich bin.« Er war wie erstarrt. Das Metall schnitt in seine Haut.

»Nicht rühren, sag ich. Ich mach keinen Spaß.«

»Schon gut, schon gut. Teresa? Sind Sie das?«

»Hochwürden?« Der Druck der Klinge ließ nach.

»Natürlich bin's ich, wer sonst?« Baltasar hatte seine gewohnte Stimme wiedergefunden. »Nehmen Sie bitte das Messer weg.«

Das Licht ging an, vor ihm stand Teresa Kaminski, seine polnische Haushälterin, im Jogginganzug, die Haare wirr, in der Hand ein Küchenmesser.

»Herr Senner! Was Sie denn treiben da draußen in der Nacht? Um ein Haar hätte ich Sie …« Sie ließ das Messer sinken.

»Ich war in der Kirche.«

»Um diese Zeit? Wollten Sie beten? Das Sie auch im Bett tun können.«

Baltasar berichtete ihr von dem Vorfall in der Kirche.

»Und ich dachte, da wäre ein Einbrecher unterwegs, hab nur eine dunkle Gestalt gesehen, dann ich das geholt aus der Küche.« Sie hob das Messer.

»Haben Sie außer mir jemanden draußen gesehen? Ist Ihnen irgendetwas aufgefallen?«

»Nein, ich nur Lärm gehört.«

»Lassen wir es für den Moment gut sein und gehen wir wieder schlafen. Gute Nacht.«

»Moment. Ich Ihnen Pflaster bringen. Sie bluten.«

*

Teresa hatte es sich nicht nehmen lassen, Baltasar nach der unruhigen Nacht einen besonderen Brotaufstrich zum Frühstück anzurühren – eines der gefürchteten Rezepte ihrer polnischen Großmutter. Baltasar, der die unselige Leidenschaft seiner Haushälterin für Küchenexperimente kannte, roch unauffällig an dem Brei, als Teresa ihm den Rücken zuwandte. Mettwurst mit Zwiebeln und Bärlauch, aber waren da nicht Schweinefett und ein nicht näher identifizierbares Gewürz beigemischt? Er riskierte es, eine halbe Semmel damit zu bestreichen. Der Geschmack erinnerte ihn an flüssigen Gummi, aromatisiert mit Maschinenöl.

»Schmeckt's?« Teresa strahlte.

»Ähhm … mhh … ja … ungewöhnlich. Ihnen fällt doch immer etwas Neues ein.« Er spülte den Bissen mit viel Kaffee hinunter und bestrich die zweite Semmelhälfte mit Butter und Marmelade.

Nach dem Frühstück rief er die Polizeidienststelle an und meldete den Schaden in der Kirche. »Gleich kommt jemand vorbei«, war die Auskunft.

Am Nachmittag war noch immer niemand erschienen.

Baltasar wollte gerade wieder anrufen, als draußen ein Streifenwagen vorfuhr und zwei Polizisten ausstiegen.

»Haben Sie einen angeblichen Einbruch gemeldet?«

»Was heißt hier angeblich? In unserer Kirche hat jemand den Opferstock aufgebrochen.«

»Herr Senner, ja? Wurde etwas gestohlen?«

»Das Geld, das im Opferstock war, natürlich.«

»Wie hoch ist die Schadenssumme?«

»Das weiß ich nicht. Schließlich schau ich den Leuten nicht über die Schulter, wenn sie etwas einwerfen.«

»Es ist also nicht auszuschließen, dass gar nichts mitgenommen wurde – schließlich könnte das Behältnis auch leer gewesen sein.«

»Könnte, könnte ...« Baltasar spürte den Unmut in sich hochsteigen. »Wollen Sie den Tatort nicht einfach erst mal untersuchen?«

Der zweite Polizist, ein kleiner untersetzter Mittvierziger, schob sein Kinn vor.

»Wissen Sie, Hochwürden, wenn keine nennenswerten Summen entwendet wurden und auch sonst in der Kirche nichts fehlt, gebe ich Ihnen den Rat, die Anzeige zurückzuziehen. Ich sage das nicht gern, aber wegen der paar Euros lohnt es die Ermittlungen kaum. Man muss vernehmen und protokollieren, und am Ende ist der Täter doch nicht dingfest zu machen. Es könnte jeder gewesen sein: Jugendliche, Drogensüchtige, Ausländer. Geben Sie sich einen Ruck, erteilen Sie dem unbekannten Übeltäter die Absolution, vergessen Sie die Sache und wir fahren wieder heim.«

»So einfach ist es leider nicht, meine Herren. Es geht nicht um den Schaden.«

»Sag ich doch.« Der kleine Polizist setzte die Miene eines Oberlehrers auf.

»Ich befürchte, wir haben es mit einer Einbruchserie zu tun. Lesen Sie keine Zeitung? Das ist nicht der erste Fall. Außerdem sollen die Kirchenbesucher auch künftig kein mulmiges Gefühl haben müssen, wenn sie in den Gottesdienst kommen und etwas spenden. Das ist nicht gerade Werbung für diese Art von Mildtätigkeit.«

Die Beamten holten einen Koffer aus ihrem Wagen und gingen etwa genauso begeistert in die Kirche, wie wenn sie zum Zahnarzt müssten.

Das Vorhängeschloss war offenbar mit einem Schraubenzieher oder Brecheisen aufgehebelt worden.

»Mein Gott, da sind ja Hunderte von Fingerabdrücken!«, stöhnte der Polizist, der den Klingelstock mit Spurensicherungspulver einpuderte. »Das dauert Stunden.«

»Vergessen Sie den Türgriff am Portal nicht, und vielleicht haben Sie Glück und finden Fußabdrücke auf dem Boden.«

»Sollen wir jetzt die ganze Kirche absuchen?« Missmut umwölkte die Stimme des untersetzten Beamten. »Wir sind nicht zum Vergnügen da, wir haben auch noch was anderes zu tun.«

»Bitte tun Sie auch hier, was nötig ist. Sie sind die Experten.«

Nach zehn Minuten klingelte das Handy des größeren Polizisten. Er nahm das Gespräch an, antwortete mehrmals mit »Ja, ja«, sein Gesicht hellte sich auf.

»Wir müssen los, Hochwürden. Ein wichtiger Einsatz. Wirtshausrauferei. Das duldet keinen Aufschub.« Er packte die Sachen wieder in den Koffer. »Sie hören von uns.«

Baltasar hatte eher das Gefühl, dass der Mann mit seiner Frau telefoniert hatte und nur flunkerte. Er würde diese beiden Staatsdiener wahrscheinlich nie mehr wiedersehen und irgendwann einen Brief von der Dienststelle erhalten, dass die Ermittlungen eingestellt worden seien.

»Sie dürfen gerne auch Ihren Teil zum Erhalt der Kirche

beitragen«, sagte Baltasar zum Abschied und deutete auf den Opferstock. »Der liebe Gott wird es Ihnen danken.«

»Ähm ... Ich habe mein Geld im Auto gelassen«, antwortete der untersetzte Polizeibeamte. »Das nächste Mal gerne.«

Baltasar ging zurück zum Tatort, hob das Schloss auf und besah es sich von allen Seiten. Eigentlich ähnelte es eher einem Spielzeug, so klein wie es war. Aber selbst bei einer Panzerkette würden Diebe Wege finden, sie zu knacken.

Auf dem Fußboden konnte Baltasar keine sichtbaren Abdrücke finden. Der Polizist hatte natürlich Recht: Bei Hunderten von Kirchenbesuchern konnte jeder eine Spur hinterlassen haben. Die anderen Wertgegenstände in der Kirche wirkten unberührt, nichts deutete darauf hin, dass der Unbekannte versucht hatte, Heiligenfiguren zu demontieren oder silberne Kerzenständer einzupacken.

Vermutlich hatte es der Täter nur auf Bares abgesehen. Kunstgegenstände waren nur schwer zu Geld zu machen und bargen das Risiko aufzufliegen. Auf der Rückseite der Sitzbank in der Nähe des Opferstocks fiel Baltasar etwas Weißes auf. Es war ein Stück Faden, das am Holz hängen geblieben war. Baltasar steckte den Faden ein. Vielleicht gehörte er zur Kleidung des Einbrechers.

Die Suche nach dem Schlüssel für das Hauptportal verlief erfolglos. In den Schubladen der Sakristei, im Schrank, in der Ablage im Pfarrhaus – nirgends war er zu finden. Er erinnerte sich noch an den Schlüssel, ein überdimensionales schmiedeeisernes Modell, das mühelos als Antiquität durchging.

Teresa kam angelaufen, sie winkte. Es dauerte einen Moment, bis sie wieder zu Atem kam und sprechen konnte.

»Der Herr Bischof sein am Telefon. Er sagt, ich soll Ihnen ausrichten, sofort zu ihm zu kommen.« Sie wedelte mit den Armen, als habe sie den Erzengel Gabriel persönlich gesprochen. »Er sagt, es geht um Leben und Tod.«

2

Teresas Nachricht hatte Baltasars Laune augenblicklich verdorben. Bischof Vinzenz Siebenhaar aus Passau war sein Chef und Arbeitgeber, wobei Baltasar eigentlich nur den Allmächtigen als Autorität gelten ließ, aber das sagte er nicht laut. Viel mehr wog die Tatsache, dass der Bischof wenig Verständnis für seine Gemeindearbeit aufbrachte und die finanzielle Unterstützung kaum mehr als Brotkrumen war. Baltasars Blutdruck schoss in die Höhe, wenn er an die Stahlträger seines Kirchturms dachte, die neuerdings die Glocke trugen. Siebenhaar hatte sie montieren lassen, um aufwändige Reparaturen zu sparen.

Eine weitere Quelle ewigen Streits war Baltasars kriminalistische Neugier, die er Verbrechen in seinem Umfeld entgegenbrachte und die wiederum den Blutdruck seines Vorgesetzten nach oben trieb und zu mehreren Verboten und Ermahnungen aus Passau geführt hatte.

Wenn also der Bischof ihn sprechen wollte, dann bedeutete das nichts Gutes. Deshalb beschränkte Baltasar seine Besuche in der Zentrale auf das Nötigste. Aber diesmal würde eine Ausrede nicht helfen. Siebenhaar wünschte ihn zu sehen, und zwar gleich, und damit basta.

Baltasar parkte seinen VW-Käfer in der Nikolaistraße. Er spazierte durch die Fußgängerzone zum Domplatz, betrachtete die Auslagen in den Schaufenstern und überlegte, ob er vorher noch einen Kaffee trinken sollte. Aber es half nichts, er musste sich dem Gespräch stellen.

Er betrat das ehemalige Lamberg-Palais, den Amtssitz des Bischofs, und ging zum Assistenten des Generalvikars.

»Hey, mein Lieferant gibt sich die Ehre, welche Freude«, begrüßte ihn Daniel Moor, ein junger Mann Ende 20 im Tonfall des Hauptdarstellers in »The Big Lebowski«. »Haben Sie meine Bestellung mitgebracht?«

»Wenn ich schon mal da bin, werde ich doch meine treuesten Kunden nicht im Stich lassen.« Baltasar zog ein Päckchen aus seiner Tasche und legte es auf den Schreibtisch. »Neue Lieferung, eine Spezialmischung aus Ägypten. Sie werden sich fühlen wie im Himmel.«

»Ich bin gespannt. Eine Himmelfahrt würde mir gefallen.« Daniel Moor lachte und übergab ihm einen Umschlag. »Tarife wie immer, vermute ich?«

»Genau. Aber was anderes: Was sagt denn der Büroklatsch, warum will der Bischof mich unbedingt sehen?« Baltasar erzählte von dem seltsamen Anruf.

»Das ist alles streng geheim, obwohl einige davon wissen. Nichts ist offiziell. Aber was man so munkelt …«

»Nun, spucken Sie's schon aus. Um was geht's?«

»Ich bin doch nicht lebensmüde. Was denken Sie, machen die mit mir, wenn ich etwas ausplaudere? Da verstehen mein Chef, der Generalvikar und der Bischof keinen Spaß. Sie glauben nicht, wie humorlos die Herren sein können.« Moor hatte seine Stimme zu einem Flüstern gesenkt. »Die heilige Inquisition ist nichts dagegen.«

»Wenigstens eine Andeutung.«

»Ich werde mein Schweigegelübde nicht brechen. Sie werden es sowieso gleich erfahren, nur Geduld. Aber es ist der Hammer, das sag ich Ihnen.«

»Auch nicht gegen eine kleine Extraportion von meiner Mischung?«

»Sonst bin ich zu jeder Schandtat zu haben, das wissen Sie. Aber in diesem Fall ... Sorry, ich muss passen. Wobei ein Extrabonus für Stammkunden angemessen wäre.«

»Beim nächsten Besuch. Ich stürze mich ins Gefecht.«

»Auf die Macht vertrauen du musst, Luke Skywalker. Viel Glück, Jedi-Ritter!«

Der Bischof erwartete Baltasar in seinem Büro.

»Baltasar Senner, ich bin erfreut, Sie zu sehen.« Jedes Wort war in Honig getaucht. »Schön, Sie konnten es einrichten, uns zu besuchen.«

»Ihre Einladungen sind einfach unwiderstehlich.«

»Nehmen Sie bitte Platz.« Siebenhaar deutete auf die freien Stühle um einen Besprechungstisch. Gläser und Tassen, Wasserflaschen und eine Teekanne standen bereit. »Was gibt es Neues in Ihrer Gemeinde?«

Baltasar bezweifelte, dass dies den Bischof auch nur im Geringsten interessierte. »Es ist Ebbe in der Gemeindekasse, wie Sie wissen. Für soziale Projekte ist fast kein Geld da. Wenn das Bistum hier ...«

Siebenhaar hob die Hand. »Ja, wir müssen alle unser Päckchen tragen. Aber was ist das gegen die Leiden, die unser Heiland durchmachen musste? Ich bewundere Ihre Arbeit, Herr Senner, das tue ich wirklich. Sie sind der beste Beweis dafür, wie man auch mit bescheidenen Mitteln Gutes bewirken kann.«

»Sie sind zu gütig, Exzellenz.« Baltasar versuchte, neutral zu klingen.

»Lassen wir die Förmlichkeiten, wir sind hier unter uns. Ich sage das ganz bewusst, weil ich vorausschicken muss, dass unser kleines Gespräch absolut vertraulich bleibt. Kann ich mich auf Sie verlassen, Herr Senner, bei allen Heiligen?«

Baltasar nickte und schwieg.

Der Bischof schenkte Tee ein und reichte Baltasar eine Silberschale mit Pralinen. »Sie fragen sich vermutlich, was es so Dringendes zu besprechen gibt.« Er schob sich ein Konfekt in den Mund und machte Baltasar ein Zeichen, selbst zuzugreifen. Wieder herrschte Stille, bis die Praline aufgegessen war. »Wunderbare Sünden, die lasse ich mir aus Regensburg kommen. Alle handgemacht.« Siebenhaar nahm ein zweites Stück. »Dieses Laster habe ich mir nie ganz abgewöhnen können, der liebe Gott möge mir verzeihen.«

»Es gibt Schlimmeres.« Baltasar dachte an die fehlenden Zuwendungen der Diözese.

»Nun, nochmals, was wir jetzt besprechen, darf auf keinen Fall nach außen dringen, ich bitte Sie darum.«

»Sie haben mein Wort.«

»Also gut. Ich brauche Ihre Hilfe. Uns ist ein Malheur passiert.«

»Ein Malheur?«

»Wie soll ich sagen … Es ist ein Ereignis eingetreten, das die Diözese aufs Höchste kompromittieren könnte.«

»Kompromittieren?«

»Genauer gesagt, uns ist etwas abhandengekommen.«

»Was soll daran schlimm sein? Ich suche derzeit auch nach einem Schlüssel für den Kircheneingang …«

»Die Sache ist etwas komplizierter. Es fehlt ein größeres Stück.«

»Ein Stuhl, ein Fernseher, ein Auto? Ich weiß immer noch nicht, wie ich helfen könnte, Exzellenz. Sie müssen schon konkreter werden.«

»Nun … ähhm …« Siebenhaar machte ein Gesicht, als hätte er Verdauungsbeschwerden. »Uns wurde etwas Wertvolles entwendet, etwas sehr Wertvolles.«

»Ein Diebstahl? Ein Einbrecher? Das ist Sache der Polizei. Obwohl, wenn ich an meine eigenen Erfahrungen denke …« Er berichtete von dem nächtlichen Besuch in der Kirche und dem absoluten Desinteresse der zuständigen Beamten.

»Nun, wenn es so einfach wäre, könnten wir die Polizei um Hilfe bitten.« Der Bischof hob die Arme. »Selbst den Allmächtigen in seiner Gnade habe ich angerufen und um seinen göttlichen Beistand gebeten, ich habe sogar ein Versprechen vor dem Herrn abgelegt, eine Kerze zu stiften und zu Fuß nach Altötting zu pilgern. Hauptsache, das Kunstwerk taucht wieder auf. Leider ist mein Flehen nicht erhört worden. Der Herr hat mir eine schwere Prüfung auferlegt, die schwerste meines Lebens. Und ich habe schon viel durchgemacht.«

Baltasar fragte sich, welche Last der Mann früher wohl zu tragen hatte. So weit er informiert war, verlief die Karriere des Bischofs gradlinig, auch dank der Unterstützung aus Rom.

»Deshalb muss ich einen anderen Pfad einschlagen«, fuhr Siebenhaar fort. »Kurz gesagt, uns ist die Monstranz gestohlen worden.«

»Das ist ausgesprochen unschön. Aber ich fürchte, ich

verstehe Sie immer noch nicht. Von welcher Monstranz reden Sie?«

»Seien Sie nicht so begriffsstutzig!« Siebenhaar hob seine Stimme. »Die Monstranz aus dem Dommuseum. Die eine, die einzigartige Monstranz. Das wertvollste Stück unserer Schatzkammer. Die Meisterarbeit von Hans Franz Fersenmayr, nie mehr hat er so etwas in dieser Qualität angefertigt.«

Baltasar kannte das Werk. Es war das Glanzstück in der Ausstellung des Dommuseums. »Nun gut, das ist allerdings eine schlechte Nachricht. Haben Sie den Schaden bereits der Versicherung gemeldet?«

Der Bischof verzog das Gesicht, als fordere man ihn auf, in eine Zitrone zu beißen. »Was denken Sie, Herr Senner, wie hoch die Versicherungsprämien sein würden? Das kann sich keine Diözese leisten! Experten haben die Monstranz auf rund zehn Millionen Euro geschätzt.«

»Aber wie konnte der Dieb die Alarmanlage ausschalten und all die Sicherungseinrichtungen überwinden? Wenn ich mich richtig erinnere, stand die Monstranz doch hinter kugelsicherem Glas. Das knacken nur Profis. Umso mehr müssten Sie die Kripo einschalten. Das ist etwas für Spezialisten. Oft stecken internationale Banden dahinter.«

Siebenhaar stand auf und ging zum Fenster. Einige Zeit schaute er stumm auf den Domplatz, dann drehte er sich um und lief im Zimmer auf und ab.

»Ich weiß nicht, wie ich es Ihnen sagen soll, mein lieber Senner, mir fällt die Beichte wirklich schwer. Es ist so beschämend.« Sein Ton nahm nun die Dramatik einer Trauerrede an.

Baltasar wartete ab.

»Also, es ist so.« Siebenhaar senkte den Blick. »Die Monstranz war nicht im Museum, sondern im Dom. Ich wollte am Sonntag eine besondere Messe zelebrieren, wir hatten eine Delegation aus dem Vatikan zu Besuch. Deshalb ordnete ich an, zur Feier des Tages das Fersenmayr-Kunstwerk zu holen und es auf den Altar zu stellen. Die Mitarbeiter brachten es in die Sakristei. Sie wissen ja, Herr Senner, es sind nur wenige Meter vom Museum zum Dom. Als ich in die Sakristei kam, war die Monstranz verschwunden.«

»Aber Sie haben die Kollegen vermutlich angewiesen, den Schatz ständig im Auge zu behalten.«

»Das ... Das ... Nein, ich habe ihnen aufgetragen, ihn einfach abzustellen, es sollte ja nur für kurze Zeit sein, wer würde denn auf die Idee kommen, dass ein Dieb ...« Der Bischof setzte sich und ließ niedergeschlagen die Schultern hängen. »Und bevor Sie fragen: Nein, die Tür zur Sakristei war nicht abgesperrt, niemand hat etwas bemerkt.«

»Shit happens ... ähh ... Ich meine, das kann passieren. So ein auffälliges Kunstwerk wird aber sicher bald gefunden. Sie müssen nur Geduld haben, Exzellenz, und die Kriminalpolizei ihren Job machen lassen.«

»So lange kann ich nicht warten!« Siebenhaar war unvermittelt aufgesprungen. »Ich brauche gleich Ergebnisse, der Fersenmayr muss schnell wieder zurück zu uns. Es gibt nämlich eine weitere Komplikation, von der Sie wissen müssen, aber das ist nun ebenfalls nur für Ihre Ohren bestimmt. Ich habe ein Versprechen abgegeben.«

Baltasar sah den Bischof verständnislos an.

»Die Monstranz sollte nach Rom gebracht werden. Sie war als Dauerleihgabe für den Heiligen Vater gedacht, seine Kardinäle wollten ihm eine Freude machen. Ich habe bereits fest zugesagt, unser bestes Stück vorübergehend auf die Reise zu schicken. Wenn der Papst glücklich ist, dann bin auch ich glücklich.«

»Das Bistum hätte das gute Stück vermutlich nie wiedergesehen.«

»Was unterstellen Sie dem Heiligen Vater?!«

»Dem Papst nicht, aber im Vatikan halte ich alles für möglich ...«

»Mäßigen Sie sich, Herr Senner, das ist nahe an Gotteslästerung. Dem Vertreter Gottes auf Erden und seinen Dienern so wenig zu vertrauen! Ihnen mangelt es an Respekt.«

»Habe ich die dubiosen Geschäfte der Vatikanbank angezettelt? Oder der Klerus dort? Habe ich damals den Heiligen Vater oder seine engsten Vertrauten beklaut? Mit Verlaub, es wäre naiv zu glauben, in Rom liefen nur Engel herum. Es findet sich doch sicher eine Ausrede, also ich meine eine Erklärung dafür, warum Sie von Ihrem Versprechen zurücktreten müssen.«

»Man merkt, dass Sie sich in der höheren Politik der katholischen Kirche nicht auskennen, mein lieber Senner. Jetzt steht mein Bistum nach langer Zeit ein Mal im Mittelpunkt des Interesses des Vatikans und damit natürlich auch meine Person. Was denken Sie, was das für einen schlechten Eindruck macht, wenn ein niederbayerischer Bischof damit überfordert ist, der Bitte unseres Pontifex Maximus nachzukommen? Ganz zu schweigen von meinen persönlichen Chancen, nochmals höhere Weihen zu empfangen. Nicht, dass ich darauf erpicht wäre, aber das Tor in den Vatikan wäre für mich ein für alle Mal verriegelt.«

»Um es mal etwas direkter zu sagen: Sie haben Angst um Ihre Karrierechancen, wenn Sie diesen Auftrag vergeigen.«

»Ihre Wortwahl ist völlig unangemessen, Herr Senner. Nur weil ich die Atmosphäre unseres Gespräches nicht zerstören will, will ich ausnahmsweise darüber hinwegsehen. Aber auch ganz ohne diese Komplikation durch den Heiligen Stuhl braucht es nicht viel Fantasie, sich die Schlagzeilen bei uns vorzustellen, wenn die Umstände des Diebstahls publik werden. Dann bin ich erledigt. Es bliebe mir nur noch der Rückzug ins Kloster.«

Baltasar gefiel es, sich seinen Vorgesetzten in einer Mönchszelle vorzustellen. »Es wäre sicher ein Skandal, an dem sich die Presse wochenlang reiben würde.«

»Der Schaden für die katholische Kirche im Bayerischen Wald wäre in der Tat unermesslich. Was bliebe von der Frömmigkeit der Menschen, wenn ihre geistlichen Vorbilder solche Fehler machen? Sie können sich vorstellen, dass ich deswegen seit drei Tagen keinen Schlaf mehr finde. Die Sorge um das Wohlergehen der Diözese quält mich jede Stunde, jede Minute.«

Das persönliche Wohlergehen liegt ihm wahrscheinlich mehr am Herzen, dachte Baltasar. Doch etwas ganz anderes ließ ihn aufhorchen. »Drei Tage? Soll das heißen …«

»Ja, es stimmt, der Diebstahl ist schon drei Tage her.«

»Warum haben Sie mich erst jetzt angerufen? Ich rätsele noch immer, welche Rolle ich in diesem Drama spielen soll.«

»Ich hätte Ihnen eine heikle Aufgabe zugedacht. Und zwar sollen Sie Lösegeld überbringen.«

Vor Verblüffung blieb Baltasar der Mund offen stehen. Er fragte sich, ob das die letzte Überraschung war, die sein Vorgesetzter ihm präsentieren würde. Der leise Verdacht beschlich ihn, dass der Bischof viel mehr wusste und einen Teil der Wahrheit absichtlich zurückhielt.

»Jetzt sind wir bei dem Punkt angelangt, warum ich Ihre Hilfe brauche.« Siebenhaar beugte sich vor. »Es ist eine Lösegeldforderung bei uns eingegangen. Von dem Dieb. Er will 50.000 Euro in bar, dann erhalten wir das Kunstwerk zurück. Das Geld habe ich schon beschaffen lassen. Wir brauchen jedoch jemanden von unserer Seite, der die Übergabe übernimmt, das Geld gegen den Fersenmayr. Schließlich will ich mich nicht nochmals vorführen lassen. Und wenn alles gut geht, ist die Sache bald ausgestanden und alle sind glücklich und zufrieden.«

»Nur fehlen dann dem Bistum 50.000 Euro.«

»Das ist schmerzliches Lehrgeld, das müssen wir zahlen. Aber wenn man die Alternativen abwägt ... Der Schaden wäre sonst um ein Vielfaches höher. Was glauben Sie, wie schwer es war, diese Summe in bar aufzutreiben? Mit diesen heutigen Geldwäschegesetzen war es gar nicht so einfach, den Betrag unauffällig von unseren Konten loszueisen. Der Generalvikar hat hier hervorragende Arbeit geleistet.«

Der Lösegeldbetrag stellte nur einen Bruchteil des eigentlichen Wertes der Monstranz dar. Aber aus dem Blickwinkel des Einbrechers machte es Sinn: Niemand könnte ein solch auffälliges Stück einfach über einen Hehler zu Geld machen oder bei eBay anbieten, es war praktisch unverkäuflich. Dann lieber die schnell verdiente Summe einstecken und zu Recht darauf spekulieren, dass die Diözese aus Angst vor der Blamage auf eine Anzeige verzichtete.

»Warum soll gerade ich da einspringen?« Baltasar bemühte sich, sachlich zu klingen. »Engagieren Sie einen Privatdetektiv, oder lassen Sie den Generalvikar den Job übernehmen. Ich habe keinerlei Erfahrungen mit Lösegeldübergaben. So etwas kenne ich nur aus dem Kino.«

»Es muss jemand sein, der nicht bei uns in Passau tätig ist. Es ist nicht auszuschließen, dass der Täter uns überwacht hat und die Angestellten kennt. Und Sie, Herr Senner, haben in der Vergangenheit mehrfach bewiesen, dass Sie über kriminalistisches Gespür verfügen und wissen, wie man mit schwierigen Situationen umgeht.«

Der Bischof spielte auf Baltasars Nachforschungen bei früheren Mordfällen an, die zur Überführung der Täter geführt hatten.

»Wenn ich mich richtig erinnere, Exzellenz, haben Sie mir mehrmals verboten, mich jemals wieder in dieser Richtung zu engagieren. Und daran halte ich mich natürlich – auch jetzt. Deshalb lasse ich die Finger von solchen Aktionen.«

»Seien Sie doch nicht so spitzfindig, Herr Senner. Zu jener Zeit mag das seine Gültigkeit gehabt haben, aber selbstverständlich ist nun keine Rede mehr davon. Ich erteile Ihnen im Voraus die Absolution.«

»Noch vor Kurzem klangen Sie da aber anders.«

»Was wollen Sie? Soll ich auf den Knien vor Ihnen herumrutschen? Oder auf den Knien nach Altötting pilgern?«

Es war ein Unbehagen, unterschwellig, aber dennoch präsent, das Baltasar in diesem Fall verspürte. Schlampige Sicherheitsvorkehrungen sollten vertuscht werden, es ging vor allem um Geld – und um den Ruf des Bischofs. Mord war etwas anderes. Mord war ein Verbrechen gegen die Menschlichkeit, die Opfer hatten das Recht auf Wahrheit und Gerechtigkeit und brauchten im Zweifel jemanden, der posthum für sie eintrat.

»Tut mir leid, das ist nicht mein Ding. Sie müssen sich jemand anderen suchen.«

Es war für einige Sekunden sehr still im Büro des Bischofs.

Dann begann Siebenhaar, mit den Fingern auf den Tisch zu trommeln.

»Herr Senner, Herr Senner! Was soll ich nur mit Ihnen tun? Nicht einmal diesen kleinen Wunsch wollen Sie Ihrem Bischof erfüllen? Wenn Sie wüssten, wie schwer mir ums Herz wird. Ich habe immer große Stücke auf Sie gehalten.«

»Ich hatte da allerdings einen anderen Eindruck.«

»Können Sie in mein Herz schauen?« Mit einer theatralischen Geste klopfte Siebenhaar sich auf die Brust. »Es ist nicht leicht für mich. Wie gerne würde ich alle Wünsche meiner Pfarrer erfüllen, aber äußere Umstände und Gegebenheiten hindern mich daran. Deshalb wirke ich wohl bisweilen ein wenig barsch. Aber hat nicht auch ein alter Bischof ein wenig Respekt verdient, ein wenig Zuwendung?«

»Ich respektiere Sie, Exzellenz.«

»Manchmal bezweifle ich das, so wie eben gerade. Sie verweigern sich meinem Flehen. Ich habe mich Ihnen offenbart, mich gleichsam vor Ihnen in den Staub geworfen, und Sie stoßen mich zurück.« Der Bischof schüttelte den Kopf. »Vielleicht haben Sie die Lust verloren, im Bayerischen Wald als Geistlicher zu arbeiten. Ich habe Verständnis dafür. Erst letzte Woche habe ich mit meinem Kollegen aus Berlin gesprochen. Er hätte gerade eine freie Pfarrersstelle in einem Nest in der Nähe von Eberswalde, das ist ganz nah an der polnischen Grenze. Das wäre eine Aufgabe für Sie, denke ich, dort die abtrünnigen Schäfchen in die katholische Kirche zurückzuholen, denn in Mecklenburg-Vorpommern leben lauter Protestanten, wenn von denen überhaupt noch jemand Kirchensteuer zahlt, mit einem Wort, ein gottloses Volk, durch und durch verdorben. Da könnten Sie was bewirken – und Ihre Haushälterin würde sich auch freuen, wieder näher an ihrer alten Heimat zu sein.«

»Wollen Sie mich erpressen?« Baltasar staunte über die Unverfrorenheit, mit der Siebenhaar seine Interessen durchzusetzen versuchte. Aber vielleicht war das eine der Eigenschaften, die man brauchte, um das Amt eines Bischofs zu ergattern. Er mochte sich gar nicht vorstellen, mit welchen Methoden sich der Mann nach oben gekämpft und sein Amt gegen Widersacher und Konkurrenten verteidigt hatte.

»Pfui, das ist ein garstiges Wort. Ich bin ein Ehrenmann, Herr Senner. Sagen Sie mir, was Sie wünschen, und Sie bekommen es.«

Baltasar dachte an die aufgeschobenen Reparaturarbeiten an seiner Kirche und die leere Gemeindekasse.

»Ich bleibe dabei, diese Lösegeldübergabe will ich nicht übernehmen. Aber ich mache Ihnen einen anderen Vorschlag.«

»Nun aber raus damit.«

»Ich suche Ihnen eine geeignete Person für Ihr Vorhaben und sorge im Hintergrund dafür, dass alles glattgeht. Wäre das für Sie ein akzeptabler Kompromiss?«

»Herr Senner, wenn Sie das managen, habe ich keine Sorgen mehr.« Siebenhaar strahlte übers ganze Gesicht. »Abgemacht.«

»Und die Erneuerung des Dachstuhls an unserer Kirche?«

»Wird von uns bezahlt.«

»Und ein Zuschuss für die Jugendarbeit in der Gemeinde?«

»Betrachten Sie es als erledigt.«

»Also abgemacht.«

Sie besiegelten den Pakt mit einem Händedruck.

»Aber einen Wunsch habe ich noch«, sagte Baltasar.

3

Doktor Justus Castellion war der Typ Geistlicher, der in normalen Unternehmen als Manager durchgehen würde: gut sitzender Anzug, Hemd, Krawatte, nur ein Kreuz als dezenter Anstecker am Revers deutete auf seine eigentliche Aufgabe hin. Sein Büro war ein nüchterner Arbeitsraum mit viel Glas und Edelstahl. Zwei Mobiltelefone lagen griffbereit auf dem Schreibtisch.

»Herr Siebenhaar hat Sie also von unserem Problem in Kenntnis gesetzt«, sagte er zu Baltasar, »schön, dass Sie bei diesem Projekt mit an Bord sind. Ich vermute, Sie brauchen noch einige Details.«

»Welche Informationen haben Sie, was die Übergabe angeht?«

»Wir bekamen ein Schreiben mit der Post, ein Foto von der Rückseite der Monstranz war als Beweis beigelegt. Ich habe Ihnen alles zusammengestellt, was wir haben.« Er schob einen Schnellhefter über den Tisch. »Da finden Sie auch Detailfotos von dem Kunstwerk.«

Baltasar sah sich die Aufnahmen an, sie zeigten die Kostbarkeit aus verschiedenen Blickwinkeln. Auf einem Fuß aus Gold saß eine herzförmige Scheibe, ebenfalls aus Gold. Das Werk war dicht mit Edelsteinen besetzt, als habe der Konstrukteur den Ehrgeiz gehabt, jeden freien Fleck mit den

Preziosen zuzudecken. Von der Form gingen Flammenstrahlen aus, Symbol für die Sonne, die Leben und Kraft spendete. In der Mitte war ein Fenster mit einer runden Schaukapsel. Dort wurde die Hostie als das Allerheiligste, der Leib Christi, eingelegt – zur Ansicht für die Gläubigen. Deshalb auch der Begriff Monstranz, abgeleitet vom lateinischen Wort für »zeigen«.

In früheren Zeiten wurden auch Heiligenreliquien in den Schaugefäßen aufbewahrt. Ursprünglich ein liturgisches Gerät für Fronleichnamsprozessionen, verwendeten Kirchen die Monstranzen heute auch bei Festgottesdiensten und platzierten sie auf dem Altar.

Baltasar sah sich die Detailaufnahmen an, sie bewiesen die ganze Kunstfertigkeit des Augsburger Goldschmieds Hans Franz Fersenmayr. Ebenfalls von Edelsteinen eingefasste Medaillons aus Emaille zeigten Miniaturbilder mit christlichen Motiven wie die Anbetung der Hirten, Christus im Tempel oder die Verkündigung der Maria. In der Spitze des Modells stachen die Figuren des Allmächtigen und seines Sohnes hervor, aus Korallen geschnitten, die Taube, Symbol für den Heiligen Geist, war aus Elfenbein gefertigt.

»Ich habe die Monstranz als sehr groß in Erinnerung«, sagte Baltasar. »Schon die ganze Zeit frage ich mich, wie der Täter es schaffte, sie unbemerkt aus dem Dom zu transportieren.«

»Der Fuß und die Spitze sind abnehmbar, damit passt das Werk in eine Tasche oder einen Rucksack. Aber über die mangelnden Sicherheitsvorkehrungen machen wir uns später Gedanken. Zuerst brauchen wir das Diebesgut wieder zurück. Wie Sie dem Schreiben entnehmen werden, soll die

Übergabe schon morgen stattfinden. Die Zeit drängt, wir müssen uns vorbereiten, damit alles glattläuft.«

»Wen schlagen Sie als Boten vor?« Baltasar blätterte in dem Ordner.

»Suchen Sie im Priesterseminar. Dort habe ich einige junge Leute im Auge, denen ich so etwas zutraue und bei denen wir sicher sein können, dass sie den Mund halten.« Castellion schrieb die Namen auf einen Zettel, den er Baltasar reichte. »Ich sage das nicht gern, aber ich weiß nicht, wie lange wir den Vorfall noch geheim halten können. Der Bischof und ich haben alle Mitarbeiter zum Stillschweigen vergattert, aber Sie wissen ja, wie schwach die menschliche Seele ist. Tratsch und Klatsch liegen in der Natur der Leute im Bayerischen Wald.«

»Und was ist, wenn Komplikationen auftreten? Wenn nicht alles wie geplant läuft?«

»Dafür haben Sie zu sorgen, Herr Senner. Aber was soll schon passieren? Im schlimmsten Fall will uns der Täter hereinlegen und die Summe kassieren, ohne unser Eigentum herauszurücken. Das dürfen wir nicht zulassen, es ist ein Zug-um-Zug-Geschäft. Erst die Ware, dann die Bezahlung.«

»Die Polizei ist nach wie vor keine Option, vermute ich?«

»Nein.«

»Ich werde mit den Seminaristen sprechen.«

Baltasar verabschiedete sich.

»Viel Glück und Gottes Segen«, sagte Castellion. »Er wird seine schützende Hand über die Aktion halten.«

Leopold Keplinger begrüßte Baltasar mit einem Gesichtsausdruck, als sei der leibhaftige Satan erschienen. Der Leiter des Priesterseminars hatte einen offiziellen Titel: Regens, die lateinische Übersetzung für sein Amt.

»Bevor Sie etwas sagen, Herr Senner, will ich eines klarstellen: Ich finde es ganz und gar nicht in Ordnung, meine Seminaristen in so etwas hineinzuziehen. Nur meine Loyalität gegenüber der Diözese und die dringenden Bitten des Generalvikars zwingen mich, meine Jungs freizugeben.«

»Danke, dass Sie das Projekt unterstützen.« Baltasar schüttelte ihm die Hand. »Ihre Studenten sind sicher keine Kinder mehr, alle längst volljährig, sie können also Verantwortung übernehmen.«

»Sie sind meine Schutzbefohlenen. Mögen sie auch nach dem Gesetz volljährig sein, aber vor Gott sieht es anders aus. Das Priesteramt ist eine Berufung, eine Pflicht gegenüber dem Allmächtigen und den Gläubigen. Da braucht es gefestigte Seelen. Und viele meiner Schüler ruhen noch nicht in sich selbst, wie es wünschenswert wäre. Sie kennen das selbst aus Ihrer Ausbildung, Versuchungen lauern an jeder Ecke.«

Und ob er das kannte. Baltasar dachte an Victoria Stowasser, die Wirtin des Gasthauses »Zur Einkehr«.

»Sie sorgen schon dafür, dass Ihre Jungs es nicht zu toll treiben.« Er hüllte seine Worte in Ironie. »Ich brauche einen Freiwilligen, der sich die Geldübergabe zutraut.«

»Jetzt schicken sie schon Kinder an die Front.« Der Regens hob beschwörend die Hände, als wollte er böse Geister abwehren. »Warum machen Sie es nicht selbst, Herr Senner?«

»Die Frage können Sie jedem stellen. Wollen Sie sich stattdessen zur Verfügung stellen, Herr Keplinger?«

Der Mann schreckte zurück. »Heilige Maria und Josef,

das wäre das Letzte. Nein, nein, ich bin dazu nicht geschaffen! In einem Jahr werde ich in Rente gehen.«

»Also dann …«

»Können Sie garantieren, dass meinem Schüler nichts passiert? Das ist nicht gerade ein Spaziergang, wir haben es hier mit Verbrechern zu tun, mit gottlosen Gesellen.«

»Der junge Mann soll nur eine Tasche abliefern und dafür die Monstranz in Empfang nehmen, sonst nichts. Also, wen schlagen Sie vor?«

»David Lämmerhirt. Ich führe Sie zu ihm.«

Die Bibliothek befand sich im hinteren Teil des Gebäudes. Zwei Seminaristen in Freizeitkleidung saßen an den Tischen und lasen in Büchern, neben sich Notizblöcke und Laptops.

»Darf ich euch kurz stören?« Keplinger lächelte in die Runde. »Das ist Pfarrer Senner, er leitet eine kleine Kirchengemeinde im Bayerischen Wald. Herr Senner hat sich bereit erklärt, bei dem speziellen … nun … Problem zu helfen.« Er ging auf einen Schüler zu, der am Fenster saß. »David, hast du einen Moment Zeit?« Ein schmächtiger Mann, der tatsächlich noch als Jugendlicher durchgehen konnte, nickte.

»Und die anderen bitte ich, uns kurz allein zu lassen, das ist eine gute Gelegenheit für eine Pause.«

Keplinger wartete, bis alle gegangen waren.

»Herr Senner, setzen Sie sich doch.«

»Nehmen Sie es nicht persönlich, Herr Keplinger, aber dürfte ich Sie bitten, ebenfalls draußen zu warten? Ich würde mit Herrn Lämmerhirt gerne allein reden.«

»Was … Wie? Ich soll …« Es war offensichtlich, dass der Seminarleiter den Wunsch als eine Art Gotteslästerung empfand, schließlich war er in dieser Institution der uneingeschränkte Herrscher – und das seit Jahrzehnten.

»Seine Exzellenz hat um absolute Diskretion gebeten«, fügte Baltasar hinzu.

»Herr Lämmerhirt, damit das klar ist, bevor ich unter Protest hinausgehe: Sie müssen das nicht machen, es hat nichts mit Ihrer Ausbildung oder Ihren weiteren Karrierechancen zu tun. Jeder hätte Verständnis, wenn Sie ablehnen.«

Der Student nickte wieder. Keplinger drehte sich ohne ein weiteres Wort um und verschwand.

»Sie haben vermutlich schon von dem Missgeschick gehört, das der Diözese widerfahren ist«, begann Baltasar.

»Das ist Tagesgespräch, wie Sie sich vorstellen können. Seine Exzellenz hat sich beklauen lassen.«

»Der Dieb will das Stück zurückgeben – gegen eine hohe Summe Geld. Der Generalvikar braucht jemanden, der diesen Deal abwickelt. Der Regens hat Ihren Namen genannt. Er hat schon Recht, es ist absolut freiwillig.«

Bisher hatte der junge Mann regungslos dagesessen, nun kam Leben in ihn. »Natürlich mach ich das. Das ist eine schöne Abwechslung zum ständigen Bibelbüffeln. Eine Lösegeldübergabe, wie aufregend! Wo wird einem im richtigen Leben so was geboten? Wir haben schon viel darüber gesprochen, das ist schließlich ein aufregendes Thema.«

»Sind Sie wirklich sicher? Sie werden ganz auf sich allein gestellt sein. Ich halte mich im Hintergrund. Im Zweifel kann Ihnen niemand beispringen.«

»Ich bin doch kein Kind mehr, auch wenn Herr Keplinger mich manchmal so behandelt!«

»Es geht nicht um Abenteuer. Das ist kein Actionfilm mit Bruce Willis in der Hauptrolle. Wir brauchen einen nüchtern denkenden Menschen, der das Ganze schnell durchzieht und dann wieder verschwindet.«

»Rein, raus, na klar, profimäßig, ein schneller Einsatz. Herr Senner, ich bin Ihr Mann!«

*

Wieder zu Hause angekommen, studierte Baltasar den Brief des Erpressers. Es war ein schlichtes Blatt Papier, auf der einen Seite war der Ausdruck eines etwas unscharfen Farbfotos der Monstranz. Den Ort, an dem sie fotografiert worden war, konnte man nicht erkennen. Auf der anderen Seite stand ein gedruckter Text. Kein Datum, keine Unterschrift. Der dazugehörige Umschlag war mit einer Standardbriefmarke beklebt, die Adresse und die Anrede »Seine Exzellenz, Bischof Vinzenz Siebenhaar« in derselben Schriftart wie der Brieftext.

Sehr geehrter Herr Bischof,
ich habe etwas, das Ihnen gehört (siehe Rückseite). Wollen Sie es zurück? Dann schicken Sie am nächsten Freitag jemanden mit einer Tasche voller nicht registrierter Banknoten in Höhe von 50.000 Euro zu mir (nur 20er- und 50er-Scheine). Der Überbringer erhält dafür Ihr Herzensstück. Treffpunkt 13 Uhr unten am Eingang der Mariahilfer Wallfahrtsstiege. Und bitte keine Polizei, keine Schnüfflertechnik, keine Überraschungen. Sonst sehen Sie die Monstranz nie wieder. Eine zweite Chance erhalten Sie nicht.

Der Treffpunkt war geschickt gewählt worden. Die Wallfahrtskirche Mariahilf thronte auf einem Berg auf der anderen Innseite von Passau inmitten einer Parklandschaft. Sie war von der Altstadt aus gut zu sehen und doch vergleichsweise abgelegen. Nur eine Autostraße führte nach oben – und eine Art überdachtes Treppenhaus mit 321 Stufen, die sogenannte Wallfahrtsstiege. Sie sollte die Pilger schon beim Hinaufgehen zur Demut veranlassen, was nicht schwer war, denn jeder war froh, wenn er die Treppen ohne Kreislaufzusammenbruch geschafft hatte. Dieser Fußweg startete am Kapuzinerplatz in der Nähe des Flussufers, ein Verkehrsknotenpunkt und geradezu ideal, als Person oder Autofahrer nicht aufzufallen. Baltasar fragte sich, wie der Unbekannte es anstellen wollte, die Übergabe zu deichseln und danach unerkannt wieder zu verschwinden.

Er wusste auch schon, wen er um Rat fragen würde: seinen Freund Philipp Vallerot.

Philipp wohnte in einem Haus am Rande des Ortes, er bezeichnete sich als Atheist und »Privatier«, was bedeutete, dass er keiner festen Arbeit nachging, sondern von seinem Vermögen lebte. Über seine Vergangenheit redete er nicht, vielmehr pflegte er seine Hobbys, neben Kinofilmen und Rockmusik waren das technische Tüfteleien und eine Leidenschaft für Computerthemen.

Von draußen hörte Baltasar einen Song von »Black Sabbath«, ein sicheres Zeichen dafür, dass der Hausherr daheim war, er wunderte sich nur, dass sein Klingeln bei dieser Lautstärke überhaupt zu hören war.

Sein Freund führte ihn ins Wohnzimmer und drehte die Stereoanlage leiser. »Das war das erste Album nach der Wiedervereinigung der Band.« Philipp zeigte ihm die CD.

»Kenne ich schon«, sagte Baltasar.

»Was treibt dich in meine heiligen Hallen? Willst du deinen hundertsten Versuch starten, mich zu eurer katholischen Sekte zu bekehren?«

»Der liebe Gott kümmert sich um seine Schäfchen, auch um die bockigen, ob es dir passt oder nicht. Aber deswegen bin ich nicht hier. Ich brauche deinen Rat.«

»Das riecht nach Arbeit. Ich habe meinen freien Nachmittag.«

»Mein Dank währt ewiglich.«

»So lange lebe ich nicht. Raus damit, in welche schmutzigen Geschäfte willst du mich wieder hineinziehen?«

»Du hast es fast erraten.« Baltasar berichtete ihm von dem Plan. Eigentlich hatte der Bischof Stillschweigen gefordert, doch er brauchte jemanden, der ihn davor bewahrte, Fehler zu machen.

Philipp pfiff durch die Zähne. »Das nenne ich wirklich krumme Geschäfte. Gratulation, du begibst dich in die Halbwelt.«

»Die Hölle ist noch schlimmer, dort, wo alle Ungläubigen landen. Also, was meinst du?«

»Übergib es der Polizei.«

»Diese Option haben meine Vorgesetzten bereits abgelehnt.«

Sein Freund sah sich das Schreiben an. »Fingerabdrücke kannst du vergessen, das Papier haben zu viele Menschen angefasst. Wahrscheinlich hat der Täter sowieso Handschuhe getragen. Man könnte versuchen, über das Schriftbild den Drucker zu identifizieren. Ich befürchte, es ist ein Allerweltsmodell.«

»Warum verwertet der Einbrecher die Monstranz nicht in Einzelteilen?«

»Solche Lösegeldforderungen sind bei Diebesgut eigentlich nichts Ungewöhnliches. Zumal bei Kunstwerken, die öffentlich bekannt sind und für die sich kein Hehler findet.

Versicherungen versuchen oft, auf diesem Weg die Ware zurückzukaufen und sich auf diesem Weg die Auszahlung der Schadenssumme zu ersparen, das kommt unterm Strich billiger. Doch ich bin nicht sicher, ob wirklich Profis am Werk sind.«

»Profis? Du meinst, es sind mehrere beteiligt?«

»Auszuschließen ist es nicht. Gerade so eine Übergabe erfordert einigen organisatorischen Aufwand, genauso wie der Diebstahl. Eine zweite Person ist da hilfreich – und sei es nur als Aufpasser.«

»Unser Bote … Wie kann ich sicher sein, dass er nicht ausgeraubt wird und jemand sich mit dem Geld einfach aus dem Staub macht?«, fragte Baltasar.

»Am besten wäre es natürlich, du observierst vorher die Gegend und die möglichen Fluchtwege, aber dazu ist die Zeit zu knapp. Such dir ein Versteck in der Nähe und beobachte die Übergabe. Und achte darauf, ob verdächtige Personen auftauchen. Das könnten Komplizen sein.«

»Hoffentlich werde ich nicht entdeckt. Am besten tarne ich mich als Tourist.«

»Ich gebe dir eine Waffe mit zur Selbstverteidigung, falls der Unbekannte aggressiv wird. Du kannst zwischen Pfefferspray, Gummiknüppel und Pistole wählen, oder wenn dir der Sinn nach Exotischem steht, habe ich auch Wurfsterne und ein Samuraischwert.«

»Danke, deine Waffensammlung kannst du behalten. Ich nehme höchstens ein Schweizer Taschenmesser.«

»Du musst es wissen. Aber ich sag's dir, es beruhigt die Nerven, wenn man einen kleinen Schmerzensspender mit sich führt.«

»Mir hilft der Herr im Himmel.«

»Der Große Außerirdische hat genug damit zu tun, all die Bösewichte auf der Welt zu bremsen, da fehlt die Zeit für einen kleinen Priester aus dem Bayerischen Wald.« Philipp grinste. »Auf mich dagegen kannst du zählen. Ich begleite dich, wenn du willst, schon aus alter Freundschaft.«

»Es ist schon riskant genug, dass ich dabei bin. Morgen wissen wir mehr.«

4

Die Innstadt schmiegte sich zwischen das Ufer des Inns und den Wallfahrtsberg. Dieser Teil Passaus war geprägt von engen Gassen, Wohnhäusern und Einbahnstraßen.

Baltasar versuchte zu wenden, musste jedoch noch eine Schleife fahren, bis sie wieder zum Kapuzinerplatz kamen.

»Ihr Käfer ist viel zu auffällig, niemand fährt heutzutage mehr eine solche Kiste.« David Lämmerhirt klammerte sich an die Handschlaufe. »Wenigstens sind schon Sicherheitsgurte eingebaut.«

»Das ist noch das wahre Fahrgefühl«, sagte Baltasar, »da spürt man den Kontakt zur Straße, nur der zweite Gang ist etwas störrisch.«

»Ich gehe den Rest lieber zu Fuß. Stellen Sie Ihr Gefährt irgendwo ab, wo es keiner sieht.«

»Nur die Ruhe, junger Mann, wir haben noch genug Zeit bis zum Treffen. Es ist erst halb eins.«

»Haben Sie jemanden gesehen, der Ihnen verdächtig vorkommt?« Der Student spähte aus dem Fenster.

»Nur Menschen, die aussehen, als hätten sie gerade Mittagspause.«

»Ob der Typ sich irgendwo versteckt hat und seinerseits die Szene checkt? Ich würde das machen.«

»Was ich mich frage: Wie will er sein Aussehen verbergen? Hat er sich einen Strumpf über den Kopf gezogen wie die Bankräuber in den Filmen oder eine Maske?«

»Vielleicht schickt er wen anders, und die oder der andere weiß gar nicht Bescheid über die Zusammenhänge. Vielleicht hat er einen ahnungslosen Gehilfen.«

Baltasar suchte im Autoradio nach Musik, doch Nervosität hatte ihn und seinen Begleiter befallen, auch wenn sie es beide nicht zugeben mochten. Zum wiederholten Mal sah der junge Mann auf die Uhr.

»Sollte ich nicht doch losgehen?«

»Das macht keinen Sinn. Schließlich tragen Sie eine Tasche mit 50.000 Euro mit sich herum.«

Fünf Minuten später sagte Lämmerhirt: »Jetzt ist es aber Zeit.«

»Meinetwegen. Gehen Sie langsam, damit ich Position beziehen kann.« Baltasar hatte eine Idee. »Haben Sie Ihr Handy mit?«

»Welche Frage! Das ist mein Leben, ich gehe nie ohne Handy aus dem Haus.«

»Gut. Dann wählen Sie jetzt meine Nummer, und lassen Sie das Gerät die ganze Zeit an. Stecken Sie es weg. Wenn das Mikrofon nicht zu schwach ist, funktioniert es wie eine Abhörwanze. Ich verfolge das Gespräch aus der Ferne.«

»Das wird eine teure Handyrechnung!«

Der Student wählte Baltasars Nummer, schob das Telefon in seine Hemdtasche und ging los.

Nach einiger Zeit kamen seltsame Geräusche aus Baltasars Handy.

»Tschch … Tschch … Hallo? Raumschiff Enterprise, können Sie mich hören? Captain Kirk?«

»Guter Empfang!«, antwortete Baltasar, obwohl das nicht ganz der Wahrheit entsprach. Die Stimme des Studenten klang dumpf und abgehackt. »Scotty, ich beame Sie später herauf. Los geht's, Herr Lämmerhirt!«

Es dauerte eine Weile, bis Baltasar eine Parklücke entdeckt und sein Auto abgestellt hatte. Er schloss Kopfhörer am Handy an und hoffte, damit als Musikliebhaber durchzugehen, nicht als jemand, der dauernd telefonierte.

Auf der Kapuzinerstraße begegnete ihm eine Frau mit Kinderwagen, er musterte sie unauffällig. War sie womöglich die Übeltäterin? War die Monstranz in dem Kinderwagen versteckt? Babygeschrei zerstreute den Verdacht sofort.

Er schlenderte am Kapuzinerplatz vorbei. Aus den Augenwinkeln sah er Lämmerhirt, der vor dem Eingang zur Wallfahrtsstiege auf und ab ging, die Tasche mit dem Geld darin geschultert.

»Keiner da«, krächzte es aus den Mikros im Kopfhörer. »Soll ich mal innen nachsehen?«

Baltasar schüttelte fast unmerklich den Kopf. Der Aufgang zur Kirche war ein gemauerter Tunnel, der Eingang geschmückt mit einer Fassadendekoration. Das Tor war geschlossen. An dem Platz trafen mehrere Straßen und Gassen aufeinander. Der Täter könnte direkt mit einem Auto vorfahren und dem Studenten die Tasche entreißen, es wäre nur eine Sache von Sekunden, und er, Baltasar, könnte nichts dagegen tun. Er ging weiter in die Schmiedgasse. Bisher hatte er keine Stelle gefunden, von der aus er den Eingang überblicken konnte, ohne selbst gesehen zu werden.

Auf der gegenüberliegenden Straßenseite radelte ein junger Mann vorbei. Er trug einen Sportdress und hatte eine Wollmütze ins Gesicht gezogen, am Gepäckträger waren zwei Taschen befestigt. Der Mann hielt an und blickte sich um. Er stellte sein Rad ab und untersuchte die Vorderradgabel. Mit einem Werkzeug hantierte er an den Bowdenzügen und schwang sich wieder auf den Sattel.

Den idealen Beobachtungsposten hatte Baltasar immer noch nicht gefunden. Er probierte es in einem Hauseingang, tat so, als lese er die Speisekarte eines Lokals, aber nichts stellte ihn zufrieden.

»Immer noch«, flüsterte es in sein Ohr, und es klang wie ein schlecht eingestellter Radiosender. »Niemand bisher ... gekommen.«

Ein Pärchen, er und sie, beide um die 30, spazierte Arm in Arm die Straße entlang, sie kramte in ihrer Handtasche, schüttelte den Kopf, plötzlich machten sie kehrt und gingen denselben Weg zurück, den sie gekommen waren. Ein Lastwagen rollte vorbei, der Fahrer mit Sonnenbrille und Baseballkappe kaum erkennbar, immer wieder stieg er auf die Bremse, um danach sofort wieder Gas zu geben, sein Fahrstil wirkte betrunken. Kurze Zeit später kam er zurück. Hatte er sich verfahren? Baltasar fiel auf, dass an den Seitenwänden des Fahrzeugs die üblichen Werbeaufdrucke fehlten.

Lämmerhirt meldete sich wieder. »Immer noch Fehlanzeige. Ich gehe jetzt hinein und sehe mich um.«

Baltasar beschloss, sich mangels geeigneter Verstecke als Spaziergänger auszugeben. Er bog in den Neutorgraben ein, ging ein Stück, wechselte die Straßenseite und nahm dieselbe Route zurück. Als er wieder beim Kapuzinerplatz ankam, war der Student nicht mehr zu sehen. Das Tor zur Wallfahrtsstiege war angelehnt. Er drückte die Ohrenstöpsel fester in seinen Gehörgang, doch die Leitung war auf einmal wie tot.

Er ging ein Stück weiter, machte dann abermals kehrt, unschlüssig, ob er den Kapuzinerplatz wieder passieren sollte. Die Uhr zeigte kurz nach halb zwei. Hatte der Dieb es sich anders überlegt und die Sache abgeblasen? War Baltasars Tarnung aufgeflogen?

Lämmerhirt hatte sich noch immer nicht gemeldet.

Mittlerweile war es zehn vor zwei. Ein letztes Mal wollte Baltasar den Standardweg gehen. Der Vorplatz beim Eingang war verwaist. Nach einigen Schritten hielt er es nicht mehr aus. Er musste etwas unternehmen, das Warten und Untätigsein zermürbte ihn. Er schlüpfte in die Wallfahrtsstiege. Seine Augen brauchten eine Weile, bis sie sich an das Halbdunkel gewöhnt hatten.

Es war niemand zu sehen.

Sein Pulsschlag beschleunigte sich. Wo war David Lämmerhirt? Konnte es sein, dass er ihn verpasst hatte? War der junge Mann in ein Auto gestiegen? Baltasar verwarf den Gedanken gleich wieder, es kam ihm zu unwahrscheinlich vor. Der Student hätte sicher etwas in sein Handy gesprochen, hätte ein Signal gegeben, wenn etwas aus dem Ruder gelaufen wäre. Baltasar sah noch einmal draußen auf dem Vorplatz nach. Fehlanzeige. In seine Ratlosigkeit mischte sich immer mehr Nervosität.

Er betrat wieder den Gang und ließ das Tor hinter sich offen, um mehr Licht zu haben. Er traute sich nicht, den Studenten beim Namen zu rufen.

An den Wänden links und rechts der Treppenstufen hingen Devotionalien, Bilder von Danksagungen und Wünschen, fromme Sprüche und Fürbitten, auf Holz gemalt, Heiligendarstellungen – zur Einstimmung auf den Weg hinauf. Er kannte diese Art von Bilderwelten, Zeugnisse der Volksfrömmigkeit, Bestandteil vieler Wallfahrtskirchen. Eine Szene zeigte einen Mann, der von einem Pferdefuhrwerk überrollt worden war und Maria dafür dankte, den Unfall überlebt zu haben, das besagte die Inschrift. Eine Frau, in einem Bett liegend, pries die Muttergottes für die Heilung ihrer Krankheit. Ein Soldat auf Krücken verkündete, die Wallfahrt habe ihn davor bewahrt, im Ersten Weltkrieg an der Front getötet zu werden.

Ein Bildnis stach heraus. Von ferne sah es aus wie ein weißer Fleck. Baltasar betrachtete es näher. Es war ein Blatt Papier in einem Goldrahmen. Darauf stand in Computerschrift:

> Ganz nach oben gehen – sofort. Treffpunkt Übergabe Monstranz in der Wallfahrtskirche. Keine Botschaften schicken.

Baltasar überkam die Panik. Jetzt hatte er hier unten die Zeit vertrödelt, während die Übergabe an einem ganz anderen Ort über die Bühne lief. Der unbekannte Täter hatte sie überlistet. Es war gar nicht daran gedacht worden, die Übergabe am Eingang zur Wallfahrtsstiege zu vollziehen, das war lediglich ein Ablenkungsmanöver gewesen! Er musste so schnell wie möglich nach oben. Er lief zum Auto zurück, sprang hinein, jagte die Straße hinauf, bog in die Einfahrt zur Mariahilf-Kirche ein und parkte mit quietschenden Reifen direkt im Innenhof. Die Anlage wurde von einer Mauer und Gebäuden eingefasst, die Kirche mit ihren typischen Doppeltürmen war zur Flussseite ausgerichtet. Weit und breit waren weder andere Autos noch Menschen zu sehen.

Baltasar wusste nicht, ob er noch als Tourist durchgehen würde, doch das war ihm jetzt egal. Er nahm den Seiteneingang, der zum oberen Ende des Wallfahrtsstieges führte, und sah die Treppen hinunter. Doch es gab keine Spur von David Lämmerhirt.

Ein weiterer Gang führte an Schaukästen und Wallfahrerbildern vorbei. Baltasar sah in jedem Winkel nach, er wollte sichergehen, ein verrückter Gedanke, der junge Mann könnte sich vielleicht dort irgendwo verstecken.

Der Innenraum der Wallfahrtskirche strahlte Ruhe und Einkehr aus, nichts deutete darauf hin, dass an dieser heiligen Stätte Diebesgut den Besitzer gewechselt haben könnte. Baltasar ging vor zum Altar, schickte ein Gebet gen Himmel, alles möge gut ausgegangen sein. Er untersuchte die Sitzreihen. Nichts Auffälliges.

Beim Hinausgehen bemerkte er ein Stück Plastik auf dem Boden. Er hob es auf. Es war das Gehäuseteil eines Mobiltelefons. In der Ecke vor dem Ausgang fand er weitere Teile, wie achtlos zusammengeschoben. Kein Zweifel, es war David Lämmerhirts Handy!

Wie ein Magenschwinger traf Baltasar die böse Ahnung, dass etwas Schlimmes passiert war. Panisch rannte er hinaus, rief David Lämmerhirts Namen, wieder und immer wieder.

Niemand antwortete.

Die Anlage war wie ausgestorben. Er lief jede Stelle ab, sah hinter allen Türen nach, in der Parkanlage. Nichts. Er ging vorbei an den Grabsteinen, suchte die Grünflächen außerhalb der Klosteranlage ab, rannte zwischen den Bäumen umher in der verzweifelten Hoffnung, der Student läge dort irgendwo, verletzt, unfähig, sich zu rühren. Fehlanzeige.

Wo konnte er noch suchen? Das Areal war zu groß, um es schnell zu durchkämmen, schon gar nicht ganz allein. Er hatte die große Sorge, dass der junge Mann in einem Fahrzeug verschleppt worden war.

Baltasar folgte einem kleinen Weg hinter der Kirche, der hinunter zu einer Aussichtsplattform führte. Von dort fiel der Berg steil ab und eröffnete den Blick auf Passau.

Irgendetwas an den Büschen kam Baltasar merkwürdig vor. Er kletterte über die Brüstung und entdeckte eine schmale Schneise zwischen dem Buschwerk. Zweige schnitten ihm ins Gesicht, er rutschte aus und verlor einen Schuh. Baltasar bemerkte es nicht, er kämpfte sich durch das Dickicht wie ein Besessener, ein Verzweifelter.

Schließlich hielt er inne.

Unter ihm am Abhang lag ein menschlicher Körper.

5

Seine Blutwerte waren in Ordnung. Eigentlich. Zucker im Grenzbereich, das bisschen Cholesterin, Kalziummangel kaum der Rede wert.

Kriminalhauptkommissar Wolfram Dix studierte die Fachausdrücke und Zahlenkolonnen auf dem Befund. Alles in allem war er gesund, soweit er das dem Kauderwelsch des Doktors entnehmen konnte, das war seine persönliche Diagnose – und damit Schluss. Was immer seine Frau sich auch ausgemalt haben mochte: Sie hatte ihn zu der Untersuchung geschickt, gegen seinen Willen, aber sie hatte darauf bestanden, weil er so schlecht ausgesehen habe, wie sie behauptet hatte. Um des Hausfriedens willen hatte er nachgegeben und sich Blut abzapfen lassen. Vielleicht brauchte er dann diese Brausetabletten nicht mehr zu nehmen, die ihm seine Frau mitgegeben hatte und die, in Wasser gelöst, alle möglichen Mangelerscheinungen ausgleichen sollten.

Missmutig warf er eine Tablette ins Glas. Es sprudelte, es schäumte, das Gebräu erinnerte ihn an den Chemiebaukasten, mit dem er als Kind gespielt hatte. Und das sollte gesund sein? Er trank einen Schluck, es schüttelte ihn. Schmeckte so Dopingmittel, oder war es Rohrreiniger? Jetzt brauchte er einen Kaffee und ein Stück Kuchen, um diesen widerlichen Geschmack in seinem Mund loszuwerden. Er rief seinen Assistenten Mirwald an und verabredete sich mit ihm in der Kantine.

Mirwald, genauer gesagt Doktor Oliver Mirwald, war Kriminalkommissar und Dix' Kollege in der Passauer Mordkommission, aber für Dix war ein Mann Ende 20 jemand, der von einem altgedienten Hauptkommissar noch etwas lernen konnte, besonders, da der junge Mann aus Norddeutschland stammte und mit den Sitten und Gebräuchen im Bayerischen Wald auf Kriegsfuß stand.

Mirwald kam ihm schon auf dem Flur entgegen.

»Sie sehen heute schlecht aus, Herr Dix. Ist was?«

Dix machte eine wegwerfende Handbewegung. »Gehen wir nun?«

»Wird leider nichts mit dem Kaffeekränzchen, wir haben eine Leiche, oben bei der Mariahilf-Kirche.«

»Könnten wir wenigstens einen von diesen – wie heißen die doch gleich – Coffee-to-go-Dingern aus dem Automaten holen? Tot bleibt tot. Und Leichen sind geduldig.

Wegen der paar Minuten dreht sich die Welt auch nicht schneller.«

»Sie würden nicht so gemütlich dastehen, wenn Sie wüssten, wer den Vorfall gemeldet hat.« Mirwald grinste.

»Soll ich jetzt raten? Das geht nur, wenn Sie mir einen Kaffee holen.«

Mirwald verschwand und kam mit zwei Pappbechern zurück. Wolfram Dix nahm einen Schluck und ließ ihn im Mund einwirken.

»Nun gut, ich verrat's Ihnen: Es ist Pfarrer Baltasar Senner.«

Dix prustete seinen Kaffee wieder heraus.

»Hatte mir doch gedacht, dass Sie sich freuen.« Mirwald reichte ihm ein Taschentuch. »Für Ihren Mund, den Rest wischt später die Putzfrau auf.«

»Zum Wagen, ich trink dieses Gesöff unterwegs.«

Ein Streifenwagen und das Ermittlungsteam waren vor ihnen eingetroffen, die Beamten verscheuchten Besucher und sorgten dafür, den Parkplatz auf dem Gelände frei zu halten.

»Mirwald, waren Sie schon mal hier oben?«

»Nee, sehe ich aus wie ein Tourist?«

»Wallfahrten. Das ist gut fürs Seelenheil. Da würden Sie gleich auf andere Gedanken kommen.«

»Das kann ich beim Fernsehen auch.«

»Aber das hier hat mehr Tradition, schon seit Jahrhunderten, als es noch keine Fernseher gab, sondern nur Live-Vorführungen und Bilder.«

»Da kann ich mir genauso gut eine Doku über Wallfahrten im Fernsehen anschauen, das ist bequemer.«

Sie begrüßten die Kollegen.

»Wo ist die Leiche?«, fragte Mirwald.

Ein Polizist führte sie zu der Stelle. Sie streiften sich Gummihandschuhe über, bückten sich unter dem Absperrband hindurch und hielten sich am Rand des Grundstücks, bis sie die Brüstung erreicht hatten. Beamte in Schutzanzügen untersuchten Boden und Büsche nach Spuren, Helfer hatten eine Leiter und ein Seil angebracht, um einen gefahrlosen Abstieg zum Fundort des Toten zu ermöglichen.

»Soll ich Ihnen helfen, Herr Dix?« Mirwald bot ihm die Hand. »Es ist steil, man gerät leicht ins Rutschen.«

»Danke, geht schon, so alt bin ich auch wieder nicht.« Er stemmte sich über die Brüstung und hangelte sich am Seil abwärts. Mehrmals wäre er beinahe hingefallen, aber er tat, als sei nichts gewesen – schließlich wollte er sich vor dem jungen Kollegen keine Blöße geben. Etwa fünf Meter unterhalb des Bergplateaus stand ein Arzt und untersuchte die Leiche.

»Haben Sie schon eine erste Diagnose?« Dix betrachtete den leblosen Körper: Es war ein Mann Anfang 20, er lag auf dem Bauch, mit dem Kopf nach unten.

»Genaueres kann ich erst nach der Obduktion sagen.« Der Mann zeigte auf den Rücken des Toten. Auf der Kleidung waren mehrere Blutflecken zu sehen. »Stichverletzung. Ein Messer oder ein spitzer Gegenstand. Dadurch schwere innere Verletzungen, vermutlich den Herzmuskel getroffen, hoher Blutverlust, das Opfer ist sehr wahrscheinlich erstochen worden.«

»Der Todeszeitpunkt?«

»Gegen Mittag. Wir können die Zeit relativ genau eingrenzen, weil der Zeuge in diesem Punkt konkrete Angaben gemacht hat.«

»Soll das heißen, der Pfarrer hat den Mord beobachtet?«

»Nach seinen Aussagen nicht, aber dazu müssen Sie ihn selbst befragen.«

»Das werde ich tun, später. Haben die Kollegen schon Hinweise auf die Identität des Toten gefunden?«

»David Lämmerhirt, wohnhaft in Passau. Sie sollten den Zeugen am besten selbst …«

»… befragen, ich weiß. Ist das hier der Tatort, oder wurde der Mann woanders ermordet?«

»Den Blutspuren nach zu urteilen eher nicht. Vielleicht wurde er oben am Berg erstochen und die Leiche einfach über die Brüstung geworfen, um Spuren zu verwischen. Oder der Täter hat sie hierhergeschleppt. Die Kollegen suchen gerade die Umgebung ab, spätestens bis morgen müssten Ergebnisse vorliegen. Ich maile Ihnen meinen Bericht.«

Dix mühte sich wieder den Hang hinauf, oben brauchte er einige Zeit, bis sich sein Puls normalisiert hatte. Sein Kollege wartete geduldig.

»Nun machen Sie schon, Mirwald, und begutachten Sie den Tatort, da können Sie zugleich die Technik des Bergsteigens lernen. Ich bleibe so lange hier oben, eine bessere Aussicht gibt's nicht.«

Tatsächlich bot der Standort einen Panoramablick, der der Idylle auf einer Postkarte in nichts nachstand, man sah auf die Altstadt von Passau, begrenzt von Inn und Donau. Der Zusammenfluss war fast genau dort, wo auch die Ilz einmündete, was dem Ort den Namen »Dreiflüssestadt« einbrachte. Auf der gegenüberliegenden linken Donauseite erhob sich der Berg mit der Veste Oberhaus. Das historische Zentrum beherrschten jedoch kirchliche Bauten, Zeugen jener Zeit, als die Macht des Bistums weit über die bayerischen Grenzen hinausreichte.

Mirwald kam eine Weile später ebenfalls hochgeklettert.

»Sieht übel aus. Ich frage mich, wie viel Kraft der Täter brauchte, um sein Opfer über das Geländer zu hieven und hinunterzuwerfen.«

»Ich denke, so viel Aufwand musste der Mörder nicht unbedingt betreiben.«

Dix ging zu dem Punkt, von dem aus sich eine Schneise durch die Büsche nach unten zog.

»Angenommen, er lockte den Mann an diese Stelle. Kommen Sie mal her, Mirwald, und spielen Sie Opfer, den Blick auf die Stadt gerichtet.«

Sein Assistent kam der Aufforderung nach. Dix trat hinter ihn und deutete mehrere Messerstiche in den Rücken an.

»Jetzt nur noch einen Schubs, und Sie kippen nach vorne, das heißt in diesem Fall, Sie stürzen den Berg hinunter. Dazu braucht es nicht viel Kraft. Es kann also durchaus auch eine Frau gewesen sein.«

»Oder der Täter hat das Opfer festgehalten, den Oberkörper über die Brüstung gelehnt und dann die Füße als Hebel benutzt, um den Leichnam nach unten zu stürzen. Der Tote war schlank und eher schmächtig, ich schätze etwa 65 Kilo schwer, das müsste für den Täter oder die Täterin zu schaffen gewesen sein.«

»Wenn es sich so abgespielt hat. Bis jetzt sind es nur Annahmen, aber die Spuren an der Kleidung deuten darauf hin. Die Kollegen sollen unbedingt jeden Quadratzentimeter in diesem Bereich absuchen und alles mitnehmen, was auch nur den geringsten Hinweis auf die Rekonstruktion des Tathergangs gibt.«

»Irgendwie muss der Täter hierhergelangt und wieder geflüchtet sein.« Mirwald machte sich Notizen. »Entweder zu Fuß oder mit dem Auto, wie auch immer, er muss eine Spur hinterlassen haben, jemand hat ihn gesehen, das Auto wurde vielleicht von einer Überwachungskamera registriert. Ich veranlasse alles Notwendige.«

»Wir brauchen auch eine Liste aller Personen, die hier oben tätig sind, auch die Nachbarn. Und alles über das Opfer: Wo kam er her? Wo wohnte er? Was machte er beruflich? Jemand muss die Angehörigen verständigen.«

»Wir haben noch unseren Zeugen«, sagte Mirwald.

Dix fragte einen Polizisten, wo sich der Pfarrer aufhielt, und zog seinen Assistenten hinter sich her. »Er ist in der Kirche, auf geht's. Das ist hervorragend, Mirwald, und wissen Sie auch, warum?«

»Nein, aber ich werde es sicher gleich hören.«

»Dadurch werden Sie gezwungen, in die Kirche zu gehen. Es ist zwar nur dienstlich, aber immerhin ein Anfang. Wenn Sie heimlich beten wollen, tun Sie sich keinen Zwang an.«

»Beten kann ich zu Hause, wenn mir danach sein sollte. Und das ist eine Kirche, wie es sie tausendfach in Bayern gibt.«

»Täuschen Sie sich nicht, Mirwald, man merkt, Sie sind kein Einheimischer. Mariahilf ist ein Juwel unter den Wallfahrtskirchen.«

»Menschen beten sogenannte Wunder oder Heilige an – was soll da besonders sein? Wir sind nicht in Lourdes oder Santiago de Compostela.«

»Na, wenigstens kennen Sie ein paar berühmte Ziele, Altötting nicht zu vergessen, da haben Sie ausnahmsweise im Unterricht aufgepasst.«

»Hab ich aus dem Fernsehen.«

»Dann erhalten Sie jetzt von mir ein wenig Heimatkundeunterricht, gratis, versteht sich. Das gehört eigentlich zur Grundausbildung eines Kriminalbeamten, der in Passau arbeitet.«

»Ach ja?«

»Also, die Kirche wurde im siebzehnten Jahrhundert erbaut, zu der Anlage gehört auch ein Kloster. Das Allerheiligste in der Kirche ist ein Gnadenbild von Maria. Als Kaiser Leopold der Erste vor den Türken hierherflüchtete, betete er um himmlischen Beistand in der Schlacht. Wie Sie vielleicht noch aus der Schule wissen, haben die christlichen Heere die Türken danach besiegt, und das Mariengemälde wurde das Staatsgnadenbild der Habsburger. Sie sehen, auf diesem Fleck ist ein Stück Weltgeschichte zu finden.«

Die Kirche schien leer zu sein, bis Dix eine vorgebeugte Gestalt in der letzten Reihe entdeckte.

»Herr Senner?«

Der Pfarrer blickte auf. »Die Herren Kommissare, das war zu erwarten.«

»Es war aber nicht zu erwarten, Sie an diesem Ort zu treffen, Hochwürden«, sagte Dix.

»Warum? Das ist eine Kirche, und ich bin Pfarrer.«

»Sie wissen schon, was ich meine. Ehrlich gesagt bekomme ich immer ein ungutes Gefühl, wenn wir uns treffen, meistens liegt dann irgendwo ein Toter rum, so wie bei früheren Mordermittlungen. Sie sehen bleich aus, Hochwürden.«

»Ich bin, offen gesagt, auch etwas von der Rolle. Deshalb würde ich gerne heimfahren. Können wir das Gespräch nicht auf später vertagen?«

»Wir leiten wichtige Ermittlungen, da können wir keine Rücksicht auf persönliche Befindlichkeiten nehmen, Herr Senner.« Mirwald setzte sich neben ihn. »Sie wissen selbst, wie wichtig es ist, Spuren so schnell wie möglich nachzugehen. Das erhöht erwiesenermaßen die Wahrscheinlichkeit, den Täter zu fassen. Also?«

»Wir reden hier nicht von Statistiken. Ein Mensch ist ermordet worden, sein Name ist David Lämmerhirt, Seminarist in Passau. Fragen Sie bei der Verwaltung der Diözese nach, dort erfahren Sie die Einzelheiten.«

»Sie waren am Tatort, nicht irgendwelche Büroangestellten des Bischofs. Was haben Sie zum Tathergang zu sagen? Warum sind Sie hier? Sicher nicht zum Wallfahren.«

»David hatte eine Verabredung unten in der Innstadt, und ich habe ihn begleitet. Auf einmal war er verschwunden. Ich dachte, er ist die Wallfahrtsstiege hinaufgegangen. Deshalb bin ich den Berg hochgefahren, habe ihn gesucht und am Hang gefunden. Ich bin noch immer ganz benommen.«

»Was für eine Verabredung war das?«, fragte Dix. »Steckt da eine Frau dahinter? Warum mussten Sie dabei sein?«

»Ich habe zugesagt, ihn mit dem Auto herzufahren und auf ihn zu warten. Ich dachte, es dauert nicht lange. Leider habe ich mich geirrt … Mit wem der junge Mann sich treffen wollte, weiß ich nicht.«

»Dieser Lämmerhirt muss doch etwas gesagt haben, das gibt's doch nicht. Sie hocken doch nicht schweigend im Auto.«

»Wir haben natürlich über dieses und jenes gesprochen, aber er hat nicht gesagt, um welche Person es sich handelt. Wer denkt bei einem solchen Treffen schon daran, dass am Ende ein Mord passiert?«

»Gut, fürs Erste reicht's. Sie sehen wirklich schlecht aus, Hochwürden, so habe ich Sie noch nie erlebt.« Dix klopfte ihm auf die Schulter. »Aber halten Sie sich bereit. Wir müssen Sie auf jeden Fall nochmals verhören.«

»Übrigens, dort in der Ecke liegen die Teile von Davids Mobiltelefon. Möglicherweise hilft Ihnen das weiter.«

6

Baltasar hatte sich zu Hause sofort ins Bett gelegt. Er versuchte einzuschlafen, aber seine Gedanken kreisten in seinem Kopf, einem Tornado gleich, wild und zerstörerisch. Er hatte sich mitschuldig gemacht an Davids Ableben, er hatte den Studenten voreilig in ein tödliches Abenteuer gejagt. Er hätte selber gehen sollen, so wie es der Bischof ursprünglich verlangt hatte, statt diese schwierige Aufgabe auf jemanden abzuwälzen, der zu jung und zu unerfahren für eine solch heikle Mission war.

Noch besser wäre es gewesen, von Anfang an die Polizei einzuschalten. Warum nur hatte er dem Drängen seines Vorgesetzten nachgegeben? Es war unverzeihlich. Er war Pfarrer, kein Spezialist für Erpressung und Lösegeldforderungen. Was für eine Selbstüberschätzung! Wäre er nicht so verblendet gewesen, so würde der junge Mann noch leben.

Genauso schwer wog, dass er den Kriminalbeamten nicht die Wahrheit gebeichtet hatte: Natürlich wusste er über den

Zweck des Treffens Bescheid, und selbstverständlich war diese Information elementar für die weiteren Ermittlungen der Polizei. Er wusste nicht, was ihn in diesem Moment getrieben hatte, vielleicht das unbestimmte Gefühl, erst mit dem Bischof darüber reden zu müssen, um das Schweigegelübde wegen der gestohlenen Monstranz zu brechen.

Er stand auf, ging ins Arbeitszimmer, nahm Aktenordner aus dem Regal und stellte sie wieder zurück, er konnte sich einfach nicht konzentrieren. Er ging in die Küche, kochte sich einen Kaffee, ließ die Tasse jedoch unberührt.

Die Frage nach seiner Verantwortung ließ ihm keine Ruhe, selbst Teresa fiel sein nervöses Benehmen auf.

Er ging hinüber in die Kirche und versuchte zu beten, aber selbst dieser Ort der Ruhe und Meditation konnte seinen inneren Aufruhr nicht dämpfen.

Schließlich hielt er es nicht mehr aus und beschloss, dem Gasthof »Zur Einkehr« einen Besuch abzustatten. Möglicherweise brachte ihn die Wirtin Victoria Stowasser zur Ruhe, eine Frau, deren Gegenwart bei ihm zwar alle möglichen Gefühle auslösen konnte, aber immer angenehme.

Sie begrüßte ihn mit einem Lächeln, das sein Herz schneller klopfen ließ. Nach Essen war ihm nicht zumute, aber er bestellte sich einen Schnaps, einen Bärwurz, der Rachenputzer aus dem Bayerischen Wald, der volle Aufmerksamkeit forderte, wollte man den Schluck heil überleben. Egal, Hauptsache vergessen. Er orderte einen zweiten, einen dritten.

Victoria setzte sich zu ihm. »Ich mache mir Sorgen um Sie, Herr Senner. Sie sehen elend aus. Schnaps trinken Sie normalerweise nicht, schon gar keinen Bärwurz. Sie hassen das Zeug doch.«

»Besondere Anlässe erfordern besondere Taten.«

»Was ist mit Ihnen los? So habe ich Sie noch nie erlebt. Nun sagen Sie schon.«

Es sprudelte aus ihm heraus, er erzählte ihr alles von Beginn an.

»Und jetzt machen Sie sich dafür verantwortlich, weil Sie glauben, es sei zu verhindern gewesen.«

Baltasar nickte.

»Wer weiß, was diesen Ausraster des Täters wirklich hervorgerufen hat. Vielleicht war es unabwendbar. Solche Verbrecher denken anders als normale Menschen. Wenn Sie sich stattdessen geopfert hätten, wäre das ehrenvoll gewesen, aber am Ende genauso sinnlos.« Sie strich ihm über die Hand. Er genoss die Berührung, ihre Wärme, die weiche Haut.

»Außerdem wundere ich mich schon ein wenig. Gerade Sie als Geistlicher sollten doch an die Weisheit des Allmächtigen glauben und darauf vertrauen, dass er Sie die richtigen Entscheidungen treffen lässt. Predigen Sie nicht selbst Barmherzigkeit und Vergebung?«

»Im Moment kann ich mir nicht vergeben.«

»Aber warum nehmen Sie das Schicksal nicht selbst in die Hand? Sie haben doch bereits früher bei Mordfällen bewiesen, dass Sie den Opfern eine Stimme geben und dafür sorgen, dass ihnen Gerechtigkeit widerfährt. Tun Sie eben jetzt alles, was in Ihrer Macht steht, um dem Studenten und seinen Angehörigen im Nachhinein Genugtuung zu verschaffen. Suchen und stellen Sie den Mörder. Betrachten Sie es als Buße. Sie können das Ganze nicht rückgängig machen, das müssen Sie wohl oder übel akzeptieren.«

Baltasar wusste, dass Victoria Recht hatte. Er musste selbst dazu beitragen, damit diese Tat nicht ungesühnt blieb. Das war er David Lämmerhirt schuldig. Aber er hatte im Augenblick keine Ahnung, wie es weitergehen sollte.

Die Stürme in seinem Kopf wollten sich nicht legen. Der Schmerz bohrte sich in seine Seele. Er brauchte eine Auszeit. Aus seinen Weihrauchvorräten suchte er »Eritrea Tränen« heraus, eine besonders würzige Sorte. In einem Mörser zerkleinerte er die Harzperlen, holte aus seinem Versteck die Dose mit der besonderen Mischung und streute eine extra große Portion darüber. Er richtete Messingschale, Sand und Kohletablette her.

Die Weihrauchschwaden entfalteten ihren Duft, der Geruch unterlegt mit den Aromen von Sandelholz und Zimtrinde, von Neroli und Muskat. Baltasar füllte seine Lungen und sog den Rauch ein, als hinge sein Leben an dieser Mixtur.

Sein Gehirn beruhigte sich, sein Atem ging gleichmäßiger, er spürte jede Faser seines Körpers, das Blut, wie es in den Adern pulsierte, zumindest glaubte er das. Sein Bewusstsein war wie in Watte gepackt, der Vorhang schloss sich über seine Gedanken. In seinem Inneren wurde es hell, ein Tor öffnete sich, dahinter strahlte ein wundersames Licht, er sah, wie David Lämmerhirt eine Treppe emporstieg und die Hände nach dem Licht ausstreckte. Es war schön und bedrückend zugleich. Das Licht verwandelte sich in Farbwirbel, rot, gelb und orange, feuergleich, sie schienen zu tanzen und David zu umkreisen. Baltasar spürte die Wärme, die von den Flammen ausging, eine wohlige Erfahrung, Schutz versprechend wie in einem Nest. David Lämmerhirt war in dem Strahlenkranz verschwunden. Loslassen. Abschied nehmen.

Zurück blieb ein Gefühl der Gelassenheit, der Ruhe und des Friedens.

7

Baltasar vereinbarte früh am nächsten Morgen ein Treffen mit dem Bischof und fuhr wieder nach Passau. Im Amtssitz am Domplatz lief ihm Daniel Moor über den Weg.

»Dicke Luft«, warnte ihn der Assistent des Generalvikars. »Die Polizei war da, die Beamten traten ziemlich resolut auf, wollten auf der Stelle alles über den armen Seminaristen wissen. Sie können sich vorstellen, wie ungehalten unser oberster Chef war. Das hat Seine Exzellenz selten erlebt, dass in seiner Residenz jemand anders als er Befehle und Anweisungen erteilt.«

Vinzenz Siebenhaar starrte aus dem Fenster, als Baltasar eintrat.

»Herr Senner, wie konnte das nur passieren?« Der Bischof sah weiter nach draußen, als finde er dort die Antwort auf seine Frage.

Baltasar berichtete von dem Drama und wie er den Leichnam gefunden hatte.

»Das ist alles so schrecklich! Ganz fürchterlich ist es!« Siebenhaar wandte sich ihm endlich zu. »Ich will Ihnen keine Schuld geben, aber …« Das Gesicht des Mannes war eingefallen, die Augenringe traten hervor. »Schlimm ist das, sehr schlimm. Der Allmächtige will uns strafen. Was haben wir nur verbrochen?«

Baltasar war sich nicht sicher, ob der Bischof den tragischen Tod des Studenten meinte oder die unangenehme Tatsache, dass seine Verwicklungen in den Fall vermutlich ans Licht kommen würden.

»Was haben Sie den Kriminalbeamten gesagt?«

»Ich?« Siebenhaar sah ihn an. »Gar nichts. Ich habe die Herren nicht empfangen. Noch nicht. Generalvikar Castellion hat sich der Sache angenommen.«

»Sie werden um eine Aussage wohl nicht herumkommen. Besser, Sie bereiten sich darauf vor.«

»Was sollte ich denn sagen? Ich weiß doch nichts. Sie waren vor Ort, Sie allein.«

»Aber Sie werden wahrscheinlich auch als Zeuge in einem Mordfall vernommen.«

Der Bischof hielt sich die Ohren zu. »Hören Sie auf, so zu reden, Senner. Ich will das nicht hören. Mit der Polizei will ich nichts zu tun haben. Und schon gar nicht mit Mord. Was denken Sie, was die Presse daraus macht? Die würden mich zerfleischen. Nein, mein Name muss außen vor bleiben.«

»Exzellenz, verzeihen Sie, aber für mich klingt das nach einem naiven Wunsch.«

»Ich sage das nicht wegen meiner Person. Es geht um das Amt, das darf nicht beschädigt werden. Wir haben viele Feinde, viele Ungläubige, die warten da draußen nur darauf, uns anzugreifen, die heilige katholische Kirche in den Dreck zu ziehen. Dafür will ich keinen Anlass liefern. Es ist meine Pflicht, das zu verhindern, deshalb darf ich nicht in die Angelegenheit hineingezogen werden.«

»Ich fürchte, jeder von uns muss sich den Tatsachen stellen, so unangenehm sie auch sein mögen.«

»Was heißt hier Tatsachen? Bisher ist völlig unklar, warum der arme Junge sterben musste! Mein Gott, ich habe die ganze Nacht wach gelegen, ständig das Bild dieser gequälten Seele vor Augen. David war ein so vielversprechender junger Mann, er hatte eine große Karriere vor sich!«

»Die Ermittler brauchen unsere Mithilfe, um über die Hintergründe des Verbrechens mehr zu erfahren. Um den Fall aufklären zu können.«

»Nein, nein und nochmals nein!« Die Stimme des Bischofs driftete ins Weinerliche ab. »Die Sache mit der Monstranz ist ein ganz anderes Thema, ich bin mir nicht mal sicher, ob das etwas mit dieser ungeheuerlichen Tat zu tun hat. Wollen Sie verantworten, dass diese Diözese in Rom unten durch ist? Was würde das für unsere seelsorgerischen Projekte bedeuten? Wir haben einen Ruf zu verlieren, einen Ruf, den meine Vorgänger und ich über die Jahrhunderte mühsam aufgebaut und verteidigt haben. Ich bin nicht bereit, das so einfach aufzugeben.«

»Hier geht es um etwas anderes. Ein Mensch ist gestorben. Durch Gewalt. Und es liegt an uns, dieses Unrecht aufzuklären.« Baltasar versuchte, seinen immer stärker werdenden Unmut unter Kontrolle zu behalten. Was ging bloß in dem Bischof vor?

»Ich weiß, was meine Prioritäten sind. Ich leide genauso unter dem Vorfall wie Sie. Ich werde extra einen Gedenkgottesdienst ansetzen, den ich persönlich abhalte. Aber wir sollten die weltlichen Dinge in die Hände der dafür zuständigen Behörden legen und uns im Hintergrund halten. Schließlich ist David nicht innerhalb einer Kirche oder in den Räumen des Bistums umgekommen, sondern draußen in der Öffentlichkeit.«

»Exzellenz, Sie vergessen den Grund. Die gestohlene Monstranz.«

»Keine Sekunde vergesse ich das. Ich sehe da jedoch zwei verschiedene Fälle, die durch ein unglückliches Schicksal kurzzeitig miteinander verknüpft waren. David wird die Aufnahme ins Paradies finden, da bin ich mir sicher, dafür habe ich gebetet. Die Monstranz jedoch bleibt nach wie vor verschwunden. Wir müssen sie zurückbekommen, irgendwie, und diskret. Ich will mir nicht ausmalen, welche Beben es in Rom auslösen würde, wenn zu dem schrecklichen Unglück auch noch der Diebstahl bekannt würde.«

»Wie wollen Sie das anstellen? Wir müssen es der Polizei melden.«

»So der Allmächtige will, werden wir das eben tun. Aber es besteht kein Grund, es der Presse mitzuteilen. Ich werde meine Aussage machen, falls es gewünscht wird. Außerdem werde ich mit dem Staatsanwalt reden, sein Büro ist ja gleich nebenan. Ich kenne ihn gut, er war mehrmals bei mir im Gottesdienst. Und den Leiter der Polizeidirektion Passau lade ich zum Essen ein, als reuiger Sünder, wenn es sein muss. Aber dieser Diebstahl darf nicht nach außen dringen, er ist auf einer anderen Ebene anzusiedeln als diese Schandtat an unserem Seminaristen.«

»Wollen Sie die Polizei mit der Wiederbeschaffung der Monstranz betrauen?«

»Wo denken Sie hin? Es gilt die Regel: So wenig Staatsdiener wie möglich bei unseren internen Angelegenheiten, mögen sie auch ehrenwerte Absichten haben. Es ist Ihr Job, Herr Senner, sosehr Sie sich auch bisher gesträubt haben. Bringen Sie mir Fersenmayrs Meisterstück zurück! Wenn der Polizei durch Zufall ein Erfolg gelingen sollte, umso besser, aber darauf baue ich nicht. Ich zähle auf Sie, Herr Senner.«

»Nur wenn ich gleichzeitig auch an der Aufklärung des Mordes arbeiten darf, diskret, versteht sich. Das ist mir ein persönliches Anliegen.«

»Wollen Sie mich unter Druck setzen?«

»Es ist eine demütige Bitte eines Kirchendieners.«

»Tun Sie, was Sie nicht lassen können. Sie machen eh immer, was Sie wollen. Aber wenn etwas schiefläuft, ich weiß von nichts.«

*

Baltasar stand vor dem Eingangstor zur Wallfahrtsstiege und drehte sich langsam um die eigene Achse. Gab es eine verborgene Stelle, von der aus man diesen Platz beobachten konnte? Er fand keine. Womöglich hatte der Mörder sich in einem der umliegenden Häuser versteckt und so gänzlich unbemerkt freie Sicht gehabt. Baltasar ging die Gebäude ab, studierte die Klingelschilder, Privatpersonen, Kleingewerbe, Dienstleister, es schien ihm unwahrscheinlich, dass ein Fremder sich längere Zeit in einem Büro oder Treppenhaus aufhalten konnte, ohne dass es jemandem aufgefallen wäre. Deshalb verwarf er die These wieder, der Täter habe von hier aus seinem Opfer aufgelauert. Allenfalls war der Unbekannte mit dem Auto vorbeigefahren, um sich vor der Übergabe abzusichern.

Wahrscheinlicher war dagegen die Vermutung, dass der Täter von vornherein die Übergabe des Lösegeldes oben auf dem Gelände der Wallfahrtskirche Mariahilf geplant hatte. Die an der Wand befestigte Anweisung war der Beweis dafür. Es bedurfte Zeit und Vorbereitung, diesen

Schachzug auszuführen. Baltasar hatte auch keinen Zweifel daran, dass der Dieb der Monstranz zugleich der Mörder von David Lämmerhirt war. Unklar war allerdings, ob er allein arbeitete oder ob er Komplizen hatte.

Die Wallfahrtsstiege war eine raffinierte Wahl, um mögliche Verfolger abzuschütteln. Die einzelnen Sektionen waren gut überschaubar, man würde sofort bemerken, wenn mehr als eine Person die Treppe benutzte. Schließlich musste der Unbekannte damit rechnen, dass sich das Bistum nicht an die Abmachung hielt und die Polizei einschaltete.

Baltasar stieg die Stufen hinauf, seine Schritte hallten in dem Gang. Was war passiert, als David oben bei der Kirche angekommen war? Weitere Hinweise an den Wänden hatte es nicht gegeben. Hatte der Täter den Seminaristen oben erwartet und war mit ihm hinüber in die Kirche gegangen? Hatten sie sich drinnen auf eine Besucherbank gesetzt? Der Fremde musste sich irgendwie vermummt haben, um nicht erkannt zu werden, vielleicht hatte er Schal und Sonnenbrille getragen oder eine Sturmhaube.

Das zerbrochene Handy in der Kirche – die Folge eines Streits? Baltasar suchte den gesamten Fußboden in der Kirche ab, konnte jedoch keine Blutspuren entdecken, auch nicht auf der Kanzel oder in der Sakristei. Vielleicht hatte der Mörder den Studenten unter einem Vorwand hinausgelockt und war mit ihm zu der Aussichtsplattform gegangen, um dort vermeintlich die Übergabe zu vollziehen.

Baltasar folgte dem Weg, den die beiden vermutlich genommen hatten, vorbei an den Steinkreuzen der alten Gräber im Innenhof, an der Mauer entlang und hinunter bis zu der Plattform hinter der Kirche.

Es war ein idealer Tatort: abgelegen, eingezwängt zwischen Gebäudemauern und Bäumen, nicht einsehbar, weder von unten noch vom Kirchplatz aus. Baltasar glaubte, Flecken am Boden zu erkennen. War das getrocknetes Blut? Aber die Kriminaltechniker hatten es bestimmt längst untersucht. Er brauchte mehr Informationen von der Polizei. Vielleicht konnte der Bischof seinen Einfluss nutzen, um an die Untersuchungsergebnisse zu gelangen.

Er klingelte im Büro des Paulinerordens. Diese Mönche aus Polen betreuten die gesamte Anlage der Wallfahrtskirche. Ein Mann Anfang 60 öffnete, er trug einen schwarzen Anzug und ein Hemd mit Priesterkragen.

Baltasar stellte sich vor. »Ich bin im Auftrag Seiner Exzellenz unterwegs. Bischof Siebenhaar wünscht Informationen über das Verbrechen, das hier geschehen ist.« Diese Behauptung deckte sich nicht exakt mit den Tatsachen, aber der Herr im Himmel würde ihm die eigenwillige Interpretation verzeihen. »Was haben Sie oder Ihre Mitbrüder an dem Tag bemerkt?«

»Das hat mich die Polizei auch schon gefragt.«

»Seine Exzellenz legt Wert darauf, sich unabhängig ein Bild zu machen.«

»Also gut, es ist schnell erzählt. Ich habe momentan alleine Dienst, wir sind nur eine Handvoll, zwei Mitbrüder sind krank, zwei sind zu Verwandtenbesuchen daheim. Um es kurz zu machen: Ich habe den jungen Mann nicht gesehen.«

»Kommen denn viele Leute hier hinauf?«

»Das hängt davon ab. Zu Gottesdiensten oder an Feiertagen schon. Oder es rückt eine Touristengruppe an. Meistens ist es aber ruhig. Einzelne Gäste, Reisende, die Station machen.«

»Haben Sie auch kein Auto bemerkt?«

»In der Zeit, in der laut Polizei der Mord geschah, parkte meines Wissens kein Auto im Hof. Ich muss aber dazusagen, dass ich hinten im Lager zu tun hatte, von dort sieht man nicht auf den Kirchplatz. Man kann das Areal von mehreren Seiten aus betreten, und wer dunkle Absichten hegt, der kann sich unbemerkt Zutritt verschaffen.«

»Und Fahrradfahrer oder Fußgänger?«

»Einige Besucher waren am Vormittag schon da, ein Pärchen und einzelne Personen, glaube ich, ich habe nicht darauf geachtet, das ist normal. Schließlich soll die Kirche für jeden offen sein, da gibt es keine Einlasskontrollen oder eine besondere Überwachung. Auch sind im Kirchenraum keine Millionenschätze, und die alte Sakristei mit ihren Ausstellungsstücken ist gesichert.«

»Ist Ihnen in den vergangenen Tagen etwas Besonderes aufgefallen? Jemand, der häufiger aufgetaucht ist oder sich ungewöhnlich benahm?«

»Touristen benehmen sich immer ungewöhnlich. Darauf achte ich schon gar nicht mehr. Ich bin froh, wenn sie in der Kirche nichts anfassen oder kaputt machen. Ansonsten kommen regelmäßig Postboten, Lieferanten, die Männer von der Müllabfuhr und vom Paketdienst und Kollegen aus den anderen Klöstern oder Pfarreien.«

Baltasar wurde durch diese Informationen zwar nicht wirklich klüger als zuvor, doch er bedankte sich bei dem Mönch für die Liebenswürdigkeit und Geduld, mit der er ihm auf seine Fragen geantwortet hatte.

Dann fuhr er nach Hause.

*

Das Gespräch mit der Kriminalpolizei ereilte Baltasar am nächsten Tag früher, als er gedacht hatte.

Er war gerade dabei, die Gesangbücher auszulegen, Kerzenreste zu entfernen, vertrocknete Blüten aus den Vasen zu zupfen … Tätigkeiten, die in den guten alten Zeiten dem Mesner oder Küster vorbehalten gewesen waren, heutzutage jedoch wegen der Sparmaßnahmen der Diözese und des Mangels an ehrenamtlichen Helfern dem Pfarrer selbst oblagen. Meistens half seine Haushälterin ihm, aber er empfand es nicht als Arbeit unter seiner Würde, sondern im Gegenteil als Dienst am Haus Gottes und als Angebot an seine Besucher. Schließlich wollte er, dass viele Gläubige in die Kirche strömten und sich dort wohlfühlten.

»Endlich erwischen wir Sie!«

Am Eingang standen Wolfram Dix und Oliver Mirwald.

»Grüß Gott, ich wollte Sie schon anrufen, meine Herren, ich muss nämlich meine Aussage ergänzen.« Baltasar ging auf die beiden Männer zu. »Nehmen Sie Platz, im Sitzen plaudert's sich viel besser.«

»Haben Sie zu viel Messwein getrunken?« Mirwald baute sich vor ihm auf. »Sie haben Glück, wenn wir Sie nicht verhaften.«

»Herr Doktor Mirwald, was werfen Sie mir vor?«

»Tun Sie nicht so naiv. Wir haben gerade den Bischof vernommen. Er hat uns ein paar Sachen erzählt, die Sie uns bereits am Tatort längst hätten mitteilen müssen! Und um auf Ihre Frage zurückzukommen, da fallen mir gleich mehrere Delikte ein. Wie wär's mit falscher Aussage, Behinderung der Ermittlungen oder Beihilfe zu einer Straftat? Am liebsten würde ich Ihnen sofort Handschellen anlegen. Ich …«

»Genug, Mirwald, Sie schüchtern ja unseren armen

Priester ein. Wir brauchen seine Aussage noch. Aber mein Kollege hat schon Recht, Hochwürden, in einem Mordfall darf man wichtige Hinweise nicht verschweigen.«

»Ich entschuldige mich dafür. Aber ich war in einer Ausnahmesituation.«

»Es erforderte etwas gutes Zureden, aber Bischof Siebenhaar hat nun eine Anzeige wegen des Diebstahls der Monstranz aufgegeben«, sagte Dix.

»Wie kann man nur so einfältig sein zu glauben, Amateure könnten eine Lösegeldübergabe managen?« Mirwald schüttelte den Kopf. »Das ist ausschließlich etwas für Spezialisten. Hätten Sie uns gerufen, und das alles wäre nicht passiert!«

»Wenn ich die Zeit zurückdrehen könnte, würde ich anders handeln. Aber leider geht das nicht. Glauben Sie mir, ich würde alles geben, um den Mord an dem jungen Mann ungeschehen zu machen.«

»Wir haben die Mobilfunkdaten von Herrn Lämmerhirt ausgewertet.« Dix kramte einen Zettel hervor. »Demnach haben Sie nonstop mit ihm telefoniert. Können Sie uns erklären, wie Sie da gar nichts mitbekommen haben wollen?«

Baltasar berichtete von seiner Vereinbarung mit Lämmerhirt, in ständigem Kontakt zu bleiben, wie dann plötzlich die Verbindung abgerissen war und wie er sich auf die Suche nach dem Studenten gemacht hatte.

»Das klingt nach James Bond. Nur sind Sie leider nicht 007, sondern allenfalls eine Doppelnull.« Mirwald schnitt eine Grimasse. »Ich hoffe, das wird Ihnen für immer eine Lehre sein, sich Ihre Ambitionen als Hobbyagent ein für alle Mal an den Hut zu stecken und die Arbeit den Fachleuten von der Kriminalpolizei zu überlassen.«

»Seine Exzellenz war sehr besorgt, dass der Diebstahl des Kunstwerkes öffentlich bekannt werden könnte«, meinte Baltasar.

»Die Sache behandeln wir diskret, soweit es geht«, sagte Dix. »Wir hatten ein ausführliches Gespräch mit unserem Dezernatsleiter und werden es nun in Absprache so handhaben, den Diebstahl als gesondertes Delikt zu behandeln und die Presse außen vor zu lassen. Aber garantieren können wir natürlich für nichts.«

»Der Bischof würde sich freuen, über den Stand der Ermittlungen informiert zu werden. Schließlich will er Davids Eltern etwas sagen können, es wird für ihn schwer genug«, fügte Baltasar hinzu.

»Die Ergebnisse sind vertraulich«, antwortete Mirwald, »von mir würden Sie normalerweise kein einziges Wort hören, aber unser Dezernatsleiter meinte, in diesem heiklen Fall sollten wir eine Ausnahme machen, rein informell, versteht sich.«

»Der Herr Bischof scheint gute Verbindungen zu haben«, sagte Dix. »Nun gut, welche Fakten möchte Seine Exzellenz wissen?«

»Wie genau ist David Lämmerhirt umgekommen?«

»Nach der ersten Auswertung der Spuren am Tatort stellt sich die Situation folgendermaßen dar: Das Opfer wurde auf der Aussichtsplattform getötet, durch einen einzigen Stich in den Rücken, wahrscheinlich mit einem Messer. Die inneren Verletzungen führten zum Tod. Wir haben viel Blut vor dem Geländer gefunden. Anschließend hat der Täter den jungen Mann über das Geländer gekippt und nach unten gestoßen.«

»Unsere Forensiker haben bisher nichts Verwertbares

gefunden, das auf eine dritte Person hinweist, auch auf dem Mobiltelefon nicht«, ergänzte Dix. »Wobei es in der Kirche natürlich eine Unmenge von Spuren gibt, jeder Besucher hinterlässt dort seine Fingerabdrücke, es ist hoffnungslos, was Brauchbares zu finden. Auch der Hinweiszettel im Bilderrahmen an der Stiegenwand war wie neu und unbenutzt.«

»Irgendwelche Zeugen?«

»Die Befragungen dauern an«, sagte Mirwald. »Die Kollegen haben alle Häuser in der Umgebung abgeklappert, aber niemand hat etwas Auffälliges bemerkt. Die Auswertung der Verkehrsüberwachungskameras hat auch nichts ergeben, wobei oben am Berg keine Geräte installiert sind.«

»Und wie ist es passiert?«

»Es ist anhand der Spuren schwer zu sagen, ob der Mord im Affekt geschah oder von vornherein geplant war. Vielleicht hatte der Täter es lediglich auf das Geld abgesehen, vielleicht kam es aber auch zum Streit. Wir wissen es nicht.« Dix zuckte mit den Schultern. »Möglicherweise hat der Täter den Studenten unter einem Vorwand zur Plattform gelockt und in einem unbeobachteten Moment das Verbrechen begangen. Der eigentliche Tathergang war eine Sache von Sekunden. Mit dem Messer zugestochen, den Körper über das Geländer gehievt und fertig.«

»Und wie konnte der Unbekannte entkommen?«

»Mit genügend Kaltblütigkeit könnte der Mann, als Tourist getarnt, aus dem Kloster spazieren, über die Wiese im Gelände verschwinden, irgendwo stand vermutlich ein Fluchtfahrzeug, und Fluchtwege gibt es viele. Das macht die Sache ja auch so schwierig. Aber wir werden ihn schon kriegen.«

»Das hoffe ich«, sagte Baltasar. »Ich …«

»Ich sehe da ein gefährliches Funkeln in Ihren Augen.« Mirwald war näher an Baltasar herangetreten. »Das ist jetzt eine gut gemeinte Warnung von mir: Wenn Sie sich in diese Mordermittlungen einmischen, wird Ihnen das schlecht bekommen, dafür sorge ich persönlich!«

8

David Lämmerhirts Eltern waren aus Landshut angereist. Bischof Siebenhaar hatte mit ihnen gesprochen und Baltasar gebeten, die Überführung des Leichnams und der Übergabe der persönlichen Sachen zu regeln.

»Mein Kleiner, mein Kleiner …« Davids Mutter saß im Aufenthaltsraum des Priesterseminars, sie presste die Worte in ihr Taschentuch. Ihre Augen waren vom vielen Weinen rot gerändert. »Es war sein Wunsch, Priester zu werden. Ganz stolz war er, als er angenommen wurde, obwohl wir gesagt haben, er soll lieber einen normalen Beruf ergreifen, aber er wollte nicht, eigensinnig, wie er war. Mein armer Kleiner …«

Herr Lämmerhirt hatte den Arm um seine Frau gelegt, sein Blick war leer. »Da denkt man, der Sohn ist gut aufgehoben und sicher im Priesterseminar, und dann so etwas! Er konnte niemandem etwas zuleide tun, der David. Er ist unser einziges Kind, wissen Sie? Unser Leben ist ruiniert! Wenn ich diesen Mann, der das getan hat, in die Hände bekomme …« Er stand auf. »Helfen Sie uns, dass wir unseren Jungen mit nach Hause nehmen können?«

Baltasar telefonierte mit der Polizei. »Der Leichnam ist

von der Pathologie freigegeben worden. Das Beerdigungsinstitut wird nun alles veranlassen. Sie brauchen sich darum keine Sorgen zu machen, sagen Sie denen dort einfach, welche Wünsche Sie haben. Wollen wir in Davids Zimmer gehen?«

Regens Leopold Keplinger zeigte ihnen den Weg und sperrte Davids Zimmer auf. »Die Polizei war schon hier«, sagte er. Sein Gesicht war aschfahl.

Es war ein rechteckiger Raum von etwa zehn Quadratmetern, Schreibtisch, Schrank, Bett und Stuhl, auf den ersten Blick ähnelte er einer Mönchszelle.

»Hier hat also mein David ...« Frau Lämmerhirt schwankte, sie lehnte sich an die Mauer. »Ich ertrage es nicht, mein David, mein David ... es ist alles so ... sinnlos.«

»Ich weiß, Liebes.« Davids Vater strich seiner Frau übers Haar. »Gehen wir ein wenig an die frische Luft.« Er wandte sich an Baltasar. »Wären Sie so nett, die Sachen meines Sohnes für uns zusammenzupacken? Das ist momentan alles zu viel für uns.«

»Im Gang stehen Kartons bereit«, sagte Keplinger, »ich schicke Ihnen Davids Sachen nach Hause und helfe Ihnen mit den Formalitäten.«

Baltasar räumte Davids Kleidung in die Kartons. Aus dem Stapel mit T-Shirts rutschte ein Notizbuch heraus. Er blätterte es kurz durch, Adressen, Termine, persönliche Eintragungen, und legte es wieder zu den T-Shirts.

An der Wand hingen ein Holzkreuz und mehrere gerahmte Fotos. Sie zeigten David beim Mountainbiking, beim Klettern, neben Bischof Siebenhaar bei einer kirchlichen Zeremonie und Arm in Arm mit drei etwa gleichaltrigen jungen Männern. Auf dem Schreibtisch stand ein Foto seiner Eltern. Baltasar packte die Fotos in Zeitungspapier und legte sie in einen anderen Karton, dazu den Laptop, Seminarunterlagen, Lehrbücher und Prospekte von Motorrädern. Im Bücherregal stand weitere Fachliteratur, so wie man es von einem Theologiestudenten auch erwarten würde, daneben Bildbände über die Alpen, eine Sammlung russischer Klassiker und ein paar Abenteuerromane.

Es war ein seltsames Gefühl, den Nachlass eines Menschen in den Händen zu halten, Gegenstände, die ihren eigentlichen Wert nur durch die Verbindung zu der Person erhielten, für Fremde jedoch eher ohne Bedeutung waren.

Die Tür wurde geöffnet, und Baltasar sah auf. Ein junger Mann stand im Eingang, halblanges Haar, schmales Gesicht. Baltasar erkannte ihn als einen der Freunde von dem Foto.

»Oh, entschuldigen Sie, ich hatte Geräusche gehört und gedacht …« Er wirkte überrascht.

War das tatsächlich der Grund, warum er gekommen war? Baltasar stellte sich vor und erklärte, warum er Davids Habseligkeiten zusammenräumte.

»Mein Name ist Christian Helfer«, sagte der junge Mann, »ich bin … ich war ein Freund von David, wir sind zusammen auf der Uni.« Er trat ein und schloss die Tür hinter sich. »Gibt es etwas Neues von der Polizei? Haben sie den Täter gefasst, gibt es eine konkrete Spur, einen Hinweis?«

»Sie sind dran. Aber da müssen Sie die Polizei direkt fragen oder den Bischof.«

»Und das Geld? Und die Monstranz? Ist wirklich beides verschwunden?«

»Sie sind ja bestens informiert über die Vorgänge. Das sollte eigentlich vertraulich bleiben.«

»So ziemlich jeder wusste über den Diebstahl Bescheid. Wir haben uns sehr darüber amüsiert, dass es ausgerechnet Seine Exzellenz erwischt hat, der ja immer so penibel ist.«

»Höre ich da Schadenfreude heraus?«

»Mit diesem tragischen Verlauf hat keiner gerechnet. Aber ich denke schon, dass es eine Reihe von Leuten gibt, die dem Bischof gern eins auswischen würden. Er hat sich mit seiner Art nicht gerade beliebt gemacht.«

»Und wie denken Sie darüber?«

»Der Bischof verhält sich uns Seminaristen gegenüber ziemlich autoritär, er versucht außerdem, wo er kann, uns um unsere Freizeit zu bringen, uns zusätzliche Arbeit fürs Studium aufzubrummen und so. Aber wir sind uns einig, was ihn betrifft, wir halten zusammen.«

»Was war mit David?«

»Als die Rede davon war, das teure Stück wieder auszulösen, hat er gemeint, das wär was für ihn, mal 'ne Abwechslung. Wir haben natürlich darüber gesprochen, es klang spannend. Eine Lösegeldforderung? So was erlebt man im Bistum nicht alle Tage. Ich hab ihn dazu ermuntert, ihm geraten, er solle es doch machen. Jetzt bereue ich es zutiefst, dass ich so was gesagt habe.«

»Hattet ihr einen konkreten Plan?«

»Schon auch. Wir haben darüber diskutiert, wie man es schafft, nicht übers Ohr gehauen zu werden, also das Geld nur dann herzugeben, wenn man die Ware bereits in der Hand hält.«

»Und warum wollte ausgerechnet David solch einen Job übernehmen?«

»Er hatte schon immer eine Schwäche für riskante Aktionen, gefährliche Abfahrten zum Beispiel, Extrembergsteigen, Motorradfahren. Er brauchte den Kick …«

»Ich habe die Prospekte auf dem Schreibtisch gesehen. Diese Maschinen sind ja ganz schöne Kaliber.«

»Ja, die Kisten haben weit mehr als 100 PS. Es war Davids Traum, irgendwann ein solches Motorrad zu besitzen. Wie gesagt, er war ein Draufgänger, auch wenn man ihm das nicht unbedingt angesehen hat. Als wir hörten, dass der Bischof einen Freiwilligen suchte, war die Sache klar.«

»Warum? Herr Siebenhaar hätte auch jemand anderen bitten können.«

»Es hieß, dass ursprünglich Sie vorgesehen waren, Herr Senner. Das war Schicksal, sonst wären Sie jetzt … Aber nach Ihrer Absage war es naheliegend, dass es auf David hinauslaufen würde, das meinte auch Herr Keplinger.«

»Tatsächlich?«

»Nun ja, einen Sekretär oder den Pförtner können sie kaum schicken. Und wegen des besonderen Verhältnisses zwischen Seiner Exzellenz und David …«

»Wie darf ich das verstehen?«

»David war eindeutig der Liebling des Bischofs, nicht nur, weil er die besten Noten hatte. Fragen Sie mich nicht, warum, ich hatte einfach den Eindruck, Herr Siebenhaar sah in ihm etwas Besseres, was objektiv betrachtet natürlich so nicht stimmt. Er war weder besser noch schlechter als wir. Ansonsten wären wir nur die Kasperle in einem Marionettentheater mit David in der Hauptrolle. In Wirklichkeit waren David und ich wie Brüder.«

»Haben Sie eine Idee, was da oben in Mariahilf passiert sein könnte? Kann es sein, dass David sich zu etwas hat hinreißen lassen? Etwas, womit vorher niemand rechnen konnte?«

»Er war impulsiv, das stimmt, er hatte seinen eigenen Kopf, aber er war nicht lebensmüde. Wenn von diesem Unbekannten Gefahr ausging, dann hat David sicher entsprechend reagiert. Aber wir können nur herumraten, niemand war dort oben dabei.« Christian Helfer zögerte. »Ich habe noch eine Bitte, Herr Senner, darf ich noch ein wenig hierbleiben? Ich würde gern in aller Ruhe Abschied nehmen, bevor das Zimmer geräumt wird.«

Wieder hatte Baltasar das leise Gefühl, dass der junge Mann in Wirklichkeit ganz andere Absichten hatte. »Von mir aus gern«, antwortete er, »aber ich bin nur Gast hier und habe das nicht zu bestimmen. Davids Eltern sind noch im Haus, deshalb bin ich nicht sicher, ob der Zeitpunkt jetzt richtig ist. Fragen Sie später den Regens.«

Christian Helfer nickte verständnisvoll, verabschiedete sich dann und ging hinaus.

Baltasar schob die Kartons an die Wand und schloss das Zimmer ab und ging ebenfalls.

Beim Hauseingang wurde er von Leopold Keplinger abgefangen, der auf ihn gelauert zu haben schien.

»Sie haben einen meiner Schützlinge gesprochen?«

»Ja. Christian Helfer kam, während ich dabei war, Davids Sachen einzupacken.«

»Ach so.«

»Kontrollieren Sie Ihre Seminaristen so streng?«

»Was reden Sie da? Es ist meine Pflicht, mich um die Jungs zu kümmern.« Er wurde lauter. »Hätte ich nur nicht auf Sie gehört! Dann wäre David noch am Leben! Es ist alles Ihre Schuld!«

»Ich verstehe ja Ihren Schmerz, Herr Keplinger. Aber nicht ich habe David umgebracht.«

»Gar nichts verstehen Sie! Sie wissen gar nicht, was Sie angerichtet haben. Was glauben Sie, wie sehr ich um den Erhalt des Priesterseminars kämpfe? Haben Sie eine Ahnung, wie schwer es heute ist, Nachwuchs zu finden? Mord ist nicht gerade Werbung für diese Profession. Als ich mein Amt betrat, vor vielen Jahren, da hatten wir in Passau noch Dutzende von Bewerbern. Und jetzt? Gerade noch drei!« Er bekreuzigte sich. »... Und jetzt sind es nur noch zwei. In den nächsten Jahren sieht es noch schlimmer aus, ich fürchte, ich werde es erleben, dass wir nur einen einzigen Seminaristen beherbergen. Das ist das Ende.«

»Der Beruf des Pfarrers fordert viel von einem«, sagte Baltasar, »und das Bild der Kirche in der Öffentlichkeit ist nicht gerade angetan, potenziellen Nachwuchs zu begeistern.«

»Früher ging es doch auch. Seine Exzellenz müsste nur endlich aktiv werden, sich gegen den Zerfall stemmen. Doch was geschieht? Das Gegenteil! Sehen Sie sich nur die Situation an der Universität an, dann wissen Sie, was ich meine. Die katholisch-theologische Fakultät in Passau wurde für ruhend erklärt, vorübergehend, wie Siebenhaar es ausweichend nannte. Unsere Jungs müssen jetzt also die meiste Zeit nach Regensburg und sind dort im Priesterseminar Sankt Wolfgang in der Nachbardiözese untergebracht. Und was bleibt für unser Bistum? Brosamen. Wir sind ein Geisterhaus. Ein solches Haus möchte ich nicht leiten.« Seine Worte klangen traurig und sehr bitter.

»Haben Sie denn schon mit dem Bischof darüber gesprochen?«

Keplinger seufzte. »Immer und immer wieder. Und immer wieder werde ich mit Versprechungen hingehalten. Verzeihen Sie, dass ich das so geradeheraus sage. Mir schwindet zunehmend die Kraft, ständig den Mahner zu spielen. Das ist frustrierend. So als ob man in eine leere Halle hineinruft, und es kommt kein Echo, keine Antwort.«

9

Baltasar bestrich seine Semmel soeben mit Erdbeermarmelade, als das Telefon läutete. Er ließ es läuten, tauchte das Messer nochmals ins Glas und versuchte, eine rote Welle auf die Schnittfläche zu modellieren. Es läutete weiter. Die Marmelade war gewissermaßen eine Premiere. Teresa hatte sich zum ersten Mal an die Produktion dieses Lebensmittels gewagt, »nach einem Geheimrezept meiner Großmutter«, wie sie gesagt hatte, die wesentlichen Zutaten habe sie sich gemerkt, und wer würde heutzutage noch mit Messbecher und Küchenwaage arbeiten?

Das Frühstück war Baltasar heilig. Es war sicher eine Erfindung des Allmächtigen, damit die Menschen in Ruhe und gestärkt in den Tag starten konnten. Teresa schenkte ihm Kaffee nach und machte sich an der Spüle zu schaffen. Er wusste, dass sie ihn währenddessen aus den Augenwinkeln beobachtete, um zu sehen, wie ihre neueste Kreation bei ihm ankam.

Das Telefon verstummte.

Er biss in die Semmel. Spontan entfaltete sich der Geschmack nach Butter und Erdbeeren. Aber dann spürte

Baltasar, wie sein Körper verzweifelt Insulin auszuschütten begann, um einen Zuckerschock zu vermeiden.

In seinem Mund, der Speiseröhre und im Magen explodierte es. So wie es Säureattentate gab, gab es also auch Zuckerattentate, schloss er und fragte sich, ob man daran sterben konnte.

Wieder läutete das Telefon. Die Rettung! Baltasar dankte dem Herrgott im Stillen, nahm einen großen Schluck Kaffee in der Hoffnung, damit den Zucker verdünnen zu können, sagte zu Teresa »Lecker« und verschwand mit dem Telefon hastig ins Arbeitszimmer.

Am Apparat war Daniel Moor, der Assistent des Generalvikars.

»Houston, we have a problem«, zitierte er einen Satz aus »Apollo 13«. »Sie müssen sofort antanzen, hat mein Chef gemeint. Und zwar pronto. Er hat es nur höflicher formuliert.« Moor senkte die Stimme. »Und vergessen Sie die Warenprobe von Ihrem neuen Weihrauchimport nicht, die Sie mir versprochen haben.«

*

Moor fing Baltasar auf dem Weg zum Generalvikar ab.

»Miese Stimmung«, sagte er, »Hiob hat eine Botschaft geschickt.«

»Um was geht's? Sie haben mich um mein Frühstück gebracht.«

»Das soll Ihnen Herr Castellion selber sagen. Wo ist mein Stoff?«

Baltasar übergab ihm ein Päckchen in einer Tüte. Moor öffnete sie und roch daran, als habe er soeben eine Flasche alten Bordeaux entkorkt.

»Göttlich! Viel Aroma, das verspricht ein schöner Abend zu werden.«

»Wenn Sie mehr wollen, bitte die Spende nicht vergessen. Meine Gemeindekasse ist wieder leer.«

Doktor Justus Castellion strahlte wie immer eine geschäftsmäßige Freundlichkeit aus.

»Herr Senner, wie schön, Sie wieder bei uns begrüßen zu dürfen. So häufig wie derzeit hatten wir noch selten die Ehre mit Ihnen.« Der Generalvikar setzte ein künstliches Lächeln auf.

»Ich arbeite in der Gemeinde, nicht in der Verwaltung des Bistums.«

»Leider ist der Anlass unseres Treffens wenig erquicklich. Ich wünschte, ich könnte mich meinen normalen Aufgaben widmen, aber daran ist momentan nicht zu denken.« Er zog eine Plastikhülle aus der Schublade und überreichte sie Baltasar.

Baltasar erkannte das Papier und die Computerschrift. Laut las er vor:

> Das war wohl nichts. Sie haben meine Anweisungen nicht eingehalten. Der Vorfall mit dem jungen Mann tut mir leid. Es war nicht meine Schuld. Jetzt ändere ich die Regeln. Ich will weitere 50.000 Euro, bevor ich die Monstranz übergebe. Sehen Sie es als Strafe für Ihre Unaufrichtigkeit. Der Bischof soll am nächsten Sonntag in seiner Predigt sagen, ob er die Bedingungen akzeptiert.

Beigefügt waren ein Foto der Monstranz sowie ein Umschlag, auf den »Seine Exzellenz Bischof Siebenhaar« gedruckt worden war.

»Lag heute im Briefkasten, kein Absender, keine Marke«, sagte Castellion. »Jemand muss das Schreiben persönlich eingeworfen haben.«

Baltasar studierte das Papier. »Es handelt sich offensichtlich um denselben Absender wie vom letzten Brief.«

»Es ist schlichtweg schamlos von diesem Menschen. Stehlen, Geld verlangen, morden und wieder Geld verlangen.« Castellion trommelte mit den Fingern auf den Tisch. »Herr Siebenhaar ist außer sich, er hat einen Schwächeanfall erlitten und muss sich ausruhen. Er hat mich gebeten, die Sache mit Ihnen zu besprechen.«

»Das ist ein Fall für die Polizei. Mit Mördern verhandelt man nicht.«

»Ich stimme Ihnen zu, Herr Senner. Und das alles ist abscheulich. Widerwärtig. Aber als Generalvikar hat man gelernt, die Dinge nüchtern zu betrachten und abzuwägen. Um den Mörder soll die Polizei sich kümmern. Eines ist klar: Wir brauchen unsere Fersenmayr-Monstranz zurück. Sie ist unser Herz. Das Herz, das uns herausgerissen wurde. Ohne dieses Herz können wir nicht leben.« Pathos ließ seine Stimme vibrieren. »Außerdem widerstrebt es mir, diesem miesen Verbrecher auch noch die Genugtuung zu verschaffen, uns mit seiner Beute bloßzustellen.«

»Man sollte ihm aber nicht nochmals eine solche Summe aushändigen. Wir haben ja gesehen, wohin das führt. Was, wenn er uns wieder hereinlegt und womöglich noch jemand sterben muss? Das ist viel zu gefährlich!«

»Genau meine Meinung. Deshalb werde ich selbstverständlich der Polizei diesen Brief übergeben. Mir geht die Stelle nicht aus dem Kopf, wo dieser Verbrecher schreibt, er sei nicht schuld an Davids Tod. Was hat er damit gemeint?

Natürlich dürfen wir uns nicht noch einmal hinters Licht führen lassen. Dieses Mal muss jemand mit Erfahrung ran. Der Bischof und ich sind uns einig, dass Sie dieser Jemand sind.«

»Und die Kripo?«

»Die braucht nichts davon zu wissen, es ist ja gewissermaßen auch Ihre Privatsuche und keine dienstliche Anordnung. Was Sie in Ihrer Freizeit tun, geht uns nichts an. Außerdem, gestatten Sie mir den Hinweis: Historisch gesehen hat die katholische Kirche ihre Angelegenheiten immer intern geregelt.« Castellion schlug mit der flachen Hand auf die Tischplatte. »Bringen Sie uns die Monstranz zurück. Legen Sie diesem Burschen das Handwerk!«

»Was ist, wenn ich Unterstützung brauche?«

»Sagen Sie dem Bischof oder mir Bescheid. Ansonsten muss ich wohl nicht eigens betonen, dass Geheimhaltungsstufe eins herrscht. Es ist schrecklich, wie schnell sich der Klatsch in unserem Hause verbreitet.«

»Sie wollen wirklich nochmals 50.000 Euro zahlen?«

Baltasar konnte es kaum glauben, dass die Diözese wieder so viel Geld in die Hand nahm. Die Verzweiflung des Bischofs musste wirklich groß sein.

»Je weniger, desto besser. Am besten gar nichts. Aber ich fürchte, wir brauchen das Geld als Köder, um den Täter aus seinem Loch zu locken und ihm eine Falle zu stellen. Das ist Ihre Chance.« Castellion stand auf – ein Zeichen, dass die Audienz beendet war. Er deutete auf das Schreiben. »Ich mache Ihnen eine Kopie davon. Lassen Sie sich etwas einfallen. Viel Erfolg.«

*

Bis zum Sonntagsgottesdienst des Bischofs hatte Baltasar gerade zwei Tage Zeit, um sich etwas einfallen zu lassen.

Der strategische Nachteil, nichts über das Versteck der Monstranz und über den Täter zu wissen, bereitete ihm großes Unbehagen, ein Gefühl des Ausgeliefertseins, als müsse man in eine Grube springen, ohne zu wissen, wie man unten ankommt.

Noch mehr Fragen warf das Verhalten des Unbekannten auf: Wie passte Erpressung mit Mord zusammen? War Geld wirklich das Motiv? Dafür waren die geforderten Summen wiederum etwas bescheiden. Oder kamen die Geldforderungen nun scheibchenweise? Die einzige reelle Chance war, sich auf das Spiel des Unbekannten einzulassen und zu hoffen, dass er indirekt etwas von sich preisgab oder einen Fehler machte.

Noch ein Gedanke drängte sich Baltasar auf: Der Dieb musste sich vorher über das Kunstwerk und seinen Standort im Dom informiert haben. Gab es tatsächlich niemanden, der sich daran erinnerte?

Baltasar überquerte den Domplatz, bog rechts in die Zengergasse ein und ging bis zum Domschatz- und Diözesanmuseum, das im Obergeschoss der Neuen Residenz untergebracht war. Zuerst lief er jedoch die Treppe hinunter und sah sich in den Kellerräumen um. Die zum Inn gelegenen Räume auf der Südseite befanden sich auf Straßenhöhe, Lüftungsfenster ließen ein wenig Licht herein, schließlich war das Gebäude am Hang gebaut. Eine Seitentür, die offenbar auch als Lieferanteneingang diente, führte ins Freie.

Der Ausstellungsraum, die ehemalige Bibliothek, war mit barocken Deckenfresken geschmückt, mit Figuren aus der griechischen Sagenwelt. Bücherschränke flankierten die

Längsachsen, in der Mitte stand eine halbhohe Schauvitrine mit antiken Fundstücken von Ausgrabungen.

Baltasar entdeckte die Sensoren einer Alarmanlage, Überwachungskameras jedoch fehlten.

An der Stirnseite stand eine weitere, deckenhohe Vitrine, ausgeschlagen mit rotem Samt und leer. Ein Schild mit der Aufschrift »Vorübergehend ausgeliehen« erinnerte daran, dass hier die Monstranz gestanden hatte. In den Nachbarvitrinen waren goldene Kerzenständer, Holzfiguren und Reliquienbehälter zu bewundern.

Baltasar unterhielt sich mit der Frau an der Kasse und fragte sie, ob sie in den letzten Wochen etwas Verdächtiges bemerkt habe, doch sie konnte ihm nicht weiterhelfen. An einem Transport von Exponaten seien immer mehrere Personen beteiligt, erklärte sie, aber zu der Fersenmayr-Monstranz könne sie nichts sagen, da habe sie keinen Dienst gehabt.

Baltasar kam zu dem Schluss, dass der Täter den Einbruch ins Museum nicht vorab geplant hatte. Es wäre viel zu aufwändig und riskant gewesen, da hätte sich wohl nur ein Profi herangewagt.

Normalerweise wurden die Objekte über einen Spezialgang in den Dom gebracht, eine Art Seufzerbrücke, die vom ersten Stock des Museums abging, sich über die Zengergasse wölbte und für Außenstehende versperrt blieb. Baltasar bot seine ganze Überredungskunst auf, und schließlich willigte die Frau ein und sperrte ihm den Zugang auf.

Baltasar folgte dem Gang zum Dom. Er kam im bischöflichen Oratorium im Chor des Domes heraus, eine mit Stuck verzierte Rundtreppe führte in das südliche Querhaus. Kannte der Täter diesen Weg? Jedenfalls wäre er zwischen all den Touristen, die jeden Tag das Zentrum der Passauer Altstadt bevölkerten, nicht aufgefallen. Im Dom herrschte jenes faszinierende Zwielicht, das viele Kirchenhäuser auszeichnete, hervorgebracht durch farbig kunstvoll gestaltete Bleiglasfenster in architektonisch raffinierter Anordnung. Es hatte etwas Magisches, war weder dunkel noch hell, erinnerte daran, dass man im Haus Gottes war und lud ein zu Besinnung und Meditation.

Ein solch diffuses Licht wäre jedenfalls von Vorteil, wenn man unerkannt bleiben wollte. Vermutlich konnte der Täter so auch vollkommen unbehelligt in die Sakristei gelangen.

Baltasar ging vor bis zur Sakristei, klopfte an und drückte die Türklinke hinunter. Es war nicht abgeschlossen. Offenbar hatte man aus dem Einbruch nichts gelernt. In diesem Raum konnte der Dieb die Monstranz ungestört zerlegen und verpacken, er musste die Tür nur von innen versperren und schnell genug wieder draußen sein, damit sich niemand wunderte, warum die Sakristei auf einmal zugesperrt war.

Doch wie war der Täter mit seiner Beute von hier aus ungehindert entkommen? Flucht durch das Hauptportal? Unwahrscheinlich. Plausibler war der Seiteneingang. Er führte zu einem Innenhof, begrenzt von einer Kapelle und weiteren Kirchengebäuden. In der Mitte plätscherte ein Brunnen, alte Grabplatten zierten die Domwand. Besondere Sicherheitsvorkehrungen konnte Baltasar nicht ausmachen, Überwachungskameras waren auch hier nicht angebracht. Ein Durchgang führte hinaus auf einen Vorplatz, der in den Steinweg mündete. Von dort aus war man mit wenigen Schritten in der Tiefgarage oder konnte die Pfaffengasse hinunter zum Donauufer nehmen.

Baltasar ging zurück in den Dom. Beim Taufbecken

stand Domprobst Zacharias Windhagen. Baltasar kannte ihn von einer Weihnachtsfeier der Diözese.

»Herr Windhagen, grüß Sie Gott, haben Sie einen Moment?«

Der oberste Repräsentant des Doms war jenseits der 60, ein bullig wirkender, untersetzter Mann mit Halbglatze. Er sah Baltasar von oben bis unten an, und es dauerte offensichtlich, bis er sich erinnerte.

»Herr Senner? Grüß Gott. Wie mir ein Vöglein gezwitschert hat, sind Sie der neue Großinquisitor.« Seine Worte strotzten vor Sarkasmus.

»Seine Exzellenz hat mir eine ziemliche Last aufgebürdet, und ich versuche nun, mir ein Bild zu machen.«

»Ein Bild, soso. Reicht Ihre Fantasie nicht?« Er lächelte, doch seine Augen lächelten nicht mit. »Und nun suchen Sie Inspirationen in meinem Gotteshaus. Aber irgendetwas sagt mir, dass Sie nicht zum Beten gekommen sind.«

»Ich taste mich heran, forsche nach Hinweisen. Gerade überlege ich mir, wie jemand es schaffen könnte, unbemerkt in die Sakristei Ihres Gotteshauses zu spazieren und mit der Monstranz im Gepäck in aller Seelenruhe wieder herauszuspazieren.«

Windhagen verschränkte die Arme vor seiner Brust. »Da dürfen Sie mich nicht fragen.«

»Wen denn dann? Sie haben die Oberaufsicht über dieses Bauwerk. Wenn sich einer hier auskennt, dann Sie.«

Als Domprobst hatte man eine hohe Machtposition inne, Windhagen stand in der Bistumshierarchie ganz oben, er vertrat den Bischof bei Gottesdiensten, war Vorsitzender des Domkapitels, einer Gruppe von Geistlichen, die für die gesamte Kirchenorganisation zuständig war. Dieses Gremium konnte der Domprobst jederzeit einberufen, er war gewissermaßen der Geschäftsführer des Gotteshauses und hatte nur Siebenhaar über sich. Sein offizieller Titel war »Dignitär«, nach dem lateinischen Wort für Würde, doch niemand nannte ihn so.

»Soll das ein Verhör werden? Sie schnüffeln in meiner Kirche herum und stellen naseweise Fragen wie ein Polizist, obwohl Sie nur ein Landpfarrer aus dem tiefsten Bayerischen Wald sind. Auch wenn der Bischof Sie beauftragt hat, sag ich Ihnen was: Ich mag Schnüffler nicht.«

»Sie müssen mich auch nicht mögen, Herr Windhagen, aber ist es nicht besser, dass wir uns informell unterhalten, bevor die Kriminalbeamten Sie in die Dienststelle bitten?«

»Wollen Sie mir auch noch drohen?«

»Herr Windhagen, ich will Ihnen gar nichts. Ein Seminarist ist brutal ermordet worden, da muss man persönliche Befindlichkeiten hintanstellen. Also, noch einmal meine Frage: Wie konnte jemand unbemerkt mit der Monstranz den Dom verlassen?«

»Sehen Sie sich doch um, Herr Senner.« Windhagen zeigte auf eine Gruppe von Menschen. »Jeden Tag kommen Hunderte, nein Tausende von Touristen hierher, von Passau aus starten die Flusskreuzfahrten, und alle nutzen die Gelegenheit, sich die bedeutendste Sehenswürdigkeit unserer Stadt anzusehen. Wir befinden uns in der größten Barockkirche nördlich der Alpen, 100 Meter lang, 29 Meter hoch, mit der größten Domorgel der Welt, sogar die Orgel des Petersdoms in Rom ist kleiner.« Man hätte ihn für einen Fremdenführer halten können. »Sie werden wissen, Herr Senner, welche Attraktion unser Gotteshaus für Besucher ist. Es kommen die sonderbarsten Menschen, wir lassen sie alle herein, bis auf die, die sich ungebührlich benehmen. Und es gibt keine Taschen- oder Rucksackkontrollen bei uns. Mit so etwas wollen wir gar nicht erst anfangen. Das Einzige, was uns sicher aufgefallen wäre, wenn wir es gesehen hätten, ist ein Fremder, der in die Sakristei hineingeht oder aus der Sakristei herauskommt. Doch der Eingang ist nur von wenigen Standorten aus einsehbar. Glauben Sie mir, wir haben im Domkapitel sattsam darüber gesprochen, doch keinem von uns ist etwas Unübliches aufgefallen.«

»Waren zur Zeit des Diebstahls Lieferanten oder Handwerker im Dom?«

»Ja, in der Tat. An der Außenfassade wurden zusätzliche Scheinwerferleitungen gelegt und im Hof die Bodenfliesen neu verfugt. Aber ich kann Ihnen versichern, dass weder die Elektriker noch die Fliesenleger wie Mörder ausgesehen haben!«

10

Am Samstagvormittag hatte Baltasar eine längere Unterhaltung mit Vinzenz Siebenhaar, die unerquicklich endete. Eigentlich hatte er den Bischof nur auf dessen Auftritt am nächsten Tag vorbereiten wollen, doch sein Vorgesetzter bestand darauf, die Predigt frei nach seinem Geschmack zu formulieren.

Auf dem Weg zu seinem Freund Philipp Vallerot hielt Baltasar vor der Metzgerei, um eine Leberkäsesemmel zu kaufen. Für Teresas Mittagessen hatte er keine Zeit, was ihm allerdings nicht sonderlich leidtat.

»Habn's es schon gehört?« Metzger Max Hollerbach begrüßte ihn mit einem verdrießlichen Gesicht.

Baltasar gab seine Bestellung auf. »Was gibt's Neues?«

»Der Weltuntergang, zumindest für uns im Ort. Es soll eine Großschlachterei gebaut werden, sagt man.«

»Wer sagt das?«

»Na, die Leut' halt, was man eben so hört. Stellen Sie sich vor, Hochwürden, eine Fleischfabrik in unserer Gemeinde, das ist doch eine Sauerei!«

»Im wahrsten Sinne des Wortes. Aber wer will solch ein Mammutprojekt ins Leben rufen?«

Hollerbach packte die Semmel ein und schob sie über den Tresen. »Was weiß ich. Es sind Gerüchte. Aber das heißt nicht, dass sie nicht wahr sind.«

»Ich werde mich mal umhören.« Baltasar zahlte. »Schönen Tag noch.«

*

»Nothing else matters ...« von Metallica dröhnte Baltasar schon von Weitem entgegen.

»Willst du mehr hören?« Philipp hatte die Haustür geöffnet.

»Später gerne, aber zuerst brauche ich dich als Spion.«

»Das ist aber nicht mein Fachgebiet.«

»Du hast doch so viele Talente. Dann sagen wir eben Experte der Spionageabwehr. Es ist wirklich wichtig.«

»Hattest du schon mal ein Anliegen, das nicht wichtig war? Außerdem habe ich das ungute Gefühl, dass es etwas mit dem Mord an dem Studenten zu tun hat.«

»Du sagst es.«

»Du wolltest ja nicht auf mich hören.«

»Ich weiß, das war ein Fehler. Aber ich bin lernfähig. Deshalb bin ich hier.«

»Was springt für mich dabei raus? Du verzeihst meine Frage, aber der Materialist in mir dringt durch.«

»Ein unwiederbringliches Live-Erlebnis. Musik, Sängerinnen, Theater, eine Lightshow mit Kerzen, so was hast du noch nicht gesehen. Der Conférencier, der durch das Programm führt, ist der Bischof höchstpersönlich. Und das Beste: Der Eintritt ist frei.«

»Du willst mich in die Kirche zerren? Ich gehe ja nicht einmal in deine Hütte. Warum sollte ich mir diesen Oberheiligen anschauen?«

»Weil du die große Chance hast, etwas für die Allgemeinheit zu tun. Das könnte dein Ticket ins Himmelreich werden. Auch für Ungläubige wie dich ist es nie zu spät.«

»Wenn ich Urlaub machen will, flieg ich ans Meer. Frag doch deinen Großen Außerirdischen, ob er dir hilft.«

»Ich will dem Mörder beim morgigen Gottesdienst im Dom eine Falle stellen. Dazu brauche ich deinen technischen Sachverstand und deine Anwesenheit.«

»Das klingt schon anders. Was hast du vor?«

Baltasar zeigte Philipp die Kopie des zweiten Erpresserbriefes und schilderte ihm seinen Plan: Alle Dombesucher sollten unbemerkt gefilmt werden, da er den Täter unter ihnen vermutete.

»Deine Idee ist zumindest nicht ganz verkehrt. Um die Botschaft des Bischofs zu hören, müsste der Unbekannte anwesend sein.« Philipp machte sich Notizen. »Heimliche Video- und Tonaufnahmen. Du weißt schon, dass du damit gegen den Datenschutz verstößt, oder? Hat dir dein Oberhirte dafür die Genehmigung erteilt?«

»Ich muss grundsätzlich ohne Rückendeckung des Bistums arbeiten. Außerdem will ich nichts weiter mit den Daten, sondern ich will nur die Menschen im Bild festhalten. Sobald der Täter überführt worden ist, lösche ich das natürlich alles.«

»Und welche technische Unterstützung schwebt dir da vor?«

»Dass du eine Überwachungskamera irgendwo vorne beim Altar installierst, mit der man den gesamten Raum überblickt. Außerdem mehrere Kameras, die alle Menschen aufnehmen, die morgen nach der Messe den Dom verlassen.«

»Willst du auf dem Passauer Domplatz oder mitten auf der Straße Stative mit Hightech-Geräten aufbauen? Unauffälliger geht's wohl nicht, alter Freund.«

»Ich würde Teresa und Victoria Stowasser bitten, jeweils einen Eingang von draußen zu beobachten. Und natürlich dich. Ihr könntet euch als Touristen tarnen, da würde eine Videokamera nicht weiter auffallen.«

»Und wann startet die Show?«

»Das Hochamt beginnt um halb zehn.«

»So früh am Morgen? Bist du wahnsinnig? Da lieg ich noch im Bett.«

»Ich wecke dich rechtzeitig. Wir brauchen einige Zeit bis nach Passau. Zuerst müssten wir die Überwachungskamera am Altar anbringen. Ich habe in meiner unerschütterlichen Zuversicht natürlich angenommen, dass du sowieso eine entsprechende Ausrüstung besitzt, denn ich kann's mir nicht leisten, so eine Kamera zu kaufen.«

»Da hast du Glück, im Rahmen meiner Hobbys ...«

»Ich habe mich also nicht in dir getäuscht! Nur das mit

der Altarkamera wird ein kleines Problem, denn ich fürchte, uns fehlt die Zeit, sie kurz vor dem Gottesdienst zu installieren.«

»Soll ich Harry Potter dafür engagieren? Wie stellst du dir das vor?«

»Nun ja, ich hätte da eine Idee. Heute Nacht …«

Philipp hob abwehrend die Hände. »Sprich es lieber gar nicht erst aus! Du willst doch nicht wirklich …«

»Ein Einbruch in den Passauer Dom heute Nacht wäre die beste Lösung. Da könntest du in aller Ruhe arbeiten.«

»Spielt jetzt der Himmel verrückt? Gegen wie viele Gesetze verstoßen wir da? Ich meine jetzt ausnahmsweise deine göttlichen Vorschriften. Das riecht nach ewiger Verdammnis. Ich sehe schwarz für deine Zukunft.«

»Wir dürfen uns eben nicht erwischen lassen. Der Bischof hat mir freie Hand gegeben, nach meinen eigenen Methoden zu ermitteln. Diese Freiheit nehme ich mir. Außerdem stehlen wir nichts, wir machen nichts kaputt, sondern verschaffen uns nur Eintritt zu einer ungewöhnlichen Zeit. Die Kirche ist mein Arbeitsplatz, deshalb ist es mehr so, als käme ich heim und hätte meinen Schlüssel verloren. In dem Falle würde ich auch den Schlüsseldienst rufen. Aber wenn es dich beruhigt, ich werde im Dom beten und für uns beide um Vergebung für unsere Taten bitten. Wenn ich dadurch einen Atheisten näher zu Gott bringe, kann das dann wirklich Sünde sein?«

Auf dem Rückweg zum Pfarrhof hielt Baltasar in der »Einkehr«, um Victoria sein Vorhaben zu unterbreiten.

»Ich soll mit auf Verbrecherjagd gehen? Ist das nicht zu

gefährlich?« Sie servierte ihm eine Tomatensuppe mit Ingwer und Krabben.

»Keinesfalls. Ich bin ja auch dabei.«

»Wie wollen Sie mich beschützen, lieber Herr Senner, wenn Sie drinnen im Dom sitzen? Soll ich eine Trillerpfeife mitnehmen?« Sie lachte. »Aber gut, Ihnen helfe ich gerne, das wissen Sie. Ich muss nur nach einer Vertretung schauen, Sonntagmittag ist immer viel los bei uns.«

11

Der Mond hatte sich hinter den Wolken versteckt. Auf den Domplatz fiel nur das matte Licht der Straßenlaternen, denn auch die Fassadenbeleuchtung des Doms war um diese Zeit längst ausgeschaltet. Die ganze Umgebung war menschenleer, nicht mal ein einsamer Nachtschwärmer kam ihnen entgegen, da um zwei Uhr morgens kein Lokal mehr geöffnet hatte.

»Die Luft ist rein«, flüsterte Philipp. Er war ganz in Schwarz gekleidet und fast nicht zu sehen, seine Ausrüstung steckte in einem ebenso schwarzen Rucksack. »Hast du eigentlich nichts Besseres zur Tarnung gefunden?«, fragte er Baltasar.

Der hatte nämlich einen schwarzen Anzug und ein Hemd mit Priesterkragen darunter angezogen. »Damit sehe ich aus wie ein Pfarrer, und wenn uns jemand sieht, ist das unverdächtig, schließlich wimmelt es in Passau nur so von Priestern«, antwortete er.

»Na schön. Und welches Eingangstor nehmen wir uns jetzt vor?«

»Die Hauptportale machen mir Bauchschmerzen. Davor stehen wir wie auf dem Präsentierteller. Ich habe eine andere Idee. Folge mir.«

Sie gingen einen Umweg zur Carlonegasse und von dort weiter bis zum Beginn der Mariahilf-Brücke. Ein Auto kam ihnen entgegen, sie drückten sich rasch in eine Nische zwischen zwei Häusern. »Wir sind gleich da«, flüsterte Baltasar. Sie folgten der Innbrückgasse bergauf, bis sich aus der Dunkelheit die Rückseite eines großen Gebäudes abzeichnete. Baltasar zeigte auf eine Tür. »Das ist ein Nebeneingang der Alten Residenz. Hier müssen wir rein. Ans Werk, Einbrecherkönig!«

Philipp untersuchte das Sicherheitsschloss. »Wir können kein Licht machen. Deshalb greife ich zur elektrischen Variante.« Er holte ein Gerät aus seinem Rucksack, das aussah wie eine Lötpistole, und führte die Spitze in das Schloss. Ein kurzes Jaulen wie von einem Akkubohrer, und die Tür ließ sich öffnen.

Baltasar sah besorgt zu den Fenstern der umliegenden Häuser.

»Das musste sein. Die Alternative wäre Sprengen gewesen«, meinte Philipp entschuldigend.

Sie traten leise ein. Philipp schaltete eine Taschenlampe ein und regelte sie herunter, bis nur noch ein schwacher Schein zu sehen war.

»Was jetzt, Sherlock Holmes?«, fragte er Baltasar.

»Erst einmal darf ich dich daran erinnern, dass über uns das Diözesanmuseum ist. Das heißt, dort oben sind überall Alarmanlagen. Aber wir nehmen eine Seitentreppe und dann den Weg über die Zengergasse bis zum Dom. Bei meinem letzten Besuch habe ich dort keine Alarmsensoren gesehen. Nur ein Türschloss ist uns dann noch im Weg.«

Ohne Zwischenfälle erreichten sie die Brücke.

»Sieht schick aus von hier oben«, raunte Philipp.

»Vorsicht, jetzt kommen die Treppen.«

Wie Blinde tasteten sie sich hinunter, bis sie in dem Querhaus von Sankt Stephan standen. Es war stockdunkel in dem Dom, bis auf vereinzelte Lichtinseln, die durch das Flackern der Kerzen entstanden.

»Da soll noch einer sagen, Kirchen könnten nicht gruselig sein!« Philipp schaltete die Taschenlampe aus. »Für jemanden, der nächtliche Gotteshäuser nicht gewohnt ist, sieht's hier aus wie in einer Geisterbahn. Würde mich nicht wundern, wenn plötzlich diese Heiligen hier aus ihren Gräbern zu Leben erwachen und als Untote bis zum Sonnenaufgang herumspuken. Wie viele Tote wurden hier beigesetzt?«

»Wie viele genau, das weiß ich nicht. Die Bischöfe liegen in der Gruft. Früher war es eine besondere Ehre für Würdenträger, direkt im Dom bestattet zu werden. Bestimmt gibt es an die Hunderte von Gräbern, aber nicht immer sind die Standorte überliefert.«

»Sag ich doch, ein Totentanz, ein Festival der Zombies. Und wir werden die ersten sein, die es mitbekommen, falls wir es überleben.«

»Du solltest dir lieber Qualitätsfilme anschauen statt Horrorstreifen. Die schlagen dir offenbar aufs Gemüt.«

»Das Einzige, was meine Psyche belastet, ist die Tatsache, dass wir mutterseelenallein in einer heiligen Bahnhofshalle stehen und hinter jeder Säule ein Wiederauferstandener lauern könnte. Ich kann nicht glauben, dass ich mich dazu breitschlagen ließ! Philipp Vallerot mitten in der Nacht in einer katholischen Kirche! Wenn das mein Vater wüsste …«

»Lass deinen Vater aus dem Spiel und mach dich ans Werk. Umso schneller sind wir wieder draußen.«

»Und du bist sicher, dass im Altarraum keine Alarmanlage ist?«

»Ich hab's gecheckt. Vertrau mir. Gott ist mit uns.«

»Wenn du persönlich das sagst, dann kann ja nichts mehr schiefgehen …«

Philipp setzte seinen Rucksack ab und holte eine Kamera in der Größe einer Zigarettenschachtel heraus. »Mit Batterie und Sender, Reichweite etwa 100 Meter. Der Strom reicht lediglich bis morgen. Jetzt brauchen wir für unser Baby noch einen gemütlichen Platz.« Philipp schaltete die Taschenlampe wieder ein und leuchtete den Hochaltar ab. »Sieht gar nicht alt aus, ich bin enttäuscht, ich dachte, solch alte Hütten bestehen nur aus Antiquitäten.«

»Das ist ein Kunstwerk aus den Fünfzigerjahren. Es stellt die Steinigung des heiligen Stephanus dar, Schutzpatron der Kirche.«

»Folter und Grusel«, murmelte Philipp. Er lenkte den Lichtstrahl auf verschiedene Stellen. »Wo soll ich die Kamera platzieren?«

»So hoch, dass möglichst der ganze Raum eingefangen wird.«

»Dann musst du mir helfen, wir haben keine Leiter.« Er zeigte auf eine Gestalt über ihnen. »Der steinerne Folterknecht da! Zwischen seinen Füßen ist Platz für das Gerät.«

Baltasar schüttelte ihn am Arm. »Pschscht, sei still, hörst du nichts?«

Sie erstarrten und wagten nicht mehr zu atmen. Aus dem Untergrund rumorte es, ein Geräusch, nicht zu orten, eine Art Tapsen oder Kratzen. Dann wieder Stille. Nach einer Weile dasselbe Geräusch wie aus einer anderen Welt.

»Das Tor zur Hölle hat sich geöffnet«, flüsterte Philipp, »wahrscheinlich ist der Eingang direkt unter einem der Bischofsgräber.« Baltasar konnte in der Dunkelheit nicht erkennen, ob sein Freund es ernst meinte oder nur einen Witz machte.

Sie warteten, doch alles blieb still.

»Wahrscheinlich Ratten oder Katzen oder so. In Kirchen wohnen jede Menge Tiere.«

»Auch Vampire? Ich hoffe, du hast an Knoblauch und einen Holzpfahl gedacht, Baltasar. Vielleicht sollten wir in einer Bischofsgruft …«

»Bring deine Kamera an, dann können wir verschwinden.«

»Dazu brauche ich dich als Leiterersatz.« Er holte einen Teleskopgreifer hervor. »Der reicht leider nicht bis zu den Füßen der Figur. Ich muss auf deine Schultern steigen. Hältst du das aus?«

»Jesus hat ein Holzkreuz tragen müssen, was ist deine Last dagegen?« Baltasar formte die Hände zur Räuberleiter. »Aber pass auf meinen Kopf auf.«

Philipp kletterte auf Baltasars Schultern und stützte sich an der Mauer ab. Vorsichtig schob er das Überwachungskästchen in die Lücke. »Ich richte es so gut wie möglich auf den Besucherraum aus, aber ich kann für nichts garantieren.«

Ein neues Geräusch ließ sie zusammenfahren, diesmal war es ganz in ihrer Nähe. Philipp geriet ins Wanken, versuchte sich festzuklammern, fand an der Mauer keinen Halt und riss Baltasar im Sturz mit zu Boden.

Eine Zeitlang blieben sie beide liegen. Das Geräusch war immer deutlicher zu hören. Schritte. Da war noch jemand in der Kirche. Baltasar gab Philipp ein Zeichen, seine Sachen zu verstauen und den Kopf unten zu halten. Sie rollten sich hinter den Altar. Von ihrem Versteck aus konnten sie eine Gestalt erkennen, eine Silhouette, unwirklich wie ein Geist. Sie hielt eine Taschenlampe in ihre Richtung und kam näher auf sie zu, der Lichtkegel wanderte an den Seiten des Altars entlang und entfernte sich wieder. Den Schritten nach zu urteilen, ging der Unbekannte weiter zu den Seitenaltären.

»Mir nach, über den Boden wie eine Eidechse«, flüsterte Baltasar in Philipps Ohr und robbte in den gegenüberliegenden Seitengang. Er kam sich vor wie ein Soldat auf Manöverübung im Gelände. Hinter sich hörte er seinen Freund schnaufen.

Schließlich, Baltasar erschien es wie eine Ewigkeit, erreichten sie die Tür. Er zog Philipp zu sich heran und flüsterte: »Jetzt beten!« Dann zog er die Türe auf, und beide krochen sie in den Beichtstuhl.

Der Unbekannte musste etwas gehört haben. Sein Schritt stockte, und durch den Vorhang konnten sie beobachten, wie er das Licht auf den Beichtstuhl richtete. Er kam auf sie zu, leuchtete in den Gang und zwischen die Reihen der Kirchenbänke. Dann verschwand er Richtung Sakristei.

»Das nennst du also alles im Griff haben! Toll!«, sagte Philipp. »Ich bekomme hier gleich Platzangst. Ich hoffe, du hast den Großen Außerirdischen um unsere Rettung angefleht.«

»Natürlich habe ich gebetet. Und ich sage dir, das ist der Beweis. Du hast es selbst miterlebt.«

»Ein Beweis für was?«

»Ich habe gebetet, dass die Scharniere des Beichtstuhls geölt sind. Und wie du bemerkt haben dürftest, hat die Tür nicht gequietscht. Das ist der Beweis: Es gibt ihn wirklich.«

12

Vinzenz Siebenhaar sah in seinem Doppelripp-Unterhemd aus wie ein Rentner, der zu spät aus dem Bett gekommen war.

»Also? Wie legt man das Ding an?« Der Bischof wandte sich an Wolfram Dix. In der Hand hielt er ein schwarzes Ungetüm.

»Exzellenz, wollen Sie sich das wirklich antun?« Der Kriminalkommissar runzelte die Stirn. »Ich weiß, das Angebot kam von unserer Dienststelle, aber diese schusssicheren Westen sind äußerst unbequem zu tragen.«

»Ich habe ja meine Kleidung drüber an. Aber wir haben es hier mit einem Mörder zu tun. Wenn der wirklich in meine Kirche kommt, wer weiß? Vielleicht hat er es dieses Mal auf mich abgesehen. Ihre Fähigkeiten und die Ihrer Kollegen in allen Ehren, Herr Dix, aber wenn dieser Wahnsinnige aus der Menge heraus auf mich schießt oder mir mit dem Messer auflauert, wer kann mich da wirklich beschützen?«

»Vertrauen Sie auf den Allmächtigen, legen Sie Ihr Schicksal in seine Hände, ein Gebet hilft«, sagte Baltasar. Die Szene in der Sakristei von Sankt Stephan kam ihm ziemlich skurril vor: Eine Gruppe von Männern, jeder mit seinem eigenen Plan angetreten, um im Verborgenen Ausschau zu halten nach einem Verbrecher, den niemand kannte.

Der Bischof drehte sich um. »Ich konnte heute Nacht nicht schlafen, ständig bin ich aufgestanden und habe die Jungfrau Maria gebeten, mir den rechten Weg zu weisen, mir in der Stunde meiner größten Not zu helfen. Ich vertraue auf Gottes Schutz, der seinen treuen Diener nicht im Stich lassen wird, aber die Vorsehung ist für uns Menschenkinder oft nicht erkennbar. Also, wie trägt man dieses … dieses Kleidungsstück?«

»Ich darf Ihnen helfen?« Oliver Mirwald faltete die Weste auseinander, streifte sie dem Bischof über und zurrte die Gurte fest. »Angenehm so?«

»Wunderbar, junger Mann.« Siebenhaar betrachtete sich im Spiegel. »Macht schlanker.« Er klopfte sich auf den Bauch. »Junger Mann, Sie machen das ganz hervorragend. Ein Lob für die Ausbildung der niederbayerischen Kriminalpolizei. Haben Sie früher als Ministrant gedient?«

Mirwald wurde rot. »Äh, nein, ich … ich hatte noch nicht die Gelegenheit. In Norddeutschland …«

»Verstehe, verstehe, die nördlichen Bundesstaaten sind noch Entwicklungsländer, was praktizierten Katholizismus betrifft. Sie dürfen gerne einmal bei uns im Dom assistieren, falls Sie Lust haben.«

Als der Bischof sein volles Ornat trug, fiel die Schutzweste darunter gar nicht mehr auf.

»Gerüstet wie der heilige Sankt Georg im Kampf gegen den Drachen.« Baltasar versuchte ernst zu bleiben. »Haben Sie Ihre Predigt vorbereitet? Besonders die wichtigen Passagen?«

»Ja, ja. Lassen Sie mich in Ruhe, Herr Senner, ich muss meine negativen Gedanken ausblenden. Es ist nämlich kein gutes Gefühl, wenn jemand aus dem Publikum einem an den Kragen will. Sind Ihre Leute vor Ort, Herr Dix?«

»Alle Kollegen beziehen ihre Position, sie wachen über die Ausgänge, einige mischen sich unter die Besucher. Sie sind bewaffnet, der Zugriff kann erfolgen. Außerdem sind die Ausfallstraßen der Altstadt von Polizeistreifen abgesichert, die jeden Verdächtigen kontrollieren.«

Der Bischof gab ein Zeichen. »Ich muss jetzt allein sein und mich sammeln. Wenn die Herren mich bitte entschuldigen.«

Draußen hielt Mirwald Baltasar auf. »Was machen Sie eigentlich hier, Herr Senner? Das ist doch nicht Ihre Heimatkirche, oder sind Sie über Nacht befördert worden?«

»Solch einen Festgottesdienst lasse ich mir nicht entgehen, wenn ich Zeit dazu habe. Herr Siebenhaar hat mich außerdem auch gebeten, an der Messe teilzunehmen. Als Zuschauer.«

»Als passiver Zuschauer, hoffe ich schwer. Sie werden uns ja sicher nicht in unserer Arbeit behindern, oder?«

»Sie haben freie Bahn, Doktor Mirwald, es ist Ihr Revier. Hoffentlich haben Sie Erfolg.« Baltasar ging hinaus auf den Domplatz. Er suchte nach Victoria Stowasser und fand sie vor einem Schaufenster in einer Seitenstraße.

»Hat Philipp Sie mit allem Notwendigen ausgestattet?«

Victoria zog einen Fotoapparat aus ihrer Handtasche. »Schön klein, und man kann damit auch filmen. Viel unauffälliger als eine Videokamera, sagt Ihr Freund.«

»Lassen Sie sich ruhig Zeit, Victoria, der Gottesdienst dauert mindestens eine Stunde. Außerdem will der Passauer Domchor singen. Konzentrieren Sie sich darauf, wenn die Besucher aus der Kirche strömen. Ideal wären Bilder von den Gesichtern der Menschen. Viel Glück.«

Seine Haushälterin Teresa hatte sich auf eine Bank gegenüber dem Seiteneingang gesetzt. Neben sich hatte sie einen Korb mit einer Thermoskanne und belegten Semmeln stehen. »Wollen Sie auch etwas?«

Baltasar lehnte dankend ab. »Sie wissen, wie man die Kamera bedient, oder?«, fragte er sie.

»Nix Problem, der nette Herr Vallerot hat mir alles erklärt. Ich nur einen Knopf drücken und die Kiste filmt los. Mich wird niemand entwischen.«

Baltasar traf Philipp auf dem Residenzplatz hinter der Kirche. Sein Freund saß bei Kaffee und Kuchen in einer Wirtschaft im Freien in der Nähe des Wittelsbacher Brunnens, vor sich auf dem Tisch einen aufgeklappten Laptop.

»Na, du lässt es dir gut gehen.« Baltasar setzte sich neben ihn. »Am Sonntag ein Frühschoppen, und der Tag ist dein Freund ... oder wie der Spruch heißt. Wie ist das Fernsehprogramm?«

Philipp schob den Laptop in seine Richtung. Auf dem Bildschirm sah man, wie sich der Innenraum des Doms langsam füllte. »Nicht gerade eine Fußballübertragung und das Bild etwas dunkel, aber immerhin live. Nur der rechte Rand ist beschnitten, ich hätte die Kamera besser ausrichten sollen, aber jetzt ist es zu spät.«

»Immerhin nimmst du das erste Mal in deinem Leben an einem Gottesdienst teil – wenn auch nur virtuell.«

»Woher willst du wissen, ob ich nicht als Kind schon solche Aufführungen genossen habe? Meine Abneigung gegen die Staatskirchen ist jüngeren Datums.«

»Und du speicherst alles ab, vermute ich.«

»Selbstverständlich steht dir die kostenlose Vallerot-Videothek nachher zur Verfügung. Aber was mir mehr Sorgen macht: Wie bekomme ich meine Altarkamera wieder zurück? Ein zweites Mal breche ich nicht in den Dom ein, das ist sicher.«

»Da wird dir schon was einfallen mit Gottes Hilfe.«

Baltasar ging um den Dom herum zum Haupteingang.

Menschenmengen strömten in den Dom. Das Hochamt am Sonntagvormittag lockte regelmäßig mit musikalischen Schmankerln, insbesondere die Stücke auf der Riesenorgel waren berühmt und veranlassten auch sehr viele Touristen zum Kirchenbesuch. Die Bänke waren bereits besetzt, Neuankömmlinge mussten sich zwischen die Leute drängen oder sich mit einem Stehplatz am Rand zufriedengeben, wobei die Säulen den Blick auf den Altar verstellten.

Baltasar bemerkte Aromen von Weihrauch in der Luft, eine Billigmischung, er sollte vielleicht dem Bischof eine Lieferung seiner Sorten anbieten – ohne Sondergewürz, verstand sich.

Er blieb im Seitengang stehen und beobachtete die Kirchenbesucher. In den vorderen Reihen entdeckte er bekannte Gesichter, offenbar waren die Angestellten des bischöflichen Ordinariats fast vollständig erschienen. Generalvikar Castellion, wie immer im Nadelstreifenanzug, saß neben dem Domprobst Windhagen, dahinter Regens Keplinger, der den Programmzettel studierte, es war ein Auszug aus »Missa Sancti Bernardi de Offida in B-Dur« von Joseph Haydn angekündigt.

Christian Helfer unterhielt sich in der hinteren Reihe mit anderen Seminaristen. Ein Mann stand mit geschlossenen

Augen gegen eine Säule gelehnt, Baltasar identifizierte ihn als Daniel Moor. Von den Polizisten fiel ihm niemand auf, hoffentlich funktionierte die Tarnung. Auch Dix und sein Assistent schienen untergetaucht zu sein.

Ansonsten war das Publikum sehr gemischt: Ältere Herren in schwarzen Anzügen, die Einheitskleidung für festliche Anlässe im Bayerischen Wald, die Damen trugen ihr Sonntagsgewand zur Schau, Seidenkleider, bestickte Jacken oder Tracht in gedeckten Farbtönen.

Doch wer war der Böse in dieser Menschenmenge? Wer sah verdächtig aus? Wer versteckte sich? Baltasar ging den Gang entlang, um die Leute besser zu sehen, kein leichtes Unterfangen bei der Größe des Doms und in dem Zwielicht.

Ein Mann auf den mittleren Bänken trug eine Baseballkappe, ein Sweatshirt und eine Sonnenbrille – um unerkannt zu bleiben? Oder waren es bloß coole Klamotten? Eine Frau ganz in Schwarz wie in Trauer hatte einen Hut auf, ein Schleier fiel herab, der ihr Gesicht verbarg – zur Tarnung? Ein Herr mittleren Alters hatte den Kragen seiner Jacke hochgeschlagen und hielt den Programmzettel dicht vor seine Nase – Kurzsichtigkeit? Oder der Wunsch, inkognito zu bleiben?

Je länger Baltasar durch die Reihen blickte, desto unsicherer wurde er. War der Mörder überhaupt im Publikum? Vielleicht verbarg er sich an einer ganz anderen Stelle, etwa in einem der zahlreichen Beichtstühle oder in einer Nische der Seitenaltäre. Oder stand er oben auf der Empore bei der Orgel?

Vinzenz Siebenhaar trat aus der Sakristei und ging zum Altar. Das war der Vorteil der Kirchengewänder: Das Ornat, weit geschnitten und glatt fallend wie ein Frauenkleid, machte die schusssichere Weste nach wie vor unsichtbar. Der Bischof ging, besser gesagt schwebte an seinen Platz, jeder Schritt bemessen, der Körper blieb dabei aufrecht und wie erstarrt, als sei er auf Rollen unterwegs. Es war die Routine eines Profis, der sich der Wirkung seiner Bewegungen bewusst war und es doch wie ein Bühnenschauspieler so aussehen lassen konnte, als sei alles natürlich und spontan, jede Geste tausendmal geübt, tausendmal verfeinert.

Ob Siebenhaar das vor dem Spiegel geübt hatte? Baltasar verspürte eine widerwillige Bewunderung für die Perfektion des Auftritts. Die Hände des Bischofs falteten sich in einer fließenden Linie zum Gebet, er wandte seinen Kopf in Zeitlupe links und rechts in Richtung Zuschauer, eine Kunstpause, dann setzte er zum Singsang an in einer Stimmlage, die ganz anders klang als seine Sprechstimme, geschmeidiger, reiner. Baltasar blickte über Siebenhaars Kopf hinweg auf die Skulpturen hinter dem Altar. Die Spionagekamera war von seinem Standort aus nicht zu erkennen.

Der erste Teil des Gottesdienstes verlief nach Plan. Der Bischof nahm auf seinem Stuhl Platz, die Orgelmusik setzte ein.

Es war wie ein Wunder: Sofort war der Dom angefüllt mit Klängen, die Melodie drängte sich nach oben, nach unten, nach links und rechts, als habe sie der Allmächtige direkt vom Himmel geschickt, sie schien überall zu sein, in jedem Winkel, sie legte sich wie eine Decke über die Kirchenbesucher. Das ganze Gebäude diente als Klangkörper, der die Musik verstärkte und zurückwarf, ein Donnern, Rufen und Fordern, schmeichelnd und eindringlich.

»Wunderschön, nicht?« Eine Stimme erreichte Baltasars Ohr. Neben ihm stand eine Frau Anfang 50, mittellanges Haar, sie trug eine goldene Halskette mit Perlenanhänger.

»Grüß Gott«, antwortete er im Flüsterton. Sie war Erika Stadler, die Leiterin des bischöflichen Referats für Ehe und Familie und die einzige Frau in der Führungsebene der Diözese. Sie wohnte im niederbayerischen Pocking, war seit ewigen Zeiten verheiratet und hatte zwei erwachsene Kinder. Das zeichnete sie für dieses Amt aus, da männlichen Kandidaten unter dem Zwang des Zölibats die notwendige praktische Erfahrung fehlte.

»Wir waren überrascht, dass der Chef heute selbst die Messe feiern wollte und den Domprobst überstimmt hat. Das ist sonst gar nicht seine Art.«

»Wir dürfen gespannt sein auf seine Predigt.«

»Hat es mit der gestohlenen Monstranz oder mit dem Mord zu tun? Will der Bischof öffentlich Abbitte leisten?«

»Sie müssten Ihren Chef besser kennen, von all seinen positiven Eigenschaften ist die Selbstkritik am wenigsten ausgeprägt.«

»Stimmt, er ist recht eigenwillig. Ich hatte schon die eine oder andere Auseinandersetzung mit ihm, sein Bild von Liebesbeziehungen und Ehe ist doch etwas konservativ. Kirchenmänner eben.«

Sie verstummte. Der Bischof war aufgestanden und trat an das Sprechpult. Er bevorzugte ein Mikrophon für seine Ansprachen, die vergoldete Kanzel, ein Prunkstück der Kirche, ignorierte er.

In den Mittelpunkt seiner Predigt hatte Siebenhaar das siebente Gebot »Du sollst nicht stehlen« gestellt. Er zitierte aus der Offenbarung des Johannes, Kapitel neun:

»Aber die Menschen hörten nicht auf, sich niederzuwerfen vor ihren Dämonen, vor ihren Götzen aus Gold, Silber, Erz, Stein und Holz, den Götzen, die weder sehen noch hören noch gehen können. Sie ließen nicht ab von Mord und Zauberei, von Unzucht und Diebstahl.«

Der Bischof ermahnte die Zuhörer, sich nicht von materiellen Gütern leiten zu lassen und sich auf die Grundprinzipien des Christentums zu besinnen.

Baltasar wartete gespannt ab, wie Siebenhaar die entscheidende Stelle formulieren würde, die Botschaft für den Unbekannten, gekleidet in salbungsvolle Worte.

Erika Stadler war wieder verschwunden, vermutlich suchte sie einen Sitzplatz.

»Der Reichtum der katholischen Kirche beruht nicht auf Gold und Edelsteinen oder Schätzen«, fuhr der Bischof fort, »sondern auf der Festigkeit des Glaubens. Deshalb ist für uns ein Schmuckstück, und sei es auch noch so kostbar, lediglich ein Teil der Lobpreisung Gottes und nicht mehr wert als 10.000 Judas-Silberlinge.«

Baltasar blickte um sich, um Reaktionen in den Gesichtern der Zuhörenden zu erkennen, etwas, was den Täter unter ihnen verraten würde. Aber die Menschen blieben ungerührt, einem alten Mann war das Kinn auf die Brust gefallen, es schien, als machte er ein Nickerchen.

Siebenhaars Predigt war zu Ende, der Chor auf der Empore sang. Der Rest der Messe verlief nach Drehbuch – Lieder, Gebete, Musik –, der Bischof gab seinen Schlusssegen. Die ersten Gläubigen erhoben sich von ihren Plätzen.

Plötzlich gab es einen lauten Knall, wie eine Explosion, gefolgt von einem durchdringenden Schrei.

Es kam von oben, von der Empore.

Alle hielten in ihren Bewegungen inne und starrten hinauf in Richtung Orgel, doch von unten war nichts zu sehen. Für einen Moment war die Stimmung im Dom so, als hätte jemand auf einer Fernbedienung den »Pause«-Knopf gedrückt.

Die Starre wich einer Unruhe, die die Menschen mehr und mehr erfasste, die Ersten wurden nervös und liefen zum Hauptportal. Das steckte die Nächsten an, die Nervosität steigerte sich in Panik, mit einem Mal drängten sich alle Gottesdienstbesucher gleichzeitig zu den Ausgängen, die Gesellschaft löste sich in heilloses Chaos und Gewusel auf und ergoss sich durch die Türen ins Freie.

Zwei Polizisten in Zivil stürmten nach vorne zum Altar und griffen dem Bischof unter die Arme, der reglos dastand und mit einer Mischung aus Überraschung und Fassungslosigkeit das Treiben beobachtete. Sie zogen ihn in Richtung Sakristei, die Messdiener und Ministranten folgten ihm. Die Angestellten der Diözese in der ersten Bankreihe wussten nicht, ob sie ihrem Chef folgen oder ebenfalls nach draußen fliehen sollten.

Baltasar lief durch den Gang, dicht an den Seitenaltären entlang, um nicht von den entgegenkommenden Menschen mitgerissen und erdrückt zu werden. Er gelangte zu dem Durchgang, der zur Treppe auf die Empore führte.

Neben ihm tauchte Oliver Mirwald auf, er hatte seine Pistole aus dem Halfter gezogen und stürmte an ihm vorbei hinauf, als gehörte er zu einer Spezialeinheit der Ledernacken. Normalerweise war der Zugang wegen der vielen neugierigen Touristen auf halbem Weg versperrt, aber jetzt stand das Gitter offen.

Oben brauchte Baltasar einen Moment, um sich zu orientieren. Die Orgelpfeifen wirkten aus der Nähe noch mächtiger und beeindruckender als von unten. In der hinteren Ecke hatten die Mitglieder des Domchores einen Kreis gebildet und beugten sich hinunter auf etwas, das am Boden lag.

»Kriminalpolizei! Machen Sie bitte Platz!«

Mirwald hielt seinen Ausweis in die Luft, seine andere Hand umklammerte die Waffe. Einige schrien vor Schreck auf. Mirwald schob sich durch den Kreis, Baltasar folgte ihm.

Auf dem Boden vor ihnen lag eine Frau.

13

Der Schrecken stand den Sängern des Domchores ins Gesicht geschrieben. Sie standen um Baltasar und Oliver Mirwald herum, gestikulierten und redeten gleichzeitig auf sie ein, und einige lehnten wie betäubt an der Balustrade.

»Ist sie tot?«

Baltasar drückte den Finger gegen die Halsschlagader der Frau. Er spürte ihren Puls, wenn auch unregelmäßig. »Vermutlich nur ohnmächtig. Kann jemand einen Krankenwagen rufen?«

Gemeinsam legten sie die Frau auf den Rücken. Der Geruch von Schwarzpulver und Rauch hing in der Luft, auf dem Boden waren Papierschnipsel verstreut.

»Was ist passiert?« Wolfram Dix war die Treppe hochgerannt, sein Atem rasselte. »Mirwald, nehmen Sie die Pistole herunter.« Er stellte sich der Gruppe vor.

»Wir wollten gerade gehen, als … als diese Explosion

dort aus der Ecke kam«, berichtete ein Mann. »Sie war ohrenbetäubend, ich dachte, unser letztes Stündlein hätte geschlagen.«

»Ich glaube, das war ein Bombenattentat«, sagte eine Frau, »der Krach, der Feuerball, ein gewaltiger Luftdruck! Es ist erstaunlich, dass wir alle noch leben.«

»Meine Freundin hat geschrien und ist dann umgekippt«, sagte eine andere. »Es ging alles so schnell ... so schnell.«

»Bitte bleiben Sie noch da, und geben Sie meinem Kollegen Ihre Personalien«, sagte Dix, »vielleicht brauchen wir Sie später als Zeuginnen.«

Zwei Sanitäter waren eingetroffen und untersuchten die Frau. Sie legten ihr eine Sauerstoffmaske an und hoben sie auf die Bahre. Sie wollten gerade aufbrechen, als die Frau die Augen aufschlug.

»Wo ... Wo bin ich?« Sie streifte sich die Atemmaske ab. »Der Chor ... der Knall ... Gott sei Dank, ich lebe noch!«

»Ganz ruhig. Sie dürfen sich nicht aufregen. Wir bringen Sie jetzt erst einmal ins Krankenhaus«, sagte ein Sanitäter.

»Es ... Es geht mir schon wieder besser, ich war nur kurz ... weggetreten.« Die Frau versuchte sich aufzurichten. »Der Krach ... direkt neben mir ...«

»Vorsichtshalber nehmen wir Sie trotzdem jetzt mit.« Die Sanitäter trugen die Patientin nach unten.

Baltasar bemerkte drei Messingständer mit armdicken Kerzen. Das mittlere Exemplar war kürzer und am Rand merkwürdig zerfetzt, überall an der Kerze klebte Ruß. Er untersuchte sie näher. Etwas steckte darin, es sah aus wie der Rest eines Silvesterknallkörpers.

Jemand hatte offenbar ein Loch in die Kerze gebohrt und einen Silvesterböller hineingeschoben.

Es war ein Ablenkungsmanöver, da war sich Baltasar nun sicher. Eine primitive, aber erschreckend effiziente Vorrichtung: Die Kerze brannte hinunter, bis die Flamme mit der Zündschnur des Krachers in Berührung kam und ihn zum Explodieren brachte. Das Ziel, im Dom eine Panik auszulösen, war damit erreicht.

»Hochwürden, bitte die Finger weg!« Mirwald schob ihn zur Seite. »Die Spurensicherung muss alles untersuchen. Ihre Fingerabdrücke können wir auf den Gegenständen hier nicht gebrauchen.«

»Haben Sie denn während des Gottesdienstes irgendetwas Ungewöhnliches bemerkt?«

»Die Kollegen haben keine Meldung gemacht, und mir ist auch nichts aufgefallen. Vielleicht kommt bei den Zeugenbefragungen später etwas raus.«

Es war für den Täter wohl nicht schwer gewesen, die Kerze zu präparieren, an den Tagen zuvor kurz auf die Empore, einen Handbohrer im Gepäck, es war eine Sache von Minuten. Ob er es gewesen war, den sie in der vergangenen Nacht im Dom gesehen hatten?

Draußen hielt er Ausschau nach Victoria. Sie winkte ihm von einer Ecke des Domplatzes aus zu.

»Was ist denn hier los? Die Leute kamen herausgerannt, als ob sie drinnen den Leibhaftigen gesehen hätten.«

Baltasar berichtete von dem Vorfall. »Was ist mit den Aufnahmen?«

»Die wird Herr Vallerot auswerten. Es war ziemliches Gedränge und Geschiebe, ich befürchte, nicht jedes Gesicht wird zu erkennen sein.« Sie drückte ihm die Kamera in die Hand. »Geben Sie das Ihrem Freund, ich fahre wieder zurück. Die Arbeit im Wirtshaus wartet.«

Teresa lief neben ihrer Bank auf und ab. »Ich Ihnen etwas beichten müssen, Herr Senner, ich Schlimmes getan.«

»So schlimm wird es schon nicht sein.«

»Doch, doch, ich habe gerade eine Salamisemmel ausgepackt, als Knall aus der Kirche kam. Vor Schreck ist mir der Apparat aus der Hand gefallen. Wissen Sie, Herr Senner, ich dachte nicht, dass die Leute so schnell laufen. Bis ich das Ding wieder in Gang hatte, waren die meisten längst an mir vorbei. Außerdem macht das Ding komische Geräusche.« Die Haushälterin war den Tränen nahe. »Ich haben versagt, ich haben kaputt gemacht, alles kaputt, nix Aufnahmen.«

Er tröstete sie und sagte, sein Freund werde es schon hinbekommen und sie solle warten, bis sie wieder heimfuhren.

Philipp schien glänzender Laune zu sein, er löffelte genüsslich einen Käsekuchen, als Baltasar sich zu ihm an den Tisch setzte.

»Das hättest du mir vorher sagen müssen, dass ich einen Hollywoodfilm aufnehmen soll. Wow! Explosionen, Massenpanik, aufgeregte Polizisten, das ganze Programm! Das hat Spaß gemacht, du hättest Eintrittsgeld verlangen können.«

»Hast du wenigstens alles im Kasten?« Er gab ihm die anderen beiden Kameras.

Philipp rief ein Programm auf seinem Computer auf und lud die Dateien.

»Unsere Spionagekamera hat leider das Attentat nicht direkt im Bild, dafür war der Aufnahmewinkel zu ungünstig. Da habe ich noch einen Auftrag für dich.« Er holte einen Teleskopstab mit Haken aus der Tasche. »Damit kannst du die Kamera von der Figur herunterholen. Das ist dringend, denn wenn es der Kripo in die Hände fällt, haben wir beide ein weiteres Problem am Hals, das ein Anruf bei deinem Großen Außerirdischen nicht lösen wird. Ich stelle mir schon das Verhör mit diesem Mirwald vor. Wenigstens sind meine Fingerabdrücke nicht drauf.« Er drehte den Laptop, sodass Baltasar besser hineinschauen konnte, und öffnete eine erste Videodatei. Menschen waren zu sehen, die aus dem Hauptportal stürmten, sich gegenseitig behinderten und bedrängten. »Das erfordert noch mehr Arbeit, die Gesichter zu isolieren.« Er versuchte, die nächste Datei zu starten. »Sieht übel aus, ich fürchte, der Sturz hat die Kamera unbrauchbar gemacht, ich muss mir das zu Hause in Ruhe ansehen.«

Baltasar bat ihn, Teresa mitzunehmen, und ging zurück zum Dom. Vor der Tür hinderte ihn ein Polizist daran einzutreten. Erst als er nach Siebenhaar verlangte, durfte er hinein. Der Bischof saß auf einem Stuhl in der Sakristei, seine Amtskleidung lag achtlos auf dem Tisch. Den Kopf hatte er zwischen den Händen vergraben.

»Mein Gott, mein Gott, das ist schlimmer als das Jüngste Gericht.« Die Stimme des Bischofs war kaum zu hören. »Warum muss das gerade mir passieren? In meiner Kirche? Der Allmächtige will mich strafen.«

»Es ist nicht Ihre Schuld. Es war nicht zu verhindern.«

»Warum haben wir uns die Polizei ins Haus geholt? Warum wimmelte es im Dom von Kriminalbeamten? Die sollten mich beschützen. Und was ist? Ich werde Opfer eines Bombenanschlags.«

»Es war ein Silvesterkracher, wohl nur zum Erschrecken gedacht.«

»Was reden Sie, Herr Senner? Ein Attentäter schleicht sich in mein Gotteshaus, legt einen Sprengsatz, eine Frau wird verletzt. Genauso gut hätte es mich treffen können. Wer weiß, vielleicht sind beim Altar weitere Bomben versteckt, die Polizei sucht gerade danach. Was habe ich nur getan, dass mich jemand töten will?«

»Herr Siebenhaar, niemand will Sie umbringen oder verletzen. Da wäre der Täter anders vorgegangen.«

»Können Sie ins Hirn dieses Wahnsinnigen schauen? Sie kennen seine Pläne nicht. Niemand kennt sie. Möglicherweise hat etwas seine Mordfantasien in letzter Sekunde durchkreuzt, sonst wäre ich jetzt ...« Er richtete sich auf und streifte die schusssichere Weste ab. »Selbst dieser Panzer hätte mich nicht geschützt, es ist ein deprimierendes Gefühl, wenn man so ... so wehrlos ist. Und da ruft man schon mal nach den Behörden, bittet um Unterstützung und um Sicherheit ... und dann versagen diese Beamten allesamt kläglich. Nirgends mehr kann ich mich jetzt noch sicher fühlen, niemandem habe ich etwas zuleide getan, und nun das. Es ist so ungerecht!«

»Wahrscheinlich hat der Täter geahnt, dass wir die Polizei hinzuziehen, und entsprechend Vorsorge getroffen. Jedenfalls kennt er jetzt Ihr Angebot, 10.000 Euro und keinen Cent mehr.«

»Der ganze Aufwand war umsonst. Morgen steht alles in den Zeitungen. Dann weiß es der ganze Bayerische Wald. Und ich bin blamiert. Ich warte schon auf den Anruf aus Rom. Was soll ich denen bloß sagen?«

»Der Diebstahl der Monstranz muss nicht ans Licht kommen. Möglicherweise wäre es klüger, den Vorfall gegenüber der Öffentlichkeit herunterzuspielen. Schließlich wollen Sie auch künftig noch Besucher im Dom haben.«

»Da haben Sie einen wichtigen Punkt angesprochen,

Herr Senner. Ich spreche sofort mit dem Generalvikar. Wir müssen eine offizielle Stellungnahme verfassen und den Gläubigen unsere Sichtweise nahebringen. Das sind wir der Diözese schuldig. Wenn Sie jetzt so freundlich sind und einen Polizisten für mich rufen, der mir Geleitschutz zu meinem Amtssitz gibt? Die restlichen Gottesdienste für heute sind bereits abgesagt.«

Mitglieder der Spurensicherung inspizierten die Besucherbänke und die Altäre in den Seitenschiffen. Sie arbeiteten sich in Richtung Hauptaltar vor, und es war nur eine Frage der Zeit, bis sie Philipps Überwachungskamera am Fuße der Figurengruppe entdecken würden. Baltasar nickte ihnen zu und tat so, als wollte er vor der Skulptur ein stilles Gebet sprechen. Er wartete, bis die Männer aus seinem Gesichtsfeld verschwunden waren. Er zog den Teleskopstab auseinander und zielte mit dem Haken auf die Kamera. Er brauchte mehrere Anläufe, bis er das Gerät zu fassen bekam, ein Schubs, und es fiel zu Boden.

»Herr Senner, was um alles in der Welt treiben Sie da?«

Oliver Mirwald kam den Mittelgang herauf.

Es war zu spät, den Teleskopstab zu verbergen. Baltasar machte einen Schritt in Richtung Kamera und behielt dabei den Kommissar im Auge.

»Was haben Sie da in der Hand?« Mirwald betrat den Altarraum.

»Einen Moment, Herr Doktor. Wissen Sie nicht, wo Sie sich hier befinden?« Baltasar setzte eine strenge Miene auf. Der Kriminalkommissar war verunsichert.

»Das ist das Heiligste der Kirche. Da darf man ein wenig Respekt erwarten, auch von Vertretern der Polizei. Bitte bekreuzigen Sie sich.«

Verdattert machte Mirwald ein Kreuzzeichen. Diesen Moment nutzte Baltasar, um einen weiteren Schritt zu tun. Die Kamera lag nun direkt neben seinem Schuh. Er trat darauf, es knirschte, und er hustete, um das Geräusch zu übertönen.

»Also, zeigen Sie mal, was haben Sie denn da?« Mirwald streckte seine Hand aus. Baltasar gab ihm den Teleskopstab.

»Was wollten Sie damit? Ich habe Sie in der Luft herumfuchteln gesehen.«

»Das ist ein Spezialinstrument für Pfarrer. Ich benutze es für gewöhnlich in meiner Kirche, um damit Gegenstände wieder an ihren Platz zu rücken. Denn oft sind die Figuren oder Bilder so hoch, dass man eine Leiter bräuchte. Da ist so ein Stab das bessere Werkzeug, gewissermaßen so was wie ein Schweizer Taschenmesser für Priester.« Baltasar schickte wegen dieser Notlüge ein stilles Entschuldigungsgebet gen Himmel.

»Wollten Sie etwa diese Riesenfiguren bewegen? Das ist doch albern.« Mirwald stand jetzt direkt vor ihm.

»Nein, aber beim Beten fiel mir ein Staubknäuel auf, und das fand ich für diese heilige Andachtsszene äußerst unangemessen.« Baltasar hielt Augenkontakt mit seinem Gegenüber. Bloß nicht den Blick auf den Boden lenken, dachte er. »Damit habe ich es weggewischt. Bekomme ich jetzt bitte meinen Stab zurück?«

Mirwald sah ihn skeptisch an, reichte ihm aber das Instrument. »Irgendwie klingt das komisch, was Sie sagen, aber vielleicht sind katholische Priester einfach so.«

»Mirwald, habe ich Sie wirklich ein Kreuz schlagen sehen?«

Wolfram Dix bekreuzigte sich ebenfalls und gesellte sich

zu ihnen. »Sie machen sich noch, ich sehe schon, Sie üben, weil Sie Ministrant beim Bischof werden wollen.«

»Das fiele mir nicht im Traum ein.« Mirwald verdrehte die Augen.

»Tun Sie nicht so.« Dix deutete auf den Altar. »Man erhält nicht oft Gelegenheit, die Kirche aus dieser Perspektive zu sehen. Genießen Sie es, Mirwald, da, wo wir jetzt stehen, das ist normalerweise nur kirchlichen Würdenträgern erlaubt, stimmt's, Herr Senner?«

Baltasar nickte. Er wagte nicht, sich zu bewegen, noch immer stand sein Fuß auf der Überwachungskamera. Wenn er die beiden Beamten nicht bald ablenken oder loswerden konnte, wurde es brenzlig.

»Werfen Sie auch einen Blick nach oben ins Mittelschiff«, sagte Baltasar. »Von hier aus sind die Deckenmalereien besonders beeindruckend.« Er deutete über sich. »Direkt über uns die Steinigung des heiligen Stephanus, unseres Namenspatrons. Das Bild in der Vierungskuppel zeigt Gottvater umgeben von Engelsreigen und Cherubim, es ist, als würde man direkt in den Himmel schauen. Und wenn Sie sich die Mühe machen wollen und die Seitenschiffe entlanggehen, beachten Sie die einzigartigen Stuckaturen und Barockfresken. So etwas sehen Sie in ganz Bayern nicht noch einmal. Machen Sie eine kurze Pause von Ihrer Arbeit, und gönnen Sie sich die Betrachtung dieser einzigartigen Kunstwerke.«

»Sie sagen es. Hier ist es wie in einem Museum. Ich war zwar schon oft im Dom, aber mein Kollege nicht.« Er zog Mirwald hinter sich her. »Wollen Sie eine kleine Führung für uns machen, Herr Senner?«

»Hier bin ich selbst nur Gast und kenne die Geschichten

der einzelnen Kunstwerke nicht so genau. Aber fragen Sie doch Domprobst Windhagen. Er kann stundenlang erzählen. Ich glaube, ich habe ihn vorhin am Haupteingang gesehen. Er wird sich freuen, dem prominenten Besuch alles zu zeigen.«

14

Nach seinem Frühstückskaffee machte sich Baltasar über die Tageszeitung her.

Der überregionale Teil berichtete auf einer Seite über die Explosion im Passauer Dom. Unter der Überschrift »Technisches Versagen – wertvolle Domorgel unbeschädigt« stellte der Redakteur Vermutungen über die Ursachen an und gab eine Stellungnahme des Ordinariats wieder, wonach »eine Verpuffung oder ein elektrischer Kurzschluss nicht gänzlich auszuschließen« seien. Man bedauere den Vorfall und den Schrecken, den der Knall verursacht habe, die polizeilichen Untersuchungen liefen noch. Die Chorsängerin, die in Ohnmacht gefallen war, sei bereits aus dem Krankenhaus entlassen worden. Bischof Siebenhaar habe die Frau persönlich besucht, ihr für ihre Tapferkeit gedankt und ihr einen Blumenstrauß überreicht. Wolfram Dix wurde mit der Aussage zitiert, die Ermittlungen stünden erst am Anfang, man werde Experten hinzuziehen müssen. Im Wirtschaftsteil hieß es, eine Firmengruppe suche im Bayerischen Wald einen Standort für eine Fleischfabrik, das Unternehmen könne bei einer Ansiedlung mit Hilfen und Investitionszuschüssen rechnen. Der Bericht aus München von der Kabinettssitzung der bayerischen Staatsregierung enthielt die üblichen Absichtserklärungen über den Ausbau der Verkehrswege und die geplante Audienz des Ministerpräsidenten beim Papst in Rom. Unter der Rubrik »Regionales« fiel Baltasar eine kleine Meldung auf:

Einbruch in der Kirche

Waldkirchen – Ist den Menschen gar nichts mehr heilig? Dieser Frage muss die Polizei nach dem gewaltsamen Eindringen eines Unbekannten in die Sakristei der Stadtpfarrkirche Sankt Peter und Paul nachgehen. Der Einbrecher durchwühlte Schubladen und Schränke, nahm jedoch nur zwei Flaschen Messwein mit. Am Opferstock fanden die Beamten Spuren eines Aufbruchsversuches, aber das Schloss hatte standgehalten. Anwohner berichteten, sie hätten am frühen Morgen Geräusche aus der Kirche gehört, sich aber nichts dabei gedacht. Die Polizei bittet die Bevölkerung um sachdienliche Hinweise.

Schon wieder, dachte Baltasar. Diese Einbrüche häuften sich. Er ging ins Arbeitszimmer, schaltete seinen Computer an und durchforstete die Meldungen des letzten halben Jahres nach ähnlichen Delikten. Seine eigene Kirche eingerechnet, fand er fünf Einbrüche in katholische Gotteshäuser im Bayerischen Wald in den vergangenen zwei Monaten. Alle wiesen ein ähnliches Muster auf, der Täter drang gewaltsam ein, nahm aber nur ausgesuchte Wertsachen oder Bargeld mit. Bisher fehlte von dem Unbekannten jede Spur.

Baltasar notierte die Namen der anderen Gemeinden und suchte sich die Adressen der zuständigen Priester heraus. Er wollte dort einmal nachfragen, vielleicht ergab sich ja eine Spur, die zum Dieb der Monstranz führte. Konnte es sein, dass Davids Mörder und der Mann, der Raubzüge durch Pfarreien veranstaltete, ein und dieselbe Person waren?

Baltasar meldete sich in Waldkirchen an und fuhr los. Er stellte sein Auto unterhalb des Stadtplatzes in einer Parkgarage ab, und da er noch etwas Zeit hatte, bummelte er durch das Textilkaufhaus, das auf dem Weg zur Kirche lag. Sankt Peter und Paul begrenzte den Waldkirchener Marktplatz am oberen Ende, nur wenige Meter vom »Hochzeiter« entfernt, einer bemalten Steinfigur an einer Häuserecke. Der ursprüngliche Bau stammte aus dem 19. Jahrhundert, nach der Zerstörung im Zweiten Weltkrieg wurde die Kirche neu aufgebaut. Für ein katholisches Gotteshaus wirkte das Innere nüchtern, Holzdecke, die Wände der Seitenschiffe schmucklos, und auch die sonst üblichen Gemälde oder farbige Fensterbilder fehlten.

Pfarrer Murrlinger erwartete ihn bereits. »Der Messweindiebstahl. Was kann ich da für Sie tun, Herr Kollege?«

»In meiner Kirche wurde auch eingebrochen und in drei anderen ebenfalls. Die Polizei kümmert sich nicht um diese Fälle. Vielleicht ist es naiv von mir, aber ich will herausfinden, ob die Fälle etwas miteinander zu tun haben und ob man den Täter nicht stoppen kann.«

»Da mache ich mir wenig Hoffnung. Der Schaden ist zu geringfügig. Man muss es wohl hinnehmen wie ein Gewitter und darauf bauen, dass wir nicht nochmals heimgesucht werden.«

»Leider gibt es dafür keine Garantie. Wenn wir Hinweise und Indizien sammeln, könnte das die Polizei ermuntern, doch noch tätig zu werden. Wie ist denn der Unbekannte bei Ihnen eingedrungen?«

»Kommen Sie mit.« Murrlinger zeigte ihm die Seitentür. »Wahrscheinlich hat der Mann die Tür mit einem Dietrich oder Nachschlüssel geöffnet, was nicht schwer ist. Dann hat er offensichtlich den Kirchenraum durchsucht. Ich habe es bemerkt, weil beispielsweise die Kerzenständer leicht verrückt waren. Aber sehen Sie selbst, Herr Senner, was sollte er bei uns mitgehen lassen? In der Sakristei hat er Schränke und Schubladen aufgerissen, aber ich habe dort nur Kleinkram gelagert, Oblaten, Streichhölzer und eben den Wein. Zum Schluss hat er sich an dem Opferstock versucht, sich aber an unserem neuen Sicherheitsschloss die Zähne ausgebissen. Er wäre sowieso enttäuscht gewesen, denn ich hatte das ganze Geld erst am Vorabend entnommen. Was bleibt, sind die Scherereien mit der Anzeige und dem Protokoll.«

»Hatten Sie den Eindruck, dass der Täter die Kirche zufällig als Ziel ausgesucht hatte? Die Häufung der Fälle ist schon markant, finden Sie nicht?«

»Ich weiß nicht. Bisher ist mir so was noch nicht untergekommen. Aber weil Sie es gerade sagen, ich kann es nicht begründen, aber ich hatte das Gefühl, der Täter kannte sich in der Kirche aus, er suchte nur an Stellen, wo was zu holen sein könnte. Außerdem, die vielen Kerben am Opferstock, ich vermute, dieser Mensch hatte eine ziemliche Wut im Bauch, er muss wieder und immer wieder auf den Opferstock eingedroschen haben, nachdem er an dem Schloss gescheitert war. Anders kann ich mir diese Zerstörungsspuren nicht erklären.«

Baltasars nächste Station war Hauzenberg südlich von Waldkirchen. Zahlreiche Geschäfte und ein Museum wiesen auf das wichtigste Produkt des Ortes hin: Granit. Besucher konnten den Stein in allen Formen mit nach Hause nehmen – als Vogeltränke für den Garten, als Drachen, Aschenbecher oder Buddhastatue … Wobei Baltasar bei der Vielzahl der exotischen Modelle bezweifelte, ob sie wirklich alle aus heimischer Produktion stammten.

In der Nähe der Straße »Im Tränental« befand sich das Pfarrbüro. Der Pfarrer begrüßte ihn und zeigte ihm die Orte, an denen der Einbrecher gesucht hatte.

»Leider war er erfolgreich, er hat unsere Geldkassette im Schreibtisch gefunden, darin waren Spenden für die Renovierung unserer Kirche. Sonderbar war außerdem, dass er das Taufbecken beschmiert hat.«

»Beschmiert? Das ist wirklich ungewöhnlich. Können Sie es mir zeigen?«

Sie gingen hinüber zur Kirche, einem modernen Bau aus den Siebzigerjahren. »Ich habe die Farbe schon mit Lackentferner abgewischt, aber die ursprüngliche Form ist noch zu sehen. Es wurde mit einer Spraydose gearbeitet.«

Sie betrachteten die Hinterlassenschaft – es waren stilisierte Kreuze.

»Wie kommt jemand darauf, in einer Kirche etwas mit Kreuzen zu besprühen?« Baltasar schüttelte den Kopf.

»Ich tippe auf eine besondere Bosheit, es zeugt von Aggressivität, vielleicht hat da jemand einen besonderen Hass auf die Kirche.«

»Gab es denn in Ihrer Gemeinde Anlass dazu, hat Ihnen jemand gedroht, Ihnen die Schuld an etwas gegeben?«

Der Pfarrer zuckte mit den Schultern. »Unser Amt bietet natürlich Reibungsflächen, wie Sie wissen, Herr Senner. Da wünscht jemand einen Krankenbesuch und wir haben keine Zeit, da bildet sich ein Brautpaar einen ganz bestimmten Termin für die Traumhochzeit ein, den wir nicht erfüllen können, oder jemand stört sich daran, was wir in der Predigt sagen. Aber deswegen sakrale Objekte beschmieren? Ich weiß nicht. Wenn es Unstimmigkeiten in meiner Gemeinde gibt, kläre ich das immer mit den Beteiligten selber.«

Baltasar fuhr weiter nach Philippsreut an der tschechischen Grenze. Laut Zeitungsbericht war versucht worden, in der Kirche Sankt Karl Borromäus ein vergoldetes Kruzifix zu stehlen. Der Ortspfarrer jedoch erzählte Baltasar, Vandalen hätten das Kreuz aus der Verankerung gerissen und auf dem Boden liegen gelassen. Er vermutete eine Gruppe betrunkener Jugendlicher von jenseits der Grenze als Täter.

Auch in der Gemeinde Ringelai bei Zwiesel brachte das Gespräch mit dem Pfarrer wenig Erhellendes. Ein Dieb habe aus der Aktenmappe im Büro einen Geldbeutel entwendet, die Tür war offen gestanden, in der Kirche selbst habe nichts gefehlt, nur die Gesangbücher seien über den Gang verstreut worden. Die leere Börse wurde am nächsten Tag in einer Mülltonne in der Nähe gefunden, glücklicherweise steckten Ausweis und Führerschein noch drin.

Auf dem Rückweg hielt Baltasar bei Philipp und ließ sich die Auswertung der Gemeinschaftsaktion am Dom zeigen. Sein Freund führte ihn in seinen Arbeitsraum, wo mehrere Computermonitore nebeneinanderstanden.

»Leider sind die Aufzeichnungen deiner Haushälterin nicht brauchbar«, sagte Philipp, »die Kamera hat gestreikt. Dafür drehte Frau Stowasser ein gutes Video. Und die Bilder von der Überwachungskamera über dem Hochaltar sind sehr scharf. Hast du sie mitgebracht?«

Baltasar holte das zertretene Gerät aus seiner Tasche. »Ich weiß nicht, ob du das noch reparieren kannst.«

Sein Freund begutachtete die Teile. »Das Gehäuseinnenleben ist sicher hinüber. Dir kann man aber auch wirklich nichts anvertrauen!«

»Ich bin draufgestiegen, es war quasi ein Noteinsatz, sonst hätte mich die Kriminalpolizei überführt. Ich würde mir jetzt gerne unsere Ausbeute anschauen.«

Philipp rief die Dateien auf. »Ich zeige dir die Sequenzen der beiden Kameras auf verschiedenen Monitoren.«

Das Altarvideo erfasste die vorderen Bänke. Ein Teil der Besucher war durch die Säulen verdeckt. Das Leitungsgremium des Ordinariats war fast vollständig zu sehen: Neben Generalvikar Castellion saßen Leopold Keplinger und Domprobst Windhagen, Erika Stadler hatte am äußersten Rand einen Platz gefunden, Davids Studienkollegen saßen dahinter. Die Gesichter der anderen Besucher waren deutlich zu sehen, in einer meinte Baltasar, die Kassiererin des Dommuseums zu erkennen.

»Geh mal an die Stelle gegen Ende des Gottesdienstes, als die Explosion passierte.«

Philipp betätigte die Computermaus. »Du wirst enttäuscht sein«, sagte er, »die Kamera erfasst die Empore nicht. Da.«

Kurzzeitig erhellte sich das Bild wie von einem Blitzlicht, es dauerte weniger als eine Sekunde. Menschen zuckten sichtbar zusammen, die Besucher wandten sich um, einige waren sofort aufgesprungen und Richtung Ausgang geeilt, andere zögerten noch, dann liefen sie auch los, und in kurzer Zeit war auf dem Monitor die Massenflucht zu sehen.

Philipp deutete auf den zweiten Bildschirm. »Hier siehst du, wie die Leute durchs Hauptportal hinausstürmen, es ist ein ziemliches Gedränge.«

Auch die Familienreferentin Erika Stadler war in der Menge zu erkennen.

»Eigentlich komisch, dass die Frau den Haupteingang nimmt«, sagte Philipp. »Der viel kürzere Fluchtweg wäre für sie doch über den Seiteneingang gewesen, dort, wo Teresa saß.«

»Da ist noch etwas Komisches. Spule doch die Sequenz von der Altarkamera noch einmal etwas zurück.« Baltasar tippte mit dem Zeigefinger auf den Bildschirm. »Achte bitte auf den Domprobst und den Generalvikar. Die wirken von dem Knall völlig unbeeindruckt. Sie bleiben noch sitzen und gehen dann seelenruhig in Richtung Sakristei. Ich möchte gerne wissen, warum sie so ruhig bleiben können.«

15

Sein Mittagsschlaf war Baltasar heilig. Wann immer es das Amt erlaubte, zog er sich nach dem Mittagessen in sein Schlafzimmer zurück. Mochten Wissenschaftler auch festgestellt haben, dass eine regelmäßige Siesta die Produktivität der Menschen um ein Drittel steigerte und die Gefahr eines Herzinfarkts reduzierte – für ihn war es schlicht ein Luxus, den er sich gönnte. Sich für eine bestimmte Zeit dem Trubel der Welt zu entziehen, das Rattern einmal zum Stillstand zu bringen, sich in den Schlummer fallen zu lassen, die Kontrolle aufzugeben, loszulassen … war für ihn das wahre Glück. Wenn es das Paradies gab, so mussten dort Betten für die Mittagsruhe bereitstehen und die Engel während dieser Zeitspanne aufhören zu musizieren. Selbst die Himmelsglöckchen sollten verstummen.

Doch das Klingeln war penetrant, und Baltasar brauchte eine Weile, bis er es als Telefonläuten identifiziert hatte. Er wartete und betete, es möge von alleine aufhören. Vergebens. Er rollte sich widerwillig aus dem Bett und trottete ins Arbeitszimmer.

»Ja?«

»Herr Senner, ist etwas nicht in Ordnung? Sie klingen komisch.« Der Generalvikar war am Apparat.

»Danke. Bis vor Kurzem ging es mir gut. Was kann ich für Sie tun?«

»Unser Mister X hat sich wieder gemeldet. Dieses Mal via E-Mail. Ich leite Ihnen seine Nachricht weiter. Am besten, Sie kommen später ins Ordinariat, damit wir Näheres besprechen können.«

»Wenn das so weitergeht, können Sie mir bald ein Büro in Passau einrichten«, antwortete Baltasar. »Ich sehe mir die Nachricht an.«

Kurze Zeit später las er die E-Mail auf seinem Computerbildschirm. Sie war adressiert an vinzenz.siebenhaar@bistum-passau.de. In der Betreffzeile stand »So erhalten Sie Ihre Monstranz zurück«, als Absender war eine wirre Folge von Buchstaben und Zahlen angegeben.

Er las den Text:

Was für eine Show im Dom, finden Sie nicht? Was sollte die Polizei dort? Das Feuerwerk haben Sie sich selbst zuzuschreiben. Nehmen Sie meine Anweisungen nicht ernst? 50.000 Euro war mein Preis. Sie wollen in Ihrem Geiz nur 10.000 Euro zahlen. So, wie Sie andere mit Ihrem Geiz und Ihrer Hartherzigkeit ins Verderben treiben. Glauben Sie, das ist ein Spiel?

Wenn Sie spielen wollen, dann von jetzt an nach meinen

Regeln. Und künftig ohne Polizei. Ich ändere meinen Plan. Sie erhalten die Monstranz zurück – für 10.000 Euro. Die Bedingung: Sie spenden die Summe innerhalb von drei Tagen an die evangelische Kirche und machen es öffentlich. Dann erhalten Sie von mir weitere Anweisungen, wo die Monstranz zu finden ist. Sie hören wieder von mir.

Baltasar leitete die E-Mail an Philipp weiter und rief ihn an mit der Bitte, etwas über den Absender herauszufinden. Interessant jedenfalls war, dass der Unbekannte eine Mailadresse von Siebenhaar benutzt hatte, die nirgends offiziell angegeben wurde. Normalerweise landete die elektronische Post in einem Sammelbriefkasten des Vikariats, da der Bischof selbst keine E-Mails las, sondern diese Arbeit an seine Angestellten delegierte.

*

Der Bischof lief in seinem Büro auf und ab wie eine Raubkatze im Käfig. »Das lasse ich mir nicht bieten! Eine solche Unverschämtheit. Dieser Bandit, am liebsten würde ich ihn ...« Er hielt inne. »Selbst vor meiner Privatsphäre zeigt dieser Unmensch keinen Respekt. Wer weiß, ob er mich ständig beobachtet, mich auf Schritt und Tritt überwacht? Ich bin meines Lebens nicht mehr sicher.«

»Bisher haben wir nur diese elektronische Nachricht.« Der Generalvikar blieb ruhig auf seinem Stuhl sitzen. »Wir müssen die Angelegenheit nüchtern analysieren und unsere Schlüsse daraus ziehen.«

»Sie haben leicht reden, Herr Doktor Castellion, ich bin es, der als Zielscheibe dient, auf den der Unbekannte es abgesehen hat.«

»Seine Motive sind noch völlig unklar«, sagte Baltasar. »Wie kam es zu dem Mord? Was bezweckt der Mann wirklich mit seinen Spielchen? Sie sind als Chef des Bistums der natürliche Adressat des Erpressers, das muss nicht einmal gegen Sie persönlich gerichtet sein. Sie können alles entscheiden, vor allem Geldzahlungen veranlassen, deshalb wendet er sich an Sie.«

»Habe ich nicht alles getan, was dieser Unmensch verlangt hat? Sogar das heilige Hochamt habe ich missbraucht, um eine Botschaft abzuschicken. Und der Dank? Er versucht, mich in die Luft zu sprengen.«

»Es war nur ein Silvesterkracher, sagt die Kriminalpolizei.« Der Generalvikar schüttelte den Kopf. »Für eine richtige Sprengung bräuchte es nach Meinung der Experten eine Dynamitstange. Hätte der Unbekannte Sie verletzen wollen, Herr Siebenhaar, wäre der Sprengsatz sicher in einer Altarkerze deponiert worden.«

»Hören Sie auf, Castellion, mir wird gleich schlecht, so knapp bin ich dem Tod entronnen, vielleicht nur, weil der Verbrecher keine Zeit hatte, seine Bombe direkt neben mir …« Die Stimme des Bischofs erstarb.

»Lassen wir die Kirche im Dorf und halten wir uns an die Fakten.« Kühle umwehte die Worte des Generalvikars. »Für den Versuch eines Attentats gibt es objektiv gesehen nicht den geringsten Anhaltspunkt, oder, Herr Senner?«

Baltasar nickte zustimmend.

»Tatsache ist jedoch auch, dass der Täter die Polizeibeamten registriert haben muss«, fuhr Castellion fort. »Was uns zu der Frage führt, wie wir damit ab jetzt künftig umgehen sollen.«

»Dieser Dix und sein norddeutscher Kollege, dieser Doktor Mirwald, was haben die bisher zustande gebracht?« Siebenhaar hob die Arme anklagend zur Decke. »Nichts! Im Gegenteil, ich habe den Eindruck, der Ärger hat sich nur verstärkt.«

»Das ist genau meine Meinung«, sagte Castellion. »Deshalb schlage ich vor, wir verfolgen unsere eigenen Pläne und versorgen die Behörden nur mit den notwendigsten Informationen, gerade so viel, dass wir uns nicht der Kritik aussetzen, wir würden nicht kooperieren.«

»Also, Herr Senner, geben Sie endlich Vollgas, bisher haben Sie noch keine brauchbaren Resultate geliefert.« Siebenhaar verschränkte die Arme. »Ergebnisse! Ich will Ergebnisse! Damit wir diesen Fluch endlich hinter uns lassen können.«

»Ich habe eine Kirchengemeinde zu betreuen, das ist meine Hauptaufgabe, die kann ich nicht einfach vernachlässigen.«

»Sie müssen jetzt Prioritäten setzen, Herr Senner, das Wohl der Diözese steht auf dem Spiel.« Castellion runzelte die Stirn. »Das haben wir doch alles bereits durchgekaut, muss ich mich denn ständig wiederholen? Und ich betone nochmals: Sie haben unsere volle Rückendeckung, diskret im Hintergrund, versteht sich.«

»Was ist mit den 10.000 Euro? Werden Sie die Summe wieder auf Verdacht zahlen, ohne Gewissheit, dass sich der Unbekannte an die Abmachungen hält? Ich darf daran erinnern, dass wir es nicht mit einem Kleinkriminellen zu tun haben.«

»Herr Senner, glauben Sie, ich fördere unsere Konkurrenz?« Siebenhaar wurde lauter. »Glauben Sie, ich will mich in Rom für immer blamieren, weil ich diesen Protestanten

Geld zuschiebe? Nein, nein und nochmals nein! Wir machen dem Unbekannten ein anderes Angebot.«

»Wollen Sie ihm eine E-Mail schreiben?« Baltasar würzte seine Worte mit einem Schuss Ironie. »Wir müssen jetzt schnell reagieren, wir haben nur diese eine Gelegenheit, mit demjenigen in Kontakt zu treten. Oder wollen Sie ein weiteres Debakel wie im Dom erleben?«

»Ich stimme Herrn Senner zu«, sagte Castellion, »erneut Geld hergeben zu müssen, ärgert mich maßlos. Aber in diesem Fall wird es eine Spende sein, das macht es weniger schmerzlich, denn die können wir von der Steuer absetzen.«

»Sind denn jetzt alle verrückt geworden?« Siebenhaar platzte der Kragen. »Ihr habt leicht reden, ihr müsst niemandem gegenüber Rechenschaft ablegen, euch kann niemand etwas am Zeug flicken. Aber ich ... Ich muss mir auf der nächsten Bischofskonferenz den Spott der Kollegen anhören, muss mich vor den Behörden des Vatikans rechtfertigen, ich mache mich öffentlich zum Narren. Ich bin ja für die Ökumene, wir sollen und müssen mit den Evangelischen im Gespräch bleiben, vielleicht werden sie doch noch mal einsichtig, obwohl ich das nicht glaube, aber denen auch noch Geld zu schenken, das geht zu weit. Die haben genauso Kirchensteuereinnahmen wie wir, das sind keine armen Kirchenmäuse, sollen sie doch aus ihrem eigenen Topf schöpfen.«

»Es kommt darauf an, wie man das verkauft«, sagte Castellion. »Herr Siebenhaar, sehen Sie es als Chance zur Profilierung, man könnte es als Werbeaktion für Ihre Weltoffenheit gegenüber anderen Religionen, gegenüber Minderheiten nutzen. Wenn Sie in die Offensive gehen, nehmen Sie Ihren Kritikern von vornherein den Wind aus den Segeln.«

»Wie soll das gehen? Ich stelle mich hin und schwenke ein Überweisungsformular für die evangelische Kirche? Wo ist da der Werbeeffekt?«

»Nun, wenn ich den Erpressertext richtig lese, ist nirgends die Rede davon, wohin das Geld innerhalb der evangelischen Kirche eigentlich gehen soll«, sagte der Generalvikar. »Das verschafft uns komfortable Möglichkeiten, wir werden doch noch einen Verein oder ein Projekt von denen finden, wo man Gutes tun kann, mit benachteiligten Kindern beispielsweise. Das kommt in der Bevölkerung immer gut an und unterstreicht Ihr Engagement für die jüngsten Glaubensschäfchen.«

Eine Zeitlang sagte Siebenhaar nichts. »Meinetwegen, finden Sie was Passendes, Herr Castellion, und reden Sie dann mit der Presse, die Zeit drängt. Aber wenn wir danach nicht die Monstranz in Händen halten, ist Schluss mit diesem Affentheater! Ich muss Sie nun verlassen, meine Herren, ein wichtiges Telefonat.«

Nachdem der Bischof gegangen war, sagte Castellion: »Das ist doch eine Lösung, die uns hilft. Der Chef hat Recht, der Spuk muss nun ein Ende haben – und wenn es nochmals 10.000 Euro kostet.«

»Wir werden sehen«, sagte Baltasar. »Mein Gefühl sagt mir, dass mit dem Täter nicht zu spaßen ist. Übrigens muss ich Ihnen ein Kompliment machen, Herr Castellion, ich hab Sie in der Kirche gesehen, bewundernswert, wie gelassen Sie nach der Explosion geblieben sind.«

»Das täuscht. Ich war genauso erschrocken wie alle anderen. Doch schon in derselben Sekunde sagte ich mir, alle Kirchenbesucher schauen jetzt auf uns Würdenträger in der ersten Reihe, wenn wir in Panik ausbrechen, geben wir ein schlechtes Beispiel ab. Deshalb habe ich mich gezwungen, mir nichts anmerken zu lassen, auch wenn es mir schwergefallen ist.«

»Wissen Sie, Herr Castellion, was mir in der E-Mail des Unbekannten wirklich Kopfzerbrechen bereitet?«

»Nein. Sagen Sie schon, was ist es?«

»Da ist die Rede von Geiz und Hartherzigkeit und davon, dass andere ins Verderben getrieben werden. Ich frage mich, ob wir nicht nach ganz anderen Motiven suchen sollten.«

16

Das »Kückennest« war ein ehemaliger Einödhof in der Nähe von Viechtach. Baltasar fuhr erst zweimal an der Abzweigung vorbei, bis er den Feldweg zu dem landwirtschaftlichen Anwesen fand. Über dem Einfahrtstor hing ein Holzschild mit dem Bild von einem Nest, in dem keine Vögel, sondern Kleinkinder saßen. Mehrere Schaukeln, ein Klettergerüst, ein Sandkasten, vor dem Eingang parkende Autos.

Der Generalvikar winkte ihn zu sich. »Schön, dass Sie Zeit für diesen kleinen Medienevent fanden, Herr Senner. Ich hatte schon Sorge, wir wären zu wenige.«

»Ich vermute, ich soll gewissermaßen die Dekoration für den Bischof abgeben«, seufzte Baltasar. »So Gott will.«

»Lassen wir ausnahmsweise den Allmächtigen außen vor. Sie kennen den wirklichen Zweck dieses Treffens. Wir konnten einige Journalisten für den Termin gewinnen, also sollten die Veröffentlichungen rechtzeitig erfolgen.«

Castellion informierte ihn über das »Kückennest«, ursprünglich eine Initiative von Privatpersonen, mittlerweile von der Diakonie des Landes finanziert – und durch Spenden.

Im »Kückennest« konnten Kinder vorübergehend leben, deren Eltern verstorben oder aus verschiedenen Gründen nicht in der Lage waren, sich um sie zu kümmern.

»Meistens sind es Kinder von drogenabhängigen Eltern beziehungsweise Müttern oder Vätern«, erklärte der Generalvikar, »zurzeit wohnt eine Gruppe von sieben Kleinen hier. Und die Diakonie der evangelischen Kirche ist anerkannt als Wohlfahrtsverband, nicht ganz so berühmt wie die katholische Caritas, aber immerhin. Da können wir nichts falsch machen, die beiden Organisationen arbeiten bei Hilfsprojekten oft zusammen.«

Siebenhaar war umringt von mehreren Personen, Castellion stellte sie vor: eine Zeitungsreporterin der Lokalausgabe, ein freier Mitarbeiter des Regionalradios und ein Redakteur des Passauer Bistumsblatts, außerdem die Leiterin des Heims, eine ältere Dame.

»Lassen Sie uns beginnen«, sagte der Generalvikar, »leider hat Seine Exzellenz noch weitere unaufschiebbare Termine.«

Der Bischof zog einen Zettel hervor und begann seine vorbereitete Ansprache.

»Ich freue mich, hier sein zu dürfen, an diesem herrlichen Fleckchen Erde in Gottes schöner Natur im Norden des Bayerischen Waldes. Viel zu selten erlauben es mir meine Pflichten, diese Gegend zu genießen. Umso glücklicher bin ich, dass der heutige Anlass mich ins ›Kückennest‹ führt. Wie Sie wissen, kennt die katholische Kirche keine Grenzen, keine Schranken, wenn es um aktive Nächstenliebe und Barmherzigkeit geht. Wir alle sind Kinder Gottes, egal, ob weiß oder schwarz, ob reich oder arm, ob katholisch oder ...« An dieser Stelle hatte Siebenhaar einen kurzen Hustenanfall. »Oder evangelisch. Lasset die Kindlein zu mir kommen, sprach Jesus, wie wir in Matthäus 19, Absatz 14 nachlesen können. Deshalb ist es der Diözese Passau ein Anliegen, gerade für unsere jüngsten Erdenbürger etwas zu tun. Wie ich erfahren habe, braucht dieses Wohnprojekt eine neue Küche. Ich bin stolz darauf, heute das Problem für das ›Kückennest‹ lösen zu können, und möchte Ihnen hiermit einen Scheck über 10.000 Euro überreichen.«

Die Journalisten stellten ein paar harmlose Fragen, dann posierte Siebenhaar für das Pressefoto. Castellion reichte ihm einen überdimensionalen Scheck aus Pappe, der mitfotografiert werden sollte und auf dem deutlich die Spendensumme und die Unterschrift des Bischofs zu sehen war, und bat die Heimleiterin mit ins Bild. Die Kameras klickten, Siebenhaar lächelte, die Heimleiterin lächelte, sie reichten einander symbolisch die Hände, weitere Fotos wurden geknipst.

»Wäre es nicht schön, Kinder mit auf dem Bild zu haben, Herr Siebenhaar?«, fragte der Redakteur des Bistumsblattes. »Schließlich haben Sie extra darauf hingewiesen, dass es um unseren Nachwuchs geht.«

Der Bischof sah fragend in die Runde.

»Gute Idee!«, sagte die Lokalreporterin.

»Ähm ... Wie ... Wie kann ich ...?« Siebenhaar schien sich mit dem Vorschlag nicht ganz wohl zu fühlen.

»Ich hole die Kinder heraus«, sagte die Heimleiterin, »dann machen wir eine Gruppenaufnahme.«

»Ein Kind reicht«, sagte der Generalvikar. »Das könnte Seine Exzellenz auf den Arm nehmen, das wirkt auf einem Foto eindringlicher.«

Die Frau kam mit einem etwa zweijährigen Buben zurück, dessen nackter Oberkörper mit Dreck beschmiert war und der außer einer Windel nichts anhatte.

»Er hat draußen im Feld gespielt«, erklärte die Heimleiterin. »Das macht Ihnen doch nichts aus, Herr Bischof?«

»Ähm ... nein ... Alle sind Kinder Gottes, Hauptsache, es geht schnell, ich muss wieder zurück ... meine Termine ...«

Die Frau überreichte ihm den Kleinen. Für einen Moment wusste Siebenhaar nicht, was er mit ihm anfangen sollte, er hielt den Buben weggestreckt wie einen Hund, bis ihm Castellion ein Zeichen machte und er den Jungen an seine Brust drückte. Die Journalisten zückten ihre Fotoapparate.

»Bitte in die Kamera lächeln, Exzellenz.«

Dem Jungen gefiel es auf dem Arm des Bischofs offensichtlich nicht. Er versuchte, sich dem Griff zu entwinden, aber Siebenhaar hielt ihn unerbittlich fest und versuchte dabei zu lächeln. Der Bub patschte dem Geistlichen ins Gesicht und bohrte ihm seinen Finger ins Ohr. Für einen Moment entglitt dem Bischof das Lächeln. »Jetzt reicht es aber ...« Er griff fester zu, was der Kleine wie auf Knopfdruck mit Geheul quittierte.

»Duziduzi, wer wird denn gleich weinen?« Siebenhaar schaukelte ihn hin und her. »Wir beide wollen doch nur kurz die netten Menschen dort vor uns anlächeln, oder nicht?«

Der Bub beruhigte sich wieder, klammerte sich an das

Hemd seines Gastgebers und hinterließ einen Schmutzabdruck. Es folgte ein hörbares Pupsen.

»Was ist das schon wieder?« In Siebenhaars Stimme mischte sich Unmut. »Was riecht hier so komisch? Der Bengel wird doch nicht …«

Der braune Fleck auf Hemd und Anzug des Bischofs war unübersehbar.

Die Heimleiterin nahm dem Bischof den Kleinen ab. »Brauchen Sie ein Taschentuch, oder wollen Sie sich drinnen frisch machen?«

»Danke, für heute bin ich bedient. Es hat mich sehr gefreut, weiterhin viel Erfolg mit Ihrem Hof.« Rasch verabschiedete sich Siebenhaar von den anderen Besuchern. Auf dem Weg zu seinem Auto zischte er: »Das war eine Schnapsidee von Ihnen, Herr Castellion, ganz große Klasse, Ihre sogenannte PR-Aktion. Mein Anzug ist ruiniert, und ich stinke wie ein Schweinestall. Lassen Sie sich von jemand anderem nach Hause fahren!«

Es brauchte einige Überredungskunst, bis der Generalvikar in Baltasars VW-Käfer einstieg. »Das Gefährt ist sicher antiquarisch.« Er zwängte sich auf den Vordersitz. »Wenigstens hat es schon einen Sicherheitsgurt.«

»Die Kiste ist unverwüstlich, kostet wenig Unterhalt, nur der zweite Gang hakelt etwas.« Baltasar fuhr los.

»Solange die Stoßdämpfer funktionieren.« Castellion klammerte sich bei jeder Bodenwelle an die Halteschlaufe. »Wenigstens verliert man nicht den Kontakt zur Straße.«

Sie nahmen die Bundesstraße 85 über Regen und Schönberg in Richtung Süden. Es war klarer geworden, die Sonne lugte hinter Wolkenbergen hervor, Kühe standen auf den Weiden, ihr neugieriger Blick folgte den Autos. Das Tempo war gemächlich, immer wieder ließen Lkws den Verkehr stocken.

»Herr Castellion, mir geht das letzte E-Mail des Täters noch immer durch den Kopf«, leitete Baltasar das Gespräch ein. Er musste einen Punkt treffen, der das Selbstverständnis des Bistums berührte und zugleich für die weiteren Recherchen unerlässlich war. »Bei mir verfestigt sich der Eindruck, der Unbekannte führt etwas ganz anderes im Schilde.«

»Wie kommen Sie darauf?«

»Nun, nehmen wir zum einen die Summe von 10.000 Euro. Warum gibt sich der Erpresser plötzlich mit einem geringeren Betrag zufrieden – und das obendrein in Form einer Spende? Ich glaube nicht, dass wir es mit einem modernen Robin Hood zu tun haben, der nur an die Armen und Bedürftigen denkt. Außerdem steht dieser Betrag nach wie vor in keinem Verhältnis zum Wert der Monstranz. Was also soll dieses Spiel, wie der Unbekannte es nannte?«

»Vielleicht will er uns nur in die Irre führen, damit wir ihm nicht auf die Spur kommen. Sie vergessen, Herr Senner, noch ist das Versprechen nicht eingelöst, die Monstranz nun zurückzugeben. Das werden wir erst in ein paar Tagen wissen.«

»Aber auch die Andeutungen geben mir zu denken, der Bischof oder die Diözese hätte Unrecht getan und womöglich jemanden ruiniert. Gehen wir einmal davon aus, so gäbe es einen anderen Grund für die Aktionen des Täters.«

»Und der wäre?«

»Der Wunsch nach Gerechtigkeit und Wiedergutmachung oder nach Rache.«

»Reichlich dünn, Herr Senner, das alles nur aus einem

Satz der Botschaft herauszulesen, wenn ich das sagen darf. Worauf sollte denn dieses angebliche Unrecht beruhen?«

»Das weiß ich nicht. Und genau das wird ein Schwerpunkt meiner Suche sein müssen. Es ist ein Strohhalm, ich weiß, aber mehr haben wir momentan nicht. Dazu brauche ich Ihre Hilfe, Herr Castellion.«

»Und was erwarten Sie von mir?«

»Sie kennen die Interna des Bistums. Gibt oder gab es in der Vergangenheit Anlässe, die etwa einen Rachewunsch von jemandem begründen würden? Einfacher gesagt: Gibt es Auseinandersetzungen, ungerechte Behandlung von Partnern, Freunden oder Mitarbeitern? Kam es zu Gerichtsverfahren? Gab es bereits in der Vergangenheit Drohungen?«

»Starker Tobak, was Sie da sagen. Das bedeutet nicht weniger als die Möglichkeit, dass jemand aus dem Umfeld der Diözese damit zu tun hat.«

»Intern oder extern, auf jeden Fall jemand, der die Verwaltung und den Bischof kennt.«

»Was glauben Sie, Herr Senner, mit wie vielen Menschen das Ordinariat zu tun hat? Wir sind wie ein mittelständisches Unternehmen mit eigenen Angestellten, eigenen Betrieben, Einnahmen aus verschiedensten Quellen. Es gibt jede Menge Firmen, mit denen wir in Geschäftsbeziehungen stehen. Dazu kommen all die Kontakte aus unseren seelsorgerischen Aufgaben. Natürlich gibt es da immer wieder Knatsch und Diskussionen, das ist unvermeidlich, aber kein Grund, uns zu erpressen oder gar jemanden umzubringen.«

»Sie wissen, was ich meine. Etwas, das über das Übliche weit hinausgeht. Etwas vollkommen außerhalb der Reihe.«

»Wo soll ich da anfangen? Ich befürchte, Sie überschätzen mich. Ich kenne ja nicht all die Streitereien in der Verwaltung. Da hätte ich viel zu tun, wenn ich jedem Gerücht nachgehen würde.«

»Wer könnte einen solchen Zorn auf die Diözese haben – oder auf den Bischof?«

Der Generalvikar schwieg einen Moment. »Vinzenz Siebenhaar ist ein guter Mensch, er hat seine Ecken, Kanten und Schwächen. Das ist die eine Seite der Medaille. Auf der anderen Seite kommt niemand im katholischen Klerus so weit nach oben, nur weil er gut und nett ist. Dazu gehören noch andere Eigenschaften, um bei uns Karriere zu machen, das mag man bedauern, aber das ist in der Kirche nicht anders als in einem Unternehmen. Zielstrebigkeit, Beharrlichkeit, Organisationsgeschick und manchmal auch der Einsatz von Ellenbogen und ein gesunder Egoismus. Denn für die höheren Ämter gibt es mehr Bewerber als Stellen. Da mag sich mancher übergangen fühlen oder ausgebootet oder ungerecht behandelt, aber so ist nun mal das Leben. Das gilt für Passau genauso wie für München oder Köln.«

»Aber wenn jemand extrem verletzt worden ist, kann er zu Extremhandlungen fähig sein.«

»Sprechen Sie von einem Psychopathen? Entschuldigen Sie, aber mir ist im Ordinariat bisher sicher keiner untergekommen.«

»Wir suchen jemanden, dessen Motiv stark genug ist, ein Verbrechen wie Mord zu begehen. Deshalb brauche ich von Ihnen eine Liste ungewöhnlicher Vorfälle. Und ich brauche Namen.«

17

Für das Mittagessen hatte Teresa eine Kreuzung aus polnischem und niederbayerischem Essen vorgeschlagen, die für Baltasar eher nach Kreuzigung seines Magens klang, doch er wagte es nicht, den »Vorschlag« seiner Haushälterin zu kritisieren, wusste er doch, dass er in Wirklichkeit Gesetzeskraft hatte und nur bei Höchststrafe ewigen Gekränktseins angezweifelt werden durfte.

»Sein das Beste aus beiden Ländern – Spezialität meiner Oma und Schlachtplatte aus dem Bayerischen Wald.« Teresa hantierte mit Töpfen und Pfannen. Der Geruch nach Sauerkraut breitete sich wie ein Gas in der Küche aus.

Baltasar versuchte, durch den Mund zu atmen.

»Frische Blutwurst und Leberwurst und Räucherspeck von Metzger Hollerbach, wird von mir verfeinert.« Sie schien es sich in den Kopf gesetzt zu haben, jeden ihrer Zubereitungsschritte wie in einer TV-Kochshow zu kommentieren. »Werde Gewürze hineinmischen, so wie Sie mit Ihrem Weihrauch, das werden prima Komposition.«

»Und was ist daran polnisch?«

»Sie werden schon sehen. Ich frisches Weißkraut dazutun und weiße Bohnen und Knoblauch. Und die Würste in Schweineschmalz braten, sie müssen im Fett schwimmen. Das gibt ein Aroma, lecker, lecker, Sie werden die polnische Kochkunst mit neuen Augen sehen.«

Baltasar verkniff sich den Hinweis, dass er mit der bayerischen Küche ganz zufrieden war. Wenn er an Victorias Menüs dachte …

Die erste Gabel Kraut löste eine Abwehrreaktion seines

Mundraums gegen die Säureattacke aus, ganz automatisch, Baltasar konnte gar nichts dagegen tun. Er machte ein paar Kaubewegungen, ging zur Flachatmung über, aber nichts half. Dann eben schlucken. Und zwischendurch trinken, sein Wasserglas leerte er in neuer Rekordzeit.

Die Blutwurst wies eine glänzende schwarzrote Oberfläche auf, gefleckt wie ein Holzscheit aus dem Höllenfeuer. Seine Zähne mussten einige Kraft aufwenden, um die Kruste zu durchdringen, danach wurden sie von Knorpelstückchen gestoppt. Er schmeckte Majoran und Liebstöckel, Salz und nochmals Salz, der Rest ließ sich mit gutem Willen als Fett identifizieren. Die Leberwurst dagegen hatte jedes Eigenaroma in der Pfanne gelassen, die Masse fühlte sich auf der Zunge an wie Gummibrösel in Öl.

Er musste zu einer Notlüge greifen, mochte der Herr es ihm vergeben. »Teresa, wie spät ist es eigentlich?«

»Halb eins.«

»Meine Güte, ich habe den Termin mit dem Bischof vergessen, weil ich ganz mit Ihrem einzigartigen Mahl beschäftigt war. Ich muss sofort telefonieren, man darf Seine Exzellenz nicht warten lassen. Essen Sie ruhig weiter.«

»Ich Ihnen was aufheben und am Abend warm machen.«

Siebenhaar klang ungehalten am Telefon. »Gut, dass Sie anrufen, Herr Senner, dieser … dieser Unmensch hat sich wieder bei mir gemeldet. Warum immer ich? Ich sollte Ihre Adresse durchgeben oder die von Castellion, damit ich nicht mehr damit behelligt werde. Jedenfalls will der Verbrecher tatsächlich kooperieren, wobei ich aus der Botschaft nicht recht schlau werde. Vielleicht können Sie mehr damit anfangen. Ich lasse die E-Mail an Sie weiterleiten.«

Die elektronische Post des Unbekannten hatte denselben nichtssagenden Absender wie die erste Mail. Baltasar schickte sie wieder sofort an Philipp. Dann las er den Inhalt der E-Mail.

Betreff: Verlorene Monstranz

Sie haben die Spendenforderung erfüllt, wenn auch über einen Umweg. Entsprechend erhalten Sie Ihr Schmuckstück zurück. Koordinaten J1411
Sie werden wieder von mir hören.

»Was meinst du? Das klingt wie eine verschlüsselte Nachricht, oder?« Baltasar hatte seinen Freund Vallerot am Apparat.

»Leider bin ich kein Dechiffrierexperte, da müsstest du jemanden vom Geheimdienst fragen. Sieht aus wie GPS-Daten von Navigationsgeräten, aber es passt nicht ganz, die Längen- und Breitenangaben sind viel exakter.«

»Es scheint auf jeden Fall jemand zu sein, der uns mit seinen Einfällen quälen will, sonst hätte er uns ohne Umschweife mitgeteilt, wo wir die Monstranz finden können. Stattdessen dieses Versteckspiel.«

»Die ganze Sache stinkt zum Himmel. Bei diesem Typen habe ich kein gutes Gefühl«, antwortete Philipp, »solche Verbrecher verkriechen sich normalerweise in ihr Loch, um nicht entdeckt zu werden, der aber legt es darauf an, und wie er bewiesen hat, geht er dabei über Leichen.«

»Hast du was über den Absender herausgefunden?«

»Ich habe versucht, die E-Mail zurückzuverfolgen, aber er benutzt einen Anonymisierungsdienst im Internet, eines solcher Angebote, die die ursprüngliche Botschaft mehrmals umleiten und den Speicherort verschleiern, so was können auch Laien mit ein paar Mausklicks hinkriegen, dazu braucht man keine großen Computerkenntnisse. Es ist aber sehr effektiv. Mit einem Wort, die Spur verläuft im Sande. Mein Lieber, du musst einfach verschiedene Möglichkeiten durchprobieren. Vielleicht hilft dir ja der Große Außerirdische mit einer göttlichen Eingebung. Viel Spaß!«

Die Zeit verstrich, Stunde um Stunde. Baltasar hatte einen Stadtplan von Passau und mehrere Regionalkarten herausgesucht in der Hoffnung, J1411 bezöge sich auf die Markierungen am Rand, mit denen die Quadranten in dem Gittersystem bezeichnet wurden. Ein Fehlschlag. Das Abendessen ließ er ausfallen, sehr zu Teresas Enttäuschung, er nahm sich nur ein Glas Rotwein und ein Schinkenbrot und verkroch sich wieder in sein Arbeitszimmer. War das Kürzel eine Anspielung auf das Jahr 1411? Gab es ein historisches Ereignis, das hier weiterhelfen könnte? Im Lexikon fand er eine Reihe an Begebenheiten: Papst Johannes XXIII. exkommuniziert Jan Hus und verbannt ihn aus Prag. Doch dieser Vorfall stand in keinem Zusammenhang mit der Passauer Diözese, genauso wenig wie der römisch-deutsche König Sigismund, der 1411 gewählt worden war, oder der Tod Ulrichs des Zweiten, Bischof von Levant.

Baltasar kritzelte das J und die Ziffern in mehreren Variationen auf seinen Schreibblock. Rückwärts gelesen ergab es auch keinen Sinn. Möglicherweise musste man den Buchstaben von der Zahl trennen. Eine Abkürzung – aber für was? Die Suche im Internet förderte mehrere Straßen mit J und der Hausnummer 1411 zutage, aber nichts davon war in der näheren Umgebung, und er konnte nicht glauben, dass die Diebesbeute beispielsweise in Frankfurt am Main verborgen sein sollte.

In Passau gab es eine Handvoll Straßen mit diesem Anfangsbuchstaben, er notierte sich die Adressen und nahm sich vor, sie abzugehen in der Hoffnung auf einen Hinweis, der mit der Ziffernfolge zu tun hatte und sich womöglich als Lagerort für die Monstranz eignen könnte.

Irgendwann in der Nacht überkam ihn eine bleischwere Müdigkeit. Seine Augen brannten vom ständigen Starren auf den Bildschirm, sein Kopf schmerzte, er halluzinierte die Ziffern eins und vier, die mit dem J vor ihm herumtanzten. Es gab einfach zu wenig Anhaltspunkte, er konnte sich nicht in den Täter hineinversetzen, konnte seine Gedankengänge nicht nachvollziehen.

Je länger er sich in den Weiten des Netzes verlor, desto mehr Möglichkeiten schien es zu geben. Es war frustrierend. J1411 stand für Hunderte Typenbezeichnungen von Haushaltsgeräten, für Gesetzesnummern, für Fotokennzeichnungen. Sogar ein nicht identifizierter Stern in einer anderen Galaxie trug diesen Namen. Es war uferlos.

Schließlich gab Baltasar auf. Kurz dachte er daran, sich mit einer Weihrauchmischung zu entspannen, aber selbst dafür war er zu müde. Er fiel ins Bett und schlief sofort ein.

Am nächsten Morgen stand er einigermaßen ausgeschlafen und erholt auf. Er konnte wieder klar denken und kam zu dem Schluss, dass diese Koordinaten etwas Einfaches, etwas Naheliegendes bedeuteten, das er bisher übersehen hatte. Der Täter las offenbar die lokalen Zeitungen, er war im Passauer Dom gewesen, folglich wohnte er höchstwahrscheinlich in der Region. Und deshalb war es logisch, dass er die Monstranz auch irgendwo in der Region versteckt hielt.

Also würde sich Baltasar mit seiner Suche auf den Bayerischen Wald konzentrieren. Er nahm sich nochmals die Karten vor. Der einzige größere Ort mit dem Anfangsbuchstaben J war Jandelsbrunn östlich von Waldkirchen, eine dreiviertel Autostunde von Passau entfernt. Er suchte im Internet nochmals nach der Zahl in Verbindung mit dem Ortsnamen. Der einzige brauchbare Treffer war eine Ergebnisliste eines Schützenwettkampfes, bei dem die Mannschaft der Dreisesselschützen Jandelsbrunn 1411 Ringe erzielt hatte. Das war zwar noch nicht weiter erhellend, aber immerhin eine Angabe und ein Strohhalm, an den Baltasar sich klammern konnte.

Er spülte seine Marmeladensemmel mit Kaffee hinunter, zog Jeans, Hemd und Jacke an und setzte sich hinters Steuer.

Zuerst fuhr er alle mit J beginnenden Straßen in Passau an. Jägersteig, Jahnstraße, Jakob-Endl-Straße. Er kroch im ersten Gang dahin, hielt immer wieder an, rollte langsam weiter, das Gehupe hinter ihm genauso ignorierend wie die misstrauischen Blicke einiger Passanten. Er suchte Straßen und Häuserfassaden zwischen Graffitis wie »Fuck you« oder »Tess was here« ab nach den Ziffern 1411.

Die beiden letzten J-Straßen hatte er sich bis zum Schluss aufgehoben, denn sie wiesen eine Besonderheit auf: die geringe Entfernung zu den Tatorten. Der Josef-Hiendl-Weg war eine trostlose Sackgasse in der Innstadt, nur wenige Meter entfernt vom Kapuzinerplatz und vom Eingang zur Wallfahrtsstiege. Von hier aus hätte der Täter den Mord bequem einfädeln können. Baltasar parkte und ging zu Fuß weiter. Die Gasse führte direkt zum Innufer. Gebäude unterschiedlicher Bauart beherbergten Wohnungen und Kleingewerbebetriebe. Aber nichts offenbarte sich als 1411.

Das zweite Ziel war die Jesuitengasse in der Passauer Altstadt. Vom Domschatzmuseum aus ging Baltasar die Schustergasse entlang und bog in die Michaeligasse ein, von wo die Jesuitengasse abzweigte. Sie machte eine Kurve und mündete in die Bräugasse, nahe der Prinzregent-Luitpold-Brücke an der Donau. Er studierte Hauseingänge und Klingelschilder, suchte nach Plakaten und Anschlägen, die die magische Ziffernfolge enthalten konnten.

Auf dem Rückweg fiel ihm das hell angestrichene Gebäude auf, das an der Ecke zur Michaeligasse stand und in dem die Staatliche Bibliothek Passau residierte. Bücher. Baltasar dachte an die Signaturen, die die Buchrücken in jeder Bibliothek schmückten. Konnte es sein, dass J1411 ein bestimmtes Buch kennzeichnete, in dem sich ein Hinweis auf das Versteck der Monstranz verbarg?

Probieren geht über studieren, sagte Baltasar sich und betrat die Bibliothek.

Der Hauptlesesaal befand sich im überbauten Innenhof eines früheren Jesuitenwohnheims aus dem 17. Jahrhundert. Über zwei Etagen zogen sich Bogengänge, in denen die Bücherregale standen. Im zentralen Innenraum konnte man sich an Lesetische setzen. Baltasar ging die schier endlosen Reihen ab, sein Blick streifte die Buchrücken, nach dem Buchstaben J und der Zahlenfolge Ausschau haltend. Die Suche war genauso wenig ergiebig wie der anschließende Rundgang im Kleinen Lesesaal, der der ostbayerischen Heimatforschung gewidmet war.

Er ging hinüber zur Leihstelle in einen Raum mit Hunderten von Karteikästen, meterhohen Stahlregalen voller Bücher und einigen Sitzplätzen für Recherchen am Computer. Am Empfangspult stand eine Frau Anfang 20 in Leggings und übergroßem lila Pullover. Ihren Hals zierte ein Drachentattoo.

»Ja?« Die junge Frau, vermutlich eine Studentin, brachte das Kunststück fertig, gleichzeitig zu reden und Kaugummi zu kauen.

Baltasar entschloss sich, eine nicht ganz zu den Tatsachen passende Geschichte zu erzählen. Die Wahrheit hätte sie ihm wahrscheinlich sowieso nicht abgekauft. »Ich habe im Internet den Hinweis gefunden, dass es hier in der Bibliothek ein historisches Werk zum Bayerischen Wald gibt. Leider ist nur ein Teil der Signatur zu lesen, es muss sich um die Zahl 1411 handeln. Könnten Sie mir da weiterhelfen?«

Die Studentin starrte ihn an und vergaß sogar zu kauen. »Verstehe ich Sie richtig? Sie wollen ein Buch ausleihen, von dem Sie praktisch gar nichts wissen, weder den Titel noch den Autor?«

»Noch die genaue Signatur.« Baltasar lächelte.

»Ich sag Ihnen was. Man sollte nicht alles glauben, was im Internet steht, da gibt es Sachen, da lässt man lieber die Finger davon. Ich weiß, wovon ich rede. Schauen Sie, einen Computer können Sie ja bedienen, wenn Sie schon mal im Web gesurft sind. Dort drüben haben wir hübsche PCs, da suchen Sie sich ein Werk nach Ihrem Geschmack aus. Wir haben schöne Bildbände von der Region und lustige Märchensammlungen, da finden Sie bestimmt etwas.« Sie hatte einen Tonfall angenommen, als spräche sie mit einem Kleinkind.

»Sie haben sicher mehr Erfahrung mit der Systematik der Bestände. Vielleicht könnten Sie für mich nach 1411 suchen? Das dürfte Sie nur ein paar Sekunden kosten und Sie würden mir sehr helfen. Was auch immer Sie finden, danach kann ich beruhigt nach Hause gehen.«

Die Aussicht, den lästigen Gast schnell wieder loszuwerden, schien die junge Frau zu motivieren. »Also gut. Kommen Sie mit mir zum Bildschirm, ich zeige Ihnen, warum wir auf diesem Weg nicht weiterkommen.«

Sie rief die entsprechende Seite auf und gab ein paar Befehle ein.

»Unsere Suchmethodik ist leider nicht speziell nach Buchsignaturen ausgerichtet, das wäre eher der Job für einen unserer Programmierer.« Nachdem sie Baltasars fragenden Blick sah, fügte sie schnell hinzu: »Aber von denen ist momentan niemand im Haus. Jetzt passen Sie auf.« Sie drückte die Eingabetaste. Seitenweise flimmerten Treffer über den Bildschirm, die die Ziffernfolge 1411 enthielten. »Sehen Sie, das Suchraster ist viel zu grob. Sie müssen zu Hause nochmals nach dem Buch recherchieren, der Titel wird ja rauszufinden sein. Schönen Tag noch.«

Als Baltasar wieder im Auto saß, war seine Laune fast im Keller. Mehr aus dem Pflichtgefühl heraus, wirklich alle J-Stationen durchprobieren zu müssen, als aus einem Gefühl der Hoffnung, fuhr er nach Jandelsbrunn.

Das 3000-Seelen-Dorf wurde dominiert von der Fabrik eines Wohnwagenherstellers. Das Vereinsheim der Dreisesselschützen Jandelsbrunn befand sich im Gewerbegebiet neben dem Bauhof der Gemeinde.

Baltasar parkte vor dem länglichen Flachbau. Jetzt am

späten Nachmittag wirkte die Anlage wie ausgestorben. Er klopfte an die Tür, öffnete sie, trat ein und befand sich mitten in der Vereinsstube. Pokale in Vitrinen, Fotos von Ausflügen und lange Ergebnislisten an den Wänden.

»Hallo? Ist hier jemand?«

Alles blieb still. Baltasar ging weiter in die eigentliche Schießanlage. Licht brannte, es handelte sich um eine Art Baracke von etwa 15 Metern Länge, auf der einen Seite war die Balustrade für die Schützen, auf der Stirnseite die holzverkleidete Wand. Dazwischen befanden sich die Zielscheiben, auf Drähte gespannt, die mittels eines Elektromotors hin und her gefahren werden konnten.

»Hallo?«

Baltasar rätselte, ob und wo in diesem Gebäude eine Monstranz versteckt sein könnte. Im Kühlschrank der Gaststube sicher nicht. Im Freien auch nicht. Wenn er es recht überlegte, kam überhaupt nur die Holzverkleidung bei dem Kugelfang infrage, denn dort würde niemand ohne Grund nach etwas suchen.

»Hallo?« Wieder keine Antwort.

Er entschied, bei dem Kugelfang nachzusehen und damit sein Projekt für heute gut sein zu lassen.

Rasch lief er zu der Holzbrüstung und schwang sich über die Bretter. Ihm war etwas mulmig zumute. Der Boden hinter der Verkleidung bestand aus Folien, darauf verstreut waren Reste von Zielscheiben und unzählige zerdrückte Bleikugeln. Er kniete sich hin und tastete die Folien systematisch von einer Seite zur anderen danach ab, ob etwas darunter lag. Es erinnerte ihn ein wenig daran, wie er als Kind Indianer gespielt hatte. Doch er fand nichts – nur Papier, Blei und Dreck.

Seine Mission war nutzlos gewesen, er war einem Gespenst hinterhergejagt, er hatte sich von einem unbekannten Täter foppen lassen. Nun hatte er endgültig die Nase voll, er sehnte sich nach Hause, selbst Teresas Essen würde er akzeptieren.

Baltasar richtete sich auf. In dem Moment fiel ein Schuss. Direkt neben seinem Kopf schlug ein Projektil ein. Er duckte sich sofort wieder und schrie: »Halt! Aufhören!«

»Kommen Sie raus!«, brüllte jemand.

In Zeitlupe richtete Baltasar sich auf, die Hände erhoben wie ein Indianer, der vom Sheriff bedroht wurde.

»Bitte nicht schießen! Ich bin nur ein harmloser Besucher.«

»Was tun Sie hier? Kommen Sie raus! Ganz langsam.«

Baltasar kletterte über den Holzverschlag und ging langsam auf den Mann zu, der hinter der Schießstand-Balustrade stand und mit einer Pistole auf ihn zielte. »Guten Tag, mein Name ist Senner. Die Tür war offen, ich bin hereingekommen und habe laut gerufen. Es hatte niemand geantwortet.«

»Ich war draußen, habe Bierkästen weggeräumt, hier war gestern eine Feier.« Der Mann hielt noch immer die Waffe auf ihn gerichtet. Er war Anfang 50, ein Kugelbauch wölbte seine Lederweste. »Jetzt wollte ich mit meinen Schießübungen anfangen, und da sehe ich plötzlich Ihren Kopf neben meiner Scheibe.«

»Ähm … könnten Sie vielleicht bitte die Waffe wegnehmen?«

»Oh, die Waffe.« Er ließ den Arm sinken. »Das ist nur eine Luftpistole, mit der kann man niemanden umbringen, allenfalls ein Auge ausschießen.«

»Wie beruhigend. Ich entschuldige mich nochmals, dass ich Sie erschreckt habe. Es muss ja auch seltsam sein, wenn hinter dem Kugelfang plötzlich ein Fremder erscheint. Aber keine Sorge, ich bin kein Einbrecher.«

»Was wollten Sie bei uns?«

»Ich bin neu in der Gegend und wollte einem Schießverein beitreten. Mir sind die Dreisesselschützen empfohlen worden. Da niemand zu finden war, ist meine Neugierde mit mir durchgegangen. Ich habe mir die Anlage angeschaut und ein Souvenir gefunden.« Baltasar wedelte mit einer Zielscheibe, die er aufgehoben hatte. »Darf ich die behalten?«

»Ach so, sagen Sie das doch gleich. Sie wollen also Mitglied bei uns werden? Haben Sie als Sportschütze schon geschossen?«

»Ich bin absoluter Anfänger, deshalb wollte ich mich zuerst informieren.«

Der Mann winkte ihn zu sich heran.

»Kommen Sie, probieren Sie es selbst aus.«

Er hielt die Waffe hoch und kippte den Lauf nach vorne. »Kaliber vier Komma fünf Millimeter, Diabolo-Bleigeschosse.« Er lud die Waffe und reichte sie Baltasar. »Bitte sehr.«

»Soll ich … wirklich?« Baltasar fühlte sich nicht wohl mit dem Ding, das schwer in seiner Hand lag. Er hob es hoch und versuchte die Scheibe in der Ferne zu erfassen, nicht viel mehr als ein schwarzer Punkt. Sein Arm zitterte.

»Mehr seitlich hinstellen.« Der Mann korrigierte die Haltung. »Zuerst ausatmen und dann ruhig den Hahn durchziehen.«

Der Schuss löste sich, der Rückschlag war weniger stark

als erwartet. Der Mann fuhr die Scheibe heran. »Kein Treffer.«

Erst beim fünften Versuch schaffte es Baltasar. Zwei Ringe. Er legte die Waffe weg. »Tut mir leid, das ist nichts für mich. Ich suche mir doch lieber einen anderen Sport. Aber haben Sie vielen Dank.«

18

Zur Morgenandacht war nur eine Handvoll Besucher gekommen. Die Müdigkeit war in ihren Gesichtern zu lesen. Ein Rentner hatte den Hut tief ins Gesicht gezogen, er saß etwas zur Seite gekippt da, vermutlich war er eingeschlafen.

Baltasar war froh, als er die Menschen verabschiedet hatte und allein in der Kirche zurückblieb. Er brauchte jetzt die Ruhe und Geborgenheit seines Gotteshauses, er wollte sich sammeln und ungestört über die jüngsten Ereignisse nachdenken.

Zweifel nagten an ihm, die Suche nach dem Täter und nach der Monstranz war bisher erfolglos geblieben, und er wurde das Gefühl nicht los, einem übermächtigen Gegner hoffnungslos unterlegen zu sein. Alle bisherigen Spuren führten ins Nirgendwo, das zermürbte ihn und war deprimierend.

Er setzte sich in die erste Reihe, ließ die Atmosphäre auf sich wirken, versuchte gleichmäßig zu atmen, betete stumm.

Der Aufenthalt in der Kirche war für ihn wie eine Meditation, die Magie des Ortes zog ihn immer wieder in den

Bann, als hätten es die Erbauer darauf angelegt, einen Raum zu schaffen, in dem der Mensch zu sich finden konnte.

Dann holte er sich aus der Sakristei seine Bibel. Sie war eine unerschöpfliche Quelle für Weisheiten und Sinnsprüche, die trösteten und die Gedanken wieder auf die rechte Spur brachten. Er benutzte seine früheren Lesezeichen und sprang vom Matthäusevangelium des Neuen Testaments zu Psalmen des Alten Testaments. Beim Buch der Prediger in Kapitel acht blieb er hängen.

Laut las er die Zeilen ab Vers elf:

Weil das Urteil über die böse Tat nicht sofort vollstreckt wird, wächst in den Menschen die Lust, Böses zu tun. Denn ein Sünder kann hundertmal Böses tun und doch lange leben. Dem Gottlosen wird es nicht gut gehen. Sein Leben ist kurz und flüchtig wie ein Schatten, weil er Gott nicht fürchtet.

Weiter hieß es:

Als ich mich bemühte, Weisheit zu verstehen und das Treiben auf der Erde zu besehen, da sah ich an allem das Werk Gottes. Der Mensch kann nicht ergründen, was unter der Sonne geschieht, wie sehr er sich auch abmüht, es zu erkennen, er findet es doch nicht heraus.

War nicht auch er, Baltasar, jemand, der nicht verstand, was vor sich ging? Man musste akzeptieren, dass es eine höhere Gewalt gab, die die Geschicke im Verborgenen lenkte.

Und doch sind die Wege nicht unabänderlich, dachte er. Er hatte es selbst in der Hand, den Täter zu überführen, mochten sich die Hindernisse auch noch so hoch türmen.

Baltasar suchte weitere Bibelstellen heraus, fand Passagen, die zu seiner Situation passten, die beim Lesen ein Erkennen auslösten, als hätte jemand einen Vorhang beiseitegeschoben und freigelegt, was sich dahinter verborgen hatte. Mit Bleistift hatte er sich früher seine Lieblingsstellen auf der inneren Aufschlagseite notiert, er las die Texte wieder und fand sie heute genauso hilfreich wie damals.

Plötzlich stutzte er. Es war eine alte Gewohnheit aus dem Studium, so hatten es auch die anderen Seminaristen gemacht, deshalb war es ihm gar nicht aufgefallen. Er hatte sich die Bibelstellen in Kurzform notiert. Denn es war zu umständlich, immer wieder die Gliederung der Heiligen Schrift nach Büchern, Kapiteln und Versen auszuschreiben. Stattdessen benutzte er die gängigen Kürzel. Das Buch der Prediger, Kapital acht, Vers elf wurde zum Kürzel P-8-11. Jeder Seminarist und jeder Priester wusste, was sich dahinter verbarg.

Was, wenn die Koordinaten des unbekannten Täters ebenfalls auf eine Bibelstelle hinwiesen? Im Umfeld der Diözese war es für den Unbekannten eine raffinierte Bosheit, einen entsprechenden Code zu verwenden.

Mit vor Aufregung zitternden Händen schlug Baltasar das Buch Jesaja, Kapitel 14, Vers elf auf und las:

Dahin ist nun die Pracht, die dich umgab, dahin die rauschende Musik der Harfen, hinunter in die dunkle Totenwelt. Das Bett, auf dem du liegen darfst, sind Maden, und Würmer sind die Decke über dir.

Baltasar war wie elektrisiert. Das war es! Das war der Hinweis auf das Versteck der Monstranz! J-14-11. Die Koordinaten waren die Kürzel zur Bezeichnung eines Bibelspruches, sie ergaben Sinn, sie zielten direkt auf die Kirche und den Bischof und waren dekodierbar. Er wusste noch nicht, wo das Versteck genau war. Aber ihn durchströmte endlich wieder Zuversicht, mehr noch: ein Gefühl der Sicherheit, dieses Mal auf der richtigen Fährte zu sein.

War der Vers als Ortsangabe zu lesen, so musste die Symbolik der Zeilen zu der richtigen Stelle führen. Musik und Harfen waren eindeutig, Maden und Würmer deuteten auf Verwesung, auf eine Beerdigung. Jetzt nur noch alle Hinweise an einer Stelle finden, und die Chancen auf einen Treffer standen gut – vorausgesetzt, der Unbekannte führte sie nicht auch hiermit an der Nase herum. Er muss sich mit der Heiligen Schrift beschäftigt haben, dachte Baltasar. Was den Kreis der Verdächtigen nicht gerade eingrenzte, schließlich durfte man beispielsweise von allen Angestellten des Ordinariats zu Recht erwarten, bibelfest zu sein. Gerade im Bayerischen Wald gehörte es in vielen Familien zum guten Ton, eine Heilige Schrift im Bücherschrank stehen zu haben, als sichtbares Bekenntnis des Glaubens, mochte man auch nur selten darin lesen.

Die Entdeckung wirkte auf Baltasar wie ein Adrenalinschub. Er würde den Tag weiteren Nachforschungen widmen, beschloss er, aber vorher brauchte er ein kräftiges Frühstück.

Teresa hatte eine Kanne Kaffee aufgebrüht, er nahm sich Schinken und Käse aus dem Kühlschrank, schnitt sich einige Scheiben Brot ab und richtete sich sein Frühstück mit einer

Tasse Kaffee her. Die zweite Tasse Kaffee nahm er mit in sein Arbeitszimmer.

Die Sache juckte ihn in den Fingern, doch eine weitere Aufgabe ließ sich nicht länger aufschieben: Der Generalvikar hatte ihm ein Dossier geschickt, »streng vertraulich«, wie er dazu vermerkte, in dem Probleme aus der jüngsten Vergangenheit aufgeführt wurden, nämlich Konfliktfälle mit Firmen oder auch mit Einzelpersonen. Die Liste war beeindruckend lang. Baltasar war nicht klar gewesen, mit wie vielen Rechtshändeln, Mahnungen, Ablehnungen, kirchlichen Bescheiden und arbeitsrechtlichen Auseinandersetzungen eine Diözese zu tun hatte, weitgehend unbemerkt von der Öffentlichkeit.

So gab es Reklamationen wegen angeblich schlampiger Malerarbeiten in einem Verwaltungsgebäude oder mangelhafte Bauausführung an einem Pfarrhaus, da war die Forderung nach Schadensersatz, weil eine verspätete Lieferung zu Problemen geführt hatte, oder Abmahnungen an Angestellte. Gerichtsverfahren drehten sich um Immobilienangelegenheiten oder das Eintreiben ausstehender Gelder oder Klagen wegen übler Nachrede oder Beleidigungen.

Eine gesonderte Sparte der Dokumentation enthielt Briefe mit Drohungen und Forderungen, die man auch als Erpressung auslegen konnte. »Wenn Sie nicht bis Ende der Woche Ihre Rechnung begleichen, sehe ich mich gezwungen, wegen Ihrer schlechten Zahlungsmoral die Presse zu informieren«, hieß es in dem Schreiben eines Handwerkers. »Sie wollen Bischof sein? Sie sind ein Unmensch!«, machte eine Frau ihrem Unmut Luft, weil sie nach Scheidung und Wiederheirat nicht zum Abendmahl zugelassen worden war. »Zum Henker mit Ihnen!«, schrieb eine anonyme

Person, »Sie verprassen unsere Steuergelder und tun nichts für die Armen. Man müsste Sie alle in die Luft sprengen.« Oder: »Ihr Geiz und Ihre Engstirnigkeit sind hässlich, Ihre Menschenverachtung unerträglich. Ihnen ist nicht mehr zu helfen, ich hoffe, Helel holt Sie und lässt Sie in der Hölle schmoren.«

Baltasar bildete drei Gruppen. In die erste sortierte er alle Fälle, die zu unbedeutend und nichtig waren, um als Motor für Diebstahl, Erpressung oder gar Mord herzuhalten. In die zweite kamen Ereignisse, die als Triebfeder in Frage kamen, aber dennoch nicht sehr wahrscheinlich waren. In der dritten Gruppe standen die Personen, deren Geschichte einen wenn auch schwachen Anfangsverdacht aufkommen ließen. Es war nur eine Handvoll Namen. Er würde sich mit ihnen näher befassen. Der Erfolg war damit zwar nicht garantiert, aber so konnte er diese Personen danach immerhin vom Kreis der Verdächtigen ausschließen.

Der erste auf der A-Liste war Baron Bruno von Stuckmann. Baltasar telefonierte mit dem Leiter der bischöflichen Finanzkammer und ließ sich weitere Details über die Hintergründe des Streits erzählen. Demnach hatte der Baron von der Diözese umfangreiches Ackerland bei Grafenau gekauft in der Hoffnung, die Flächen würden von der Gemeinde als Bauerwartungsland ausgewiesen. Dafür hatte der Adelige einen Preis gezahlt, der ein Mehrfaches über dem Marktniveau lag, offenbar hatte er sich dafür verschulden müssen. Jedoch änderte die Gemeinde ihren Flächennutzungsplan und wies ein anderes Gebiet als künftiges Bauland aus, und der Baron blieb auf seinen wertlosen Äckern sitzen. Seitdem strengte er einen Prozess an, um Schadensersatz zu erhalten und das Geschäft rückgängig zu machen.

Er sei arglistig getäuscht worden, so seine Begründung. Voller Wut und Enttäuschung über die Hartleibigkeit der Diözese erklärte er überdies seinen Austritt aus der Kirche. In seiner rechtlichen Stellungnahme hielt das Bistum dagegen: Man habe auf die Probleme hingewiesen und in den Kaufvertrag geschrieben, dass es sich um rein landwirtschaftliche Flächen handelte. Wenn Herr von Stuckmann aus Spekulationsgründen mehr bezahlen wollte, sei es seine persönliche unternehmerische Entscheidung gewesen. Das Geschäft werde deswegen nicht annulliert, alles sei korrekt über einen Notar abgewickelt und beurkundet worden.

Der Bericht der Finanzkammer reichte Baltasar nicht, er wollte selbst nachforschen. Im Internet suchte er nach Informationen über die Geschäfte des Barons. Der Mann war der Nachkomme eines verarmten Zweigs von Landadeligen, deren Stammbaum bis ins Mittelalter reichte. Ein Foto aus einem Zeitungsbericht zeigte ihn als eine Person Anfang 60, groß, mit Brille und schütterem Haar. Inhalt des Artikels war die Schlüsselübergabe in einer Reihenhaussiedlung, deren Verkauf von Stuckmann als Vermittler übernommen hatte. Der Adelige betrieb sein Geschäft mit einem Maklerbüro in Neukirchen vorm Wald, laut Webseite war die Privatadresse zugleich seine Firmenanschrift. Die aktuellen Immobilienangebote auf dieser Seite waren überschaubar: ein renovierungsbedürftiger Bauernhof in der Nähe von Grainet, angepriesen als »entwicklungsfähiges Schmuckstück im Grünen«, ein Baugrund in Untergriesbach an der österreichischen Grenze »mit Entwicklungspotenzial und guter Verkehrsanbindung« und eine Drei-Zimmer-Eigentumswohnung in Regen »mit dem Charme der 70er-Jahre, Läden des täglichen Bedarfs in Fußnähe«.

Die Werbetexte lobten seine »jahrzehntelange Erfahrung mit Immobilienvermittlung im Bayerischen Wald«, die »Expertise bei Bewertung von Häusern und Grundstücken aller Art« sowie »kompetente Beratung und umfassenden Service zum Wohle des Kunden und Hilfe bei der Finanzierung«.

Baltasar kam eine Idee, um einen Test vorzunehmen.

Er fuhr zu Philipp und bat ihn, nochmals die Videos über die Panik im Dom aufzurufen. Denn eine wichtige Frage drängte sich auf: War der Baron am vergangenen Sonntag unter den Besuchern gewesen?

Gemeinsam gingen sie die Filmsequenzen durch, zoomten Personen heran, studierten ihre Gesichter.

Eine halbe Stunde später hatten sie das Ergebnis: In einem Bildausschnitt vom Hauptausgang war ein Mann in Lodenmantel und Hut zu sehen. Bruno von Stuckmann. Er wechselte offenbar einige Worte mit dem Domprobst Zacharias Windhagen, der neben ihm herging. Baltasar ließ sich ein Foto als Kopie ausdrucken.

Ihn bewegte nur eine Frage: Was wollte einer in dem katholischen Gotteshaus, der erst jüngst aus ebendieser Glaubensgemeinschaft ausgetreten war?

19

Am Telefon hatte Baltasar vorgegeben, er habe eine Erbschaft in Aussicht, ein Grundstück, und er wolle sich nun beraten lassen, wie er die Liegenschaft gewinnbringend verkaufen könne. Das entsprach natürlich nicht den Fakten, aber er hoffte, das würde ihm des höheren Zwecks wegen vom lieben Gott verziehen.

Neukirchen vorm Wald war ein verschlafenes Nest zwischen Passau und Grafenau und nicht gerade ein Zentrum für Immobilienhandel. Baltasar parkte vor der Sankt-Martin-Kirche, einem spätbarocken Bau, eingebettet in den Friedhof der Gemeinde. Benno von Stuckmanns Büro lag im Erdgeschoss eines Wohn- und Geschäftshauses, ein Schild, auf dem in goldener Schrift sein Name stand, Bilder von Familien vor ihren Eigenheimen im Schaufenster. Im Laden hingen Plakate von Urlaubsregionen an der Wand. Ein Schreibtisch mit Computer, eine Sitzecke mit zwei Stühlen – das Büro strahlte den Charme einer Kantine aus.

»Normalerweise betreue ich meine Kunden zu Hause«, begrüßte ihn der Baron, der Baltasars Blicke aufgefangen hatte, in sonorem Bass. »Ihr Anruf hat mich ein wenig überrascht, bitte nehmen Sie Platz. Kaffee, Tee, Wasser?« Er stellte eine Thermoskanne und eine Wasserflasche auf den Tisch und holte sich einen Notizblock. »Womit kann ich dienen?«

»Mein Name ist Baltasar Senner. Ich muss eines vorausschicken: Ich bin Pfarrer, und ich weiß auch von Ihren Zwistigkeiten mit dem Bistum. Wenn es für Sie aufgrund dessen unvorstellbar sein sollte, einen katholischen Geistlichen in Liegenschaftsangelegenheiten zu beraten, dann wäre unser Gespräch jetzt gleich wieder beendet.« Baltasar hoffte, dass die Geldgier seines Gegenübers größer war als die Abscheu vor seinem Berufsstand.

»Sie sehen gar nicht aus wie ein Pfarrer.« Der Adelige musterte ihn von oben bis unten. »Und Sie haben Recht, auf das Ordinariat bin ich keinesfalls gut zu sprechen.«

»Ich bin guter Dinge, wenn ich eine Ausnahme bleibe, ebenso wie mein Freund, Domprobst Windhagen, den Sie meines Wissens auch kennen.« Es war ein Bluff, basierend auf der kurzen Videosequenz im Passauer Dom.

»Vor Jahren habe ich dem Onkel des Probstes ein Grundstück vermittelt, deshalb sind wir uns ein paar Mal über den Weg gelaufen, aber ich habe ihn schon lange nicht mehr gesehen. Nun aber zum Grund Ihres Besuches. Was für ein Geschäft schwebt Ihnen vor, um welches Objekt handelt es sich?«

»Es ist so. Eine alleinstehende betagte Frau aus unserer Gemeinde will der Pfarrei ein größeres Grundstück schenken, das sie selbst geerbt hat.« Baltasar begab sich ins Reich der Märchen. Das durfte dieser Baron nur auf keinen Fall merken. »Wie Sie sich vorstellen können, Herr von Stuckmann, kann meine Gemeinde mit einem Grundstück in einer ganz anderen Gegend nichts anfangen. Mit Geld hingegen schon.«

»Wo liegt das Grundstück? Und wie groß ist es?«

»In der Stadt Regen und etwa einen halben Hektar groß.«

»5000 Quadratmeter in der Lage?« Benno von Stuckmann pfiff durch die Zähne. »Das ist nicht zu verachten!«

»Bedenken Sie bitte, die alte Dame war bisher noch nicht beim Notar. Aber ich zweifle nicht an ihrem Versprechen.«

»Sie wollen aber sicher rechtzeitig vorbereitet sein, da ist es gut, sich im Vorfeld Gedanken über die Verwertung zu machen.« Der Baron lehnte sich zurück. »Da sind Sie bei mir genau richtig, Herr Senner. Ich kümmere mich um alles. Wenn Sie wollen, können wir gleich einen Vertrag machen.«

Baltasar fand, dass es an der Zeit war, das Gespräch auf das eigentliche Thema zu lenken. »Freut mich, das zu hören, Herr von Stuckmann. Nach Ihren Erfahrungen mit

Bischof Siebenhaar hatte ich schon befürchtet, Sie lehnen einen Angestellten des Bistums als Vertragspartner ab.«

»Ich will Sie nicht in Sippenhaft nehmen. Aber was sich der Bischof da geleistet hat, treibt meinen Blutdruck empfindlich in die Höhe.«

»Ich kenne die Hintergründe nicht. Die Herren des Ordinariats machen ihre eigene Politik. Da ist unsereins außen vor.«

»Diese Herren sind ... wie soll ich es sagen ... Verbrecher. Jawohl, das sind sie!« Er hatte die Stimme erhoben. »Verbrecher, das ist das richtige Wort!«

»Es geht mich ja nichts an, Herr von Stuckmann, aber in meinen Ohren klingt das schon beleidigend. Das haben die Verantwortlichen eigentlich nicht verdient.«

»Was diese Herren verdient haben, darüber möchte ich mich gar nicht weiter auslassen. Aber nun kann ich verstehen, warum Menschen aus der Kirche austreten.«

»Sie haben diesen Schritt getan?« Baltasar spielte den Ahnungslosen.

»Mein Glauben an Gott ist erschüttert. Warum sorgt er auf Erden nicht für Gerechtigkeit? Warum gibt er seinen Vertretern hier nicht die Einsicht, Fehler wiedergutzumachen?«

»Sie können nicht alles dem Allmächtigen anlasten.«

Der Adelige beugte sich ein wenig vor. »Ich sag Ihnen was: Bisher war ich derselben Meinung wie Sie. Nichts konnte meinen Glauben erschüttern, regelmäßig bin ich in den Gottesdienst gegangen und habe gebetet. Wissen Sie, was es gebracht hat? Nichts. Und alles nur wegen jenes Herrn Bischof aus Passau.«

»Jetzt meiden Sie die Kirche?«

»Das Kapitel ist für mich abgeschlossen. Warum sollte ich noch zur Messe gehen? Selbst zehn Cent in den Klingelbeutel zu werfen wäre zu viel, es wandert doch alles in die Kassen der Diözese.«

Baltasar fragte sich, wie es sein Gesprächspartner mit der Wahrheit hielt. Glaubte er wirklich, unerkannt in den Dom gehen zu können wie jüngst zum Hochamt? Was hatte er dort gewollt?

Er überlegte. Der Mann ihm gegenüber gab sich zwar entrüstet, doch wie ein Verbrecher sah er nicht aus. Oder schauspielerte er nur? Ein Verwirrspiel, wie es bereits aufgeführt worden war und zur Ermordung des Studenten geführt hatte? Sollte er der Unbekannte sein, der David ein Messer in den Rücken gerammt hatte? Diese Vorstellung war beunruhigend, denn sie würde bedeuten, dass von Stuckmann ihn, Baltasar, längst durchschaut und in ihm womöglich sogar den Begleiter bei der verunglückten Monstranzübergabe wiedererkannt hatte.

»Ich bin mit Herrn Siebenhaar nicht immer einer Meinung, aber ich habe ihn als aufrichtigen Menschen kennengelernt. Deshalb wundert mich das Ausmaß Ihres Ärgers«, sagte Baltasar.

»Mehrmals wandte ich mich wegen meiner Angelegenheiten an den Bischof und den Vikar, aber sie beide haben mich belogen und auf übelste Weise hereingelegt.«

»Aber das Geschäft ist doch amtlich besiegelt worden. Als Laie stelle ich mir vor, dass ein Notar alle Beteiligten vor der Unterschrift des Kaufvertrages eingehend berät. Sie hätten bei Zweifeln doch nachfragen können.«

»Was wissen Sie denn von der Materie?« Der Baron versuchte seinen wachsenden Zorn zu unterdrücken. »Glauben Sie, ich sei naiv? Wenn ich den Führungskräften der katholischen Kirche nicht mehr trauen kann, wem dann? Erst im Nachhinein habe ich herausgefunden, wie sehr ich getäuscht wurde. Und nun will ich mein Geld zurück, und zwar auf dem Rechtsweg, ich bin schließlich der Betrogene.«

»Aber die Marktpreise müssten Ihnen als Immobilienexperte doch bekannt gewesen sein.«

»Selbstverständlich weiß ich, was ein Hektar Wiese und 500 Quadratmeter Bauland wert sind.« Von Stuckmann lehnte sich zurück. »Den Mehrpreis hat dieser Generalvikar gefordert, im Gegenzug für Vergünstigungen, und er hat mich ermuntert zuzuschlagen.«

»Sie machen mich neugierig. Was hätte ein Herr Castellion schon an Vergünstigungen zu bieten?«

»Ich darf eigentlich nicht darüber sprechen, sonst mache ich mich wegen übler Nachrede und Beleidigungen schuldig und werde verklagt. Aber weil Sie gewissermaßen aus demselben Stall stammen, Sie verzeihen den Ausdruck, nun gut, werde ich Ihnen eben die Augen öffnen über Ihre Vorgesetzten.«

Baltasar schwieg, ihm war unwohl, er spürte die unterschwellige Wut seines Gesprächspartners, eine Wut, die er nur mit äußerster Willensanstrengung unterdrücken konnte.

»Bei dem besagten Areal ging es darum, ob die Gemeinde dort ein neues Wohngebiet ausweist«, fuhr der Baron fort. »Castellion sagte, die katholische Kirche plane einen Kindergarten, man habe von der Verwaltung grünes Licht erhalten und es sei nur eine Frage der Zeit, bis die Anträge durch seien. Doch es kam alles anders.«

»Da hätten Sie eigentlich nur bei der Gemeinde nachfragen müssen«, wandte Baltasar ein.

»Das habe ich natürlich auch getan. Man antwortete mir, es sei so geplant, aber noch nicht entschieden. Man wollte warten, bis sich das Bistum verbindlich entschließt, in einen neuen Kindergarten zu investieren. Kaum war das Geschäft über die Bühne gegangen, hat das Ordinariat seine Zustimmung zurückgezogen. Wenn das nicht hinterhältig war, was dann?«

Baltasar schüttelte den Kopf. »Dafür wird es sicher Gründe gegeben haben. Das muss keine böse Absicht gewesen sein, wie Sie sie unterstellen.«

»Hören Sie, die beiden Kirchenmänner hatten es mir mehrmals zugesichert. Sonst wäre ich das Risiko gar nicht eingegangen.«

»Hätten Sie es sich schriftlich vom Ordinariat geben lassen.«

»Für den Notar wäre das nicht verbindlich gewesen. Eine Gegenfrage: Lassen Sie sich alle Zusagen von Bischof Siebenhaar nochmals schriftlich geben?«

Genau das wäre in der Vergangenheit manchmal besser gewesen, dachte Baltasar. Er kannte die Eigenheit des Bischofs, Absprachen sehr eigenwillig zu interpretieren. Doch welchen Grund sollte die bischöfliche Verwaltung haben, einen Geschäftspartner absichtlich hinters Licht zu führen?

»Aber das ist ja noch nicht alles.« Benno von Stuckmann war aufgestanden. »Es blieb nicht nur bei den mündlichen Vereinbarungen, die Diözese hat mich bereits vorab zur Kasse gebeten.«

»Was meinen Sie damit?«

»Darüber dürfte ich erst recht nicht sprechen, aber was soll's. Sie als Priester sind doch zur Verschwiegenheit verpflichtet, oder nicht?«

»Bei einer Beichte schon.«

»Dann sollten Sie mal diesen Justus Castellion wirklich kennenlernen, der mit seiner sauberen Fassade! Dahinter sieht's finster aus, sag ich Ihnen!« Der Baron setzte sich wieder hin und rückte mit seinem Stuhl ganz nah an Baltasar heran. »Der Herr Generalvikar verlangte eine Spende, so nannte er das. Für den Kindergarten. Dann würde er den Deal mit der Gemeinde deichseln.«

»Wie hoch sollte diese Spende denn sein?«

»50.000 Euro. Kein Betrag, den ich so mal eben in der Portokasse herumliegen habe. Deshalb haben wir gefeilscht wie die Viehhändler und uns am Ende auf 20.000 Euro geeinigt.«

»Immer noch ein stolzer Betrag. Und? Haben Sie gezahlt?«

»Für mich war es eine nüchterne Rechnung, die Summe war im Vergleich zu den Gesamtkosten überschaubar. Wenn dafür Bauland herausgesprungen wäre, wäre es ein gutes Geschäft gewesen. Deshalb habe ich gezahlt.«

»Mit der Spendenquittung haben Sie vor Gericht ja ein Argument in der Hand.«

»Castellion wollte den Betrag in bar. Deshalb habe ich ihm persönlich das Geld in einem Umschlag übergeben. Eine Quittung darüber habe ich nicht, denn damals glaubte ich noch, es laufe alles seriös ab.«

Baltasar war überrascht, die Version des Ordinariats hatte sich anders angehört. »Und wie reagierte der Generalvikar, nachdem Sie die Klage angestrengt hatten?«

»Er leugnete, jemals Geld von mir angenommen zu haben, diese Ratte! Wie heißt es in der Offenbarung: Du hast die, die sich als Apostel ausgaben, als Lügner entlarvt.« Von Stuckmann war wieder lauter geworden. »Mögen er und sein Bischof zur Hölle fahren!«

20

Immer wieder sagte Baltasar sich im Stillen den Bibelvers aus Jesaja 14 auf. Die Begriffe »dunkle Totenwelt«, »Bett«, »Maden« und »Würmer« deuteten auf einen Friedhof oder eine Grabstätte. Schwieriger war es mit der »Pracht, die dich umgab« – eine Anspielung auf den Bischof oder ein konkreter Hinweis? Auch die »rauschende Musik der Harfen« konnte sich auf tatsächlich gespielte Musik beziehen oder metaphorisch auf ein Himmelskonzert oder auf die Abbildung des Instruments.

Wo sollte er anfangen zu suchen? Baltasar erschien es am vernünftigsten, in Passau zu beginnen, dem Ort, wo das Verbrechen sich abgespielt hatte, und von dort aus den Radius langsam zu erweitern.

Eine mögliche Verbindung von Harfe und Live-Musik sah er in der Städtischen Musikschule, eine über 100 Jahre alte Einrichtung. Sie lag im Norden der Altstadt im Stadtteil Hals, dort, wo der Fluss Ilz zwei Schleifen machte, was dem Viertel seinen besonderen Charme verlieh. Früher war in dem Gebäude eine Montessori-Schule gewesen, ein zweistöckiger Zweckbau, dessen einziger Vorzug der Ausblick war: Auf einem Felsrücken darüber thronte die Burgruine Hals, benannt nach einem ehemaligen Adelsgeschlecht und unweit der Wehranlage Burg Reschenstein, von der nur der Bergfried vollständig erhalten war. Sollte die Ruine das Symbol für Grab und Vergänglichkeit sein, von dem in der Bibelstelle die Rede war?

Die Musikschule bot neben Unterricht verschiedenster Instrumente auch Konzerte und Musikwettbewerbe an. Jetzt, am späten Nachmittag, schien das Gebäude ausgestorben zu sein. Im Foyer informierte eine Pinnwand über die aktuellen Kursangebote, ein Konzert im Rathaus und Verkaufsangebote diverser Instrumente.

Baltasar überlegte, was zuerst zu tun wäre. Unter den vielen Aushängen war auch ein Angebot für Harfenunterricht. Er musste nur herausfinden, in welchem Raum dieser Unterricht stattfand und folglich auch die Harfe zu finden wäre. Er begann links im Erdgeschoss, klopfte an Türen, die fast alle verschlossen waren. Die letzte Tür stand offen, in dem Raum waren Tische in U-Form zusammenstellt worden, an der Wand hingen Vitrinen. Auf der gegenüberliegenden Seite des Flures befand sich ein Konzertsaal mit improvisierter Bühne und Flügel, Notenblätterhaltern und mehreren Reihen von Besucherstühlen.

Im Obergeschoss setzte Baltasar seine Inspektion fort. Er fand Unterrichtsräume, einen Pausenraum und ebenfalls einen Konzertsaal. Stühle waren hier keine, dafür ein Dirigentenpult – und in der Ecke stand eine Harfe. Das Instrument war mannshoch, der Rahmen aus Holz gefertigt. Baltasar zupfte an den Saiten, ein heller, angenehmer Klang ertönte.

»Was fällt Ihnen ein? Sind Sie verrückt? Finger weg!«

Ein Mann stand in der Tür, um die 60, in einem grauen Arbeitskittel, in der Hand hielt er einen Schlüsselbund.

»Haben Sie mich erschreckt!«, antwortete Baltasar. Er ging auf den Mann zu.

»Wusste ich doch, dass ich was gehört habe«, sagte der Mann. Er verzog keine Miene. »Ich sehe in der Schule nach dem Rechten. Also, was tun Sie hier?«

Der Hausmeister, dachte Baltasar. »Die Harfe hat es mir angetan, ein wundervolles Instrument.«

»Und deshalb müssen Sie sie anfassen wie ein kleines Kind? Sie wissen offenbar nicht, wie empfindlich diese wertvollen Instrumente sind. Wenn man jetzt die Harfe neu stimmen muss, wollen Sie dafür aufkommen?«

»So schlimm wird's nicht gleich werden, ich habe doch nur …«

Der Mann rasselte mit seinem Schlüsselbund. »Das sagen sie alle. Ich habe es satt, mich immer wiederholen zu müssen. Das sind keine Bauklötze, mit denen man spielen kann. Ich bin dafür verantwortlich, dass alles seine Ordnung hat. Und solche …«, er suchte nach dem richtigen Wort, »… solche Gäste wie Sie sollten zu normalen Öffnungszeiten erscheinen.« Wobei er das Wort »Gäste« aussprach, als habe er Sauerampfer im Mund. »Ich frage Sie noch einmal: Was schleichen Sie hier im Haus herum?«

»Ich möchte einen Harfenkurs belegen«, antwortete Baltasar. »Da ich im Erdgeschoss kein Sekretariat fand, habe ich oben nachgesehen und zufällig die Harfe hier entdeckt.« Unauffällig betrachtete er die Wandschränke im Saal. War dort drinnen die Monstranz versteckt? Um nachzusehen, musste er unbedingt den Hausmeister loswerden.

»Haben Sie denn schon mal gespielt?«

»Ich bin absoluter Anfänger, aber das wird doch kein Hindernis sein, oder?«

»Da müssen Sie unsere Lehrerin fragen. Aber die hat erst morgen Abend einen Kurs.« Der Mann deutete unmissverständlich Richtung Ausgang. »Wenn Sie bitte jetzt wieder gehen und ein andermal wiederkommen, am besten vormittags oder zum Abendunterricht. Ich muss jetzt hier weitermachen, eigentlich wollte ich schon längst zu Hause sein.«

Baltasar ging ins Erdgeschoss hinunter. Er hörte, wie der Mann mit den Schlüsseln hantierte. Doch statt den Ausgang zu nehmen, huschte er in die Toilettenräume und sperrte sich in einer Kabine ein.

Es dauerte eine Weile, bis er den Hausmeister kommen hörte. Die Tür zum Toilettenraum ging auf. Schritte auf dem Fliesenboden. Baltasar hielt die Luft an und erwartete, dass der Hausmeister an der Türe rütteln würde, aber die Schritte entfernten sich wieder, und die Tür fiel ins Schloss. Er wartete noch ein paar Minuten ab, bis er wieder herausschlich. Im Foyer war niemand, doch aus dem Flur hörte er Geräusche.

Baltasar sprintete auf leisen Sohlen die Treppe hinauf und hoffte, dass der Konzertsaal nicht abgesperrt war. Seine Sorge war unbegründet, er schlüpfte in den Raum hinein. Nacheinander öffnete er die Schranktüren. Er fand Notenhefte, leere Instrumentenkoffer, Geigenstöcke und Lautsprecherkabel.

Aber keine Monstranz.

Es war ein Fehlschlag.

Er ging auf Zehenspitzen wieder hinunter ins Erdgeschoss zum Ausgang. Die Tür war verschlossen. Er drückte kräftig dagegen, es half nichts. Draußen sah er den Hausmeister ins Auto steigen. Baltasar trommelte an die Scheibe, winkte und wedelte mit den Armen. Der Wagen fuhr an, stoppte wieder, der Hausmeister stieg aus und kam zurück.

Als er vor der Tür stand, konnte Baltasar sein vor Zorn gerötetes Gesicht sehen, er schien fast zu platzen. Er sperrte auf.

»Was ... Was denken Sie sich eigentlich? Sind Sie noch ganz knusprig? Ich dachte, Sie sind längst weg!«

»Ich musste dringend zur Toilette, es ließ sich nicht aufschieben.«

»Warum haben Sie das nicht gleich gesagt? Jetzt aber raus mit Ihnen, ich will nicht den ganzen Tag hier verbringen.«

*

Seine nächsten Zieletappen waren die Friedhöfe von Passau. Ob die Monstranz in einem frischen Grab verbuddelt war? Eine gruselige Vorstellung. Er war überrascht, wie viele zu der Stadt gehörende Friedhöfe es wirklich gab – Neustift, Auerbach, Grubweg, Patriching ...

Während seiner Streifzüge durch die Anlagen hielt er Ausschau nach Abbildungen von Harfen. Auf den meisten Gräbern lagen Grabsteine aus Granit oder Marmor, oft standen auch Kreuze darauf, Sinnsprüche waren eingraviert, zuweilen waren Fotos der Verstorbenen aufgestellt. Es gab Engel auf Bildern oder Figuren, die die Verblichenen ins Jenseits führen sollten, Harfen jedoch schienen die falsche Symbolik für die Totenruhe zu sein, obwohl doch Engel im Himmel diese Instrumente angeblich, neben Posaunen, bevorzugten. Baltasar würde es wohl erst erfahren, wenn er selbst die Erde verlassen hatte. Doch er hatte es nicht eilig, mit den Engeln Bekanntschaft zu machen, und hoffte, noch viel Zeit bis dahin zu haben. Auch Manna und

Ambrosia, die Speisen des Paradieses, schreckten ihn ab, er bevorzugte Schweinsbraten aus dem Bayerischen Wald.

Nach einem endlosen Fußmarsch durch unzählige Grabreihen steuerte er den Innstadtfriedhof an, der durch seine Lage in der Nähe der Wallfahrtsstiege und der Altstadt für den Täter leicht zu erreichen wäre. Baltasar fuhr über die Voglau bis zum Severinstor und suchte einen Parkplatz.

Der Innstadtfriedhof bestand aus mehreren Teilen, dem Severinsfriedhof mit der gleichnamigen Kirche, dem Waldfriedhof, dem Heldenfriedhof mit den Kriegsgräbern und dem Hochfriedhof. Baltasar begann seine Wanderung bei der Domherrengruft an der Nordseite der Severinskirche. Hier fanden die Mitglieder des Passauer Domkapitels ihre letzte Ruhe, eine Gedenktafel listete die Namen auf. Sollte sich die Zeile »dahin ist nun die Pracht, die dich umgab« womöglich auf die geistlichen Würdenträger beziehen?

Baltasar sah sich in der Kirche um, doch nichts taugte auch nur annähernd als Versteck für die Monstranz. Die Gruft draußen war mit Kreuzen und Buchshecken geschmückt, Blumenrabatte verzierten die Beete. Er sah zwischen den Stauden und Zweigen nach und kam sich einigermaßen lächerlich vor, weil es schon Zufall sein müsste, wenn ein Kunstwerk wie die Monstranz hier länger unbemerkt geblieben wäre.

Die Gräber prominenter Passauer Persönlichkeiten schienen ihm einen Blick wert, sie auf Andeutungen aus dem Bibelvers hin zu überprüfen. Er marschierte vorbei an den letzten Ruhestätten von Bürgermeistern, Unternehmern, Lehrern, manche waren wie Mausoleen, andere kündeten auf Plaketten und Tafeln von der Bedeutung der Verblichenen zu Lebzeiten.

Die Gruften unter den Arkaden waren flankiert von steinernen Engels- oder Marienstatuen. Baltasar fiel auf, dass hinter ihnen Platz war, um etwas zu deponieren. Mehr aus Pflichtgefühl sah er in den Nischen nach, quetschte sich in Hohlräume, doch er fand weder Harfen noch gar das entwendete Schmuckstück.

Eine alte Frau mit einer Gießkanne in der Hand kam vorbei und starrte ihn an, als sei er der Höllenfürst persönlich, der es wagte, Gräber zu entweihen.

Seine letzte Station für heute war der Dom. Er startete beim ehemaligen Kreuzgang auf der Nordseite, heute ein Hof mit modernem Skulpturenbrunnen, die historische Anlage fiel bereits vor 200 Jahren der Spitzhacke zum Opfer. Eine Sammlung von Grabsteinen präsentierte sich an der Domwand, das Arrangement wirkte an dieser Stelle seltsam deplatziert, waren es doch nur Exponate und keine echten Gräber, Erinnerungsstücke, die hier zusammengetragen worden waren – verklungene Echos aus vergangenen Zeiten, die Inschriften im Laufe der Jahrhunderte verwaschen, Gedenken, die ins Leere liefen und Betrachter nur mehr durch die Kunstfertigkeit der Steinmetze berührten. Baltasar ging die Reihe ab, aber die Blöcke standen zu dicht an der Mauer, als dass dahinter ein Hohlraum bliebe.

Von dem Platz gingen die vier Domkapellen ab. Er nahm zuerst den Eingang in die Ortenburgkapelle, deren Mitte von einem mittelalterlichen Hochgrab des Grafen dominiert wurde, an den Wänden entlang ebenfalls Totengedächtnisse. Nur von Musikinstrumenten war nichts zu sehen.

Die Andreaskapelle in der Nachbarschaft beherbergte mehrere Grabdenkmäler katholischer Würdenträger aus dem 15. Jahrhundert und verfügte über eine eigene Orgel, die hinter Flügeltüren verborgen war. War das der richtige Hinweis? Baltasar wartete, bis zwei Touristen die Kapelle verlassen hatten, und schob die Flügeltüren auf. Er fand nichts, was ihm weiterhalf, und verließ unverrichteter Dinge auch diesen Ort.

Noch ein Mausoleum war die Lambergkapelle gegenüber, erbaut für den gleichnamigen Fürstbischof. Der Bilderschmuck an der Decke stellte eine Szene des Jüngsten Gerichtes dar, Totenköpfe in den Ecken und Teufelsfiguren, die aussahen wie einem Fantasyfilm entsprungen, zogen die armen Sünder in die Hölle, während die betenden Priester auf die Himmelfahrt hoffen durften. Baltasar wünschte sich, eine der Figuren könnte sprechen und ihm das Versteck der Monstranz verraten.

Dieser Raum bot genauso wenig ein potenzielles Versteck für Diebesbeute wie die Grabkapelle des Bischofs Urban von Trenbach nebenan.

Nun blieb nur noch der Dom selbst übrig.

Es dauerte eine Weile, bis sich Baltasar an das Halbdunkel des Gotteshauses gewöhnt hatte. Der Hinweis im Jesaja-Vers auf Musik könnte die Orgel betreffen. Doch was war mit der Harfe und dem Totenbett?

Als unbefangener Kirchenbesucher registrierte man die Pracht des Barockbaus mit den üppigen Innendekorationen, man genoss die Kunstfertigkeit und ließ sich betören vom Überschwang der Bilder und Figuren. Doch inmitten all des Prunks und der Pracht und Vielfalt ein bestimmtes Detail zu suchen, war etwas anderes. Es war wie bei einem 1000-Teile-Puzzle, nur dass hier das Bild bereits zusammengesetzt war und der Betrachter die Aufgabe hatte, darin ein einzelnes Teil zu identifizieren.

Baltasar ärgerte sich, kein Fernglas mitgenommen zu haben. Die Deckenmalereien schienen unendlich weit, sie erreichten an der höchsten Stelle fast 70 Meter. Er kniff die Augen zusammen. Es war fast unmöglich, auf die Entfernung Details zu erkennen. Die Szenen verschwammen zu einem Farbengeflimmer, als ob jemand das Fernsehbild unscharf justiert hätte.

Ein Gemälde stellte die Steinigung des heiligen Stephanus dar, doch von unten aus waren nur die Wolken, eine Vielzahl von Figuren und das Blau des Himmels zu identifizieren. In der Vierungskuppel thronte Gottvater, umgeben von einem Engelsreigen. Die Vielzahl der Leiber und Köpfe machte Baltasar schwindelig, und sosehr er sich auch anstrengte, er konnte keine Musikinstrumente darin ausmachen.

Auch die Fresken im Langhaus waren eine optische Herausforderung. Der Künstler hatte es offenbar darauf angelegt, möglichst viele Figuren auf der Fläche unterzubringen – ein Ratespiel für die Betrachter, denn wirklich zu erkennen war nichts.

Stuckfiguren oberhalb der Pfeiler und entlang der Simse nahmen neckische Posen ein, Engel und Propheten, gebeugt oder verdreht, Sinnbilder für Tugenden, Verbindungselemente zu den Fresken, viele hielten Gegenstände in der Hand, Werkzeuge und Banner. Nur keine Harfen.

Er ging hinauf zu der Empore, dorthin, wo am Sonntag die Kerze explodiert war. Nichts erinnerte mehr an den Vorfall. Die Orgelpfeifen waren dekoriert mit vergoldeten Putten, die bis unter die Decke reichten. Mitten im Zentrum des Ensembles prangte eine Kartusche mit Wappen, getragen von mehreren Engelskindern. Er konnte es nicht genau erkennen, hatte aber den Eindruck, dass die linke Putte eine Art Harfe oder Leier in der Hand hielt. Sein Puls beschleunigte sich: Sollte er am Ziel sein?

Ein japanischer Besucher gesellte sich zu ihm. Er hielt eine Kamera mit Teleobjektiv in den Händen und fotografierte alles, als hinge sein Leben davon ab. Baltasar lächelte ihn an und fragte ihn auf Englisch, ob er ein Foto von ihm mit der Orgel im Hintergrund machen sollte. Der Mann nickte begeistert, drückte Baltasar den Apparat in die Hand und zeigte ihm den Auslöser.

Baltasar ging zurück bis zur Balustrade und blickte durch den Sucher. Der Japaner setzte sein Zahnpastalächeln auf und wartete. Doch Baltasar schwenkte das Objektiv nach oben und zielte auf die Putte. Als sich das Bild scharfgestellt hatte, waren seine Zweifel ausgeräumt: Das Engelchen hielt tatsächlich eine kleine Harfe in der Hand. Der Japaner fragte, ob er Hilfe beim Bedienen geben solle, Baltasar fotografierte den Mann mehrmals und gab ihm dann seine Kamera wieder zurück.

Ein konkreter Hinweis – endlich!

Einen Bezug zu dem Grab oder Totenbett gab es hier oben nicht, vielleicht war das eher im übertragenen Sinne zu verstehen und galt für alle Menschen, die in diesem Dom beerdigt worden waren. Schließlich hatten die meisten Gotteshäuser im wahrsten Sinne des Wortes Leichen im Keller – galt doch die Krypta im Untergeschoss einer Kirche als traditionelle Grabstätte für Würdenträger.

Beim Betrachten der imposanten Orgelpfeifen kam Baltasar wieder der Gedanke: Dahinter musste es Hohlräume geben. Jede Orgel hatte ein Innenleben, ein so genanntes Windwerk, ein elektrisches Gebläse, das einen Luftstrom erzeugte, der durch Kanäle weitergeleitet wurde. So entstand der Klang. Baltasar untersuchte die Front des hölzernen Aufbaus, Intarsien umrahmten Ausschnitte, die wie Fenster oder Durchbrüche wirkten, kunstvoll geschnitzt und zum Teil mit Blattgold belegt. Er ging um die Anlage herum. Eine abgegriffene Stelle am Holz fiel ihm auf. Als er darüberstrich, bemerkte er einen schmalen Spalt. Hier befand sich der Eingang in den Maschinenraum, unauffällig eingefügt in die Holzwand, fast wie eine Geheimtür.

»Aha, der Kurier des Bischofs! Ich hätte Sie überall vermutet, bloß nicht hier.«

Baltasar zuckte zusammen. Hinter ihm stand Zacharias Windhagen. Er war so plötzlich aufgetaucht wie das Phantom der Oper. Hatte er ihn schon länger beobachtet?

»Herr Windhagen, Ihnen entgeht aber auch nichts! Haben Sie hier oben Überwachungskameras installiert?«

»Es gehört zu meinen Aufgaben, in Sankt Stephan nach dem Rechten zu sehen. Sie glauben gar nicht, wie viele Unholde sich hier herumtreiben. Wir wollen doch nicht, dass noch mehr Kunstwerke verschwinden, oder?« Seine Worte klangen kalt wie Eiskonfekt.

»Das dürfte jedenfalls, was die Orgel angeht, schwierig werden, die bringt ein paar Kilo zu viel auf die Waage. Aber ich staune wieder einmal über diese fantastischen Holzarbeiten. Ich nahm mir heute ausnahmsweise einmal Zeit für einen kleinen Kulturausflug und genieße die Pracht des Domes.«

»Tatsächlich? Sie sind ein Kunstliebhaber?« Windhagen zog die Augenbrauen hoch. »Das sind ja ganz neue Seiten.

Soll ich einen Rundgang mit Ihnen machen? Ich kann Ihnen was zeigen.«

»Danke, zu liebenswert. Ich habe gerade die Putten und Fresken bewundert, die die Musik zum Thema haben. Vielleicht können Sie als Fachmann mir eine Frage beantworten: Gibt es hier im Dom die Darstellung einer Harfe?«

»Warum wollen Sie denn das wissen?« Misstrauen schlich sich in die Stimme des Domprobstes.

»Ich habe Notenblätter gesehen und auch Trompeten – aber wo sind die Harfen? Das sind doch ebenso wichtige himmlische Instrumente.«

»Da muss ich Sie, den Kunstkenner, enttäuschen. Wir haben keine Harfenmotive in Sankt Stephan, aber zum Beispiel einen schönen Engelschor.«

»Ich bin hier oben, weil die Explosion vom Sonntag mir keine Ruhe ließ und ich mich frage, warum der Unbekannte ausgerechnet diese Stelle gewählt hat.«

»Was weiß man? Vielleicht wegen der Akustik? Oder ist er ein Kunstliebhaber wie Sie?« Der Domprobst schien ungeduldig zu werden. »Wenn ich Ihnen irgendwie helfen kann, Herr Senner, Sie brauchen es nur zu sagen.«

»Im Moment nicht, vielen Dank, ich will mich nur noch ein wenig umsehen. Aber möglicherweise komme ich auf Ihr Angebot zurück.«

Windhagen nickte ihm zu und ging.

Baltasar wartete, bis er ihn unten im Mittelgang sah. Er drückte gegen die Tür der Orgel, sie ging mit einem Schnappen auf. Licht zu machen, traute er sich nicht, und als die Tür wieder ins Schloss fiel, umschloss ihn Dunkelheit. Nach einer Weile verwandelte sie sich in Dämmerung, denn ein wenig Tageslicht fiel durch die Durchbrüche an der Frontseite der Orgel. Er schaltete sein Handy ein und nutzte das Licht des Displays, um sich zu orientieren.

Ein Durcheinander aus Streben, Röhren und Kabeln umgab ihn, ein Kontrast zu der Symmetrie und Harmonie, die man als Besucher des Kirchenschiffes wahrnahm. Er stolperte über Orgelpfeifen, die horizontal verliefen, stieß sich den Kopf an einem Holzrahmen, der quer vor ihm verlief und in der Decke wieder zu verschwinden schien. Er bemühte sich, keinen Winkel auszulassen in der Hoffnung, im Schein des Displays die Monstranz funkeln zu sehen. Doch er bekam nur Spinnweben und Staub ab. Einen Hustenanfall unterdrückend, arbeitete er sich zum Eingang zurück.

Wieder ein Misserfolg. Dabei war er sich so sicher gewesen.

Er öffnete die Tür und fuhr zusammen. Vor ihm stand der Japaner. Er zeigte auf den Raum hinter Baltasar. »Sightseeing? Foto?«

Baltasar schüttelte den Kopf. »Nur für Insider.« Weiß der Himmel, warum der Tourist zurückgekommen war!

Er klopfte sich den Staub von Hose und Jacke. Außer dem Japaner hatte niemand seinen Ausflug in die Eingeweide der Orgel mitbekommen. Ein anderer Hinweis auf eine Harfe fand sich im Dom nicht. Sollte ein anderer Ort gemeint gewesen sein? Baltasar scheute die Vorstellung, nun alle Friedhöfe und Kirchen des Bayerischen Waldes absuchen zu müssen ohne jede Garantie, dass er die vermeintlichen Wegweiser richtig las.

Er beugte sich über die Balustrade und sah auf die Menschen hinunter. Beim Altar stand Domprobst Windhagen, er unterhielt sich mit jemandem. Vereinzelte Gläubige saßen in den Kirchenbänken, die Hände zum Gebet gefaltet. Sein Japaner hatte wieder die Kamera gezückt und war dabei, den Fußboden abzulichten. Diese Touristen! Baltasar musste lächeln. Jetzt fotografierten sie sogar nackte Steinplatten. Baltasar stellte sich die armen Verwandten des Japaners vor, die daheim vermutlich eine Marathon-Fotoschau der Reise über sich ergehen lassen mussten. Jetzt kniete sich der Mann sogar hin und hielt die Kamera ganz nah an den Boden. Nahm er Kratzer auf? Bei näherem Hinsehen erkannte Baltasar, dass der Japaner nicht einfach die Bodenplatten fotografierte, sondern eine in den Boden eingelassene Plakette mit eingravierter Gedenkschrift.

Das war's! Baltasar hatte vergessen, dass unter den Gängen im Dom auch Gräber waren. Wies die Putte mit Harfe hier oben auf eine bestimmte Stelle? Er bemühte sich, aus Haltung und Blick des Engels den richtigen Punkt zu finden und lokalisierte ihn im mittleren Bereich im Seitenschiff des Domes.

Baltasar ging hinunter zum Hauptportal. Dieses Mal wollte er nicht wie ein Schuljunge vom Domprobst überrascht werden, er würde den Spieß umdrehen und sich vergewissern, dass er in Ruhe gelassen würde.

Windhagen stand immer noch am Altar. Baltasar huschte von Säule zu Säule, darauf achtend, nicht ins Blickfeld des Probstes zu geraten.

Als er die vorderen Sitzbänke fast erreicht hatte, erkannte er die Person neben Windhagen. Es war Christian Heller. Der Seminarist wirkte aufgebracht, er gestikulierte wild, ruderte mit den Armen und schien Windhagen zu beschimpfen. Baltasar konnte jedoch nicht verstehen, worüber die beiden stritten. Windhagen versuchte, Heller zu beschwichtigen. Er sah sich nervös um aus Sorge, dass man bereits auf sie aufmerksam wurde, bedeutete dem Studenten, leiser zu sprechen, und zog ihn mit sich in die Sakristei.

Als die beiden nach etwa zehn Minuten noch immer nicht zurückgekommen waren, ging Baltasar schnell zu der Stelle, wo er ein Grab vermutete. Den Altar in der Seitennische schmückten Skulpturen und eine Szene aus der Bibel in Öl, Marmorsäulen trugen eine Art Baldachin. Auf dem Fußboden des Seitengangs lag eine bearbeitete Platte, deren Oberfläche sich von den anderen unterschied. Er kniete sich hin und tat, als wollte er sich den Schuh zubinden. Die Platte war fast quadratisch und mit einer Inschrift versehen, die Buchstaben waren kaum lesbar, glatt geschliffen über die Jahrhunderte durch Abermillionen von Besuchern.

Baltasar war davon überzeugt, eine alte Grabplakette gefunden zu haben. Die Kanten sahen seltsam aus, er fuhr mit dem Finger darüber. Es musste unlängst jemand den Mörtel herausgekratzt haben. Baltasar versuchte die Platte anzuheben. Seine Hände zitterten. Doch der Schlitz war zu schmal, er bekam sie nicht zu fassen.

Er brauchte Werkzeug. Im Schnellschritt ging er zurück zu seinem Auto und kramte zwei Schraubenzieher aus dem Handschuhfach. Wieder zurück im Dom, vergewisserte er sich zuerst, dass Windhagen und Heller nirgends zu sehen waren. Jetzt konnte er sich in Ruhe die Seilabsperrung vom Altar ausleihen, er stellte sie vor und hinter der Grabstelle auf, damit es aussah wie eine provisorische Baustelle und neugierige Touristen auf Distanz hielt.

Er wartete einen Moment ab, an dem niemand im Gang zu sehen war. Sein Herz klopfte, voller Euphorie konnte er nur noch an das denken, was ihn unter der Platte erwartete.

Er setzte die beiden Schraubenzieher gleichzeitig an, rutschte ab und hätte sich fast die Spitze in die Hand gerammt. Dann versuchte er es an einer anderen Stelle und hebelte vorsichtig die Platte hoch, schob eine Hand unter den Stein und zog ihn zur Seite. Unter ihm tat sich ein Hohlraum auf.

In dem Hohlraum lag, eingewickelt in eine Mülltüte, ein Gegenstand.

21

Mirwald, wollen Sie was für Ihr Seelenheil tun?« Kommissar Wolfram Dix rührte in seinem Kräutertee. Ein Geruch wie ausgekochte Socken, dachte er. »Nun, was denken Sie?«

Sein Assistent schnupperte. »Von Ihrer Frau? Ihre Gattin kümmert sich offensichtlich um Sie. Riecht gesund.«

»Schmeckt auch so. Aber Sie lenken ab.«

»Hinter Ihrer Frage steckt sicher ein unangenehmer Auftrag. Hat es mit unserem Kirchenfall zu tun?«

»Sie haben es erraten, Mirwald.« Dix nahm einen Schluck und verzog das Gesicht. »Wir haben eine Einladung, so nennt es das Ordinariat, vom Bischof persönlich, es gebe Neuigkeiten.«

»Warum kann er uns das nicht am Telefon erzählen?«

»Seine Exzellenz möchte uns etwas zeigen. Übrigens wird er nicht allein sein, wie das Sekretariat gesagt hat. Auch der Generalvikar und unser geschätzter Pfarrer Senner werden anwesend sein. Bestbesetzung für den Besuch von uns Kriminalern.«

»Wer kann bei so viel Prominenz schon nein sagen? Fahren wir hin, oder gehen wir zu Fuß?«

»Bei dieser Entfernung? Das sind mindestens zwei Kilometer! Wir nehmen natürlich das Auto.«

»Trinken Sie doch erst Ihren Tee aus.«

»Ich glaube, den soll man besser kalt genießen. Ich lasse ihn stehen, bis wir wieder zurück sind.«

Am Eingang des Verwaltungsgebäudes am Domplatz holte sie ein junger Mann ab, der sich als Daniel Moor vorstellte und sie in ein Besprechungszimmer führte. Er servierte Kaffee und Wasser und stellte mehrere Teller mit Keksen hin.

»Nehmen Sie bitte Platz und bedienen Sie sich. Wenn Sie sich noch einen Moment gedulden, Seine Exzellenz kommt gleich«, sagte der Mann und verschwand wieder.

»Seine Majestät will seine Audienz zelebrieren«, sagte Mirwald, »als würden wir einer heiligen Messe beiwohnen.«

»Nun haben Sie doch ein wenig mehr Respekt vor dem hohen Amt.« Dix begutachtete den Keksteller, die Schokoplätzchen sahen appetitlich aus. »Früher kam ein Bischof im Bayerischen Wald gleich nach König und Fürst.«

»Und Respektlosigkeit wurde als Gotteslästerung mit dem Scheiterhaufen bestraft.«

»Zu der Zeit, Mirwald, als es die Inquisition gab, da war unsere Region noch Urwald, kein normaler Mensch traute sich da rein.«

»Muss ich diesem Siebenhaar eigentlich den Ring küssen? Ich hab so was mal im Fernsehen …«

»Eine durchaus übliche Geste, aber heutzutage ganz aus

der Mode. Man wird Ihnen nicht gleich den Arm abhacken, wenn Sie den Bischof mit Handschlag begrüßen.«

Die Tür ging auf, und Vinzenz Siebenhaar rauschte herein, gefolgt vom Generalvikar und dem Pfarrer.

»Gott zum Gruße, meine Herren, schön, dass Sie es einrichten konnten. Herrn Doktor Castellion und Herrn Senner kennen Sie bereits.«

»Herr Bischof, die Freude ist ganz auf unserer Seite.« Dix schüttelte allen die Hand. Mirwald musste sich wohl oder übel der Begrüßungszeremonie anschließen.

»Setzen wir uns doch.« Castellion machte eine einladende Handbewegung. »Herr Dix, Herr Doktor Mirwald, wir wollten Sie wie vereinbart informieren, sobald sich in dem Falle der Monstranz neue Entwicklungen ergeben. Herr Senner ist gestern auf etwas gestoßen.« Der Generalvikar gab dem Priester ein Zeichen.

Der Pfarrer kam mit einer Mülltüte zurück und stellte sie auf den Konferenztisch. »Das habe ich gestern in Sankt Stephan gefunden.« Er öffnete die Tüte und zog etwas heraus.

Es handelte sich um einen Fuß aus Gold, mit Edelsteinen besetzt. Dix brauchte einige Sekunden, bis er erkannte, was es war.

»Die Monstranz! Oder besser gesagt, ein Teil davon.« Er nahm die Goldschmiedearbeit in die Hand, der Fuß wog schwer, ein Zapfen wies auf das fehlende Oberteil.

»Sie haben hoffentlich Handschuhe getragen, Herr Senner«, sagte Mirwald. »Ich mag gar nicht daran denken, wie die Kollegen sonst noch brauchbare Spuren auf dem Beweisstück isolieren sollen.«

»Tut mir leid, ich war nicht vorbereitet auf den Fund, aber ich habe selbstverständlich so wenig wie möglich angefasst. Ich weiß, wie empfindlich Sie bei dem Thema reagieren, Herr Doktor Mirwald.«

»Ich bin nicht empfindlich, sondern gewissenhaft, und dazu gehört ein ordentlicher Umgang mit Fund- oder Beweisstücken.« Er klang leicht gereizt. »Es ist ja nicht so, dass wir zum ersten Mal Probleme mit Ihren Methoden hätten, und ich habe wirklich gehofft, Sie seien lernfähig. Anscheinend habe ich mich geirrt.«

»Für Ihre Irrtümer bin ich nicht verantwortlich.«

»Mein Kollege hat schon Recht«, sagte Dix. »Wir brauchen Beweise, um den Täter überführen und vor Gericht stellen zu können. Deshalb müssen wir umgehend die Fundstelle untersuchen.«

Der Bischof hob die Hände. »Bitte, bitte, meine Herren, wir sollten dem lieben Gott danken, dass wir überhaupt einen Fortschritt verzeichnen. Obwohl ich mir die komplette Monstranz erwartet hatte, vor allem, nachdem wir nochmals 10.000 Euro hergeben mussten für etwas, was uns gehört. Und selbstverständlich wird Sie jemand zu dem Versteck im Dom führen. Unser Herr Senner wird Ihnen jetzt Bericht erstatten.«

Der Pfarrer berichtete von dem Bibelvers aus Jesaja und seiner vergeblichen Suche nach Harfen und Gräbern, bis er am Ende zu dem Versteck in Sankt Stephan gelangt war.

»Dennoch hätten wir früher in Ihre Privatermittlungen eingebunden werden müssen«, sagte Mirwald. »Arbeit von Amateuren, wie Herr Senner einer ist, verhindert schnelle und effektive Erfolge.«

»Welche Resultate haben die bisherigen Ermittlungen der örtlichen Kriminalpolizei ergeben?« Castellion spielte mit seinem Füllfederhalter.

»Ich schicke voraus, dass der Bericht nur Ihrer Hintergrundinformation dient und nicht zur Weitergabe geeignet ist«, sagte Dix. »Aufgrund des guten Verhältnisses unserer Dienststelle mit dem Ordinariat sollen wir Sie über unsere Arbeit auf dem Laufenden halten.« Er sah den Pfarrer an. »Selbstverständlich erwarten wir im Gegenzug unbedingte Offenheit und unverzügliche Nachricht, wenn sich etwas Neues ergibt.«

»Herr Senner wird Sie bei Ihrer Arbeit unterstützen und mit Ihnen alle Informationen teilen«, sagte der Bischof. »Und natürlich sind Ermittlungen allein Sache der Polizei, Herr Doktor Mirwald. Mein Kollege nutzt nur seine speziellen … ähm … Kontakte, um das eine oder andere beizusteuern. Den Fuß der Monstranz können Sie für Ihre Untersuchungen mitnehmen, deshalb auch unsere kleine Konferenz hier. Ich darf jedoch nochmals in aller Demut daran erinnern, die Presse außen vor zu lassen.«

»Was haben denn Ihre Auswertungen zu der Explosion im Dom ergeben?«, wandte sich Castellion an die Beamten.

»Die Analyse der Kerze und der Rückstände des Sprengsatzes zeigte, dass es sich um einen Knallkörper handelte, wie er zu Silvester benutzt wird, wahrscheinlich von einem der Märkte in Tschechien, dort sind stärkere Kaliber dieser Art erhältlich.« Dix spürte, wie er Magenschmerzen bekam. Er hasste solche Rechenschaftsberichte, es erinnerte ihn an die Kontrolle der Hausaufgaben in der Schulzeit. »Wir haben die Polizei dort gebeten, den Verkäufer ausfindig zu machen, bisher haben wir noch keine Antwort. Ehrlich gesagt erwarte ich mir nicht viel davon, solche Kracher bekommt man letztlich überall.«

»Die Zeugenbefragungen laufen noch«, ergänzte Mirwald, »bei der Vielzahl von Gottesdienstbesuchern haben wir nur einen kleinen Teil namentlich identifizieren können. Die bisherigen Aussagen waren jedoch ähnlich: Man habe einen Knall von der Empore gehört und sei aus Angst vor einem Attentat ins Freie gestürmt, ohne auf irgendetwas Verdächtiges zu achten, man sei froh gewesen, die Kirche lebendig verlassen zu haben. Die Frau aus dem Domchor ist übrigens wieder wohlauf, sie ist, wie ihre Kolleginnen auch, von der Explosion erschreckt worden. Es war eine Ohnmacht.«

»Auch die Beobachtungen des Domprobstes und der anderen Angestellten des Ordinariats brachten keine neuen Erkenntnisse«, sagte Dix. »Wir wissen nicht, wie der Täter es schaffte, die Kerze unbemerkt zu präparieren. Große Kenntnisse waren unserer Einschätzung nach nicht notwendig, ein Handbohrer reichte, es war für den Unbekannten nur nicht zu kalkulieren, wann genau der Böller zündete.«

»Und Ihre Kollegen vor Ort?«, fragte Castellion.

»Wir hatten die Einsatzkräfte an verschiedenen Stellen im Dom verteilt«, sagte Mirwald. »Die Veranstaltung, ich meine der Gottesdienst, verlief aus ihrer Sicht unauffällig, bis das Chaos ausbrach. Die Kollegen an den Kontrollpunkten der Zufahrtsstraßen meldeten keine besonderen Vorkommnisse. Wobei das Unterfangen ohnehin schwierig war, wir wussten ja alle nicht, nach wem wir fahnden mussten. Solange sich der Täter unauffällig verhält und sich in seinem gewohnten Umfeld bewegt, werden wir ihn schwer zu fassen bekommen, wenn wir nicht bald auf eine Spur stoßen, die keine falsche Fährte ist. Aber irgendwann wird er Fehler machen, solche Spielchen sind riskant.«

»Was sagen Ihre Kriminaltechniker?«

»Die Fingerabdrücke auf der Kerze sind von verschiedenen Personen, den Mesner haben wir schon identifiziert. Mit DNA-Spuren sieht es schlecht aus, übrigens gilt das auch für den Tatort Mariahilf. Das Opfer muss mit dem Täter in der Wallfahrtskirche gewesen sein, das beweist nicht nur das kaputte Handy des jungen Mannes, sondern das beweisen auch die Spuren, die er auf den Bänken hinterlassen hat.«

»Was die Frage aufwirft, was der Unbekannte eigentlich im Schilde führt«, sagte Dix. »Einen Täter nach dem Strickmuster Diebstahl – verpatzte Lösegeldübergabe – Mord halte ich für unwahrscheinlich. Dafür sind seine provozierenden Strategien mit Suchrätseln zu aufwändig. Es geht dem Unbekannten nicht nur um Geld. Wir müssen das wahre Motiv finden.«

»Ich werde den Eindruck nicht los, dass dieser Unhold uns weiter an der Nase herumführen will«, sagte Castellion. »Statt die Monstranz zu liefern wie versprochen, erhalten wir lediglich ein Fragment. Was kommt als Nächstes?«

»Mister X wird eine neue Nachricht mit neuen Forderungen schicken«, antwortete Senner.

»Mehr bezahlen wir nicht!« Siebenhaar war aufgesprungen. »Ich lasse mich nicht länger vorführen. Wir haben kein Geld zu verschenken, ich bin doch nicht der Bischof von Limburg! Wir sind für unsere Ausgaben Rechenschaft schuldig.«

Mirwald lehnte sich zurück. »Sie können die Sache ganz uns überlassen, Herr Bischof, falls neue Forderungen bei Ihnen hereinflattern. Wir kümmern uns darum. Die Aufklärungsquote der Passauer Kriminalpolizei ist hervorragend.«

»Die Ermittler sind Sie, kein Zweifel«, sagte Castellion. »Aber vergessen Sie bitte nicht, dass wir naturgemäß gute Kontakte im kirchlichen Bereich haben, die Ihnen helfen könnten. Deshalb kann sich Herr Senner ein wenig umhören. Als Pfarrer ist man im Bayerischen Wald immer noch eine Vertrauensperson, der die Menschen mehr erzählen als einem Vertreter der Justiz.«

»Wir haben unsere eigenen Methoden, Leute zum Reden zu bringen, glauben Sie mir«, sagte Mirwald. »Aber gut, ich fasse es als Versprechen der Diözese auf, dass wir künftig unverzüglich, ich betone, un-ver-züg-lich benachrichtigt werden. Unser Fahndungsapparat arbeitet sehr effektiv. Wir brauchen nur einen Tipp.«

Pfarrer Senner blickte ernst drein. »Trotz unterschiedlicher Auffassungen und aller Diskussionen scheint mir eines das Wichtigste zu sein: Draußen läuft immer noch ein Mörder frei herum. Und das macht mir, offen gesagt, große Sorgen.«

22

Baltasar folgte dem Generalvikar in dessen Büro.

»Das war vielleicht ein Auftritt der beiden Kommissare!«, meinte Castellion. »Ich bin nicht sicher, wie viel die örtliche Polizei tatsächlich zur Aufklärung des Verbrechens beizutragen in der Lage ist.«

»Der Fund des Monstranzfußes stellt uns vor ein Problem«, sagte Baltasar. »Wir müssen uns auf weitere Geldforderungen gefasst machen.«

»Auch wenn Herr Siebenhaar momentan anderer Meinung ist. Wir werden weiter zahlen müssen – so lange, bis wir unser Kunstwerk endlich wieder komplett in den Händen halten. Es ist der Preis dafür, dass wir uns auf diese Art Geschäft eingelassen haben.«

»Hat das Bistum dafür denn überhaupt genug auf der hohen Kante?«

»Sie scherzen, Herr Senner. Wir bewegen hier ganz andere Summen. Keine Sorge.«

»Übrigens habe ich damit begonnen, Ihre Krisen-Liste abzuarbeiten.« Nun wurde es heikler. Baltasar gab sich einen Ruck und sagte: »Ich hatte ein Gespräch mit dem Immobilienmakler Bruno von Stuckmann.«

»Ach, dieser Prozesshansl. Ein unangenehmer Mensch.«

»Das kann man wohl sagen. Er hat schwere Vorwürfe gegen die Diözese, den Bischof und gegen Sie persönlich erhoben.«

»Was erwarten Sie von einem, der sein Geld mit Spekulation verdient? Was hat er denn gesagt?«

»Es klang ein wenig abstrus. Er behauptete, Sie und der Bischof hätten ihn mit falschen Versprechen hereingelegt.«

»So etwas Ähnliches beinhaltet auch seine Klage. Ein Märchenerzähler, dieser Adelige. Aber damit wird er auch weiterhin nicht durchkommen.«

»Es soll um den Bau eines Kindergartens gegangen sein.«

»In der Tat, das war geplant. Herr von Stuckmann hoffte, Bauernland in Bauland veredeln zu können, wenn die Gemeinde ein Wohngebiet auswies. Aber unsere Analysen haben später ergeben, dass das Einzugsgebiet für den Kindergarten dort zu klein war. Deshalb mussten wir unsere Pläne ändern und einen neuen Standort für den Kindergarten suchen. Auch die Gemeinde hat sich umorientiert. Das alles war vor Vertragsabschluss noch nicht festgeklopft, auch wenn dieser blaublütige Herr es heute anders darstellt. Seine Spekulation ist eben nicht aufgegangen.«

»Der Baron behauptet auch, er habe Ihnen 20.000 Euro gezahlt, als Spende deklariert. Das Geld habe er Ihnen bar in einem Umschlag ausgehändigt.«

Castellion fing an zu lachen. Baltasar fand diesen plötzlichen Heiterkeitsanfall von einem so beherrschten Manager wie dem Generalvikar übertrieben. Oder spielte der ihm nur etwas vor, um Zeit zu gewinnen?

»Wissen Sie, wie viel mir dieser Mensch als Spende überreicht hat?«

Baltasar schüttelte den Kopf.

»Nicht 20.000 Euro, sondern 20. In einem Umschlag.«

Im Vorzimmer wartete Daniel Moor auf Baltasar. »Nehmen Sie Platz, Herr Senner, und zeigen Sie mir Ihre Schätze.«

Baltasar zog mehrere Päckchen aus der Tasche und breitete sie auf dem Schreibtisch aus. »Die neuesten Weihrauchmixturen, von leicht bis extrastark, für jeden Geschmack etwas dabei, von mir persönlich zusammengestellt. Garantiert naturrein. Mit der besonderen Zutat, die aus einer normalen Prise eine Himmelserfahrung macht.«

Daniel Moor roch an jeder einzelnen Tüte. »Klasse, klasse, ich kann mich gar nicht entscheiden, ich glaube, ich nehme sie alle.«

»Die Spende für meine Gemeindekasse bitte nicht vergessen.«

»Was wollte denn der Chef von Ihnen?« Moor wies mit dem Daumen rückwärts auf Castellions Bürotür. »Er ist in letzter Zeit etwas aufgedreht, ganz anders als sonst.

Mir wär's am liebsten, er nähme ein paar Wochen Urlaub.«

»Wir haben uns über eine angebliche Barspende unterhalten. Von einem Geschäftspartner.«

»Wenn einer alle Geldströme im Bistum kennt, dann der Generalvikar.« Daniel Moor verdrehte die Augen und begann zu flüstern. »Er wäre die Idealbesetzung für die Vatikanbank. Er kehrt auch noch den letzten Cent aus einer Ritze, keine Variante der Finanzanlage ist ihm fremd. Sogar aus Kacke macht der Geld, wenn's sein muss. Bewundernswert!«

»Aber Spenden zum Beispiel. Wie werden die verbucht?«

»Die werden auf ein eigenes Konto eingezahlt, vermute ich.«

»Wirklich alle?«

Daniel Moor beugte sich vor. »Ich weiß, was Sie meinen. Schwarze Kassen. Stapel von Geldbündeln im Tresor. Ein Geheimfonds. Wie man es aus den amerikanischen Filmen kennt. Offen gesagt, ich habe keine Ahnung. Aber Castellion würde ich alles Mögliche zutrauen.«

»Sie haben ja eine in gewisser Weise hohe Meinung von Ihrem Chef.«

»Als sein Assistent bekommt man einiges mit.«

»Wäre es für Sie nicht eine interessante Aufgabe zu recherchieren, ob Herr Castellion in der jüngeren Vergangenheit einen Barbetrag über 20.000 Euro erhalten hat und was mit diesem Betrag passiert ist? Wie ein Detektiv in den amerikanischen Filmen.«

»Sie meinen, ich soll mich ein wenig für Sie umhören, etwas herumspionieren, was im Ordinariat so läuft?«

»Sagen wir so. Mich persönlich interessiert das weniger.

Aber ich habe mir in den Kopf gesetzt, David Lämmerhirts Mörder zu finden. Und dafür brauche ich alle Informationen, die ich bekommen kann.«

»Wenn's der höheren Sache dient, will ich's mir überlegen. Schließlich habe ich David gut gekannt. Wir sind manchmal durch die Lokale der Stadt gezogen, und ich habe ihm von Ihrer Weihrauchmischung was abgegeben, er und auch seine Freunde konnten gar nicht genug davon kriegen. Es ist wirklich traurig, was ihm passiert ist.«

»War Christian Helfer aus dem Priesterseminar nicht sein bester Freund?«

»Wenn man die beiden so sah, mochte man den Eindruck haben, ja. Aber es gab Spannungen zwischen ihnen, David hat mal so etwas angedeutet, aber als ich nachbohrte, wollte er nicht weiter darüber reden. Vielleicht weiß Korbinian Landauer mehr, auch ein Seminarist.«

»Na schön, Herr Moor, ich verabschiede mich. Halten Sie weiterhin Augen und Ohren offen.« Baltasar schüttelte ihm die Hand.

»Einen Tipp habe ich noch für Sie: Der Generalvikar und der Bischof hatten vor Kurzem einen heftigen Streit mit Regens Keplinger. Es wurde so laut, dass ich durch die geschlossene Tür fast mithören konnte. Es ging jedenfalls um seine Amtsführung.« Daniel Moor ließ die vier Weihrauchpäckchen in seiner Schreibtischschublade verschwinden. »Jeder gute Detektiv bekommt ein Honorar.«

*

Baltasar beschloss, Teresas Mittagessen auszulassen und stattdessen in die »Einkehr« zu gehen. Die Wirtsstube war nur halb voll, einige Übernachtungsgäste saßen allein an den Tischen, Bürgermeister Xaver Wohlrab saß an seinem Ecktisch und las Zeitung, neben sich ein Weißbier.

»Grüß Sie Gott, Herr Wohlrab. Es ist ungewöhnlich, Sie mittags hier zu treffen.«

»Hochwürden! Setzen Sie sich doch einen Moment. Ich erwarte Gäste, potenzielle Investoren für die Gemeinde.«

»Geht es um die Fleischfabrik, von der die Leute reden?«

»Wir sondieren einmal unsere Chancen. Wie können Unternehmer ihr Geld bei uns investieren und auf diese Weise Arbeitsplätze schaffen? Das wäre doch gut, oder? Sie wissen selbst, dass der Bayerische Wald eher eine strukturschwache Region ist. Wenn wir verhindern wollen, dass die jungen Leute abwandern, müssen wir neue Jobs schaffen.«

»Da stimme ich Ihnen zu, Herr Bürgermeister. Aber mit einer Fleischfabrik?«

»Was für ein hässliches Wort. Es geht um eine Großschlachterei.«

»Sind der Lärm und der Gestank bei so was nicht gewaltig? Was sagen denn Ihre Wähler dazu?«

»Wir sind doch erst in der Phase der Ideenfindung, weit entfernt von einer Entscheidung, aber ich hoffe, wir erhalten den Zuschlag.« Er legte die Zeitung beiseite. »Die Anlage soll am Waldrand entstehen, da kriegt niemand aus dem Dorf was mit.«

»Liege ich richtig mit meiner Vermutung, dass Sie Ihr Grundstück zu diesem Zweck gewinnbringend dafür hergeben werden?«

»Ich tue nur, was gut für die Gemeinde ist. Daran ist nichts Ehrenrühriges. Schließlich muss ich meinen Besitz nicht verschenken. Und Sie als Priester könnten uns unterstützen, indem Sie auf die Menschen positiv einwirken.«

»Wie stellen Sie sich das vor?«

»Na, Sie könnten die Gläubigen in den nächsten Gottesdiensten auf die Vorteile des neuen Projektes einstimmen. Was Sie sagen, hat Gewicht. Eine kleine Andeutung in der Predigt, den Wunsch nach Arbeitsplätzen ins Gebet einschließen … Sie kennen sich doch bestens aus und finden schon die richtigen Worte.«

Zwei Herren kamen herein und sahen sich suchend um.

»Ah, da sind sie ja, meine Gäste«, sagte Wohlrab. »Wenn Sie mich jetzt entschuldigen.« Er stand auf und begrüßte die beiden Herren.

Baltasar setzte sich an einen anderen Tisch und studierte die Speisekarte. Er hatte Victoria Stowasser noch nirgends entdeckt, bestellte bei der Bedienung ein Glas Weißwein und erkundigte sich nach der Wirtin.

»Ich weiß nicht, ich habe sie seit einer Stunde nicht gesehen, sie wird sich wohl um die Gästezimmer kümmern«, war die Antwort.

Er nahm ein Kalbsschnitzel mit Kartoffel-Möhren-Brei und dazu einen Salat.

Als sein Teller fast leer war, hörte er Victoria Stowassers vertraute Stimme.

»Herr Senner! Welche Freude, Sie wiederzusehen, darf ich mich zu Ihnen setzen?« Sie strahlte ihn an, und Baltasar wurde auf der Stelle ganz verlegen.

»Viel Arbeit?« Er hatte Mühe, seine Stimme neutral klingen zu lassen.

»Eine Aushilfe ist krank, und irgendwer muss ja die

Zimmer herrichten. Es kommen heute noch neue Gäste.« Sie schielte hinüber zum Ecktisch. »Wie ich sehe, habe ich einen seltenen Gast.«

»Kennen Sie die beiden Herren, die mit bei ihm am Tisch sitzen?«

»Die haben bei mir Zimmer gemietet. Der eine spricht gebrochenes Deutsch, er kommt aus Tschechien. Aber erzählen Sie mal, was machen Ihre Privatermittlungen?«

Baltasar berichtete vom Fund des Monstranzfußes. »Leider gibt es immer noch keinen Hinweis auf den Täter.«

»Wenn Sie wieder Unterstützung brauchen, ich bin sofort dazu bereit.« Sie lachte. »Ihre Bitte, Beobachtungsposten am Dom zu beziehen, kam mir zuerst ein wenig verrückt vor. Aber ich gestehe, es hat mir Spaß gemacht, Detektivin zu spielen.«

»Dass ich wieder Unterstützung brauche, könnte durchaus sein.« Baltasar behagte die Vorstellung, Victoria häufiger so nah bei sich zu haben, sehr.

»Ich sehe schon, das wird der Beginn einer wunderbaren Freundschaft«, sagte Victoria.

23

David Lämmerhirts Eltern riefen Baltasar an und baten ihn, die persönlichen Sachen ihres Sohnes zu schicken, trotz der Zusage sei noch nichts bei ihnen eingetroffen. Baltasar entschuldigte sich und versprach, sich sofort darum zu kümmern. Erklären konnte er sich die Verzögerung nicht, aber es war ein guter Grund, noch einmal das Priesterseminar in Passau zu besuchen. Er telefonierte mit dem Leiter Leopold Keplinger und meldete sich für den Nachmittag an.

*

Schon nach dem ersten Klingeln öffnete der Regens, er musste auf Baltasar gewartet und ihn vom Fenster aus beobachtet haben. Keplinger führte ihn in eine Art Büro, zumindest deuteten der Schreibtisch und ein Bücherregal darauf hin, doch der Raum war in erster Linie zugestopft mit Papieren, Erinnerungsstücken und Fotos, die mehr oder weniger willkürlich verteilt waren, ein wenig wie auf einem Flohmarktstand.

»Das ist mein Reich«, sagte Keplinger, »es sieht etwas chaotisch aus, aber das sollte Sie nicht stören. Ich bin gerade dabei, Ordnung zu schaffen und auszumisten. Es fällt mir schwer, mich von Dingen zu trennen.« Er zeigte auf mehrere Umzugskartons, die sich an der Wand stapelten, und räumte dann einen Stoß Zeitschriften von einem Hocker herunter. »Nehmen Sie doch Platz.«

Baltasar stach eine Broschüre über das Domschatzmuseum ins Auge, die obenauf lag. Er blätterte darin und stieß auf eine Seite, auf der die Fersenmayr-Monstranz beschrieben war.

»Das ist das Corpus delicti«, sagte der Regens. »Der Unbekannte brauchte sich nur alle Informationen aus der Zeitschrift zusammenzuklauben. Aber bitte, nehmen Sie Platz, Herr Senner.«

»Danke, aber nach der Autofahrerei bin ich ganz froh, ein wenig zu stehen, mein Rücken ist ganz verspannt.«

»Da sollten Sie etwas dagegen tun, mit dem Rücken ist nicht zu spaßen, schnell entsteht ein Bandscheibenvorfall, ich weiß, wovon ich rede.« Keplinger schob den Hocker zur Seite. »Aber Frau Stadlers Gatte hat meinen Rücken wieder hinbekommen. Er ist Physiotherapeut in Bad Füssing, müssen Sie wissen.«

»Mir hilft es schon, ein wenig hin und her zu gehen«, sagte Baltasar. Er betrachtete die Fotos, die auf einem Beistelltisch verstreut lagen. Einige zeigten den Regens zusammen mit einer Gruppe junger Männer.

»Da war ich noch jünger, das da ist mindestens 20 Jahre her«, sagte Keplinger und zeigte auf ein Bild. »Das sind alles Fotos mit Seminaristen.«

»Eine große Gemeinschaft.«

»Ja, damals hatten wir volle Klassen. Der Pfarrerberuf galt als attraktiv, was sage ich, die Jungs spürten die Berufung in sich, Gott zu dienen. Und heute? Alles nur noch ein Trauerspiel.«

»Heutzutage haben junge Menschen mehr Angebote und können zwischen Alternativen wählen.«

»Aber diese Reizüberflutung, das Fernsehen, die Medien, Videospiele und Computer! Macht das die Leute glücklicher oder gar klüger? Früher verbrachte man in den Familien Zeit miteinander, man unterhielt sich. Jetzt essen alle abends schnell ihre Pizza, dann hockt jeder allein vor dem Computer, surft im Internet und simuliert eine Ersatzfamilie mit virtuellen Freunden auf Online-Plattformen oder wie die Dinger heißen. Und das nennt sich Fortschritt.«

»Es nützt nichts, sich darüber zu beklagen, dass früher alles besser war.«

»Aber war alles schlechter? Sind Themen wie Liebe, Freundschaft und Glauben nicht so universal wie elementar? Die Menschen würden gut daran tun, regelmäßig die

Heilige Schrift zu lesen, statt den Fernseher anzuschalten. Doch statt zu Gott zu beten, beten sie ihren Kontoauszug an. Wohin soll das alles führen? Wir Priester müssen uns diesen Entwicklungen widersetzen.«

Baltasar überraschte die Leidenschaft des Regens für das Thema.

»Im Gegenteil«, antwortete er, »wir sollten solche Strömungen aufnehmen und uns damit auseinandersetzen. Und das tun die Jugendlichen, sie setzen sich auseinander. Tatsache ist, es wollen immer weniger junge Männer Priester werden. Und die Frage bleibt: Ist das nur die Schuld der modernen Gesellschaft mit ihren technischen und sonstigen Errungenschaften? Oder müssen wir uns nicht auch an die eigene Nase fassen? Das Bild der katholischen Kirche in der Öffentlichkeit ist stark verbesserungsfähig, um es freundlich auszudrücken, jedenfalls ist es derzeit eher keine Werbung für den Beruf.«

»Gott ist heute genauso unter uns, wie er es vor 20, 50 oder 500 Jahren war. Nur wissen die Menschen nichts mehr damit anzufangen. Es ist unsere Aufgabe als Geistliche, die Worte der Bibel unters Volk zu streuen. Deshalb brauchen wir Nachwuchs, der den Elan der Jugend mitbringt und diese Mission übernimmt. Sonst überaltert der Klerus und stirbt aus. Die Priesteranwärter sind unsere Zukunft, die Zukunft des Glaubens.«

»Daran zu arbeiten, das ist Ihre Aufgabe als Regens, oder nicht?«

»Was meinen Sie, was ich all die Jahrzehnte über getan habe, um bei meinen Studenten Verständnis zu wecken und sie von der Notwendigkeit zu überzeugen, auf die Menschen zuzugehen und sie zum Glauben zu führen? Wenn wir unsere Vorbildfunktion verlieren, haben wir unsere moralische Legitimation für immer verloren. Das ist der Kern unserer Existenz, ohne den sind wir nichts.«

»Da haben die Studenten in Ihnen auf jeden Fall einen aufrechten Kämpfer für den wahren Glauben.«

»Schön wär's. Leider sind die jungen Leute auch keine Heiligen mehr – im Gegenteil.« Keplingers Gesichtsausdruck verdüsterte sich. »Nur mit guten Worten sind sie nicht mehr zu überzeugen, sie haben ihren eigenen Kopf, bisweilen voller abstruser Ideen, glauben Sie mir, es ist oft zermürbend, die Seminaristen auf den richtigen Weg zu führen. Der Teufel der Moderne greift auch nach unseren Besten.«

»Dafür sorgt ja schon unser Bischof, dass der Nachwuchs nicht zu übermütig wird.«

»Unseren Bischof kümmern die Studenten nicht allzu sehr. Wie hätte er sonst zulassen können, dass manche Kursgruppen nach Regensburg abwandern? Mittlerweile ist meine Hauptaufgabe nicht mehr die Lehre, sondern ich muss den Chauffeur spielen und meine Schützlinge regelmäßig hin und her fahren.«

»Jeder Student hat doch heutzutage Führerschein und Auto.«

»David hat sein Auto kurz vor seinem … seinem Ableben verkauft.« Der Regens atmete hörbar aus. »Und … Und Christian Helfer hat keinen Führerschein, ebenso wenig wie Korbinian Landauer. Wegen der langen Unterrichtszeiten in Regensburg ist es oft zu spät für die Bahn. Da erbarme ich mich eben.«

»Reden Sie doch mit Herrn Siebenhaar, da lässt sich doch sicherlich etwas arrangieren.«

»Mit dem Bischof kann man nicht reden. Seine Exzellenz hat seinen Standpunkt, und von dem rückt er nicht ab. Das ist das Vorrecht seines Amtes. Außerdem zählt das Passauer Priesterseminar wie gesagt nicht zu seinen Prioritäten. Aber lassen wir das.«

Keplinger schien auf einmal in sich zusammenzusacken. Baltasar fiel auf, wie erschöpft er aussah.

»Aber deswegen sind Sie nicht gekommen«, fuhr der Regens fort. »Zu meiner Schande muss ich gestehen, dass ich den Versand von Davids persönlichen Dingen aufgeschoben habe. Es ist allein meine Schuld.« Er seufzte. »Mir gehen derzeit so viele Dinge durch den Kopf, mein privater Kram ohnehin, aber vor allem Davids gewaltsamer Tod. Auch meine anderen Studenten stehen noch immer unter Schock. Aber es ist unverzeihlich, die armen Eltern warten zu lassen. Ich muss mich momentan zu jeder Aktivität zwingen. Die ganze Angelegenheit ... Es ist alles so schrecklich. Einfach furchtbar.«

»Wenn Sie wollen, übernehme ich den Versand. Es sind ja nur ein paar Kartons.«

»Würden Sie das wirklich tun? Das wäre nett. Ich kann Ihnen im Moment bloß nicht helfen, weil ich Christian abholen muss. Aber wissen Sie was? Ich gebe Ihnen den Schlüssel von Davids Zimmer. Und klopfen Sie bei Korbinian, der müsste da sein, der kann Ihnen zur Hand gehen.« Keplinger stand auf und ging zu einem Bild, das an der Wand hing. »Jetzt passen Sie auf, Herr Senner, das ist mein Geheimversteck. Nur die wenigsten wissen davon. Meine Jungs zum Beispiel, denen vertraue ich.« Er klappte das Bild zur Seite, es war mit einem Scharnier befestigt. Dahinter kam eine kleine Tür zum Vorschein. Er öffnete sie. In einem Blechkasten, der in die Mauer eingelassen war, hing eine lange Reihe von Schlüsseln. Er gab Baltasar ein Exemplar. »Ich bin hier der alleinige Herr über die Schlüssel, nehmen Sie diesen hier, es ist ein Generalschlüssel. Ich melde mich bei Ihnen, sobald ich aus Regensburg zurück bin.«

Baltasar wartete, bis der Regens losgefahren war. Dann machte er sich auf die Suche nach Korbinian Landauer. Er fand ihn in seinem Zimmer, das schräg gegenüber von Davids Zimmer lag. Der junge Mann war korpulent, hatte einen Bürstenhaarschnitt, trug eine überdimensionierte Brille, ein T-Shirt mit Hirschkopf-Aufdruck und machte eher den Eindruck eines Computerfreaks als den eines angehenden Priesters.

Baltasar stellte sich vor und erzählte von seinem Auftrag.

»Ich habe schon gedacht, das dauert aber lange, bis Davids Bude ausgeräumt wird«, sagte der Student, »sie war die ganze Zeit über verschlossen. Natürlich helfe ich Ihnen beim Einräumen, das ist das Mindeste, was ich für die Eltern tun kann.«

»Wohnt ihr alle auf demselben Flur?«

»Christians Zimmer ist am Ende vom Gang. Oben sind noch Studentenunterkünfte von früher, aber der erste Stock ist jetzt unbewohnt, die Zimmer sind super zum Feiern, und man muss nicht sofort alles sauber machen.«

Baltasar verstand die Begeisterung für ein Ausweichquartier, denn in Landauers Zimmer waren die Möbel komplett begraben unter Bergen von Büchern, Zeitschriften, Klamotten und Kästen mit Krimskrams wie elektronischen Bauteilen, CDs und DVDs. Baltasar fragte sich, wie der Student es schaffte, jede Nacht in sein Bett zu kriechen, ohne die ganzen Sachen vorher stundenlang umzuschichten.

»Gut. Gehen wir's an«, sagte Baltasar. »Herr Keplinger hat mir einen Schlüssel gegeben.«

Davids Zimmer sah noch genauso aus, wie er es vom letzten Mal in Erinnerung hatte. Kartons standen herum, die Tür des Kleiderschranks war geöffnet, Staub bedeckte den Schreibtisch, der Anblick war trostlos.

»Oh Mann, schon krass, das Zimmer eines Toten.« Korbinian betrachtete alles, als sei er das erste Mal hier. »Wenn ich daran denke, wie wir noch vor Kurzem hier …« Er stockte.

»Was für ein Verhältnis hatten Sie denn zu David?«

»Wir waren Freunde, so weit man das bei ihm sagen konnte. Er konnte sehr charmant sein, hatte aber auch Phasen, in denen er sich völlig zurückzog und niemanden an sich heranließ. Manchmal konnte er eine echte Spaßbremse sein. Wenn wir zum Beispiel Party machten, dann wurde es oft sehr spät. Er trank keinen Tropfen Alkohol, nahm natürlich auch keine anderen Sachen, ging immer früh ins Bett mit dem Argument, am nächsten Tag fürs Studium lernen zu müssen. Er war sehr ehrgeizig, ein guter Sportler, und er wollte unbedingt in allen Fächern Spitzennoten. Auf der anderen Seite war er aber sehr korrekt. Er hatte einen ausgeprägten Gerechtigkeitssinn, der manchmal fanatische Züge annahm, da kannte er dann weder Freund noch Feind. Er hatte einfach Eigenschaften, die ich sehr geschätzt habe, seine Abenteuerlust, seine Risikobereitschaft, seinen Drang, Grenzen zu überschreiten. Leider hat es ihn das Leben gekostet.«

»Aber Ihre Partys bestanden dann ja nur aus drei Seminaristen, wenn ich richtig rechne, oder hat der Regens mitgefeiert?«

Korbinian lachte. »Der alte Keplinger? Wo denken Sie hin? Der ist ein Fossil, wenn auch ein liebenswertes. Man sieht ihm an, dass er nicht mehr fit ist, sondern reif für den Ruhestand. Und was uns betrifft: Besser eine Feier zu dritt als gar keine. Wir sind ja eigentlich auch Fossilien, das letzte Trio des Passauer Priesterseminars.«

»Wie meinen Sie das?«

»Sehen Sie sich doch um. Das hier ist ein Geisterhaus. Drei Seminaristen, David mitgezählt, und ein Lehrer. Angeblich gibt es fürs nächste Jahr bislang noch keinen einzigen Anwärter. Es dauert nicht mehr lange, bis das Seminar ganz verwaist, und wir als Letzte machen das Licht aus.«

»Herr Keplinger meinte, dass etliche Ihrer Kurse in Regensburg stattfinden.«

»Ich bin schon jetzt fast die ganze Zeit dort. Wenn es nicht genug neue Studenten in den einzelnen Diözesen gibt, macht es natürlich Sinn, die Studieneinheiten auf weniger Standorte zu konzentrieren. Passau fällt dann eben hinten runter. Aber noch halten wir die Fahne aufrecht. Wie die Musketiere, einer für alle, alle für einen.«

»Herr Keplinger muss euch immer hin und her fahren.«

»Wer sagt denn so was? Es gibt genug Möglichkeiten, entweder mit dem Zug, oder Studienkollegen nehmen uns im Auto mit. Der Regens hat erst vor Kurzem angeboten, uns bei Bedarf nach Regensburg zu fahren und wieder abzuholen. Ob er das aus reiner Nächstenliebe macht, weiß ich nicht. Nötig wäre es jedenfalls nicht, aber vielleicht ist er privat in Regensburg unterwegs. Was soll's.«

»Er sagte, ihr hättet keinen Führerschein.«

»Was mich betrifft, das stimmt, ich hab bisher keine Notwendigkeit gesehen, und ich fahre sowieso lieber mit dem Radl. Christian hat einen Lappen, nur im Moment leider nicht, wenn Sie wissen, was ich meine.« Er machte eine Geste des Trinkens. »Aber verraten Sie's niemandem.«

»Tu ich nicht, versprochen«, meinte Baltasar.

Sie inspizierten die Umzugskartons mit David Lämmerhirts Sachen. »So können wir das nicht verschicken«, sagte Korbinian. »Wir sollten umpacken, das Gewicht anders verteilen. Und der Computer muss besser gepolstert sein, sonst überlebt der den Transport nicht.«

Sie sortierten die Kleidung in eigene Schachteln, ebenso die Bücher und Studienunterlagen, verklebten und beschrifteten alles.

»Für die Geräte brauchen wir Luftpolsterfolie oder Styroporflocken«, sagte Korbinian.

»Gibt's hier nicht«, meinte Baltasar. »Ich nehme am besten alles mit und besorge, was noch fehlt, einen Teil kann ich dann schon bei der Post aufgeben.«

»In Ordnung, Mister, Sie schaffen an, ich bin nur die Hilfskraft.« Sie trugen die Kartons gemeinsam zu Baltasars Auto. Korbinian begutachtete den VW-Käfer. »In den Kofferraum von diesem Oldtimer brauchen wir sie nicht zu packen, am besten alles auf den Rücksitz.«

»Was mich noch interessieren würde, Herr Landauer, galt David eigentlich als der Liebling des Bischofs?«

»Wer sagt das? Davids Auftreten und seine Leistungen an der Uni mögen dem Bischof und dem Generalvikar imponiert haben, aber das ist auch schon alles.«

»Gab es keine Konkurrenz zwischen euch?«

»Jeder von uns hat andere Schwerpunkte und Hobbys.

Aber wir drei sind … wir waren eine verschworene Gemeinschaft. Klar gab es manchmal Zoff. Christian und David gerieten regelmäßig übers Kreuz, aber genauso schnell haben sie sich wieder vertragen. Sie hatten ein besonders enges Verhältnis. Aber Christian ist charakterlich anders gestrickt.«

»Inwiefern?«

»Man sieht es ihm zwar nicht an, aber Christian ist durchdrungen von seiner Mission, Priester zu werden und das Wort Gottes zu verbreiten, auf seine ganz persönliche Art. Ich persönlich zweifle oft an meiner Berufung, dem Allmächtigen und der Kirche zu dienen, aber er ist ganz von sich und seinem Weg überzeugt. Er kann sich gar nichts anderes vorstellen als den Beruf des Geistlichen. Das kommt vielleicht daher, dass sein Onkel ebenfalls Pfarrer ist. Andererseits hat er durchaus auch einen Hang zum weltlichen Leben … gut essen und trinken, Kino, Theater, Reisen. Er lässt nichts aus. Und wissen Sie was? Recht hat er!«

Baltasar sperrte sein Auto ab. »Herzlichen Dank für Ihre Hilfe, Herr Landauer. Was meinen Sie, ob es sich lohnt, auf Herrn Keplinger zu warten?«

»Das müssen Sie wissen. Ich darf mich jetzt entschuldigen, ich muss noch in die Stadt, ein paar Sachen einkaufen.«

Korbinian verabschiedete sich.

Der Schlüssel war noch in seiner Tasche. Sollte er ihn vorläufig behalten oder Keplinger in den Briefkasten werfen? Baltasar ging zurück ins Haus. Eine merkwürdige Stille umfing ihn. Es hatte tatsächlich etwas von einem Geisterhaus. In einem solch großen Gebäude kam einem die Abwesenheit von Menschen besonders bedrückend vor.

Landauers Bericht hatte ihn neugierig gemacht, und er beschloss, sich den ersten Stock anzuschauen.

Auf den ersten Blick sah der Flur oben fast genauso aus wie der im Erdgeschoss. Doch bei näherem Hinsehen fielen die Unterschiede auf. Die Blumenstöcke auf den Fensterbrettern waren verwelkt, das Weiß der Wände hatte einen Graustich, und es machte den Eindruck, als wenn sich hier nur selten Reinigungskräfte verirrten.

Er versuchte, eine Tür zu öffnen, doch sie war zugesperrt.

Obwohl es ihm ziemlich indiskret vorkam, zog er Keplingers Schlüssel aus der Tasche und schloss die Tür damit auf.

Er betrat ein unbewohntes Studentenzimmer, lediglich mit Bett, Schrank und Schreibtisch eingerichtet. Alle anderen Räume auf dem Flur dienten demselben Zweck. Baltasar hatte ein leises schlechtes Gewissen, einfach in fremde Zimmer zu schauen und die Schränke zu öffnen. Doch er tat ja nichts Unrechtes, beruhigte er sich, und den Schlüssel hatte ihm der Hausherr persönlich übergeben.

Das letzte Zimmer auf dem Gang war anders als die anderen. Baltasar bemerkte es schon beim Eintreten. Ein komischer Geruch hing in der Luft, eine Mischung aus kaltem Rauch, abgestandenem Alkohol und etwas, das er nicht zuordnen konnte. Der Schreibtisch war vor das Bett gerückt worden, drei Stühle standen an der Wand.

Er sah sich eingehender um. Hinter einem Vorhang entdeckte er angebrochene Flaschen mit Obstler, im Papierkorb lagen eine leere Whiskeyflasche und mehrere zerknüllte Chipstüten. Er öffnete den Schrank. Ganz unten fand er einen Aschenbecher. Er schnupperte daran und erkannte den Geruch von Marihuana. Dann zog er sämtliche Schubladen auf. Sie waren leer, doch als er sie wieder zuschieben wollte, kam ihm eine Idee und er tastete die Unterseiten ab.

Unter der mittleren Schublade ertastete er etwas, ein Plastikpäckchen, das mit Klebeband befestigt war. Er zog es ab. Es war ein durchsichtiger Beutel mit Tabletten.

24

Die Namensliste des Generalvikars enthielt außer dem Immobilienhändler Bruno von Stuckmann einige weitere potenziell Verdächtige, die Baltasar überprüfen wollte.

Da war ein Fliesenleger, der Siebenhaar geschrieben hatte, nachdem das Ordinariat seine Rechnung wegen vermeintlicher Mängel nicht beglichen hatte. Er drohte damit, das werde »schlimme Konsequenzen« für den Bischof haben.

Eine Frau, Mitglied der katholischen Kirchengemeinde von Passau, hatte während einer Messe des Bischofs für Aufruhr gesorgt, als sie plötzlich nach vorne zum Altar stürmte und mehrmals »Verdammter Heuchler« schrie, bis der Mesner sie abfangen konnte. Die Messe hatte sie damit gesprengt. Wie sich im Nachhinein herausstellte, hatte die Frau protestiert, weil Siebenhaar sich geweigert hatte, ihre wiederverheiratete Schwester zum heiligen Abendmahl zuzulassen, da die Frau nach Auffassung der katholischen Kirche in einem dauerhaften »Zustand schwerer Sünde« lebe, denn das heilige Band der Ehe sei »unauflöslich«.

Ein vorbestrafter Gelegenheitsarbeiter aus Philippsreut war beim Diebstahl von einem Dutzend »Gotteslob«-Gesangbüchern überführt worden, nachdem er versucht hatte, die Werke über einen Internetflohmarkt zu verkaufen. Wegen des besonderen Frevels der Tat hatte Siebenhaar auf einer Anzeige bestanden. Der Mann hatte nach dem Gerichtsurteil verkündet, die Strafe sei ungerecht und er werde sich persönlich dafür rächen.

Baltasar stellte Nachforschungen an, durchkämmte Unterlagen, erkundigte sich diskret bei Freunden und Kollegen, besuchte den Fliesenleger, setzte seinen Freund Philipp darauf an, im Internet nach Informationen zu recherchieren, die einen Verdacht erhärten könnten.

Aber was er auch tat, die Ergebnisse brachten ihn einfach nicht auf die Spur von Davids Mörder. Im Gegenteil. Nichts wollte zum Profil des Unbekannten passen. Entweder war der Betreffende nicht klug genug, ein solch ausgetüfteltes Verbrechen zu begehen, oder er war zur Tatzeit im Urlaub gewesen, oder er hatte sicher weder mit Bibelzitaten noch mit sakralen Kunstwerken irgendetwas im Sinn.

Baltasar steckte in einer Sackgasse.

Er musste das alles nochmals mit dem Generalvikar besprechen und vereinbarte telefonisch einen Termin mit Daniel Moor.

*

Baltasar traf eine halbe Stunde vorher im Ordinariat ein. Er wusste, dass Castellion noch außer Haus war, also blieb genug Zeit, mit seinem Assistenten zu plaudern.

Zur Begrüßung schob Baltasar Daniel Moor ein Päckchen über den Schreibtisch. »Ein Garantiehonorar auf Ihre Recherchearbeiten«, sagte er. »Frisch importiert aus Indien.«

»Super!« Daniel Moor strahlte übers ganze Gesicht und

ließ das Päckchen rasch verschwinden. »Wie immer mit der Extraprise der Heiligen aus dem Morgenland, schätze ich?«

»Sie werden auf Ihre Kosten kommen. Gibt's denn schon irgendwelche Resultate?«

»Hoffentlich ist mein Büro nicht verwanzt.« Moor sah sich um, als fühle er sich beobachtet. »Sonst kann ich mir einen neuen Job suchen.«

»Sie tun nichts Unrechtes, glauben Sie mir.«

»Das sagen Sie so einfach. Eines Tages wache ich dann auf dem Grund der Donau auf, die Füße in Zementeimern wie in diesem Mafiafilm von …«

»Genug der Vorrede. Sie wollen nur Ihr Honorar, schon gut.«

»Also, ich habe mir so viele Kontoauszüge angesehen, dass ich sogar in der Nacht von Zahlenreihen geträumt habe. Auf einige Daten hatte ich jedoch keinen Zugriff.«

»Und was haben Sie herausgefunden?«

»Alles im grünen Bereich. Bis auf …«

»Bis auf?«, fiel Baltasar ihm ungeduldig ins Wort. »Nun machen Sie's nicht so spannend!«

»Bis auf zwei Firmennamen, auf deren Konten in unregelmäßigen Abständen Summen eingezahlt werden. Es handelt sich um die Unternehmensberatung ›Jeremia‹ und die Servicegesellschaft ›Ezechiel‹.«

»Namen von Propheten. Wie originell.«

»Komisch ist, dass über diese beiden Unternehmen nichts im Netz steht. Die Konten liegen bei einer Bank im tschechischen Pilsen. Aus den Überweisungen geht auch nicht hervor, wofür das Geld transferiert wurde. Das muss noch nichts bedeuten und kann alles seine Ordnung haben. Aber etwas merkwürdig ist es schon.«

»Was hat das mit dem Generalvikar zu tun?«

»Mein Chef ist zugleich der oberste Kontrolleur. Ungereimtheiten müssten ihm auffallen. Einige Überweisungen an diese Firmen scheint er persönlich veranlasst zu haben, ich habe Belege mit seiner Unterschrift gefunden, auch Bareinzahlungen.«

»Aber warum sollte Herr Castellion solche Geldtransaktionen vornehmen?«

»Ich weiß es nicht, aber ich versuche es herauszufinden, und gegen eine weitere Erfolgsbeteiligung in Form von Weihrauch habe ich nichts einzuwenden. Aber sagen Sie mal, Herr Senner, was motiviert Sie eigentlich zu der Besprechung mit meinem Herrn und Meister? Sonst lassen Sie sich doch immer nur blicken, wenn's brennt.«

»Der Vikar hat mir eine Namensliste von Leuten gegeben, die möglicherweise Grund haben, auf die Diözese und den Bischof böse zu sein.«

»Darf ich die Namen mal sehen?«

Baltasar gab ihm die Liste. »Vielleicht kennen Sie den einen oder anderen. Jeder Tipp wäre hilfreich.«

Moor vertiefte sich in die Liste. Dann tippte er auf einen Namen. »Dieser von Stuckmann ist ein schlimmer Finger. Ich war mal bei einem Streit dabei, in dem es um ein Immobiliengeschäft ging. Es hätte nicht viel gefehlt und der Adelige wäre Castellion an die Gurgel gegangen.«

»Ich habe ihn schon kennengelernt. Der Herr ist schwer einzuschätzen, jedenfalls war er bei der Kerzenexplosion im Passauer Dom.«

»Tja, zu den anderen kann ich nichts sagen, ein paar Fälle kenne ich zwar, aber ich glaube nicht, dass diese Leute einen Mord begehen würden.«

»Genau darüber will ich mit dem Generalvikar diskutieren.«

Daniel Moor wedelte mit dem Blatt durch die Luft. »Wissen Sie, was mir auffällt?«

Baltasar wartete.

»Es sind alles Namen von außerhalb, also von Externen. Ich frage mich, ob das die Absicht meines Chefs war.«

»Ich befürchte, ich verstehe nicht ganz, was Sie mir sagen wollen.«

»Castellion hätte auch Ehemalige oder Angestellte des Ordinariats auf die Liste setzen können. Hat er aber nicht. Ich formuliere es mal vorsichtig: Nicht jeder im Bistum liebt den Generalvikar und den Bischof.«

Dieser Gedanke beschäftigte Baltasar schon länger. Es war ja nicht ausgeschlossen, dass ein Insider das Verbrechen begangen hatte, einer von ihnen, so schockierend diese Vorstellung auch war, schließlich waren gerade die Kirchenrepräsentanten der Nächstenliebe und Güte verpflichtet. »Da ist was dran, das sehe ich auch so. Zumindest die Aktionen rund um die Monstranz könnten vermuten lassen, dass es sich um jemanden mit profunder Kenntnis der internen Abläufe in der Diözese handelt.«

»Mir fallen da spontan gleich mehrere ein, die ebenfalls auf der Liste stehen könnten«, sagte Moor.

»Wer zum Beispiel?«

»Nehmen wir eine ehemalige Angestellte. Sie heißt Ingrid Toller. Der Bischof hat sie letztes Jahr fristlos entlassen, weil sie in die Kasse gegriffen hat. Sie ist übrigens eine Schwester von Erika Stadler. Was sie jetzt macht, weiß ich nicht, aber da fragen Sie am besten die Leiterin unseres Familienreferates.«

»Und Regens Keplinger?«

»Selbstverständlich hätte der ein Motiv, aber dass er zu einem Verbrechen fähig wäre, glaube ich nicht, er ist nicht der Typ für so was. Jedoch es ist in der Verwaltung allgemein bekannt, dass er wegen der Zukunft des Priesterseminars mit Seiner Exzellenz im Clinch liegt und es mehrmals heftigen Streit gab.«

»Was sehen Siebenhaars Pläne denn vor?«

»Vermutlich hat er schon ein Konzept in der Schublade liegen, aber das ist bislang Geheimsache.«

»Wer käme sonst noch in Frage?«

»Da ist noch der Domprobst Zacharias Windhagen. Er und Siebenhaar kennen sich von früher, sie waren mal befreundet. Ich denke, der Domprobst hat nie überwunden, dass er nicht zum Bischof ernannt wurde.«

»Das kann ja noch werden.«

»Dafür ist er karrieretechnisch zu alt. Nein, sein Amt bekleidet er bis zur Rente, wobei es schlechtere Jobs gibt. Seine Arbeit hat viele angenehme Seiten.«

Sie hörten, wie die Tür aufging. Sofort richtete Daniel Moor sich auf und setzte eine offizielle Miene auf.

»Nun, Sie beide im traulichen Plausch? Wer ist denn heute das Opfer Ihres Klatsches?«

Baltasar fragte sich, ob der Generalvikar an der Tür gelauscht hatte. Moors Gesicht rötete sich.

»Wir haben uns übers Priesterseminar unterhalten, und ich frage mich, wie es nach dem Mord an David Lämmerhirt weitergeht«, sagte Baltasar.

»Nun kommen Sie erst mal herein.« Castellion hielt die Tür zu seinem Büro auf und wandte sich an seinen Assistenten. »Wir wollen bitte nicht gestört werden.«

Der Generalvikar legte seine Aktentasche ab. »Bitte nehmen Sie Platz. Warum interessieren Sie sich so für die Zukunft unserer Ausbildungsstätte?« Misstrauen perforierte seine Worte.

»Ich hatte ein Gespräch mit dem Regens. Er sagt, es gebe Diskussionsbedarf.«

»Herr Keplinger ist ein engagierter Gottesmann, ein Urgestein der Diözese. Das Alter bedingt, dass man in gewissen Dingen verhärtet und nicht mehr so beweglich ist.«

»Wie sieht denn Ihrer Ansicht nach die Zukunft des Passauer Priesterseminars aus?«

»Das obliegt allein dem Bischof, und der hat sich noch nicht entschieden. Außerdem, mit Verlaub, erstaunt mich Ihre Neugierde ein wenig. Was hat denn das mit Ihrer Aufgabe zu tun?«

»Nun, ich höre mich natürlich überall ein wenig um«, entgegnete Baltasar, »und zwar aus einem bestimmten Grund. Ich werde den Kreis der Verdächtigen ausweiten. Ihre Liste bringt uns nicht weiter, fürchte ich.« Er berichtete von seinen Nachforschungen. »Bis auf Herrn von Stuckmann möchte ich alle Namen von der Liste streichen, keine dieser Personen kommt als Täter in Frage.«

»Sind Sie da sicher?« Castellion schien der Gesprächsverlauf nicht zu gefallen. »Ihre Ermittlungskünste in allen Ehren, Herr Senner, aber haben Sie sich wirklich intensiv genug damit befasst? Woher wollen Sie wissen, dass Sie alles versucht haben? Den meisten Menschen ist es nicht auf die Stirn tätowiert worden, dass sie Mörder sind.«

»Hundertprozentige Sicherheit gibt es natürlich nie, aber es gibt weit und breit nichts, was diese Personen wirklich verdächtig macht. Wir müssen uns darauf einstellen, tiefer zu schürfen.«

»Was schlagen Sie also vor?«

»Es ist nicht auszuschließen, dass unser Täter ein Kirchenkenner ist, jemand aus unserem Kreis. Sagen Sie nicht, Herr Castellion, Sie hätten nicht auch schon daran gedacht.«

Der Generalvikar spreizte die Hände. »Sie wollen den Täter im Ordinariat suchen? Gehen Sie da nicht eindeutig zu weit, Herr Senner? Wir sind Angestellte Gottes! Unser Auftrag ist klar. Und Mord gehört nicht dazu.« Castellions Stimme hatte einen drohenden Unterton angenommen.

»In der Geschichte der katholischen Kirche gab es schon ganz andere Phasen. Denken Sie an die Borgia, die Kreuzzüge, die Hexenverbrennungen. Wie viele unschuldige Menschen wurden von unserer Kirche umgebracht!«

»Nun hören Sie doch mit diesen alten Kamellen auf! Ich brauche keinen Geschichtsunterricht! Ich brauche Resultate!« Die Gereiztheit war unüberhörbar.

»Und genau aus diesem Grunde will ich den Fokus verschieben. Auch Kirchenobere sind nur Menschen mit Schwächen, und Rache ist ein starkes Motiv.« Baltasar lehnte sich zurück. »Was haben Sie zu verlieren? Im Idealfall wird Ihre Annahme bestätigt und die Mitarbeiter der Diözese stehen außer Verdacht. Wenn der Unbekannte sich allerdings wirklich rächen will, sind Sie und der Bischof dann nicht in großer Gefahr? Wer weiß, was er als Nächstes plant?«

»In einer Organisation wie der unseren gibt es immer jemanden, der frustriert ist, sich über seine Vorgesetzten oder den Bischof ärgert und die Faust in der Hosentasche ballt. Das will ich gar nicht bestreiten. Aber es ist etwas anderes, jemanden aus solchen Beweggründen umzubringen. Sie können doch nicht im Ernst von mir erwarten, die Mitarbeiter unter Generalverdacht zu stellen, nur weil sie sich mal abschätzig geäußert haben? Was meinen Sie, wie das aussieht, wenn herauskommt, dass ich die eigenen Angestellten bespitzeln lasse? Nein, nein. Nicht mit mir.«

»Es geht nur um Gespräche, die ich persönlich führe, niemand braucht etwas von einem offiziellen Auftrag zu erfahren, den gibt es auch gar nicht. Außerdem kann es auch Ehemalige betreffen oder intime Kenner der Struktur des Bistums, die uns nur nahestehen.«

»Nein, einen solchen Auftrag will ich nicht erteilen. Jetzt wird mir auch klar, warum Sie nach dem Regens und unserem Priesterseminar gefragt haben. Bitte, ich kenne Herrn Keplinger schon lange. Er mag Fehler haben, aber ein Mörder ist er sicher nicht!« Castellion schüttelte verärgert den Kopf. »Herr Senner, ich glaube, Sie verrennen sich da in etwas.«

»Ich versuche nur, nüchtern an die Sache heranzugehen. Das Ergebnis ist offen. Und falls ich nicht weiterkomme, können Sie immer noch die Kriminalpolizei auf die Liste ansetzen. Sehen Sie die Nachforschungen einfach als meine private Leidenschaft.«

»Sie bereiten mir Bauchschmerzen, Herr Senner. Ich muss mit dem Bischof darüber reden. Meinen Segen bekommen Sie nicht. Machen Sie in Gottes Namen, was Sie wollen, aber erwarten Sie keinen Schutz von mir, wenn Sie Ärger provozieren. Sie sind auf sich allein gestellt. Ich will von alledem nichts wissen. Und ich behalte mir vor, Sie jederzeit von Ihrer Ermittlungsaufgabe wieder abzuziehen.«

25

Im Gang traf Baltasar die Leiterin des Familienreferats. Er ergriff die Gelegenheit beim Schopf, um mehr über die Hintergründe der Entlassung ihrer Schwester zu erfahren, ohne Argwohn zu wecken.

»Frau Stadler, der Regens meinte, Sie hätten möglicherweise einen Tipp, wo ich meine Rückenschmerzen behandeln lassen könnte.«

»Ja, ich kenne da einen Orthopäden …«, begann sie.

»Da bekommt man wahrscheinlich eine Spritze, und das war's, ich dachte da eigentlich eher an längerfristige Behandlungen.«

»Also in Passau weiß ich niemanden, den ich Ihnen empfehlen könnte. Ich müsste meinen Mann fragen, der ist Physiotherapeut in Bad Füssing.«

»Ihr Mann ist selber Physiotherapeut? Das wäre doch ein Tipp für mich! Wenn es nicht besser werden sollte, kann ich immer noch zum Arzt gehen.«

»Das wird nach der Behandlung nicht mehr nötig sein, Sie werden sich fühlen wie neugeboren. Wenn es Ihnen nach Füssing nicht zu weit ist …«

»Es sind doch nur 30 Kilometer. Muss ich mich vorher dort anmelden?«

»Besser wäre es. Aber wenn Sie dort auch ins Heilbad gehen wollen, können Sie sich direkt vor Ort einen Termin geben lassen.«

Sie schrieb ihm die Adresse und die Telefonnummer auf.

Als er ins Auto stieg, fiel ihm ein, dass er noch immer die Kartons mit David Lämmerhirts Sachen auf dem Rücksitz hatte. Er fuhr beim Postamt vorbei und gab ein Paket mit Kleidung und Büchern auf. Für die technischen Geräte musste er zuerst Luftpolsterfolie zum Verpacken kaufen. In einem Schreibwarenladen wurde er nicht fündig, deshalb beschloss er, den Rest auf später zu verschieben und in seinem Arbeitszimmer zwischenzulagern.

Teresa hatte einen Kartoffel-Gurken-Salat vorbereitet. Er kostete ihn, als probiere er ein neues Medikament aus. Etwas zu viel Dill, aber es schmeckte ganz passabel. Er kaufte sich zwei Brezen beim Metzger, hörte sich die neuesten Gerüchte über die Großschlachterei an, ging in die Sparkasse, gab dort ein Schreiben ab und vereinbarte einen Termin mit dem Direktor.

*

Am nächsten Tag spürte er schon beim Aufstehen seinen Rücken. Ein Schmerz, ein Ziehen, im Nacken und zwischen den Schulterblättern und weiter hinunter, so genau vermochte er es gar nicht zu orten. Ein Zeichen des Allmächtigen, heute einen Kurtag einzulegen.

»Sie sitzen da wie ein Stück Krummholz«, sagte Teresa, als sie ihm einen Kaffee und einen Teller mit Marmeladensemmeln auf den Tisch stellte. »Doch nicht werden krank?«

»Der Rücken, der Rücken«, seufzte Baltasar.

»Damit ist nicht zu spaßen. Ich brauen ein Kräuterelixier, Rezept von meiner Großmutter, zum Einreiben, aber man kann es auch trinken. Sie schon sehen, morgen alles wieder gut.«

Baltasar hob abwehrend die Hände. »Das ist ganz lieb, aber nicht nötig.« Er stellte sich vor, wie seine Haushälterin alle möglichen Pflanzen einkochte. Wenn das Ergebnis so war wie immer, würde seine Haut sich nach der Behandlung mit der Tinktur in Streifen abschälen lassen.

»Ich kann Sie auch mit Franzbranntwein aus dem Bayerischen Wald einreiben, der jeden Schmerz lösen.«

»Ich werde heute nach Bad Füssing fahren.«

Er rief in der physiotherapeutischen Praxis Stadler an, doch es hob niemand ab. Deshalb packte er kurz entschlossen seine Badesachen ein und setzte sich hinters Steuer.

Auf der Autobahn A3 in Richtung Österreich war wenig Verkehr. Er kam zügig voran, bog auf die Bundesstraße 12 in Richtung München ab und nahm bei Pocking die Abzweigung zu dem Kurort Bad Füssing.

Zahllose Schilder mit Hinweisen auf die Geschwindigkeitsbegrenzung im Ort empfingen ihn auf der Fahrt durch die Kurallee. Hotels, Pensionen, Cafés – die Gemeinde stellte sich voll und ganz auf die Kurgäste ein und warb damit, Europas größter Kurort zu sein, so hatte Baltasar es gelesen.

Eigentlich wollte die bayerische Mineralölindustrie Ende der Dreißigerjahre nach Öl bohren, doch stattdessen stießen die Ingenieure in 1000 Metern Tiefe bei einem Bauernweiler auf Wasser mit einer Temperatur von 56 Grad und einer speziellen chemischen Zusammensetzung, Schwefel und Sulfide waren darin. Aber erst in den Fünfzigerjahren begann der Ausbau zum Kurbetrieb – und der Aufschwung nahm seinen Lauf. Gutachten bescheinigten der Quelle eine positive Heilwirkung, sie sollte bei Hauterkrankungen ebenso helfen wie bei Rheuma und Arthritis, Muskel- und

Gelenkschmerzen. Sogar Gelähmte seien geheilt worden, hieß es. An dieser Stelle der Geschichte vermischten sich die Wunder der niederbayerischen Wallfahrtsorte mit den Wundern Bad Füssings. Anzunehmen allerdings war, dass man die Betreuung der Pilger in den Wallfahrtsorten abgekupfert und auf den Kurort umgemünzt hatte – mit Erfolg, wie sich herausstellte. Bad Füssing war gewissermaßen ein moderner Wallfahrtsort. Die Menschen glaubten daran, nach der Kur gesund nach Hause zu reisen wie einst der biblische Lazarus aus dem Johannesevangelium. Mittlerweile gab es kaum mehr eine Krankheit, die dieses Wunderwasser angeblich nicht kurieren konnte, ob Verdauungsbeschwerden oder Liebeskummer oder Impotenz. Wenn es nicht funktionierte, so lag das nicht am Wasser, sondern daran, dass der Pilger nicht lange genug geblieben war. Er erhielt dann zum Abschied den Rat, im nächsten Jahr wiederzukommen und es nochmals zu versuchen, dann aber länger und mit noch mehr Glauben an die Heilkraft des magischen Elixiers.

Baltasar ließ das Auto im Schritttempo durch die Straßen rollen.

Er konnte sich nicht entscheiden, welches Angebot er wahrnehmen sollte. Zur Auswahl standen »Therme 1«, »Europatherme« und »Johannesbad«. Als er länger warten musste, weil vor ihm ein Rentnerpärchen mit provozierender Langsamkeit die Straße überquerte, traf er die Entscheidung: Schräg gegenüber war die Therme 1.

Er löste eine Eintrittskarte und zog sich um. Ausgestattet mit Bademantel und Handtuch folgte er den anderen Gästen zu den Becken. Der Prospekt, den ihm die Frau an der Kasse in die Hand gedrückt hatte, war wie ein kleiner Stadtplan, damit man sich auf dem weitläufigen Gelände zwischen Thermenhof West und Mitte, »Atrium Dampfbad« und »Champagnerbecken«, »Schwefel-Gas-Bad« und »Kneippduschen« nicht verlief.

Das Rundbecken sah einladend aus, er widerstand der Versuchung, wie in seiner Jugend einfach hineinzuspringen, vermutlich stand irgendwo ein Bademeister, der für solche Vergehen sofort die lebenslange Verbannung aus dem Thermenparadies aussprach. So stellte er sich brav an der Treppe an, wartete, bis eine korpulente Frau vor ihm endlich Zehen, Füße und Hüften in das Nass getaucht hatte, und folgte ihr in das Becken. Er stand, er ging hin und her, probierte Wassertreten, an Schwimmen war nicht zu denken, weil ständig jemand im Weg war, es war ein Gewusel wie auf einem Wühltisch im Sommerschlussverkauf.

Er spürte seinen Rücken, die Muskeln schmerzten – oder waren es die Sehnen? Er beschloss, in den Heißwasserpool zu wechseln. Sein Prospekt informierte ihn darüber, dass den Gast ein »prickelndes Vergnügen« erwarte, doch man solle möglichst nicht länger als zehn Minuten in dem Pool verweilen.

Langsam ließ Baltasar sich ins Wasser gleiten. Langsam stieg die Wärme in ihm auf, Schweiß bildete sich auf seiner Stirn, sein Rücken begann stärker zu schmerzen. Verstohlen blickte er zur Seite, eine Frau mit Badekappe hatte die Augen geschlossen, nur der Mund bewegte sich wie der eines Karpfens, der nach Futter schnappte. Die anderen Badegäste waren in ein Gespräch vertieft.

Das Ziehen im Rücken wurde immer stärker, Hitze wallte durch seinen Körper, seine Haut rötete sich, er streckte die Arme nach oben, um ein wenig abzukühlen, doch es half nichts, er kam sich vor wie ein Frühstücksei im Kochkessel.

Schließlich kroch er aus dem Becken, fühlte sich wie ein medium durchgebratenes Steak, japste und schnappte nach Luft und betastete vorsichtig seine Haut. Die löste sich glücklicherweise noch nicht von seinem Körper ab.

Als sein Kreislauf sich wieder beruhigt hatte, erkundete er das Gelände. Er folgte einem Schild Richtung Wellnessbereich, das klang einigermaßen harmlos.

An der Kasse stand eine junge Frau im weißen Jogginganzug, Typ Fitnesstrainerin. Sie musterte ihn abschätzend, und unwillkürlich zog Baltasar den Bauch ein.

»Was können wir Gutes für Sie tun?« Sie lächelte und zeigte eine Reihe makelloser Zähne. »Vielleicht unser Paket ›Männertraum‹? Da ist alles drin und Sie fühlen sich danach garantiert wie neugeboren.«

»Was ist da drin?«

»Zuerst erhalten Sie eine Klangschalenmassage, die löst Verspannungen und lässt Sie Ihre Sorgen vergessen, danach eine Massage mit heißem Stein, der spendet Energie, und zum Schluss werden Sie mit Meersalz und Öl behandelt, das ist ein Peeling der besonderen Art.«

»Klingt eher wie eine Anleitung zum Fischpökeln. Was kostet denn das?«

Sie legte ihm eine Preisliste vor. Für den »Männertraum« musste man einen dreistelligen Betrag hinblättern.

»Nach Höhe der Summe zu urteilen ist in den Kosten auch eine Aktie enthalten, mit der man Mitbesitzer der Therme wird, vermute ich?«

»Wie … Was?« Humor schien nicht die Stärke der Frau

zu sein. »Nun, wir haben natürlich auch noch andere Wohlfühl-Angebote.«

»Ich hab's mit dem Rücken.«

»Da habe ich genau das Richtige für Sie, eine Cremepackung mit tibetanischer Ziegenbutter, das ist gerade im Angebot.«

»Ist da der Brotkorb mit dabei? Ich will eigentlich nichts essen und tibetanisch schon gar nicht.«

Plötzlich ertönte ein gellender Schrei. Baltasar zuckte zusammen. Die Fitnesstrainerin kümmerte das offenbar nicht, sie schenkte ihm wieder ihr strahlendes Zahnpastalächeln.

»Die Alternative wäre eine Kartoffelpackung mit der Kraft des Bayerischen Waldes und Inntaler Honigmus. Die wird Ihrem Rücken gewiss guttun.«

»Dann schon lieber die Schokoladenbehandlung«, meinte Baltasar. »Gibt's die Schokolade auch ohne Massage?«

Wieder unterbrach sie ein Schrei, lauter als zuvor.

»Was ist das?«, fragte Baltasar entsetzt.

»Unsere Hot-Stone-Therapie. Sie hören, es wirkt. Körper, Seele und Geist werden eins. Wollen Sie es mal probieren?«

»Nach Brandblasen auf der Haut steht mir nicht so der Sinn. Aber vielen Dank für Ihre Beratung.«

Es war schon Mittag. Baltasar hatte die Nase voll von Hitzetherapien, seine Haut brannte, sein Rücken schmerzte stärker als vorher, und er beschloss, Stadlers Praxis aufzusuchen.

Die Praxis, ein großer Raum mit abgetrennten kleineren Einheiten, lag im Souterrain einer kleinen Pension am Ortsrand. Im Empfangsbereich war kein Mensch.

»Hallo?«, rief Baltasar.

Niemand antwortete. Baltasar rief nochmals. Es blieb still. Er lauschte und glaubte von irgendwoher etwas zu hören. An der Wand hingen zwei Fotos, auf dem einen war ein Mann, auf dem anderen eine Frau abgebildet, darunter stand ihr Name: Ingrid Toller. Hier also war die Schwester der Referatsleiterin nach ihrer Kündigung untergekommen! Baltasar wunderte sich, warum Erika Stadler das nicht erwähnt hatte. Er hoffte, mit dieser Ingrid Toller sprechen zu können.

Wieder hörte Baltasar etwas, es klang wie ein leises Sägen und kam aus der hintersten Kabine. Baltasar ging dorthin und zog den Vorhang beiseite. Auf einer Massageliege lag ein Mann auf dem Rücken, die Hände vor der Brust gefaltet, für einen Moment glaubte Baltasar, er sei tot. Doch ein Schnarchen überzeugte ihn vom Gegenteil.

»Hallo?«

Der Mann fuhr in die Höhe. »Was ... Was ist?«

Er wirkte völlig desorientiert, bis er Baltasar bemerkte. »Oh ... Verzeihen Sie, ich habe nur ein Nickerchen ... meine Pause. Wir haben mittags normalerweise geschlossen. Ich bin Jürgen Stadler, was kann ich für Sie tun?«

»Ihre Frau hat mir Ihre Praxis empfohlen.« Baltasar stellte sich vor.

»Ah ja, Erika hat mir schon gesagt, dass Sie möglicherweise vorbeischauen. Wo fehlt's denn genau?«

»Am Rücken. Ich kann es gar nicht richtig lokalisieren. Vermutlich eine Zerrung oder so etwas.«

»Haben Sie die Verordnung mitgebracht?«

»Nein, ich zahle privat.«

»Ein Selbstzahler.« Jürgen Stadler schien erfreut darüber zu sein. »Dann legen Sie sich doch einfach mal auf die Bank.« Er breitete ein frisches Badetuch über die Liegefläche aus. »Bitte Hemd und Hose ausziehen.«

Baltasar legte sich auf den Bauch. Stadler rieb sich die Hände mit Öl ein.

»Dann wollen wir mal sehen, wo's fehlt.« Stadler knetete Baltasars Rücken, er arbeitete sich vom Steißbein aus nach oben vor. Baltasar empfand die Massage als äußerst angenehm. »Da ist ja alles total verspannt, da müssen wir ein wenig kräftiger ran.«

Plötzlich spürte Baltasar einen Stich im Nacken, er konnte gerade noch einen Schrei unterdrücken. »Benutzen Sie ein Messer für die Behandlung?«

»Ich benutze meinen Daumen.« Er demonstrierte es noch einmal auf Baltasars Oberarm. »Ihre Muskeln sind verklebt, und mit den Fingern löse ich sie wieder, das kann ein wenig kribbeln.«

Ohne Vorwarnung stach der Physiotherapeut erneut zu, fuhr in Baltasars Gewebe herum, und der hatte das Gefühl, als würden seine Knochen freigelegt. Er biss die Zähne zusammen, und er bereute es schon, hergekommen zu sein. Wäre er doch lieber bei der Ziegenbutter geblieben, die hätte wenigstens nicht wehgetan.

»Arbeiten Sie mit meiner Schwester zusammen?« Jürgen Stadler fuhr unbeirrt fort mit der Quälerei.

»Ich bin Pfarrer einer kleinen Gemeinde im Bayerischen Wald, aber derzeit bin ich beruflich häufiger im Ordinariat. Und da bin ich mit Ihrer Frau ins Plaudern gekommen. Ansonsten fahre ich nur nach Passau, wenn ich gerufen werde.«

»Erika erzählt oft, wie schwierig der Chef dort ist.«

»Man kann sich seine Vorgesetzten nicht immer aussuchen.«

»Deshalb bin ich lieber selbstständig und habe meine eigene Praxis. Da brauche ich mich nicht mit Chefs herumzuärgern.«

»Oder man muss den Arbeitsplatz wechseln.«

»Wem sagen Sie das. Meine Frau wollte immer wieder mal alles hinschmeißen, aber es ist schwer, hier in der Gegend einen adäquaten Job zu finden. Deshalb hält sie durch und lässt sich nicht provozieren, auch wenn das manchmal hart an die Grenzen geht.«

»Könnte sie nicht bei Ihnen in der Praxis mitarbeiten?«

»So, jetzt bitte einmal umdrehen, wir probieren es mit dem Schlingentisch, das entlastet den Rücken.«

Stadler hakte Seile aus, die an einem Gitter an der Decke befestigt waren, und brachte Schlaufen unter Baltasars Hüften, den Knien und dem Nacken an. Mittels Flaschenzugsystem wurde er angehoben, bis er wie ein hilfloses Insekt im Spinnennetz zappelte. Unwillkürlich kamen ihm Bilder von Streckbänken in den Sinn, die im Mittelalter zur Folter benutzt wurden. Der Therapeut wendete neue Griffe an und begann wieder, jede einzelne Muskelfaser zu drücken und zu quetschen.

»Wissen Sie, ich habe schon meine Schwägerin als Fangohilfe eingestellt, meine Frau hatte mich dazu überredet«, nahm Jürgen Stadler den Faden wieder auf, »und eine Mitarbeiterin aus der Verwandtschaft reicht. Wir sind ein kleiner Betrieb, so viele Angestellte können wir uns nicht leisten. Erika ist eine starke Persönlichkeit, sie wird nicht klein beigeben, dazu ist sie nicht der Typ, im Gegenteil, sie wird sich wehren und kämpfen und es denen in dieser katholischen Männerwirtschaft schon zeigen. Und wissen Sie was? Recht hat sie!«

»Wären Fangopackungen auch etwas für meinen Rücken?« Baltasar dachte an den eigentlichen Zweck seines Besuches.

»Das wirkt sicher, aber die Behandlung kostet extra. Dafür bieten wir Naturfango aus dem Kaiserstuhl an, nicht diese Paraffinplatten, die man mehrmals benutzt und in der Mikrowelle erhitzt. Sie müssten allerdings warten, bis meine Schwägerin aus der Mittagspause zurück ist.«

»Ich warte gerne«, sagte Baltasar in der Hoffnung, dass die Tortur damit überstanden wäre. Doch sein Therapeut dachte gar nicht daran aufzuhören, erst nach einer halben Stunde war die Massage beendet.

»Sie müssten in die andere Abteilung, Herr Senner, dort drüben entlang, die Handtücher bekommen Sie von uns.«

Baltasar nahm auf einem Hocker Platz, froh, Zeit zum Durchschnaufen zu haben. Eine Frau kam in die Kabine, nicht sehr groß, mit breitem Kreuz und kräftigen Armen. Sie war Ingrid Toller.

»Auszieh'n«, sagte sie statt einer Begrüßung.

»Wie … Was … Ich verstehe nicht?«

»Na, die Unterhose runter, oder soll ich den Batz auf Ihren Klamotten verteilen? Das wird eine schmierige Sache.« Sie legte eine Plastikfolie auf die Liege. »Bitte drauflegen.«

Baltasar streifte seine Hose herunter und tat, wie ihm befohlen wurde. Ingrid Toller kam mit einem dampfenden Blecheimer wieder. Sie trug jetzt Gummihandschuhe. Mit den Händen schaufelte sie den Schlamm auf Baltasars Rücken. Es war ein Gefühl, als hätte jemand siedendes Pech über ihn ausgegossen. Dagegen war der heiße Stein wahrscheinlich ein Klacks. War er hier in einem Folterkeller gelandet?

»Umdrehen.«

Sie wiederholte dieselbe Prozedur auf Baltasars Bauch. Mit flinken Händen wickelte sie ihn in die Folie ein, als sei er ein verderbliches Gemüse vom Wochenmarkt.

»Sie sind die Schwester von Erika Stadler?« Baltasar versuchte ein Gespräch zu beginnen.

»Wer will das wissen?« Sie legte eine Decke über ihn. Die Folie schnürte ihn ein, er war bewegungsunfähig.

»Ich bin ein Kollege Ihrer Schwester in Passau. Ihr Schwager hat mir von Ihnen erzählt.«

Plötzlich drückte die Frau fester zu. Die Stelle brannte, Baltasar musste es hilflos mit sich geschehen lassen, er war überrascht über die Kraft der Frau.

»Was hat Jürgen über mich erzählt?« Ihre Stimme war mehr ein Zischen.

»Nur dass Sie die Schwester seiner Frau sind, sonst nichts«, japste Baltasar.

»Sie sind also einer dieser Typen vom Ordinariat!« Sie spuckte die Worte aus.

»Ich bin Pfarrer einer kleinen Gemeinde im Bayerischen Wald, die der Diözese Passau angehört. Kennen Sie Herrn Castellion und den Bischof?«

»Nur flüchtig. Aber wer kennt sie nicht?«

Die Antwort entsprach nicht ganz der Wahrheit, denn als ehemalige Angestellte hatte Ingrid Toller sicher regelmäßig Kontakt mit ihren Chefs gehabt. Warum sagte sie nicht, dass sie früher dort gearbeitet hatte? Aus Scham wegen ihrer Entlassung?

»Wie lange arbeiten Sie schon in Bad Füssing?«

»Lang genug.«

»Macht's Ihnen keinen Spaß?«

»Spaß ist für mich was anderes. Es ist ein Job, ich muss Geld verdienen.«

»Immerhin hat man ständig Kontakt mit Patienten, lernt neue Leute kennen.«

»Das tu ich im Supermarkt auch.«

»Sehen Sie Ihre Schwester oft? Frau Stadler wohnt ja gleich im Nachbarort, in Pocking.«

»Na klar sehen wir uns regelmäßig. Sie hat's keinen leichten Stand als oberste Familienbeauftragte.«

»Wieso, hat sie Probleme? Auf mich wirkt sie immer so ausgeglichen und munter.«

»Sie fragen aber ziemlich viel. Ich muss jetzt den nächsten Patienten versorgen.« Sie stellte einen Kurzzeitwecker auf den Hocker. »Wenn's klingelt, einfach rufen. Dann packe ich Sie wieder aus.«

Nach 20 Minuten kam Ingrid Toller zurück und befreite ihn aus seiner Folie. Sie blieb so kurz angebunden wie zuvor und reagierte nicht auf seine Versuche zum Small Talk.

Er spürte jeden Quadratzentimeter seiner Haut. Sein Rücken schmerzte mehr als je zuvor. Er beglich die Rechnung und humpelte nach draußen, gebeugt wie ein Hundertjähriger. Endlich, es kam ihm vor wie eine Ewigkeit, erreichte er sein Auto.

Als er Bad Füssing hinter sich gelassen hatte, atmete er erleichtert auf.

26

Als er am nächsten Morgen erwachte, fühlte Baltasar sich wie neugeboren. Die Schmerzen waren weg, sein Rücken war wieder in Ordnung.

Die Frühmesse absolvierte er so schnell wie lange nicht mehr, danach zog er seinen schwarzen Anzug an, frühstückte und machte sich auf den Weg zur Sparkasse.

»Wollen Sie Ihre Kontoauszüge, Herr Senner?«, begrüßte ihn die Angestellte am Schalter.

»Ich habe einen Termin beim Herrn Direktor.«

»Einen Moment bitte.« Die Frau verschwand aus seinem Blickfeld und kam nach ein paar Minuten zurück. »Herr Trumpisch erwartet Sie bereits.«

»Hochwürden, welche Ehre, kommen Sie herein.« Der Bankdirektor kam ihm schon im Flur entgegen und geleitete ihn in sein Büro. »Bitte nehmen Sie Platz. Ihr Brief hat mich überrascht.«

»Es ist ein wenig heikel, das stimmt«, begann Baltasar. Nun würde er sehr kreativ mit der Wahrheit umgehen müssen, aber das sagte er nicht laut. »Unsere Kirchengemeinde kommt vermutlich bald in den Genuss einer Erbschaft, einer Immobilie in der Nähe von Regen. Ich habe deshalb Kontakt aufgenommen mit einem Makler wegen des Verkaufs. Nun bin ich allerdings unsicher, ob der Herr, sein Name ist Bruno von Stuckmann, auch wohl der Richtige für die Kirche ist.«

»Was veranlasst Sie zu dieser Frage?«

»Es ist mein Bauchgefühl. Die Diözese und der Generalvikar legen Wert darauf, nur seriöse Kontakte zu pflegen und alles ordnungsgemäß und transparent abzuwickeln.«

»Herr Doktor Castellion ist ein gewiefter Geschäftspartner.«

»Sie kennen ihn?«

»Als Bankmanager im Bayerischen Wald ist es unvermeidbar, mit ihm in Kontakt zu kommen, da die katholische Kirche überall ihre Finger drin ... Entschuldigung, ich meine, überall wirtschaftliche Interessen hat, nicht nur bezüglich Immobilien. Und ab einer gewissen Summe läuft es über den Schreibtisch des Vikars. Ich habe mehrmals Kunden betreut, die vom Bistum etwas kaufen oder anders ins Geschäft kommen wollten. Wenn's dann ans Eingemachte ging, um konkrete Preise und Vertragsbedingungen, Sie wissen schon, da zeigte sich Herr Castellion dann als harter Hund, wie man hierzulande zu sagen pflegt. Den würde ich sofort bei uns in der Bank einstellen.«

»Das klingt, als ob unser oberster Geldverwalter für alle möglichen Geschäfte zu haben ist«, sagte Baltasar.

»Er ist bauernschlau und hemdsärmelig, wenn es sein muss. Er testet die Grenzen der legalen Methoden aus und geht durchaus auch mal darüber hinaus. In meinen Fällen lief alles korrekt ab, aber ich habe von anderen Geschäften gehört, bei denen ...«

»Sind Ihnen dabei zufällig auch die beiden Firmennamen Jeremia und Ezechiel untergekommen?«, fiel Baltasar dem Bankdirektor ins Wort.

»Noch nie davon gehört. Aber ich hab schon viel zu viel geschwätzt, jetzt halte ich lieber den Mund, bei allem Respekt, schließlich will ich mir nicht die Finger verbrennen. Unsere Bank möchte auch künftig mit dem Ordinariat geschäftlich verbunden sein. Sie sind auch nicht deswegen hier, Herr Senner, sondern wollten Informationen über Baron von Stuckmann, nicht wahr?«

»Das wäre sehr hilfreich.«

»Ich muss vorausschicken, dass sich unsere Bank natürlich an die gesetzlichen Auflagen des Datenschutzes hält.« Trumpisch zwinkerte ihm zu. »Deshalb habe ich nur die offiziellen Auskünfte schriftlich für Sie.« Er schob ihm einige bedruckte Seiten zu. »Gegen den Baron wurden Mahnbescheide beantragt, er hat Kredite in Millionenhöhe laufen.«

»Wie lautet die inoffizielle Version?«

»Aufgrund unseres guten Verhältnisses zur katholischen Kirche und weil wir uns so lange kennen, Hochwürden, verrate ich Ihnen einige Hintergrundinformationen. Ich brauche wohl nicht extra zu betonen, dass alles vertraulich bleiben muss, was ich sage.« Trumpisch beugte sich vor. »Ich habe mich bei Kollegen in anderen Banken umgehört. Um es kurz zu machen: Baron von Stuckmann steht kurz vor der Pleite. Er kann seine Schulden nicht mehr tilgen. Es ist nur noch eine Sache von Wochen, bis das Insolvenzverfahren offiziell eingeleitet wird.«

»Damit ist der Mann dann endgültig ruiniert.«

»So kann man es auch ausdrücken. Mein guter Rat an Sie: Nehmen Sie Abstand von Geschäften mit diesem Herrn. Sie wissen ja, Ihre Sparkasse bietet Ihnen alle Dienstleistungen im Immobiliensektor.«

Auf dem Heimweg läutete Baltasars Handy. Daniel Moor war dran und orderte ihn im Namen Seiner Exzellenz »sofort« nach Passau, ein neues Schreiben sei eingetroffen, Hochwürden wisse schon, um was es gehe.

Im Büro des Bischofs saßen bereits der Generalvikar und die beiden Kriminalkommissare Dix und Mirwald. Baltasar ließ sich auf dem letzten freien Stuhl nieder.

»Grüß Sie Gott, meine Herren, ich danke Ihnen, dass Sie so kurzfristig Zeit gefunden haben zu kommen.« Siebenhaar stand hinter seinem Schreibtisch. »Ich will mich nicht lange mit Vorreden aufhalten. Mit unserer heutigen Post bekamen wir wieder einen Brief von diesem schmierigen Verbrecher.« Er holte einen Brief und einen Briefumschlag aus Klarsichthüllen hervor.

»Keine E-Mail wie beim letzten Mal?« Baltasar war überrascht.

»Er will uns verhöhnen«, sagte der Bischof. Seine Stimme zitterte ein wenig. »Er will uns vor aller Welt demütigen, uns als Deppen hinstellen.«

»Darf ich?« Wolfram Dix nahm den Brief an sich. »Die Schrift auf dem Umschlag ist dieselbe wie beim letzten Mal.« Er las vor:

Herr Siebenhaar,
nun haben Sie beziehungsweise Ihr Helfer doch genügend Grips bewiesen und den Fuß der Monstranz gefunden. Ich gratuliere!

Sie sehen, ich lüge nicht, sondern ich meine es bitterernst. Sie halten sich nicht an die Regeln, Sie glauben, mit mir spielen zu können. Deshalb spiele ich mit Ihnen. Deshalb gab es auch nur einen Teil.

Wenn Sie den Rest der Monstranz haben wollen, müssen Sie und die komplette Scheinheiligenführungsriege des Ordinariats sich nach Ps-31-18 richten. Ich will, dass Sie alle innerhalb von drei Tagen zu Fuß nach Altötting pilgern und dort öffentlich Buße für Ihre Verfehlungen und Lügen tun. Danach erhalten Sie weitere Instruktionen, wo die Monstranz zu finden ist.

Sie hören wieder von mir.

»Das war's«, endete Dix. »Spontan würde ich sagen, der Brief ist echt. Unser Labor wird später genaue Resultate liefern.«

»Das ist doch unverschämt!« Siebenhaar wurde lauter. »Er will uns alle unter seinen Befehl stellen, als wären wir Marionetten, bei denen man nur an einem Faden ziehen muss, damit sie gehorchen. Jetzt kommt auch noch die ganze Verwaltung dazu. Was kommt als Nächstes? Soll etwa der Heilige Vater aus Rom antanzen?«

»Verzeihen Sie, aber was bedeutet Ps-31-18?«, fragte Mirwald.

»Das ist ein Psalm aus der Bibel, junger Mann«, antwortete Castellion streng. »Kapitel 31, Vers 18. Ich zitiere frei: ›Lass beschämt werden diese Verbrecher, zum Schweigen gebracht bei den Toten! Verstummen sollen die Lippen der Lüge, die gegen die Gerechten geifern mit Frechheit, Hochmut und Stolz.‹«

»Sehen Sie, genau das meine ich. Es ist eine Anmaßung sondergleichen!« Siebenhaar geriet außer sich. »Dieser Kerl wagt es, uns als Verbrecher zu bezeichnen. Wenn man es genau nimmt, steckt darin sogar eine Drohung, er will uns zum Schweigen bringen. Dieser Kerl ist ja wahnsinnig!«

»So pauschal würde ich das nicht sehen«, sagte Dix. »Bisher waren alle Aktionen des Unbekannten zwar auf eine perverse Art, aber wohl durchdacht und erfolgreich. Da steckt ein wacher Verstand dahinter.«

»Jedenfalls wird der Täter fordernder und immer kühner«, sagte Baltasar. »Das zumindest sehe ich als gutes Zeichen, denn er reagiert auf unsere Aktionen und fühlt sich offenbar immer noch sicher. Damit steigen die Chancen, dass er einen Fehler begeht.«

»Dennoch haben wir wenig Greifbares, genau gesagt, gar nichts«, meinte Castellion. »Oder sehe ich das falsch, Herr Kommissar?«

»Ich stimme ausnahmsweise Herrn Senner zu«, sagte Dix. »Der Unbekannte entwickelt ein Sendungsbewusstsein, das ihn früher oder später stolpern lassen wird.«

»Ich bin mir da nicht so sicher«, sagte der Generalvikar. »Wie sollen wir uns jetzt verhalten? Wir können doch nicht die bischöfliche Verwaltung lahmlegen und allesamt auf Wallfahrt gehen.«

»Warum nicht? Das Ordinariat wird auch mal einen Tag ohne seine Vorgesetzten funktionieren«, antwortete Baltasar. »Wir werden uns wohl oder übel so lange auf die Forderungen einlassen müssen, bis wir den Täter schnappen. Andernfalls war alles umsonst. Altötting gehört zum Bistum Passau und damit in Ihren Verantwortungsbereich, Herr Siebenhaar, wenn es auch ganz am Rand liegt.«

»Wir könnten das Ganze als geplante seelsorgerische Aktion verkaufen.« Castellion schien Gefallen an dem Gedanken zu finden. »Für Altötting wäre es eine gute Werbung, wenn der Bischof persönlich zum Wallfahren kommt.«

»Wenn alle wichtigen Personen mitmachen, ist es wie ein Betriebsausflug.« Baltasar verzog keine Miene.

»Was denken Sie, Herr Senner? Ich bin ein alter Mann. Wie soll ich die 80 Kilometer oder gar mehr bis Altötting zu Fuß wandern?« Der Bischof fasste sich an den Rücken.

»Gerade die letzten Tage spüre ich meine Bandscheiben, die machen eine solche Strapaze nicht mit.«

»Ich kenne da einen guten Physiotherapeuten in Bad Füssing ...«

»Wallfahrten sind eine Sache für junge Leute«, unterbrach ihn Siebenhaar.

»Denken Sie an Jesus Christus, der hat sein Kreuz über 14 Stationen getragen, und dem ging's wahrlich schlechter als Ihnen, Exzellenz«, meinte Mirwald.

»Versündigen Sie sich nicht, junger Mann! Dieser Vergleich ist der Situation nicht angemessen. Außerdem ist das Risiko zu groß, denn der Unbekannte hat mir gedroht.«

»Wir sorgen selbstverständlich für Ihren Schutz, Exzellenz.« Der Kommissar sprang auf. »So wahr ich Wolfram Dix heiße.«

Castellion wandte sich an seinen Chef. »Außerdem steht in dem Brief kein Wort davon, von wo aus wir starten sollen. Ich hätte da allerdings eine Idee.«

27

In seinem Arbeitszimmer standen immer noch die restlichen Sachen von David Lämmerhirt herum. Baltasar hatte ein schlechtes Gewissen, dass er die Pakete noch immer nicht verschickt hatte. Auch den Generalschlüssel des Priesterseminars hatte er dem Regens noch nicht zurückgegeben. Er stellte Davids Laptop auf seinen Schreibtisch, um ihn transportsicher zu verpacken. Probeweise schaltete er das Gerät ein. Alles funktionierte noch, der Startbildschirm verlangte ein Passwort.

Er telefonierte mit Davids Mutter und kündigte den Rest der Lieferung an.

»Danke. Wir haben sonst so wenig Persönliches von unserem Jungen, sein Kinderspielzeug haben wir schon vor vielen Jahren abgegeben.« Baltasar hörte ein Schluchzen. »Hätten wir nur gewusst …«

Das Passwort fiel ihm ein. »Auf dem Computer Ihres Sohnes finden Sie sicher viele Dokumente und Fotos. Aber man muss ein Passwort eingeben, um Zugriff zu haben.« Baltasar erklärte ihr kurz, was das bedeutete. »Wissen Sie vielleicht zufällig sein Passwort, oder kennen Sie jemanden, der mit so was umgehen kann?«

»Wir kennen uns mit Computern nicht aus. Ich wüsste auch niemanden, der das kann. Wir sind schon froh, mit der Fernbedienung vom Videorekorder umgehen zu können. Sie meinen wirklich, da sind Fotos von unserem Jungen drauf?«

Baltasar hatte eine Idee: »Ich könnte für Sie veranlassen, dass der Computer entsperrt wird, ich kann es zumindest versuchen.« Er dachte an seinen Freund Philipp Vallerot. »Dazu bräuchte ich aber Ihre Erlaubnis.«

»Das würden Sie für uns tun, Hochwürden? Das wäre sehr lieb. Machen Sie, was Sie für richtig halten, und schicken Sie uns Davids Sachen, wenn Sie damit fertig sind. Ich sage schon im Voraus ein vergelt's Gott.«

Während Baltasar die übrigen Sachen von David ein wenig zur Seite räumte, fiel ihm ein Notizbuch in die Hände. Die Neugierde siegte, und er schlug es auf. Es war ein Terminkalender mit Adressenregister. Baltasar überflog die Einträge. Der Student hatte alles mit sauberer Schrift mit Bleistift niedergeschrieben, Abkürzungen von Namen mit Telefonnummern, Buchtitel zur Prüfungsvorbereitung und Geburtstage. Er blätterte vor bis zu den Tagen kurz vor Davids Tod. Ein Eintrag lautete »Tabl. Liefer.?«, daneben stand eine Nummer. Baltasar erinnerte sich an die im Schrank des Partyzimmers versteckten Tabletten, er hatte einige mitgenommen, die er Philipp zeigen würde.

Am Tag vor Davids Ermordung war kein Eintrag. Baltasar wollte den Kalender gerade zuklappen, als ihm ein Krümel im Falz auffiel, ein Stück wie von einem Radiergummi. Er hob den Kalender gegen das Licht, einige Stellen wirkten angeraut, aber er konnte nicht erkennen, ob dort etwas und schon gar nicht was dort gestanden hatte.

Kurz entschlossen steckte er das Buch ein und machte sich auf den Weg zu seinem Freund Philipp.

Philipp Vallerot fixierte den Laptop, den Baltasar unterm Arm trug. »Stimmt's, was ich vermute, ist es das, was du von mir willst?«

»Ein Freundschaftsdienst.«

Sein Freund rollte mit den Augen. »Ich sollte mir eine normale Arbeit außer Haus suchen, dann wäre ich nicht immer verfügbar. Du und deine Spezialaufträge. Um was geht's denn?«

Baltasar trug ihm sein Anliegen vor. »Du tust ein gutes Werk für die armen Eltern des Studenten. Das ist dein erster Schritt ins Himmelreich.«

»Womit nur habe ich diese Großzügigkeit verdient?« Philipps Ironie war nicht zu überhören. »Ein Freundschaftsdienst, und schon komme ich ins Paradies.«

»Ganz so schnell geht es nun auch wieder nicht.« Baltasar legte eine Tüte mit drei Tabletten auf den Tisch. »Bitte schau dir die mal an, und sag mir, ob es das ist, was ich vermute. Das wäre dann dein zweiter Schritt ins Himmelreich.«

»Heute hast du aber den Raketenantrieb eingeschaltet. Wenn das so weitergeht, weile ich bald unter deinen Engeln und trete dem Großen Außerirdischen unter die Augen. Sonst noch was? Ich bin gerade in himmlischer Stimmung …«

»Ähm … weil du es erwähnst. Ich hätte da ein paar Telefonnummern, wozu ich die passenden Namen bräuchte.«

Baltasar übergab Philipp Davids Notizbuch. »Und wenn du schon dabei bist, könntest du versuchen, ob du eine ausradierte Notiz auf der letzten Seite noch entziffern kannst?«

»Ist das auch für die armen Eltern des Ermordeten?«

»Es kann nicht schaden, mehr zu wissen.«

»Wem nicht? Dir?«

»Niemandem, den es interessiert.«

»Die Seite kann ich gleich für dich analysieren, dauert nicht lange, folge mir.«

Sie gingen hinunter in den Keller in einen Arbeitsraum, der wie eine Mischung aus Chemielabor, Computerzentrale und Werkstatt aussah. Philipp legte das Buch auf eine beleuchtete Ablagefläche und schaltete nacheinander verschiedene Speziallampen ein. »Es ist mit Sorgfalt ausradiert worden«, sagte er, »trotzdem bleiben mikroskopisch kleine Spuren zurück, die die Schrift wieder sichtbar machen. Sieh selbst.«

Der vorher unsichtbare Eintrag in Davids Notizbuch leuchtete auf. »Siebenhaar Term. vereinbaren!!« hatte der Student am Tag vor seiner Ermordung notiert. Was hatte David so Dringendes mit dem Bischof zu besprechen gehabt, und warum hatte er die Notiz wieder ausradiert? Gleich darunter stand »Vertraul. Regens Will 9.00«. Heinz Will war der Leiter des Regensburger Priesterseminars.

Das war ein Grund für einen kleinen Ausflug nach Regensburg, dachte Baltasar. Auch mit Siebenhaar musste er reden.

*

Der Bischof hatte einen Termin außer Haus. Baltasar wollte nicht umsonst nach Passau gefahren sein und schaute bei Daniel Moor vorbei.

»Ist Ihr Chef zu sprechen?«

»Der ist zusammen mit Seiner Exzellenz unterwegs«, antwortete der Assistent des Generalvikars. »Sie kommen erst am Abend zurück. Übrigens, Ihre Weihrauchmischung war … wie soll ich sagen … spitzenmäßig! Ich nehme noch drei Päckchen.«

»Zuerst brauche ich Resultate. Gibt's was Neues über die seltsamen Bankkonten, mit denen Herr Castellion arbeitet?«

»Ich habe auch noch andere Dinge zu tun. Aber die Adressen habe ich für Sie recherchiert.« Er zog einen Computerausdruck aus der Schublade und reichte ihn Baltasar. »Die beiden Firmen mit Namen Jeremia und Ezechiel haben sinnigerweise dieselbe Adresse im tschechischen Pilsen, Sie wissen schon, die Stadt, wo das Bier herkommt.«

»Das wär doch auch mal eine Reise wert«, meinte Baltasar. »Strengen Sie sich weiter an, ich brauche noch mehr Informationen, und halten Sie Augen und Ohren offen.«

Er ging einen Stock tiefer zum Büro von Erika Stadler. Im Vorzimmer telefonierte ihre Sekretärin.

»Hallo, Herr Senner, was kann ich für Sie tun?«, fragte sie, nachdem sie aufgelegt hatte.

»Ich wollte mich bei Frau Stadler bedanken. Ihr Tipp, ihren Mann in seiner Praxis in Bad Füssing aufzusuchen, war goldrichtig.«

»Gell? Die Anwendungen wirken, man glaubt es kaum.« Die Frau deutete auf ihre linke Schulter. »Ich hab mich letztes Jahr kaum mehr rühren können, meine Chefin hat mich zu ihrem Gatten geschickt, und nach einer Woche war alles wieder in Ordnung.« Wie zum Beweis hob und senkte sie den Arm und erzählte dabei Krankengeschichten, sodass Baltasar binnen zehn Minuten Bescheid wusste über sämtliche Zipperlein der Sekretärin und über die dazugehörenden mehr oder weniger erfolgversprechenden Behandlungen.

»Ich wusste gar nicht, dass Frau Stadlers Schwester jetzt ebenfalls in der Praxis arbeitet, es ist ja ein richtiger Familienbetrieb«, versuchte er schließlich vorsichtig das Gespräch auf ein anderes Thema zu lenken.

»Es war eigentlich nur eine Notlösung. Ingrid ist gelernte Bürokauffrau, hat aber nichts in ihrem Beruf gefunden. Wissen Sie, ich kenne sie schon lange, das erste Mal haben wir uns getroffen, als ich …«

»Das ist ja interessant«, unterbrach sie Baltasar. »Sie soll hier im Ordinariat gearbeitet haben, heißt es.« Er sagte es betont beiläufig. »Mir ist sie aber früher nie begegnet.«

»Sie arbeitete in der Abteilung von Herrn Doktor Castellion, machte Buchhaltung, Controlling und Schriftverkehr, was halt so anfiel. Plötzlich verließ sie von einem Tag auf den anderen das Haus, und es wurde nie mehr von ihr gesprochen.«

»Man sagt, sie ging nicht ganz freiwillig …«

Die Sekretärin beugte sich zu ihm vor. »Ich will nicht als Ratschkathl verschrien werden, aber es gäbe so viel darüber zu erzählen… Das ist eine Geschichte, sag ich Ihnen, eine ganz tragische Geschichte. Wo soll ich anfangen? Es ist ein offenes Geheimnis, dass Ingrid fristlos gekündigt wurde. Sie soll sich Gelder auf ihr Konto abgezweigt haben, haben der Generalvikar und der Bischof behauptet. Die Arme, sie war damals außer sich. Das alles ist ein halbes Jahr her, wissen Sie, Ingrid und ich, wir waren befreundet, Sekretärinnen müssen hier zusammenhalten, habe ich Ihnen schon erzählt, wie wir uns kennengelernt haben? Na, egal, jedenfalls hat sie geschworen, sie sei unschuldig und werde zu Unrecht entlassen, weil eigentlich die da oben schuld seien, die hätten die Gelder veruntreut, ja, das hat sie wörtlich so gesagt, doch natürlich hat niemand ihr geglaubt, nur ihre Schwester und ich.«

»Konnte Frau Stadler denn ihren Einfluss nicht geltend machen und ein gutes Wort für ihre Schwester einlegen?«

»Hat sie ja versucht, sie hat mehrmals mit dem Generalvikar und dem Bischof gesprochen, da sind die Fetzen geflogen, sag ich Ihnen, ich hatte schon Angst, dass sie meine Chefin auch vor die Tür setzen, weil sie mehrmals laut wurde und den Herren gedroht hat. Ich hab alles mitbekommen, das Geschrei war selbst bei geschlossenen Türen nicht zu überhören.«

»Sie hat ihren Vorgesetzten tatsächlich gedroht? Hut ab. Das würde sich längst nicht jeder trauen.«

»Ja. Sie sagte, sie würde sich das nicht gefallen lassen, sie würde kündigen, das Unrecht könnte sie nicht mittragen, was das für eine christliche Barmherzigkeit sei, aber die sei doch die Botschaft der katholischen Kirche. Aber die Herren müssen sie dann irgendwie davon abgebracht haben, jedenfalls war später keine Rede mehr davon, und Frau Stadler hat das Thema seitdem auch nicht mehr angeschnitten.«

»Was meinen Sie, soll ich später wiederkommen oder jetzt noch auf Frau Stadler warten?«

»Ich ruf sie schnell am Handy an, kein Problem, Herr Senner.« Sie wählte eine Nummer und sprach mit der Leiterin des Familienreferats. »Sie sagt, Sie sollen schon mal in ihrem Büro Platz nehmen, sie ist in zehn Minuten da.«

Die Sekretärin begleitete ihn in das Büro. »Wollen Sie einen Kaffee oder einen Tee? Wir haben Biotee, der schmeckt wunderbar, sag ich Ihnen, oder Mineralwasser.«

»Danke, nein, aber das ist sehr nett von Ihnen.«

Die Sekretärin schloss die Tür.

Ein Bücherregal nahm die gesamte Längsseite des Raumes ein, gegenüber stand ein Bauernschrank, in der Mitte des Raumes ein Schreibtisch aus Naturholz. Es wirkte geschmackvoll und spürbar freundlicher als die Büros seiner Vorgesetzten. Baltasar ging zum Bücherregal und las die Buchrücken. Werke zu Familienpolitik, Kindererziehung, Fachliteratur über die Leitung von Kindergärten und über theologische Grundsatzfragen, aber auch hochformatige Bildbände und Bücher über Kirchenkunst. Er entdeckte einen Band über sakrale Barockarbeiten in Bayern und zog ihn heraus. Eine Seite war mit einem Stück Papier als Lesezeichen markiert, er schlug die Stelle auf. Es war ein Text über Hans Franz Fersenmayr und seine Werke – die Monstranz aus dem Dommuseum war auf einem Foto daneben abgebildet. Komischer Zufall!, dachte Baltasar.

Ausgerechnet dieses Kunstwerk interessierte die Referatsleiterin anscheinend.

»Herr Senner! Grüß Sie Gott.« Erika Stadler stand hinter ihm, er hatte sie nicht hereinkommen gehört. »Ich sehe, Sie interessieren sich für Kunst.«

»Sie haben ja eine tolle Büchersammlung, Frau Stadler. In diesem Buch«, er hob das Buch, das er in den Händen hielt, an, »steckte ein Lesezeichen an der Stelle, wo es um die Fersenmayr-Monstranz geht.«

»Ja, ich habe wie wir alle von dem Diebstahl erfahren und war neugierig, was es mit der Monstranz auf sich hat. Und da ich über entsprechende Nachschlagewerke verfüge, wie Sie bemerkt haben, habe ich mich eingehender informiert.«

Wenn sie gerade lügt, dann tut sie es sehr geschickt, dachte Baltasar. War es möglich, dass hinter dem Mord und der Erpressung eine Frau steckte?

»Das Verbrechen hat die Polizei bedauerlicherweise immer noch nicht aufgeklärt. Das belastet die Arbeit der Diözese.«

»Meine nicht. Aber ich dachte, Sie kümmern sich inoffiziell auch um den Fall, Herr Senner, oder irre ich mich?«

»Sie sind gut informiert. Aber ganz so ist es nicht, ich überlasse die Ermittlungen der Kripo und helfe bei Bedarf nur mit Recherchen aus.«

»Sind Sie deswegen bei mir?« Ihre Stimme klang neutral.

»Ich wollte mich bei Ihnen für Ihre Vermittlung nach Bad Füssing bedanken, ich fühle mich seitdem wie neugeboren.«

»Jürgen, mein Mann, hat erzählt, Sie hätten sich tapfer gehalten.«

»Ich wurde auch von Ihrer Schwester Ingrid behandelt, ich wusste gar nicht, dass sie jetzt dort arbeitet.«

»Seit einigen Monaten, es gab gewisse Vorfälle ...«

»Ich habe davon gehört. Worum ging es da denn genau?«

»Das fragen Sie besser den Generalvikar und den Bischof. Mit denen sind Sie doch neuerdings regelmäßig zugange, wie ich gehört habe. Die werden Ihnen schon ihre Sicht der Dinge erzählen.«

»Mich würde aber Ihre Sicht der Dinge interessieren.«

»Die ganze Geschichte hat mich sehr mitgenommen. Ich bleibe bei meinem Standpunkt, der sich natürlich von dem meiner Vorgesetzten unterscheidet, wie Sie sich vermutlich denken können.«

»Ich kann das Gefühl, ungerecht behandelt worden zu sein, sehr gut verstehen.«

»Gar nichts verstehen Sie!« Erika Stadler war lauter geworden. »Aber ich will darüber nicht weiter sprechen. Wenn Sie mich jetzt bitte entschuldigen würden, ich habe zu arbeiten.«

28

Vinzenz Siebenhaar überprüfte seine Kleidung, die sich in der Scheibe des Schaufensters spiegelte. Er trug einen schwarzen Anzug und ein weißes Hemd, nur die Schuhe passten nicht dazu, das Jogging-Modell einer bekannten Sportmarke.

»Bin ich für eine Bußwallfahrt richtig angezogen?«, fragte er in die Runde.

Der Generalvikar und Domprobst Zacharias Windhagen

nickten. Sie hatten sich eingekleidet wie Urlauber auf einer Bergwanderung, ebenso wie die anderen Teilnehmer.

Nach und nach stieg der Trupp aus dem Bus. Der Bischof hatte alle seine Abteilungsleiter »dringend gebeten« mitzukommen, was so viel Gewicht hatte wie ein Befehl. Niemand wagte, sich dem zu widersetzen.

Castellion hatte eigens diesen Bus gechartert, der sie nach Marktl am Inn gebracht hatte, zum Geburtsort von Joseph Aloisius Ratzinger, besser bekannt als Papst Benedikt XVI. Die Wallfahrtsstrecke sollte werbewirksam von hier aus starten, bis Altötting waren es etwa 15 Kilometer, genug Fußmarsch nach Meinung des Generalvikars, der betont hatte, dass in dem Erpresserschreiben kein bestimmter Ausgangspunkt gefordert war.

Ein Arzt und ein Sanitäter waren dabei, falls Seine Exzellenz unterwegs medizinisch versorgt werden müsste, mehrere Klosterschwestern kümmerten sich um das leibliche Wohl, die Seminaristen und einige Jugendliche aus Passauer Pfarreien würden das Gepäck tragen und beim Aufbau der Klapptische helfen, auf denen Kaffee, Tee, Brötchen und Kuchen serviert werden sollten.

»Sollen wir sofort ein Foto machen?« Ein Journalist des Passauer Bistumsblatts, auf Wunsch von Siebenhaar nicht derselbe wie zuletzt bei der Spendenübergabe, zückte seine Kamera. Sein Kollege vom Altöttinger Liebfrauenboten tat es ihm gleich. »Dort drüben bei der Benediktsäule wäre es doch nett.«

»Wäre es nicht besser, auf den Bürgermeister zu warten?«, sagte Castellion. »Aber nein, vermutlich hat sich der Herr verspätet, ich sehe niemanden. Zur Strafe für seine Unpünktlichkeit darf er nicht mit aufs Bild.«

Der Bischof stellte sich neben die Säule, ein über vier Meter hohes Kunstwerk aus Bronze in Form einer stilisierten Schriftrolle, das anlässlich des Papstbesuches im Jahr 2006 eingeweiht worden war.

»Was soll ich tun? Einfach die Hände zum Gebet falten? Mich vor die Säule stellen? Bitte darauf zu achten, dass meine Schuhe nicht ins Bild geraten.« Siebenhaar probierte verschiedene Posen. Die Fotoapparate klickten.

»Nanu, was ist denn das?« Der Bischof streckte die Hand aus. Einzelne Tropfen zerplatzten darauf, es wurden mehr und mehr, und innerhalb von Sekunden fing es an zu regnen. »Hat jemand einen Schirm?«

»Ein Hut wäre besser, Exzellenz, das wirkt vorteilhafter bei den Aufnahmen«, sagte der Journalist vom Bistumsblatt.

»Schluss jetzt! Ich gehe zurück in den Bus und warte, bis der Regen vorbei ist.«

Castellion hielt den Bischof auf. »Wir brauchen vorher noch PR-fähige Fotos von Ihnen vor dem Geburtshaus des Papstes.«

Er lotste Siebenhaar vor das Gebäude. Es war im Ordinariat allgemein bekannt, dass Castellion ein großes Eigeninteresse hatte, das Geburtshaus zu vermarkten, schließlich hatte er dafür gesorgt, dass die Diözese das Anwesen erwarb, man munkelte von einem Kaufpreis von dreieinhalb Millionen Euro, viel zu viel für das alte Haus, aber der Generalvikar schwieg sich eisern aus über die Finanzierung sowie darüber, wer sonst noch die Hand aufgehalten hatte.

Die Wolken wurden immer schwärzer, Blitze zuckten am Himmel, es schüttete aus Eimern. Der Begleittross flüchtete in das Ratzinger-Anwesen, einige blieben im Bus sitzen.

»Ein schlechtes Zeichen«, sagte der Bischof zu Baltasar und betete um gutes Wetter. Danach machte er einen Rundgang durch das Haus. Tatsächlich hörte der Regen auf, als Siebenhaar zurückkam, und seine Miene hellte sich auf. »Dann sollten wir aufbrechen. Wo ist eigentlich die Polizei?«

Der Generalvikar holte die beiden Kriminalkommissare herbei.

»Sind die Scharfschützen in Position?«, fragte der Bischof.

»Ähm … Ich verstehe nicht ganz …« Wolfram Dix runzelte die Stirn. »Wieso sollten wir …«

»Sie haben doch versprochen, mich zu schützen, das Schreiben des Verbrechers enthielt eindeutige Morddrohungen, Sie sollten vorbereitet sein.«

»Das waren Andeutungen, die man so oder so auslegen kann«, sagte Oliver Mirwald. »Wir haben entlang der Strecke Polizisten, die Route führt über Nebenwege und ist für den Normalverkehr gesperrt. Sie können sicher sein, dass keine ungebetenen Gäste auftauchen.«

»Das sagen Sie, aber nun gut, mit Gottes Hilfe wird es gelingen. Ich hoffe nur, dass meine Knie mitmachen.«

Es dauerte eine Weile, bis sich die Gruppe formiert hatte. Der Domprobst hatte die Ehre, das Kreuz vorneweg zu tragen, auch wenn er sich anfangs weigerte, weil die Vorstellung, das schwere Ding die nächsten Stunden schleppen zu müssen, ihm nicht behagte. Aber der Bischof bestand darauf. »Wir sind auf einer Bußwallfahrt, Zacharias, das ist kein Wanderausflug.«

Hinter ihm ging der Student Korbinian Landauer mit dem bischöflichen Banner. Siebenhaar deklarierte es als Auszeichnung für den jungen Mann, Baltasar hatte allerdings den Eindruck, Korbinian wäre lieber frei von dieser Bürde gewesen. Erika Stadler und Leopold Keplinger schlossen sich an, in den nächsten Reihen waren einige Ortspfarrer und der Student Christian Helfer, den Schluss bildete der Begleittross. Baltasar ging mit Wolfram Dix nebenher.

Die Priester stimmten ein Lied an, die Gruppe fiel ein und setzte sich in Bewegung. Die Route führte am linken Innufer entlang, vorbei an einem Badesee, und folgte der Landstraße. Der Bus hatte Order, in Marktl eine Stunde zu warten und die Nachhut zu bilden.

»Und, glauben Sie an ein Attentat?«, fragte Baltasar Dix.

»Sehr unwahrscheinlich, durch unsere Vorkehrungen würde der Täter ein hohes Risiko eingehen, außerdem stimme ich meinem Kollegen zu, eine akute Morddrohung las ich aus dem Brief des Unbekannten nicht heraus. Aber hundertprozentige Sicherheit gibt es nicht, Menschen wie der Bischof, die sich ständig in der Öffentlichkeit bewegen, bieten immer ein Angriffsziel.«

»Gibt es denn sonst etwas Neues?«

»Die Papieranalysen haben keine verwertbaren Ergebnisse gebracht. Auch die zweite Auswertung unserer Daten von der kleinen Explosion im Dom führte nicht weiter. Unser Täter stellt sich sehr clever an, jedenfalls ist es jemand, der sich mit den Gepflogenheiten im Ordinariat auskennt. Nun sehen wir uns eine Liste von Leuten an, die ein Motiv hätten.«

»Die Namen haben Sie von Herrn Castellion erhalten, richtig?«

»Der Generalvikar war so freundlich, alte Vorfälle zu dokumentieren, Geschäfte, die im Unfrieden endeten.«

»Handelt es sich bei den Personen um Externe?« Baltasar war neugierig, ob Castellion der Polizei auch die Kandidaten innerhalb der bischöflichen Angestellten genannt hatte.

»Ja, es sind alles Externe. Da werden wir viel zu tun haben. Wobei hier Motive für den Diebstahl der Monstranz und für die Erpressung liegen könnten. Doch für das Mordmotiv werden wir wohl noch tiefer graben müssen.«

Statt Gesang waren nun Gebete zu hören, die Lautstärke hatte nachgelassen, offenbar brauchten die Teilnehmer ihren Atem, um die Gangart mitzuhalten.

Nach einer Stunde ordnete der Bischof eine Pause an. Ein Sanitäter wurde gerufen, um seine Blasen an den Fersen zu behandeln.

»Wie weit ist es denn noch?« Siebenhaar rieb sich die Waden. »Ich spüre meine Füße gar nicht mehr.«

»Wir haben höchstens ein Drittel geschafft«, sagte der Domprobst, der sich auf das Holzkreuz stützte und nach Luft schnappte. »Könnte nicht mal jemand anders dieses verd…, Pardon, dieses unhandliche Ding übernehmen?«

»Jesus hat das Kreuz 14 Stationen in Jerusalem geschleppt, und wir haben noch viel vor uns, jetzt kannst du das Wort Buße praktisch verstehen, eine wertvolle Erfahrung für das ganze Leben, Zacharias.«

»Leidvolle Erfahrungen hatte ich in meinem Leben genug, Vinzenz, das weißt du sehr gut.«

»Vergangen ist vergangen«, antwortete der Bischof. »Wir müssen nach vorne schauen. Jeder hat sein Päckchen zu tragen, und für dich ist es heute das Kreuz.« Er nahm eine Schinkensemmel, die eine Klosterfrau ihm reichte. »Schau dir meine zerschundenen Fersen an, sie tun höllisch weh, trotzdem werde ich weiterwandern, zumindest so lange es noch geht. Oder besteht die Chance, dass ich einen Teil der Strecke im Bus zurücklege?«

»Das würde sich bei Ihren Mitarbeitern nicht gut machen«, sagte Castellion, der hinzugekommen war. »Sie haben eine Vorbildfunktion und sollten also mit gutem Beispiel vorangehen.«

»So Gott will, marschieren wir weiter.« Siebenhaar seufzte und gab das Signal zum Aufbruch. Die Prozession setzte sich wieder in Bewegung, aber in den Gesichtern waren erste Anzeichen von Unlust zu erkennen. Christian Helfer grummelte: »Was soll das alles? Ich müsste für die Uni lernen.« Doch darauf ging niemand ein.

»Sind denn jetzt Prüfungen?«, fragte Baltasar, der nun neben dem Studenten herging.

»Nicht gar so bald, wir hatten schon unsere Tests im Regensburger Priesterseminar.«

»Und? Wie haben Sie abgeschnitten?«

»Alles bestanden mit Gottes Hilfe«, sagte Helfer.

»Das freut mich für Sie. Ihre Eltern werden stolz auf Sie sein.«

»Besonders mein Onkel. Der ist ebenfalls Priester und hat mich dazu angeregt, diesen Beruf zu ergreifen.«

»Für mich war die Berufswahl nicht von Beginn an so sicher«, sagte Baltasar. »Haben Sie sich nie einen anderen Job vorstellen können?«

»Nein, mir war klar, Priester oder gar nichts, als ob mir der Weg vorgezeichnet wäre, auch wenn das jetzt vielleicht etwas pathetisch klingt.«

»Wie ich hörte, unterstützt Herr Keplinger seine Seminaristen durch seinen Fahrtendienst nach Regensburg.«

»Es wäre gar nicht nötig, aber es ist natürlich praktisch

für uns. Der Regens macht es aber nicht nur uns zuliebe. Ich denke, er hat selber Dinge in der Stadt zu erledigen. So haben eben alle etwas davon.«

Bei der Ortschaft Perach wechselten die Wallfahrer auf einen Feldweg, der durch den Wald führte. Es fing wieder an zu tröpfeln, und kurze Zeit später ging ein Dauerregen auf die Wanderer nieder. Siebenhaar versuchte so zu tun, als machte ihm die Nässe nichts aus, doch einen Kilometer weiter gab er auf und verlangte nach einem wasserdichten Umhang. Jemand rief beim Begleitbus an und orderte Regenbekleidung und Schirme. Als der Bischof seine Jacke in Empfang nahm, sah er aus, als wäre er gerade der Dusche entstiegen.

»Gott ist heute nicht mit uns«, sagte er, seine Augen waren feucht, »das ist die schwerste Prüfung seit Jahrzehnten für mich, der Allmächtige will meinen Glauben testen, aber ich bleibe standfest wie der heilige Petrus, ich versuche es wenigstens …« Er schniefte und wischte sich die Tropfen aus dem Gesicht.

Die Lieder waren verstummt, selbst nach Beten war niemandem mehr zumute, das Kreuz von Domprobst Windhagen schaukelte bedenklich in der Luft, nur dem Student Landauer schien das schlechte Wetter nichts auszumachen, mit einer geradezu provokanten Fröhlichkeit trug er das Banner vor sich her.

Vor der Innbrücke in Neuötting rief der Bischof seine Begleiter zu sich.

»Bitte alle mal herhören, jetzt wird es ernst. Nun kommt gewissermaßen der Endspurt, es sind nur noch zwei Kilometer bis zum Ziel und wir gehen durch bewohntes Gebiet. Also die Zähne zusammenbeißen, aufrechten Hauptes die letzten Meter marschieren, fröhlich sein und die Gebete nicht vergessen, wir sind schließlich Pilger.«

An der Stadtgrenze von Altötting wurden sie von einer Delegation der örtlichen Geistlichen und einer Musikkapelle empfangen. Siebenhaar schickte die Musiker sofort weg, schließlich sei dies kein Karnevalsumzug, sondern eine Bußwallfahrt. Er legte die Regenjacke ab und ließ sich sein Ornat reichen. »Schließlich sollen sie wissen, dass ich hier der Hausherr bin«, sagte er zu Baltasar.

Das entsprach auch den Tatsachen, wenn man den Blick auf die geistlichen Institutionen richtete. Altötting gehörte zum Bistum Passau und war damit Siebenhaar unterstellt, der Ort ein Schmuckstück der Diözese mit unzähligen Kirchen, einem Kloster und sogar einem eigenen Heiligen, dem Bruder Konrad aus dem niederbayerischen Weiler Parzham, der bei den Kapuzinern in der Stadt tätig gewesen war. Der Krönungsdiamant des Bistums war jedoch die Gnadenkapelle, das Zentrum der Gläubigen und mit über einer Million Besuchern jährlich der größte Wallfahrtsort von ganz Deutschland. Das Objekt der Anbetung war die Schwarze Madonna, eine Lindenholzfigur aus dem 14. Jahrhundert. Seit wann genau diese Kapelle existierte, war unbekannt. Ein Marienwunder sorgte Ende des 15. Jahrhunderts für den rasanten und bis heute anhaltenden Aufschwung des bis dato verschlafenen Ortes, was allein schon ein Wunder war. Der Legende nach wurde ein Bub tot aus einem Bach gezogen, seine verzweifelte Mutter legte ihn auf den Altar der Muttergottes, und der Junge erwachte wieder zum Leben. Seitdem strömen die Menschen nach Altötting, um Heilung von Krankheiten und andere Dinge zu erflehen.

Die Passauer Pilgergruppe zog in Zweierreihen zur Gnadenkapelle, die im Stadtzentrum in der Mitte eines großen Platzes stand. Glocken läuteten, Schaulustige reckten die Hälse, der Bürgermeister und Mitglieder des Stadtrats standen Spalier. Jemand schwenkte ein Weihrauchgefäß, Baltasar schnupperte, es war eine minderwertige Sorte, die der Bedeutung des Ortes nicht gerecht wurde.

Die Wallfahrer umrundeten die Kapelle, vorbei an über 2000 Votivtafeln, die von vollbrachten Wundern zeugten, und betraten schließlich das Heiligtum.

Drinnen war es finster und eng, vor den schwarzen Wänden flackerte schummriges Kerzenlicht.

Rechts vom Eingang war die Sakristei, eher eine Kammer als ein Raum, im Langhaus standen einige Kirchenbänke vor zwei Seitenaltären, die Wände dort waren mit noch mehr Votivbildern zugepflastert. Siebenhaar bekreuzigte sich, faltete die Hände und ging weiter in einen achteckigen Raum, das Herz des Heiligtums mit der Marienstatue über dem Altar, eingefasst in Silber und Gold. Die Wallfahrergruppe drängte nach, und bald war die Kapelle vollgestopft mit Menschen. Jeder versuchte einen Blick auf die Figur zu erhaschen.

Der Bischof kniete nieder und betete einen Rosenkranz.

Heilige Maria, Mutter Gottes, bitte für uns Sünder,
jetzt und in der Stunde unseres Todes!
Verzeihe uns unsere Sünden,
bewahre uns vor dem Feuer der Hölle,
nimm alle Seelen in den Himmel auf, besonders jene,
die deiner Barmherzigkeit am meisten bedürfen.

Die Worte schienen die Luft zu tränken, sie verteilten sich in der Kapelle und erzeugten eine erhabene Stimmung. Baltasar stand an der Seite des Langhauses. Er machte sich bewusst, dass unter seinen Füßen die Herzen von einem Kaiser, von Königen und Kurfürsten bestattet worden waren, ein früher verbreitetes Ritual der Prominenz, sich mit mehreren Grabstätten unsterblich zu machen.

Er bemerkte, dass in der Ecke der Sakristei ein verborgenes Guckloch angebracht war, durch das man die Besucher beobachten konnte. Die kleine Empore barg vermutlich eine Orgel, nur konnte er nirgends den Aufgang entdecken, die Tür musste außen versteckt sein.

Es war ein unziemlicher Gedanke an diesem heiligen Ort, aber Baltasar fragte sich dennoch, ob der Mörder von David unter ihnen weilte und seelenruhig um Vergebung seiner Sünden betete. Er versuchte, in den Gesichtern der Wallfahrer zu lesen. Die beiden Kommissare hatten drinnen keinen Platz mehr gefunden und deshalb draußen Posten bezogen.

Nach der Andacht strömten alle wieder nach draußen. Baltasar wartete, bis die Letzten gegangen waren, und schloss sich an.

Er war schon bei der Tür, als er ein Seufzen hörte. Es kam aus dem Allerheiligsten. Baltasar ging dort hin. Ein Mann lag auf dem Boden. Baltasar brauchte in der Finsternis eine Weile, bis er ihn erkannte: Leopold Keplinger. Er lag zusammengekrümmt auf dem Bauch, die Hände gefaltet.

»Herr Keplinger, geht es Ihnen nicht gut? Soll ich einen Arzt rufen?« Behutsam richtete Baltasar den Regens auf, lehnte seinen Oberkörper an die Balustrade und öffnete den Knopf seines Kragens. Er erschrak, als er in Keplingers Gesicht blickte – im Flackern der Kerzen sah die Haut aschfahl aus, die Augen waren blutunterlaufen, Tränen liefen über seine Wangen.

»Die Schwarze Madonna ... Sie ... meine Sünden ...« Die Worte kamen stockend und leise, Baltasar hatte Mühe, sie zu verstehen. »Sie ... Sie hat mich durchschaut ... Ich habe es sofort bemerkt.«

»Was meinen Sie denn damit?«

Der Regens schien Baltasars Frage gar nicht zu hören, sondern stammelte weiter: »Der Muttergottes kann man nichts vormachen ... Sie sieht in mein Herz ... Ich ... ich habe schwer gesündigt, Maria verzeih mir ... Es war eine Sünde ... eine Todsünde ... Verzeih mir meine Sünden, bewahre mich vor dem Feuer der Hölle ... Ich will Buße tun ...« Sein Körper bebte vor Schluchzen.

»Herr Keplinger, ich bringe Sie hinaus, draußen haben wir einen Arzt, der kann Ihnen helfen, kommen Sie.« Baltasar versuchte ihn hochzuziehen.

»Nein, nein, lassen Sie mich!« Der Mann schüttelte ihn ab, Baltasar war überrascht über diesen plötzlichen Kraftakt. »Meine Sünden kann niemand reinwaschen. Ich bin verdammt ... Ich bin des Todes geweiht ... Ich muss um Vergebung beten ... beten ... immer nur beten. Gehen Sie, gehen Sie, lassen Sie mich allein! Mir kann niemand mehr helfen.«

Baltasar lief hinaus, suchte auf dem Kapellplatz nach dem Arzt und fand den Sanitäter, dem er den Zusammenbruch des Regens in aller Eile schilderte. Der Sanitäter stürzte in die Kapelle hinein. Wenig später kam er wieder zurück.

»Es geht dem alten Herrn schon wieder besser, ich habe ihn auf eine Bank gesetzt, er wollte keine Medikamente, vielleicht war es ein Kreislaufzusammenbruch, jedenfalls ist sein Gesundheitszustand momentan stabil. Er wollte allein sein. Ich sehe später nochmals nach ihm.«

Inzwischen hatte sich die Wallfahrergruppe aus Passau zerstreut. Weder Erika Stadler noch die beiden Studenten Helfer und Landauer noch Domprobst Zacharias Windhagen waren noch irgendwo zu sehen. Castellion stand gemeinsam mit Wolfram Dix und Oliver Mirwald beim Bischof. Siebenhaar gab offenbar ein Interview, um ihn herum standen die Journalisten des Bistumsblatts und des Liebfrauenboten sowie ein freier Mitarbeiter der Lokalzeitung. Der Altöttinger Bürgermeister und der Stadtpfarrer hatten sich direkt neben dem Bischof aufgebaut, wohl in der Hoffnung auf ein imageförderndes Bild in der Presse.

»Wie kam es zu dieser Pilgerfahrt?«, stellte gerade ein Journalist die Frage.

»Wir wollten den Gläubigen in unserer Diözese und allen Besuchern Altöttings zeigen, dass Buße zu tun und um die Vergebung der Sünden zu bitten nicht nur eine Christenpflicht ist, sondern auch die Seele reinigt und uns damit wieder näher zu Gott bringt.«

»Warum sind Sie persönlich mitgegangen?«

»Auch ein Bischof kann ein Sünder sein, genauso wie alle anderen Menschen, er kann Fehler machen und falsch handeln.« Siebenhaar wartete, bis die Journalisten seine Worte notiert hatten. »Ich wiederhole, auch Bischöfe müssen um Vergebung bitten und sich durch Buße von den Sünden reinwaschen. Zu Fuß zu gehen über diese lange Strecke, die Schmerzen zu ertragen bei der Wanderung, dem Unwetter ausgesetzt zu sein, das alles gehört zur Buße. Damit will ich ein Beispiel geben, will zeigen, dass Bescheidenheit und Demut für alle die obersten Tugenden sind.«

»Warum wählten Sie gerade die Route von Marktl nach Altötting?«

Castellion mischte sich ein. »Eine bessere spirituelle Verbindung gibt es nicht. Wir wollten ein geistiges Band zwischen dem Geburtshaus unseres früheren Papstes und der Muttergottes in der Gnadenkapelle knüpfen.«

Der Bischof gab dem Generalvikar das Zeichen zu schweigen.

»Mein Kollege meint, der Segen von Papst Benedikt begleitete uns auf dieser Pilgerfahrt, der frühere Heilige Vater galt als die Verkörperung der Bescheidenheit, immer bereit, Buße zu tun. Auch wenn ich niemals eine solche religiöse Vollkommenheit erreichen werde, so will ich mich doch darum bemühen. Und jetzt sollten wir die Fotos machen, es fängt gleich wieder an zu regnen.«

29

Im Gasthaus »Zur Einkehr« war jeder Tisch besetzt. Baltasar musste an der Schänke warten, bis eine Touristengruppe zahlte und ging. Aushilfen eilten zwischen Küche und Gaststube hin und her. Victoria Stowasser war nirgends zu sehen. Er fragte eine der Bedienungen nach ihr.

»Ich sage ihr, dass Sie da sind, Hochwürden.«

Er bestellte sich ein Backhendl mit Kürbiskernpanade und Kräuterfüllung, dazu ein alkoholfreies Bier. Als er mit dem Essen fast fertig war, kam die Wirtin und setzte sich zu ihm.

»Was für ein Stress heute«, sagte sie. »Aber ich bin sehr froh, immer mehr Leute wollen bei uns Urlaub machen und buchen meine Zimmer. Wenn das so weitergeht, brauche ich bald mehr Angestellte.«

»Sind es Gäste aus Norddeutschland?«

»Nicht nur. Sie sind eigentlich von überall her. Nächste Woche kommen Besucher aus meiner alten Heimat Stuttgart. Und was machen Ihre Ermittlungen, Herr Senner, haben Sie wieder was Neues ausgeheckt?«

»Nein, ich habe keine neue Spur gefunden. Auch die Polizei steckt fest. Es gibt einige potenziell Verdächtige, aber wie gesagt, nichts ist greifbar.«

»Wie gesagt, wenn ich Ihnen helfen kann, sagen Sie's.« Sie lachte.

Wieder war er vollkommen hingerissen von ihrem Lachen, er konnte sich gar nicht sattsehen daran.

»Nun ... Da wäre wirklich etwas, wobei Sie helfen könnten. Sie müssten sich zu diesem Zweck allerdings mit Naturfango einreiben lassen.« Er klärte sie so prägnant er konnte über die Hintergründe auf.

»Ich habe bei Ingrid Toller auf Granit gebissen, sie hat sich einfach auf kein Gespräch mit mir eingelassen. Vielleicht geht das ja besser von Frau zu Frau ...«

Victoria überlegte. »Das klingt eigentlich nicht gefährlich, und Wellness-Anwendungen wollte ich mir schon längst mal gönnen. Wie lautet denn die Adresse?«

Baltasar schrieb ihr alles Notwendige auf, dankte ihr herzlich und verabschiedete sich.

Daheim angekommen, rief er im Priesterseminar an, erreichte jedoch niemanden, sondern erfuhr vom Ordinariat, dass Keplinger mit den Studenten unterwegs nach Regensburg war. Offenbar ist Keplinger also wieder wohlauf.

Er beschloss, sich mit dem Leiter des dortigen Seminars zu unterhalten, denn der seltsame Eintrag »Vertraul. Regens Will 9 Uhr« im Kalender des ermordeten Studenten ging ihm nicht aus dem Kopf.

Der Verkehr auf der A3 floss ruhig dahin, Baltasar suchte einen Sender mit Rockmusik und drehte laut auf. In der Innenstadt von Regensburg dagegen blieb er im Stau stecken und brauchte eine halbe Stunde mehr, bis er die Prüfeninger Straße erreicht hatte. Ein Auto auf der Gegenfahrbahn kam ihm bekannt vor – der Fahrer war Leopold Keplinger, neben ihm saß Christian Helfer. Baltasar hupte und winkte, aber die beiden unterhielten sich und bemerkten ihn nicht. Nach einigen Metern bog der Regens in die Einfahrt zum katholischen Krankenhaus Barmherzige Brüder ein.

Baltasar überlegte, ob er wenden und Keplinger nachfahren sollte, aber das war bei diesem stockenden Verkehr unmöglich. Eine weitere Viertelstunde später kam er in der Nähe des Priesterseminars an und parkte sein Auto in der Tiefgarage des Stadttheaters.

Das Priesterseminar Sankt Wolfgang lag im Südwesten des Bismarckplatzes, im ehemaligen Benediktiner-Schottenkloster von Sankt Jakob. Baltasar fragte sich durch, bis er das Büro von Heinz Will fand.

Ein Sekretär empfing ihn, Baltasar stellte sich vor und sagte, er sei spontan vorbeigekommen und wolle den Regens gern kurz sprechen.

»Sie haben Glück«, sagte der Sekretär, »Herr Will ist da, er hat erst in einer halben Stunde die nächste Besprechung.« Er führte Baltasar in das Büro.

»Herr Senner, herzlich willkommen, wir kennen uns nicht, aber ich freue mich immer, wenn ein Priester uns besucht. Bitte nehmen Sie Platz.« Er deutete auf eine Couch, vermutlich eine Antiquität aus der Biedermeierzeit. Der Regens war Mitte 40, trug eine randlose Brille, einen Anzug und ein Hemd mit Priesterkragen.

»Ich möchte Ihre Zeit nicht lange beanspruchen. Eigentlich wollte ich mich hier mit Herrn Keplinger treffen, aber ich habe mich verspätet, Sie wissen, wie der Verkehr in Regensburg ist ...«

»Leider haben Sie meinen Kollegen verpasst, er meinte, er müsse sofort zurück nach Passau. Er schien es eilig zu haben.«

»Das ist schade. Nimmt er denn nicht unsere beiden Seminaristen mit zurück, Christian Helfer und Korbinian Landauer? Er hatte sie doch hierherchauffiert, oder?«

»Das weiß ich nicht. Aber wir leben hier ja nicht in der Prärie, die Zugverbindungen von und nach Regensburg sind exzellent.« Will hatte sich auf einen Stuhl gesetzt, der vermutlich aus derselben Zeit stammte wie das Sofa. Der Schrank aus Birnenholz, der Schreibtisch, selbst das Kaffeegeschirr – alles in diesem Zimmer strahlte Gediegenheit aus.

»Warum nimmt der Regens dann die Last auf sich? Mir gegenüber hat er es als notwendige Pflicht dargestellt.«

»Ganz genau weiß ich das auch nicht, er ist früher niemals gependelt, und da hatte Passau noch mehr Seminaristen. Vermutlich gibt es noch andere Gründe, warum er ständig nach Regensburg fährt. Aber in seinem Alter – verzeihen Sie, Herr Senner, wenn ich das so sage – sollte man auf seine Gesundheit achten, er sieht in letzter Zeit sehr mitgenommen aus, der Arme.«

»Ihn belastet die unklare Zukunft des Passauer Priesterseminars. Und von dem Mord an seinem Studenten David Lämmerhirt haben Sie vermutlich schon gehört?«

»Das hat sich natürlich sofort herumgesprochen, ein abscheuliches Verbrechen, ich frage mich, wer zu so etwas fähig ist. Jeden Abend schließe ich David in meine Gebete ein.«

»Wie war David eigentlich als Priesterkandidat? Sie müssen ihn ganz gut gekannt haben.«

»Er war ein so fleißiger und korrekter Student, der Verlust trifft uns alle.« Der Regens faltete die Hände. »In manchen Dingen war er eigen, er wusste, wo Grenzen zu ziehen waren, war sehr geradlinig im Denken und Handeln, moralisch integer. Wenn er von etwas überzeugt war, ging er unbeirrt seinen Weg. So war mein Eindruck von ihm.«

»Und seine Studienkollegen, was hielten die von ihm?«

»David war beliebt, er hatte viele Freunde, besonders auch unter den Regensburger Seminaristen.«

»Inwiefern besonders? Meinen Sie anders als die Passauer Kollegen?«

»Meiner Beobachtung nach war die Beziehung zwischen den drei Passauer Seminaristen zuerst sehr eng, besonders zwischen David und Christian, auch wenn es dann und wann Meinungsverschiedenheiten gab, aber das ist normal. Korbinian übernachtete in letzter Zeit immer häufiger hier bei uns, er hat einen neuen Freundeskreis gefunden. In jüngster Vergangenheit allerdings kühlte das Verhältnis zwischen David und Christian ab, so mein Eindruck, es gab immer mehr Streit.«

»Haben Sie vielleicht mitbekommen, worum es in ihren Streits ging?«

»Na ja, es gab einen Vorfall hier im Seminar. Es ist mir

etwas unangenehm, darüber zu sprechen, aber meine Kollegen und ich haben den Verdacht, dass jemand bei den Prüfungen systematisch betrogen hat. Wir haben dies im Kreis der Seminaristen angesprochen, und daraufhin entbrannte eine lebhafte Diskussion. Ich erinnere mich, dass David und Christian über die Frage stritten, ob es sich hierbei um einen ernstzunehmenden Betrug handelte oder nur um einen schlechten Studentenstreich. Christian war der Meinung, man sollte den Vorfall nicht dramatisieren, David hingegen forderte eine strenge Bestrafung des Schuldigen, falls man ihn überführen würde.«

»Und wie ist Ihre Meinung dazu?«

»Gemogelt haben wir früher in der Schule sicherlich alle einmal. Doch hier geht es in der Tat um etwas anderes. Durch Prüfungsbetrug kann man sich den Zugang zum Priesteramt zwar verschaffen, aber es ist inakzeptabel, in diesen Beruf mit Lüge und Täuschung zu starten.«

Baltasar nickte. »Jedenfalls haben Ihre beiden Studenten verschiedene Charaktere, das höre ich deutlich heraus.«

»Richtig, es sind Persönlichkeiten mit jeweils eigenen Zielen und Prioritäten.«

»War David der beste Student im Seminar?«

»Er hatte große Stärken, vor allem in der praktischen Arbeit, ohne Zweifel. Aber der Beste von allen war er nicht. Christian ist sehr klug, aber leider relativ lernunwillig, seine Noten reichen zum Durchkommen, er hat viele andere Dinge im Kopf, obwohl er geradezu verbissen den Priesterberuf anstrebt. Korbinian ist Mittelmaß im besten Sinne, aber er hat Talent zur Seelsorge.«

»Verzeihen Sie, Herr Will, dass ich so viel frage. Aber Davids Eltern freuen sich über alles, was ich ihnen über ihren Sohn als Student im Priesterseminar berichten kann.«

»Das ist schon in Ordnung. Es ist grausam, wenn einem das eigene Kind genommen wird, darüber kommt man wahrscheinlich niemals hinweg.«

»In Davids Kalender fand ich eine Terminvereinbarung, die er mit Ihnen getroffen haben dürfte. Um was ging es denn da?«

»Einen Termin mit mir, sagen Sie? Davon weiß ich gar nichts. Moment bitte.« Der Regens ging hinaus und kam kurz danach zurück. »Mein Sekretär hat nachgesehen. Es war tatsächlich ein Termin um neun Uhr früh eingetragen, doch David hatte ihn kurzfristig abgesagt, ohne Begründung.«

»Können Sie sich denn vorstellen, worum es gehen sollte?«

»Ich erinnere mich, dass ich ihn zufällig traf und er mich um ein vertrauliches Gespräch bat. Es muss wenige Tage vor … vor dem Verbrechen gewesen sein. David blieb vage, ich hatte den Eindruck, dass ihn irgendetwas bedrückte, vielleicht war es wegen dieser Prüfungsmanipulationen, aber auf meine Nachfrage wollte er nicht antworten. Ich riet ihm noch, zuerst zur Beichte zu gehen und dann mit Bischof Siebenhaar zu reden, schließlich sei der sein erster Ansprechpartner und Oberhirte.«

»Wissen Sie, ob er es getan hat?«

»Nein, das weiß ich nicht, mit Verlaub, ich kümmere mich um mehr als 60 Seminaristen, dazu kommen Aufnahmegespräche mit Bewerbern, die Leitung des Pastoralkurses, ich gebe ein Votum ab für die Zulassung der Kandidaten zur Priesterweihe und muss mich außerdem noch auf allen möglichen Kongressen und Veranstaltungen zeigen. Meine Zeit ist leider nicht endlos dehnbar.«

»Das Priesterseminar in Regensburg scheint zu blühen, insbesondere wenn man es mit dem in Passau vergleicht. Das muss Herrn Keplinger sehr treffen, vor allem jetzt, wo seine Jungs, wie er sie nennt, häufiger in Regensburg sind als bei ihm.«

Will seufzte. »Mein Kollege ist ein Urgestein in der Priesterausbildung, wenn Sie so wollen, seit Jahrzehnten kümmert er sich um den Nachwuchs. Da ist es bitter, mit anzusehen, wie die eigene Aufbauarbeit langsam den Bach runtergeht. Ich wünschte, es wäre anders, doch Priester ist nun mal nicht ein Beruf wie jeder andere, sondern eine Berufung. Und immer weniger junge Männer spüren den Drang, ihr Leben ganz Jesus Christus zu opfern und dafür auf vieles zu verzichten. Denn ein Opfer ist es.«

»Nur rein informell: Welche Zukunft hat die Passauer Ausbildungsstätte noch? Droht ihr nicht das baldige Aus?«

»Das entscheidet allein Vinzenz Siebenhaar. Aber wenn Sie sich die letzten Jahre ansehen, Herr Senner, auf Dauer ist eine Ausbildungsstätte ohne studentischen Zulauf nicht mehr finanzierbar, das liegt wohl auf der Hand.«

»Aber oft spielen ja noch andere Faktoren eine Rolle, auch in der katholischen Kirche.«

Will seufzte wieder. »Wem sagen Sie das? Wichtig sind das Prestige, die Angst vor dem Gesichtsverlust, die Eitelkeiten ... Manchmal bete ich zu unserem Herrgott um die Einsicht meiner Gesprächspartner. Aber nur selten erhört der Allmächtige meine Gebete.«

30

Teresa hatte beschlossen, den Tag dem Hausputz zu widmen. »Muss alles wieder durchgemobbt werden, von oben bis unten«, sagte sie, als Baltasar zum Frühstück erschien. Sie stellte ihm eine Tasse Kaffee und eine trockene Breze vom Vortag hin. »Mehr gibt es heute nicht, ich keine Zeit zum Einkaufen.«

Wassereimer, Lappen und Reinigungsmittel standen in der Küche bereit. Er wollte es sich gemütlich machen und schlug die Zeitung auf, doch die Haushälterin begann, um ihn herumzuwischen. Nach einigen Minuten sagte sie: »Sie nur stören, haben Sie nicht was in der Kirche zu tun?«

Er wagte es nicht, ihr zu widersprechen, denn er wusste, dass Teresas Ausbrüche es mit dem Zorn der Erzengel aufnehmen konnten, und, was noch schlimmer war, sie konnte einem ewig etwas nachtragen – zumindest die nächste Woche lang. Also verzog er sich in sein Arbeitszimmer.

Das Telefon läutete. Das ist vielleicht die Rettung, dachte Baltasar. Daniel Moor meldete sich.

»Könnten Sie gleich herkommen?« Der Assistent des Generalvikars klang aufgeregt. »Es ist wirklich dringend. Baron Bruno von Stuckmann hat sich angemeldet!«

Die Nachricht überraschte Baltasar. »Ich dachte, er ist im Clinch mit dem ganzen Ordinariat.«

»Das ist er auch. Aber er hat um einen Buße-Termin bei Siebenhaar gebeten, er wolle Sühne leisten, sagt er, was immer das zu bedeuten hat, und appelliert an die Barmherzigkeit meiner Chefs, ihn noch einmal anzuhören.«

»Und?«

»Nach anfänglichem Zögern hat der Bischof eingewilligt, aber er will Castellion dabeihaben, und auch Sie sollen anrücken, als Zeuge gewissermaßen. Ich hab den Eindruck, meine Chefs fühlen sich nicht ganz wohl in ihrer Haut.«

Baltasar schnappte sich seinen Autoschlüssel und sagte Teresa Bescheid.

»Sie brauchen nicht vor Abend wieder heimkommen«, meinte sie nur.

*

Er fand einen Parkplatz in der Nähe des Domplatzes, Daniel Moor erwartete ihn bereits am Eingang.

»Da sind Sie ja! Schnell, schnell, beeilen Sie sich, der Adelige ist in wenigen Minuten da, und die hohen Herren wollen Sie vorher sprechen.«

Siebenhaar und Castellion warteten im Besprechungszimmer auf ihn.

»Es hat sich eine ungewöhnliche Konstellation ergeben«, sagte der Generalvikar. »Wir werden dem Baron eine letzte Chance zur Aussprache geben.«

»Schließlich sind wir keine Unmenschen, und ein reuiger Sünder kann mit der Gnade Gottes rechnen«, ergänzte der Bischof.

»Aber angesichts der bisherigen Auseinandersetzungen mit dem Baron wollen wir einige Back-up-Maßnahmen treffen.«

»Back-up-Maßnahmen? Was soll das sein?«

»Wir wären Ihnen sehr verbunden, Herr Senner, wenn Sie im Nebenzimmer das Gespräch mitverfolgen, praktisch als Zeuge. Ich schalte die Freisprechanlage des Telefons ein, so können Sie mithören. Falls es Probleme geben sollte, was der Allmächtige verhindern möge, könnten Sie sich einschalten.«

»Aber was könnte ich dann schon tun? Das halte ich für keine gute Idee. Wenn Sie wirklich Bedenken haben, dann sollten Sie das Gespräch lieber sofort absagen oder besser gleich die Polizei um Schutz ersuchen.«

»Bei allen Heiligen, Herr Senner! Müssen Sie gleich den Teufel heraufbeschwören?« Siebenhaar war blass geworden. »Haben Sie ein wenig mehr Vertrauen in Gott, er wird uns beschützen.«

So wie er David Lämmerhirt beschützt hat, dachte Baltasar, aber er verbiss sich eine Bemerkung.

»Die Polizei im Haus, das provoziert nur unnötige Aufregung und zieht weitere Fragen nach sich, die können wir in der Situation nicht gebrauchen«, sagte Castellion. »Wir passen schon auf, es wird nichts Schlimmes passieren. Außerdem haben Sie noch Herrn Moor zur Verstärkung.«

Die Sekretärin rief an und teilte mit, von Stuckmann sei eingetroffen und sie begleite ihn nun nach oben.

Baltasar fügte sich in sein Schicksal und folgte Moor ins Nebenzimmer, eine kleine Bibliothek und zugleich ein zusätzlicher Arbeitsplatz mit Telefonanschluss. Der Lautsprecher vom Telefon war eingeschaltet. »Baron von Stuckmann, herzlich willkommen«, hörten sie die Stimme des Generalvikars. »Seine Exzellenz kennen Sie ja bereits.«

Es folgten einige Minuten Small Talk über das Wetter und ein paar andere Allgemeinplätze. Selbst durchs Telefon war die Anspannung der Gesprächsteilnehmer zu bemerken.

»Sie fragen sich sicher, warum ich hier bin«, begann der Baron. »Wir hatten in den letzten Monaten heftige Auseinandersetzungen wegen des besagten Immobiliengeschäftes, die bis vors Gericht gingen. Sie werden meinen Standpunkt verstehen, ich wollte Gerechtigkeit.«

»Sie sagen es selbst, wir hatten Auseinandersetzungen. Das Thema ist durch«, sagte der Generalvikar. »Vergangenheitsbewältigung bringt jetzt nichts mehr, wir sollten stattdessen gemeinsam nach vorne blicken.«

»Jetzt bitte ich Sie, Exzellenz, um Gnade«, fuhr der Adelige fort. »Ich stehe vor Ihnen als Büßer, als jemand, der weiß, dass er einen Irrweg beschritten hat und nun umkehren will. Dazu brauche ich Sie.«

»Wer bereut und beichtet und Buße tut, für den hat der liebe Vater im Himmel immer ein offenes Ohr«, antwortete Siebenhaar. »Aber um zu beichten und die Sakramente zu erhalten, müssen Sie der katholischen Gemeinschaft angehören. Wie mir mitgeteilt wurde, haben Sie mit Ihrem Kirchenaustritt ein gottloses Leben gewählt. Wenn Sie jetzt in den Schoß der Kirche zurückkehren, so freut mich das. Jedem verlorenen Schäflein steht unsere Tür offen.«

»Sie verzeihen mir also? Geben Sie mir die Absolution?«

»So einfach ist das freilich nicht«, sagte der Bischof, es klang nun schon deutlich ungehaltener. »Als Diener Jesu Christi und unserer Glaubensgemeinschaft muss ich zuerst darauf bestehen, dass Sie wieder in die katholische Kirche eintreten. Ich empfehle Ihnen, an einem Glaubenskurs teilzunehmen, um Ihre religiösen Überzeugungen zu festigen.«

»Ich möchte ja nur, dass Sie mir meine Taten vergeben. Wissen Sie, ich stehe vor dem Konkurs. In den nächsten Tagen muss ich meine Zahlungsunfähigkeit vor Gericht erklären. Dann bin ich endgültig ruiniert und mein Leben ist zerstört. Sie, Exzellenz, müssen mir helfen.«

»Was stellen Sie sich vor? Sollen wir Ihnen Geld leihen?« Das war Castellion. »Das ist ausgeschlossen.«

»Wenn Sie einige Ihrer Forderungen stunden und dem Gericht ein entsprechendes Fax schicken, könnte das einen Aufschub bewirken. Schließlich zählt Ihr Wort etwas in dieser Stadt, Herr Siebenhaar.«

»Einem Ungläubigen kann ich nicht helfen, so leid mir das tut, Herr von Stuckmann«, sagte der Bischof. »Außerdem überlasse ich die finanziellen Angelegenheiten meinem Generalvikar.«

»Sie schlagen also meine Bitte ab? Sie wollen mir nicht einmal diesen kleinen Gefallen erweisen?«

Die laute Stimme des Barons ließ den Lautsprecher dröhnen. Daniel Moor schnitt eine Grimasse. »Soll ich etwa vor Ihnen auf den Knien rutschen und Ihren Bischofsring küssen?« Er klang sehr wütend.

»Jetzt reicht es mir aber!«, donnerte Siebenhaar. Man hörte Stühle rücken.

»Sie wissen wohl nicht, mit wem Sie reden! Ich habe großmütig dem Treffen zugestimmt, und nun muss ich mir die Beleidigungen eines Ungläubigen anhören? Nicht mit mir! Gott zum Gruße.« Eine Tür wurde laut zugeknallt.

»Das haben Sie mir eingebrockt, Herr Castellion«, sagte von Stuckmann nach einer Weile. »Nur Ihretwegen sitze ich hier, nur Ihretwegen stehe ich vor den Trümmern meiner Existenz.«

»Aber, aber, Baron Stuckmann. Wenn Sie sich verspekulieren, ist das nicht die Schuld des Ordinariats, Sie haben sich das alles selbst zuzuschreiben. Der Bischof und ich werden sicher nicht als Sündenböcke herhalten. Ich erachte unser Gespräch hiermit für beendet.«

»Ich erwarte von Ihnen, dass Sie etwas unternehmen, um meine Insolvenz aufzuhalten. Sie verfügen über die nötigen Mittel«, fuhr der Baron unbeirrt fort. »Sie haben Ihr Geschäft gemacht. Da ist es nur recht und billig, wenn Sie sich dafür erkenntlich zeigen. Das sind Sie mir schuldig.«

»Sind Sie von allen guten Geistern verlassen? Ich wiederhole: Ich bin Ihnen nichts schuldig. Und ich verbitte mir diese plumpen Angriffe. Das rettet Sie auch nicht. Dieser Termin ist beendet.«

»So leicht kommen Sie mir nicht davon!« Wieder dröhnte der Lautsprecher. »Ich habe getan, was Sie verlangt haben, habe Geld auf die tschechischen Firmen überwiesen, habe Unsummen für Sie ausgegeben, und Sie …«

»Schluss jetzt.« Castellions Worte hatten jetzt die Schärfe eines Fallbeils. »Ich sage Ihnen …«

In der Telefonanlage krächzte es, und plötzlich war der Lautsprecher still. Daniel Moor sah Baltasar an. »Wenn ich richtig vermute, hat mein Chef den Saft abgedreht, gerade jetzt, wo es spannend geworden wäre.«

»Das ist in der Tat merkwürdig.« Ob der Generalvikar damit verhindern wollte, dass seine Mithörer im Nebenzimmer unfreiwillig pikante Details erfuhren, die nicht für ihre Ohren gedacht waren? Baltasar sprang auf und sagte: »Laufen Sie hinüber, Herr Moor, sehen Sie nach, ob alles in Ordnung ist! Ich bleibe so lange hier und verschwinde dann. Ich will dem Baron nicht in die Arme laufen. Und jetzt los, gehen Sie, schnell!«

Am Domplatz ging Baltasar in ein Geschäft in Deckung und wartete dort beim Eingang. Er wollte beobachten, wie Bruno von Stuckmann das Ordinariat verließ. Es dauerte nur wenige Minuten, bis der Baron aus dem Gebäude kam. Sein Gesichtsausdruck war wutverzerrt, die Haut gerötet. Er schlug den Weg in die Passauer Fußgängerzone ein, ohne nach links oder rechts zu sehen, und ging weiter Richtung Ludwigsplatz.

Baltasar folgte ihm, darauf bedacht, genügend Abstand zu halten. Der Baron schien jedenfalls zu wissen, wohin er wollte. Zielstrebig bog er in eine Seitengasse ab. Baltasar wartete kurz an der Ecke, bis er die Verfolgung wieder aufnahm.

Doch von Stuckmann war verschwunden. Hatte er ihn etwa bemerkt und wollte ihn nun abschütteln? Dann wäre alles vergebens gewesen. Baltasar huschte von Schaufenster zu Schaufenster, spähte vorsichtig hinein, ob von Stuckmann sich in einem der Geschäfte aufhielt. Fehlanzeige.

Gegenüber war ein Café. Vielleicht wollte der Baron ja auch nur eine Pause einlegen nach all der Aufregung. Baltasar ärgerte sich, dass er nichts zur Tarnung dabeihatte, keine Kappe, keine Sonnenbrille, keine Zeitung. Was sollte er tun?

In seiner Not ging er ins nächstbeste Geschäft, einen Souvenirladen. Er war der einzige Kunde, eine Verkäuferin kam auf ihn zu und fragte: »Sie wünschen?«

»Ich würde mich gerne ein wenig umsehen, vielen Dank«, antwortete Baltasar.

Schritt für Schritt arbeitete er sich an den Regalen entlang in Richtung Schaufenster vor, tat dabei so, als begutachte er die diversen Souvenirs, bis er einen guten Blick auf das Café gegenüber hatte.

Da sah er Bruno von Stuckmann an einem Tisch sitzen, nahe beim Fenster, vor sich einen Kaffee. Er war in ein sichtlich angeregtes Gespräch mit jemandem vertieft. Von dem anderen sah Baltasar nur den Rücken. Doch auf einmal drehte er sich zur Seite. Baltasar riss überrascht die Augen auf.

Der Gesprächspartner des Barons war Domprobst Zacharias Windhagen.

31

Was hatte der Domprobst mit dem Immobilienmakler zu schaffen? Diese Frage beschäftigte Baltasar auch noch am nächsten Tag. Er sah sich wieder und wieder das Video an, das Victoria vor dem Passauer Dom gedreht hatte. Windhagen und Baron von Stuckmann wechselten beim Hinausgehen einige Worte miteinander, auch wenn selbstverständlich nicht zu verstehen war, was sie sagten. War es ein Zusammentreffen von zwei alten Bekannten, die sich zufällig über den Weg gelaufen waren? Baltasar mochte nicht daran glauben. Doch es gab nicht den geringsten Hinweis darauf, dass die beiden etwas mit dem Diebstahl der Monstranz oder gar mit dem Tod David Lämmerhirts zu tun hatten.

Um sich Klarheit zu verschaffen, blieb wohl nur die Offensive. Er musste einen Überraschungsmoment nutzen. Baltasar telefonierte mit Daniel Moor und bat ihn, Unterlagen über den Domprobst herauszusuchen, alles, was interessant sein könnte. Der Assistent des Generalvikars maulte und brummelte etwas wie »zusätzliche Belohnung in Form von Weihrauch«, versprach aber dennoch, sich umzusehen.

Bevor Baltasar losfuhr, kaufte er sich als Proviant zwei Leberkäsesemmeln beim Metzger.

»Haben Sie's schon gehört?«, fragte Max Hollerbach, während er mit geübter Hand die Scheiben abschnitt.

»Was könnte ich gehört haben?«

»Die wollen tatsächlich die Fleischfabrik bauen, am Ortsrand. Tschechische Geschäftsleute sollen dahinterstecken.«

»Ich dachte, es sei eine Großschlachterei geplant.«

»Das bleibt sich doch gleich, fabrikmäßiges Arbeiten, das hat nichts mehr mit dem guten alten Metzgerhandwerk zu tun, da kann ich meinen Laden dichtmachen.«

»Aber solche Betriebe liefern doch nur an Supermärkte, oder nicht?«

»Schon mal was von Fabrikverkauf gehört? Außerdem bin ich skeptisch, was die zusätzlichen Arbeitsplätze angeht, dort werden meistens nur Aushilfskräfte beschäftigt, mit Hungerlöhnen, die nicht zum Leben reichen.«

Er schob die Tüte mit den Semmeln über den Tresen und kassierte.

*

Baltasar hoffte, Zacharias Windhagen im Passauer Dom anzutreffen. Er ging durch die Bankreihen, sah auf der Orgelempore nach und bei den Seitenaltären, doch ohne Erfolg. Er betrat die Sakristei. Dort traf er einen Priester, der ihn ins Ordinariat schickte, der Domprobst sei in seinem Büro.

Auf dem Weg dorthin kam ihm eine Idee, und er machte einen Abstecher zu der Sekretärin von Erika Stadler.

»Hallo, Herr Senner! Schön, Sie zu sehen. Wollen Sie

wieder zu meiner Chefin?« Die Frau setzte sich gerade hin und lächelte ihn an.

»Nein, diesmal nicht, ich wollte Ihnen kurz guten Tag sagen, bin unterwegs zum Domprobst.«

»Meinetwegen sind Sie gekommen? Das ist aber nett.« Sie lächelte noch mehr. »Ich freue mich immer über Besuch.«

»Was macht die Gesundheit? Wie geht's zu Hause?«

Die Stichworte reichten, und die Sekretärin erzählte eine Viertelstunde nonstop über ihr neues Fitnessprogramm, gut schmeckende Diätgetränke, eine neue Orchidee, die sie gekauft hatte, und über die ihrer Meinung nach völlig verzogenen Kinder ihrer Schwester.

Als sie doch einmal einen Schluck trinken musste, fragte Baltasar schnell: »Hat Herr Windhagen eigentlich Angehörige irgendwo im Bayerischen Wald?«

»Der Domprobst? Ja mei, soviel ich weiß leben seine Eltern nicht mehr, das wäre ja auch ein Wunder, so alt wie er selber schon ist, er war ein Einzelkind, müssen Sie wissen, ich hoffe nicht so verzogen wie meine Neffen, aber Einzelkindern fehlt oft was, wenn Vater und Mutter, die den Sohn verhätschelt haben, nicht mehr sind, damit will ich jetzt nicht gesagt haben, dass Herr Windhagen verhätschelt wurde, aber denken könnte ich mir's. Die Eltern stammten ja aus Regensburg, dort ist er aufgewachsen, erzählt man, und mit unserem Herrn Bischof hat er eine Zeitlang gemeinsam studiert, wie man sieht, ist aus beiden was geworden, obwohl, ich mein, auch der Herr Domprobst hätte das Bischofsamt im Kreuz gehabt, aber es kann halt nur einer Chef werden, so ist das nun mal im Leben.«

»Sind sie denn noch immer befreundet?«

»Na ja, nix Genaues weiß man nicht. Sie reden sich zwar mit Vornamen an, aber wenn Sie mich fragen, eine Freundschaft schaut anders aus, zwischen denen herrscht Eiszeit, ich bin keine Psychologin, aber ich glaube, der Domprobst denkt, der Herr Siebenhaar hockt auf dem Stuhl, der in Wirklichkeit ihm zusteht. Wenn ich Herrn Windhagen zufällig über Seine Exzellenz reden hör, dann, na ja, dann hört sich das nicht nach Respekt an, sondern eher nach Neid.«

»Und wegen der Verwandten …«

»Ja, genau, da muss es einen Onkel geben, der Domprobst hat mal gesagt, dass er ihn regelmäßig besucht, der wohnt in … Moment, ich muss überlegen … in Philippsreut, das war's, ein Einfamilienhaus besitzt der dort, in schöner Lage, heißt es, wissen Sie, Herr Senner, ich war noch nie da, ich komm zu selten in die Ecke, und es interessiert mich auch gar nicht, was die Herren privat so machen. Jedenfalls ist der Onkel der einzige Verwandte hier in der Nähe, soviel ich weiß.«

Als die Sekretärin Luft holte, nutzte Baltasar die Chance, wünschte ihr weiterhin alles Gute und verabschiedete sich.

Er wusste noch immer nicht, wie er seinen Besuch beim Domprobst erklären sollte, als er an dessen Bürotür klopfte.

»Herein!«

»Herr Windhagen, schön, dass ich Sie hier finde, haben Sie einige Minuten Zeit für mich?« Er trat ein.

Der Domprobst saß hinter seinem Schreibtisch, vor sich ein Buch. »Ich habe überhaupt keine Zeit, weiß nicht mal, welche Arbeit ich als nächste anpacken soll. Aber wie ich Sie kenne, geben Sie sowieso keine Ruhe, Sie sind wie ein lästiger Zeck, seit Sie sich als Schmalspurdetektiv versuchen, also legen Sie los: Was wollen Sie von mir?«

Der Domprobst dachte nicht daran, Baltasar einen Stuhl anzubieten, also blieb er stehen. Er fühlte sich wie in der Schulzeit, wenn er vor dem Direktor antanzen musste. Aber wenigstens brauchte er nun nicht mehr nach einer Ausrede zu suchen.

»Mich treibt die Explosion im Dom noch immer um, Sie waren dabei, Herr Windhagen, der Bischof empfand es als Attentat …«

»Vinzenz ist ein ängstlicher Mensch, das war er schon immer, und er sieht Gespenster hinter jeder Ecke. Für mich war das der harmlose Streich eines dummen Jungen, kein Mensch hat mir bisher einleuchtend erklären können, warum das was mit dem Diebstahl der Monstranz zu tun haben soll. Verstehen Sie mich nicht falsch, ich billige einen solchen Streich natürlich nicht. Ich wäre vor allem froh, wenn die Monstranz zurückgegeben würde, damit ich endlich wieder meine Ruhe habe und nicht mehr ständig irgendwelche sinnlosen Fragen beantworten muss.« Er sah Baltasar an.

»Da widerspreche ich Ihnen entschieden. Immerhin ist ein Mensch ermordet worden.«

»Das mit David tut mir leid, aber bisher sind doch alles nur Vermutungen, die Grundlage für solche Theorien ist schwach, und dass alles zusammenhängt, wie die Polizei und Sie vermuten, dafür gibt es nicht den geringsten Beweis. Oder irre ich mich?«

»Warten Sie's ab.«

»Jetzt darf ich mal eine Vermutung anstellen.« Windhagen schlug das Buch vor sich zu. »Dieser seltsame Wandertag nach Altötting, jenseits aller Pläne der Diözese, hat mit der Erpressung des Unbekannten zu tun, habe ich Recht?«

»Wer hat Ihnen das gesagt?«

»Sehen Sie, Herr Senner, ich kann mir auch einen Reim machen auf verschiedene Dinge, nicht nur Sie. Nur haben meine Schlussfolgerungen mehr Substanz als Ihre.«

»Es liegt ganz an Ihnen, Vermutungen in Wahrheit zu verwandeln. Ich will noch einmal auf die Explosion im Dom zurückkommen. Wenn mich nicht alles täuscht, habe ich Sie beim Hinausgehen zusammen mit einem bestimmten Herrn gesehen.«

»Nun machen Sie's nicht so spannend. Es waren Hunderte von Herren um mich herum.«

»Konkret geht es um Baron von Stuckmann.«

»Um wen?«

»Nun tun Sie bitte nicht so, ich habe Sie mit ihm gesehen. Sie haben sich mit ihm unterhalten.«

»Ich unterhalte mich mit vielen Menschen. Was soll es denn mit diesem Baron auf sich haben?«

»Sie können sich also nicht daran erinnern?«

»Das habe ich nicht gesagt, ich will nur wissen, was Ihre Frage soll, wenn ich hier schon verhört werde.«

»Wir plaudern nur miteinander.«

»Pah!«

»Es würde mich wundern, wenn Sie nicht längst wüssten, dass der Baron gestern hier ein Treffen mit dem Bischof und dem Generalvikar hatte.«

»So, hatte er das? Und was wollte er?«

Windhagen schien sich sicher zu sein, dass er mit dem Baron nicht in Verbindung gebracht werden konnte. Sonst würde er nicht so offensichtlich lügen.

»Es ging um eine alte geschäftliche Angelegenheit. Haben Sie mit dem Baron nicht darüber gesprochen? Schließlich sind Sie doch mit ihm befreundet«, sagte Baltasar – ein Versuch zu bluffen, ins Wespennest zu stechen.

»Wie kommen Sie denn darauf? Glauben Sie, ich habe nichts Wichtigeres zu tun? Warum sollte mich das was angehen? Ich muss sagen, langsam werden Ihre Fragen impertinent, als ob Satan persönlich sie Ihnen eingeflüstert hätte.«

»Sie haben doch nichts zu verbergen, oder?«

»Wer bin ich denn, dass ich vor jedem kleinen Pfaffen die Hosen herunterlassen müsste? Gilt denn meine Privatsphäre gar nichts mehr?« Windhagen war laut geworden. »Ich durchschaue Ihre Manöver, Herr Senner, Sie wollen mich in einen Zusammenhang mit Dieben und Mördern zwingen, das ist krankhaft, glauben Sie mir, Sie haben einen Zwang, mir so etwas zu unterstellen, das muss ich mir nicht bieten lassen! Wir sind doch nicht bei der Inquisition.«

»Nun arbeiten Sie aber mit Unterstellungen, verehrter Domprobst.«

»Ich sag Ihnen was: Ich kann befreundet sein, mit wem ich will, darüber muss ich niemandem Rechenschaft ablegen. Ihnen schon gar nicht. Und jetzt können Sie mich fragen, was Sie wollen, meine einzige Antwort wird sein: Das geht Sie einen feuchten Kehricht an!«

War Windhagens Erregung echt oder nur gespielt gewesen? Was hatte er zu verbergen? Baltasar dachte noch darüber nach, als er auf dem Weg zu Daniel Moor war.

»Und? Wie ist die Stimmung an der Front?«, begrüßte ihn der Assistent des Generalvikars.

Baltasar berichtete von seinem Gespräch mit dem Domprobst.

»Da haben Sie direkt in den Schlund der Hölle geblickt, genau wie in dem wunderbaren Horrorstreifen von …«

»Erzählen Sie mir lieber gute Nachrichten, die könnte ich zur Abwechslung gebrauchen«, unterbrach ihn Baltasar.

»Ich habe auf die Schnelle ein paar Seiten über Herrn Windhagen zusammengestellt. Lebenslauf, Briefe, Predigten und so. Dafür musste ich heimlich in die Personalabteilung und nicht nur dorthin. Ich hoffe, Sie haben einen neuen Job für mich, falls das auffliegt.«

»Nur ein gutes Entspannungsmittel, meine Weihrauchspezialmischung. Aber ich werde Sie decken, keine Sorge.«

»Außerdem habe ich noch einige Buchungen meines Chefs auf Konten der beiden tschechischen Firmen gefunden, und wissen Sie, was seltsam daran ist? Es sind Einlösungen von Barschecks.«

32

Zu Hause studierte Baltasar das Telefonbuch und fand tatsächlich einen Hans Windhagen in Philippsreut. Das musste der Onkel des Domprobstes sein, die Sekretärin hatte mit ihrer Vermutung richtiggelegen.

Aus der Küche kam ein etwas säuerlicher Geruch nach Kohl und Kraut. Wahrscheinlich experimentierte Teresa gerade wieder, deshalb beschloss Baltasar spontan, den Tag wieder einmal für einen Ausflug zu nutzen.

Er rief Philipp an und entschuldigte sich bei Teresa, dass er nicht rechtzeitig zum Abendessen zurück sein würde.

»Macht nichts, ich wärmen morgen auf«, war ihre Antwort.

Philipp Vallerot erwartete ihn bereits vor seinem Haus.

»Wir müssen mit zwei Autos fahren«, sagte Baltasar, »mein Käfer ist zu auffällig, außerdem habe ich noch ein anderes Fahrziel. Wir treffen uns vor der Kirche in Philippsreut.«

Philippsreut lag 15 Kilometer nordöstlich von Freyung, direkt an der Grenze nach Tschechien, eine verschlafene Gemeinde mit 700 Einwohnern, deren bekannteste und einzige Attraktion das Skizentrum im Ortsteil Mitterfirmiansreut war. Baltasar parkte vor der Pfarrkirche Sankt Karl Borromäus, einem Bau aus der Nachkriegszeit.

»Und jetzt?« Philipp war schon da und kam ihm entgegen.

Baltasar gab ihm die Wohnadresse von Windhagens Verwandtem und erklärte in aller Eile, worum es ging. »Du musst dich als Nicht-Bayer ausgeben, dem die Gegend hier gefällt und der eine Immobilie erwerben will. Ich möchte wissen, ob dieser Windhagen etwas mit Baron von Stuckmann zu tun hatte.«

»Und warum machst du das nicht selber?«

»Ich möchte verhindern, dass der Mann den Domprobst anruft, falls er misstrauisch wird, und dem dann beschreibt, wie ich aussehe. Außerdem will ich nicht schon wieder lügen müssen.«

»Seit wann haben denn die Katholiken damit Probleme? Wenn ich an die Geschichten vom Mittelalter denke, wo reihenweise …«

Baltasar hob die Hände. »Bitte verschon mich jetzt mit deiner Unterrichtsstunde. Konzentrier dich lieber auf dein schauspielerisches Talent.«

»Was ist, wenn ich dort niemanden antreffe?«

»Das ist Pech.«

Philipp, in Wanderkleidung mit Anglerhut und Rucksack, machte sich auf den Weg.

Windhagen wohnte in einem gepflegten Einfamilienhaus in Hanglage mit Blick auf die Berge. Der Baustil war eine Imitation alpenländischer Architektur.

Baltasar beobachtete Philipp aus der Ferne.

Philipp blieb stehen und ruderte mit den Armen, offenbar winkte er jemandem auf dem Grundstück zu. Ein Mann kam an den Zaun. Er ging etwas gebückt und hatte eine Gärtnerschürze umgebunden. Die nächste Viertelstunde unterhielten sich die beiden. Philipp winkte dem Mann zum Abschied und kam zurück zu Baltasar.

»Alles gut gelaufen«, sagte er.

»Erzähl.«

»Der Mann ist tatsächlich der Onkel des Domprobsts. Ich habe ihn auf seinen schön angelegten Garten angesprochen und geschwärmt, wie wundervoll dieses Fleckchen Erde doch sei, ganz anders als in Norddeutschland. Dann habe ich beiläufig erwähnt, dass ich mir gerne in der Gegend etwas kaufen würde, und ihn gefragt, ob er vielleicht Tipps hätte. Und du wirst es kaum glauben …« Philipp machte eine Kunstpause.

»Ich glaube dir alles, was du sagst.«

»Er hat mir geraten, mich an das Immobilienbüro von Stuckmann zu wenden, über ihn habe auch er sein Haus vermittelt bekommen. Sein Neffe aus Passau, ein hochgestellter Kirchenmann, habe ihm dabei geholfen. Na? Zufrieden?«

Baltasar nickte. »Also macht der Domprobst mit dem Adeligen Geschäfte, er hat zumindest seine Finger da drin. Gut zu wissen.«

Er bedankte und verabschiedete sich von Philipp, der zurück nach Hause fuhr.

Baltasars nächstes Ziel war Pilsen, etwa 130 Kilometer von Philippsreut entfernt. Dort wollte er den geheimnisvollen Firmen mit den biblischen Namen Jeremia und Ezechiel auf den Zahn fühlen, die Geldzahlungen von der Diözese erhalten hatten. Die Route führte auf der Straße vier nach Vimperk und Strakonice, dann weiter über Nepomuk.

An einer Tankstelle hielt Baltasar an und kaufte sich einen Stadtplan.

Er verfuhr sich mehrmals, bis er die Adresse in Pilsen fand, zumindest glaubte er aufgrund des letzten Straßenschildes, richtig zu sein. Es war ein heruntergekommenes Gewerbegebiet am Stadtrand – mit Lagerhallen, verrosteten Wellblechhütten und einigen Wohnbaracken.

Mehrmals fuhr Baltasar hin und her, Hausnummern waren nirgends zu sehen, schließlich hielt er an, parkte und beschloss, zu Fuß weiterzugehen.

Hinter dem Zaun eines Schrottplatzes schoss ein Hund wie aus dem Nichts hervor und bellte ihn an. Es war wie ausgestorben, keine Menschenseele war zu sehen oder zu hören. Auf dem Nachbargelände lagerten ausrangierte Öltanks, dahinter war eine Lagerhalle, die Fensterscheiben fehlten. Ein Stahlschloss sicherte das Tor.

Aus einer der Baracken kam plötzlich ein Mann in Jogginghose und Unterhemd. Baltasar ging rasch auf ihn zu und fragte ihn nach den beiden Firmen, doch sein Gegenüber schien nichts zu verstehen, er schüttelte nur den Kopf und verschwand wieder.

Ein weiterer Mann kam heraus, untersetzte Statur, mit Arbeitshose und Helm. Er baute sich vor Baltasar auf. »Was Sie wollen? Sie hier rumschnüffeln wie Hund. Was machen hier?«

Das klang nicht wie die Einladung zu Kaffee und Kuchen.

»Ich suche zwei Firmen, Jeremia und Ezechiel, wo finde ich die?« Baltasar zeigte dem Mann seinen Zettel, auf dem die Adresse stand.

»Nie gehört. Gibt's hier nicht, sehen Ort aus hier wie Bürohochhaus?« Der Mann deutete um sich. »Also, noch mal, was wollen hier? Wen suchen? Antwort!« Er stand nun eine Armlänge entfernt vor Baltasar. Im Türrahmen hinter ihm tauchte noch jemand auf, die Hände zur Faust geballt.

Für einen einfachen Rückzug war es schon zu spät. »Ich bin katholischer Priester aus dem Bayerischen Wald. Kennen Sie Passau?«, sagte Baltasar beschwichtigend.

»Was? Sie sein wollen Pfarrer? Das ich soll glauben? Wen wollen Sie bekehren? Die Schrottautos?« Er lachte, aber es klang nicht freundlich.

Baltasar zeigte auf den Kreuzanstecker, den er auf seinem Kragen befestigt hatte. »Sehen Sie? Das ist das Zeichen für einen Priester. Ich bin Priester. Und ich habe mich offensichtlich verfahren. Sind Sie auch katholisch?«

»Natürlich, was sonst? Wenn Sie tatsächlich Pfarrer sind,

dann verschwinden Sie wieder, Pfarrer, und zwar schnell. Die Straße zurück und dann die erste Abzweigung rechts. Verstanden?«

Baltasar nickte ihm und dem anderen Mann zu und machte auf dem Absatz kehrt. Er konnte jedoch das mulmige Gefühl nicht abstellen, den beiden den Rücken zudrehen zu müssen. Auf dem Weg zum Auto kam er wieder an der Halle vorbei. Ein Briefkasten neben dem Eingang fiel ihm auf, den er beim ersten Mal offenbar übersehen hatte. Auf dem Schild stand wegen des Rostes schlecht, aber doch zu lesen »Ezechiel/Jeremia«.

War das möglich? In dieser Halle sollten die Firmen sein? Vermutlich war seit Jahren niemand mehr in dem Gebäude gewesen! Verstohlen blickte Baltasar sich um. Die beiden Männer waren verschwunden. Er sah im Briefkasten nach, schob seine Hand hinein. Nichts. Keine Briefe, keine Papiere, keine Werbung. Nichts. Baltasar bezweifelte, dass die Post diese Gegend überhaupt regelmäßig anfuhr, wenn, dann womöglich nur in Polizeibegleitung.

Irgendwie schaffte er es, wieder auf eine asphaltierte Straße zu gelangen, und fuhr erleichtert geradewegs in die Altstadt. Er beschloss, sich eine Pause zu gönnen. Er entdeckte ein Lokal in der Nähe des Namesti Republiky und bestellte sich ein Pils und ein Schweinegulasch.

Anschließend ging er in die Sankt-Bartholomäus-Kathedrale und ließ sich am Rand einer Bankreihe nieder. Die feierliche Stimmung in der Kirche übertrug sich auf ihn, und schon bald hatte er die Aufregung um sein kleines Abenteuer vergessen.

Die Schlussfolgerung aus seiner Entdeckung in dem Gewerbegebiet war naheliegend: Es handelte sich im wahrsten Sinne des Wortes um Briefkastenfirmen, die Adresse diente nur zur Tarnung. Dennoch blieb die Frage: Wer waren die Eigentümer der beiden Firmen? Dazu würde er in der Verwaltung der Stadt wohl das Firmenregister einsehen müssen.

Von der Touristeninformation erfuhr er, wo er die richtige Dienststelle fand.

Die Stadtverwaltung war in einem unauffälligen Gebäude untergebracht. Baltasar versuchte die Hinweisschilder zu verstehen, aber er gab es bald auf.

Eine Frau mit Aktentasche kam vorbei, sah seinen suchenden Blick und sprach ihn auf Deutsch an: »Sie sehen aus wie ein Tourist, was suchen Sie denn?« Ihre Aussprache war tadellos.

»Warum sprechen Sie so gut Deutsch?«

»Ich habe in München Betriebswirtschaft studiert. Kann ich Ihnen weiterhelfen? Ich arbeite hier.«

»Ich suche die Stelle für das Firmenregister.«

»Kommen Sie, folgen Sie mir.« Sie führte ihn durch mehrere Gänge im Erdgeschoss bis zu einem Raum mit einem Schalter. Die Frau sprach mit einer Angestellten. »Die Kollegin leitet die Abteilung, sie wird Ihnen weiterhelfen.«

Baltasar zog den Zettel mit den Firmennamen und der Anschrift heraus und legte ihn auf den Tisch. »Könnten Sie mir vielleicht heraussuchen, wem diese Firmen gehören?«

Die Abteilungsleiterin verschwand in einen Nebenraum und kam kurz danach mit einem Hängeordner wieder zurück.

»Hier ist, was Sie suchen. Bitte nichts durcheinanderbringen, nichts beschreiben, nichts mitnehmen. Wenn Sie

Notizen machen wollen, dort drüben ist Tisch.« Sie zeigte in eine Ecke, wo mehrere andere Leute saßen. »Für Fotokopien Sie melden sich bei mir, ich erteilen einen Auftrag, kostet aber Gebühr.«

Der Inhalt des Ordners bestand nur aus zwei DIN-A4-Seiten. Es waren offizielle Formulare mit handschriftlich ausgefüllten freien Feldern. Baltasar bat die Abteilungsleiterin, ihm die tschechischen Begriffe zu übersetzen. Die Adresse stimmte, eine Unternehmensberatung »Jeremia« und eine Servicegesellschaft »Ezechiel« sollten dort tätig sein.

Im Feld »Eigentümer« stand nur ein Name:

Dr. Justus Castellion.

33

Baltasar besprach die Ergebnisse seines Ausflugs nach Pilsen mit Philipp Vallerot. »Glaubst du nicht, dass es eine Möglichkeit gibt, die Bankkonten der beiden Firmen einzusehen? Du mit deinen Talenten müsstest doch einen Trick kennen.«

»Um welche Geldhäuser handelt es sich?«

»Laut den Überweisungsbelegen um eine tschechische Regionalbank, deren Filiale in Pilsen ist.«

»Dann haben wir schlechte Karten. Vermutlich werden der oder die Kontoinhaber online auf die Konten zugreifen. Da brauchen wir auf jeden Fall ein Passwort, um uns einzuloggen.«

»Da muss ich leider passen.«

»Außerdem könnten noch weitere solcher Bankverbindungen existieren«, gab Philipp zu bedenken. »Wenn man die Gelder durch mehrere Stationen schleust, verwischt man seine Spuren besser. Übrigens habe ich auf dem Laptop des toten Studenten die Zugangssperre samt Kennwort entfernt. Du kannst seinen Eltern das Gerät jetzt schicken.«

Er drückte Baltasar den Laptop in die Hand.

»Was ist drauf?«

»Hey, glaubst du, ich habe die Zeit, mir alle Dateien eines Studenten anzuschauen? Da wäre ich stundenlang beschäftigt! Ich habe dir Kopien aller Daten auf der Festplatte gemacht, du bist doch selber des Lesens mächtig. Hier der Stick, den will ich aber wiederhaben.«

Baltasar verpackte den Laptop, schrieb einen Brief an Davids Eltern dazu und brachte das Paket zur Post.

Wieder zu Hause, lud er die Dateien des Seminaristen auf seinen eigenen Computer.

Das Telefon läutete. Er hob ab und hätte vor Schreck fast den Hörer fallen gelassen. Am Apparat war Justus Castellion.

»Wie sieht's aus, was macht die Kunst, Herr Senner?«

Baltasar beruhigte sich wieder, denn der Generalvikar konnte unmöglich von seiner Fahrt nach Tschechien wissen. Er antwortete ausweichend und sehr knapp.

»Wir haben nämlich eine neue Aufgabe für Sie«, sagte Castellion. »Der Unbekannte hat sich wieder gemeldet. Ich leite Ihnen die E-Mail weiter, die an den Bischof gegangen ist. Die Kriminalpolizei habe ich bereits informiert. Schauen Sie mal, ob Sie schlauer draus werden. Viel Glück!«

Baltasar rief seine E-Mails ab.

Das Schreiben an den Bischof war relativ kurz gehalten. Es lautete:

> Herr Siebenhaar,
> Sie haben meine Anweisungen nicht richtig ausgeführt. Das ist schade. Aber ich will mein Versprechen einlösen. Suchen Sie die Monstranz, und ich kann es nur wiederholen: ohne Polizei!
> Die Erleuchtung:
> Maria hat geholfen beim Mordüberfall.

Die obligatorische Bibelstelle fehlte diesmal, auch war unklar, welche Aussage sich auf die Fundstelle beziehen sollte. Steckten in den ersten Sätzen des E-Mails die Koordinaten des Verstecks? Baltasar verschob die Wörter, reihte sie anders aneinander, suchte nach verborgenen Ziffern hinter den Buchstaben, doch er konnte nichts herausfinden. Ein Job für Verschlüsselungsspezialisten vom Geheimdienst, dachte er, obwohl er daran zweifelte, dass die Sätze überhaupt als Navigation taugten.

Blieb noch der letzte Satz übrig, der doppeldeutig, wenn nicht gar zynisch war.

Er ließ sich so auffassen, dass die Muttergottes eine Komplizin bei dem Verbrechen war. Zugleich erinnerte er an die Pilgersprüche, wie sie unter den meisten Dankesschreiben oder auf den Votivtafeln standen.

Sollte der Inhalt auf einen solchen Pilgerort hinweisen, auf eine Wallfahrtskirche? Er drehte den Computer ab. Es war der einzige Brotkrumen, den der Unbekannte als Spur ausgelegt hatte, und Baltasar wusste auch schon, wo er mit der Suche beginnen würde: in der Wallfahrtskirche Mariahilf oberhalb von Passau. Dort, wo der Mord an David Lämmerhirt begangen worden war.

*

Es war ein seltsames Gefühl, wieder auf der Aussichtsplattform zu stehen, am Tatort. Er schaute über die Brüstung hinunter auf die Altstadt von Passau, doch es gelang ihm nicht, die Aussicht zu genießen. Er war in Gedanken bei David Lämmerhirt, der hier sein Leben lassen musste, hinterhältig erstochen und dann wie Abfall den Hang hinuntergeworfen.

Leise sprach er ein Gebet für den Studenten. Danach bat er den Allmächtigen, Erleuchtung in diesem verzwickten Fall zu schicken und der Gerechtigkeit eine Chance zu geben, auch um der trauernden Eltern willen. Es gab Personen, die als Verdächtige in Frage kamen, da sie möglicherweise ein Motiv hatten, doch nirgends war auch nur der minimale Ansatz eines Beweises in Sicht.

Baltasar rekapitulierte sie alle noch einmal in Gedanken.

Da war Baron Bruno von Stuckmann, der das Ordinariat für seine zerstörte Existenz verantwortlich machte. Da war Regens Leopold Keplinger mit seinen Seminaristen Christian Helfer und Korbinian Landauer, dessen Lebenswerk durch den Bischof bedroht war. Erika Stadler, die Leiterin des Familienreferats, und ihre Schwester Ingrid Toller wollten die Ungerechtigkeit der Kündigung nicht hinnehmen. Generalvikar Justus Castellion unterhielt dubiose Geldkonten in Tschechien. Domprobst Zacharias Windhagen leugnete seine Kontakte zum Baron und missgönnte seinem einstigen Freund Siebenhaar dessen Position, da er selber sie gern innegehabt hätte.

Oder war es jemand ganz anderer? Jemand, dem es bisher gelungen war, nicht auf dem Radarschirm der Ermittlungen zu erscheinen? Baltasar war sich unsicherer denn je.

Er machte sich daran, den Tatort nochmals abzusuchen. Er sah hinter allen Büschen und Bäumen nach, kletterte den Hang hinunter, inspizierte den Boden, ob jemand frisch Erde ausgehoben hatte.

Nichts bot sich als Versteck für Fersenmayrs Kunstwerk an.

Zurück in der Kirche ließ er keinen Winkel aus, er tastete hinter den Altar, stieg hoch zur Empore. Vergebens. Er fand nichts außer Staub und Schmutz.

Er ging die Wallfahrtsstiege hinunter Richtung Innstadt, las dutzendfach »Maria hat geholfen« auf den Votivtafeln, doch nichts brachte ihm eine Erleuchtung zum Mord an David.

Am Fuße des Berges am Kapuzinerplatz gab er auf. Hier war es, wo er David das letzte Mal lebend gesehen hatte. Hier hatte das Unheil begonnen. Wenn er's recht bedachte, war der Zustand jetzt noch schlimmer als vorher, da sie es mit einem Täter zu tun hatten, der Katz und Maus mit ihnen spielte und offenbar auch noch Freude daran hatte. Es war frustrierend, und es war ungerecht. Sollte er lieber aufgeben und die Ermittlungen doch den Behörden überlassen?

Doch Baltasar wollte nicht aufgeben. Noch nicht. Es gab einen zweiten Ort in der Diözese, wo Maria geholfen hatte: Altötting. Es wäre zumindest einen Versuch wert. Er würde seine private Pilgerreise dorthin antreten, allein. Und mit dem Auto.

*

Die Fahrt auf der Bundesstraße Richtung München ging über Pocking, Simbach und Marktl. Er nahm die Abfahrt Neuötting. Die Stadt am Inn war von jeher mit Altötting verbunden, tauchten doch beide im achten Jahrhundert gemeinsam als »Ötting« erstmals in historischen Dokumenten auf und wurden wie siamesische Zwillinge erst im 13. Jahrhundert mit den Namen Alt- und Neuötting voneinander getrennt. Während Neuötting durch den Handel auf dem Inn erblühte, wurde in der Bruderstadt bald die Gnadenkapelle mit ihren Marienwundern der beherrschende Wirtschaftsfaktor. Und das hatte sich bis heute nicht geändert.

Baltasar parkte in einer Tiefgarage und spazierte zum Kapellplatz. Im Zentrum stand das Heiligtum, drum herum gruppierten sich Grünflächen und barocke Residenzen, das Rathaus, die Stiftspfarrkirche und Wallfahrtsläden.

Für diesen Ausflug hatte er seine schwarze Soutane angezogen, weil er annahm, als Geistlicher hier weniger aufzufallen. Er betrat den Rundgang der Gnadenkapelle und umging gemessenen Schrittes das Heiligtum, so wie es Abermillionen von Gläubigen vor ihm getan hatten. Er las die Votivtafeln, die die Außenwände der Kapelle bis unters Dach bedeckten. Schon bald schwirrte ihm der Kopf von den zahllosen »Maria hat geholfen«, wieder und wieder, es waren Hunderte, wenn nicht Tausende.

Die Bilder erzählten von schlimmen Schicksalen und der wundersamen Hilfe der Muttergottes. Ein Bauer wurde von einem Pferdefuhrwerk überrollt und überstand es unversehrt, eine Frau war nach schwerer Krankheit doch wieder genesen, ein Wanderer wurde nach dem Absturz in den Bergen gerettet. Oft waren die Malereien zusätzlich mit einer Marienfigur versehen.

Vor einer überdimensionalen Tafel aus dem 17. Jahrhundert blieb er stehen. Unter dem Bild stand »Mordtaten«. Erzählt wurde die Geschichte eines Studenten, der einen Mord begangen hatte und ins Gefängnis »Zur Jungfrau Maria« von Altötting kam. Am 27. Juli 1663 vollzog der Scharfrichter das Todesurteil, »13 grausame Radstöße«. Doch der Student wurde »durch Fürbitten Maria, der Muttergottes, beim Leben erhalten«.

War dies der Hinweis des Unbekannten? Baltasar las den alten Text mehrmals durch, vielleicht war ein Wort darin der Schlüssel zum Versteck. Doch das Bild zeigte die Hinrichtungsszene, nüchtern, ohne verborgene Symbolik. Auch die Bilder daneben halfen nicht weiter.

Baltasar setzte seinen Rundgang fort. Holzkreuze lagen bereit für Menschen, die wie einst Jesus Christus mit dieser Last Buße tun wollten. Daneben hingen Votivgaben wie Beinprothesen, Krücken oder Wachshände – Zeugnisse einer erfolgreichen Gesundung. Er beschloss, in der Kapelle weiterzusuchen.

Als er gerade eintreten wollte, fiel ihm an der Wand gegenüber eine kleinformatige Votivtafel auf, die sich durch besonders helle Farben von den anderen abhob. Er betrachtete sie näher. Die Altöttinger Maria schwebte in einem gelben Lichterkranz über einer Landschaft mit Wiesen und Bäumen.

Doch als er las, was unter dem Bild stand, stockte ihm der Atem.

Maria hat geholfen beim Mordüberfall

Abgebildet war ein Mann vor einem Haus, der mit dem Messer ausholte, um einen anderen von hinten niederzustechen. Baltasar starrte die Szene an. Er hatte fast den Eindruck, als hätte sich jemand durch dieses Bild zu der Tat inspirieren lassen.

Das war's! Baltasar hatte gefunden, was er gesucht hatte, da war er sich sicher. Doch wie hing die Votivtafel mit dem Versteck der Monstranz zusammen? Für Nischen oder Hohlräume waren Wände und Boden ungeeignet, das Kunstwerk musste woanders sein.

Baltasar fasste an den Holzrahmen. Das Bild war nicht festmontiert. Sollte die Lösung sich etwa dahinter befinden? Er sah sich um, ob jemand in der Nähe war, nahm sein Taschenmesser heraus, fuhr mit der Klinge vorsichtig hinter das Bild, hob es an und griff zu. Er ruckelte an dem Rahmen. Nur an einer Stelle war er fixiert, wahrscheinlich mit einem Nagel, noch ein Ruckeln und er hielt die Votivtafel in der Hand.

Auf der Rückseite klebte ein Stück Papier, ein Computerausdruck, auf dem nur zwei Wörter und ein Kürzel standen.

Unter den Ps 68-3

Psalmen, Kapitel 68, Vers 3. Baltasar kannte die Stelle nicht. Er klapperte die Geschäfte ab, bis er eine Bibel auftrieb. An der entsprechenden Stelle hieß es:

Wachs, das durch Feuer zerschmilzt

Für dieses Rätsel gab es nur eine Lösung: Kerzen. »Unter den Ps 68-3« musste demnach »Unter den Kerzen« bedeuten. Zumindest klang es nach einer Ortsangabe, wenn auch sehr vage. Wenn es jedenfalls in Altötting etwas im Überfluss gab, dann waren es Kerzen, überall zu kaufen als Opfergabe und ewiges Licht für die Muttergottes.

Er spürte einen schmerzhaften Stoß in seiner Seite. Eine Rentnerin stand neben ihm, er hatte sie nicht bemerkt. Sie trug Bauerntracht, ihr Silberhaar war zu einem Dutt gebunden, und sie stützte sich auf Krücken. Die zitternde Spitze der einen Krücke war jetzt auf Baltasar gerichtet.

»Schämen Sie sich! Als Priester diese heiligen Bilder zu stehlen, als Geistlicher! Wie gut, dass ich Sie erwischt habe.«

Baltasar hielt immer noch das Bild in der Hand.

»Ich ... Ich war fasziniert von der Tafel ... da ... da wollte ich nur nachschauen, wie sie gefertigt ist.« Es klang nicht sehr überzeugend. Er kam sich vor wie ein Kind, das erwischt wurde, nachdem es eine Tafel Schokolade gestohlen hatte.

»Ausgerechnet in Altötting, und ein Priester als Dieb, so tief ist die Welt gesunken! Es ist eine Schande! Aber die Jungfrau Maria sieht alles!«

»Deshalb hat die Muttergottes auch Verständnis für mein Tun. Ich verfolge überhaupt keine bösen Absichten, schon gar nicht wollte ich etwas stehlen.«

»Das sagen sie alle.« Sie ließ ihre Krücke sinken. »Ich bin enttäuscht, wirklich enttäuscht, dass ein Geistlicher sich auf solche Abwege begibt. Ich muss Sie der Polizei melden. Wie heißen Sie?«

»Ich komme im Auftrag des Bischofs. Ich habe nicht vor, das Bild zu stehlen, sehen Sie selbst.« Er hängte das Bild wieder an seinen Platz. »Es ist nichts passiert, alles ist genauso wie vorher.«

Die Frau tat einen Schritt auf ihn zu. Sie war wesentlich kleiner als Baltasar und blitzte ihn böse an.

»Sparen Sie sich Ihre Ausreden. Gehen Sie zur Beichte. Ich werde für Ihr Seelenheil beten, damit Sie wieder auf den rechten Weg kommen. Und ich werde Sie im Auge behalten!« Sie drehte sich um und entfernte sich langsam.

Baltasar holte tief Luft.

Das Versteck. Einen aberwitzigen Moment lang überlegte er, ob der Täter die Monstranz in den Wallfahrtsläden untergebracht hatte. Dort gab es Kerzen in allen Größen und Preisklassen. Aber als er die Auslagen sah – Kitschsouvenirs aus Altötting, Pilgerlikör, Papstmarmelade, Plastikengel und die Schwarze Madonna in allen Farben und Formen in der nach unten offenen Skala der Geschmacklosigkeiten –, wurde ihm klar, dass das nicht realistisch war. Blieben noch die Kirchen im Ort, die sicher alle mit Kerzen bestückt waren.

Er betrat die Stiftspfarrkirche Sankt Philipp und Jakob am Kapellplatz und ging hinauf zu der Empore. Von dort hatte er den besten Blick auf den »Tod von Altötting«, eine Skelettfigur mit Sense in der Hand, die auf einer Wanduhr stand und im Sekundentakt symbolisch Menschenleben auslöschte – eine Installation, die jedem Gruselfilm Ehre gemacht hätte. Vielleicht war der Täter von dieser morbiden Vorführung angetan und hatte die Stelle als Versteck gewählt.

Doch Baltasar wurde nicht fündig.

Er näherte sich dem Altar, froh, passend gekleidet zu sein. Jeweils zwei Kerzen brannten links und rechts. Er sah hinter dem Chorgestühl und dem Altar nach, ob dort etwas stand, was nicht dort hingehörte.

»Wusste ich's doch, dass Sie ein Gewohnheitstäter sind!«

Die Rentnerin humpelte den Mittelgang entlang, ihre

Stimme war lauter als für diesen Ort angemessen. Einige Besucher reckten die Hälse. Sie war ihm tatsächlich gefolgt, doch er brauchte Ruhe für sein Vorhaben.

Baltasar ging auf die Frau zu. Bevor sie weitersprach, machte er das Kreuzzeichen und segnete sie. Die alte Dame war verblüfft und schlug gewohnheitsmäßig ebenfalls ein Kreuz.

Diesen Moment nutzte er, um auf direktem Weg die Kirche zu verlassen, und er hoffte, dass hinter ihm kein Gezeter ausbrach. Er ging zurück zur Gnadenkapelle und blickte sich mehrmals um, fast wie ein Sträfling auf der Flucht.

In der Kapelle drängten sich Pilger in stiller Andacht. Baltasar setzte sich im Vorraum auf eine Bank und sprach ein Gebet. Er entspannte sich und ließ die Atmosphäre auf sich einwirken. Die Wand war voller Votivtafeln, im Halbdunkel glänzten die Geschenke silbern und golden, die Pilger hinterlassen hatten und die nun hier auf Simsen und Konsolen drapiert worden waren. Es roch streng parfümiert, nach Weihrauch und Wachs. Der Raum war voller brennender Kerzen. Baltasar sah sich um. Oben an der Wand beim Durchgang zur Madonnenfigur standen prächtig bemalte große Kerzen, darunter edelsteinbesetztes Kunsthandwerk wie Herzen oder Heiligenfiguren, alles Spenden von Wallfahrern.

Plötzlich blieb sein Blick an etwas hängen. Er wusste zuerst nicht, was ihn irritiert hatte, denn alles schien seine Ordnung zu haben, die Kerzen, der Kirchenschmuck … Aber irgendetwas passte nicht.

Er stand auf, um besser sehen zu können. In der Reihe unter den Kerzen stand etwas, das nicht dorthin passte. Baltasar fixierte es genauer. Es war nicht die Monstranz.

Es war … eine Spitze.

Es war das Oberteil der Monstranz!

Die plötzliche Erkenntnis ließ ihn taumeln, und er musste sich wieder hinsetzen.

Das Versteck war geradezu genial, das musste er zugeben. Nirgendwo war das Objekt unauffälliger als zwischen ähnlichen Objekten, es stand einfach da, als ob es hierhergehörte. Niemandem fiel es auf, denn die Kapelle war überladen mit Preziosen. Der Täter konnte das Diebesgut völlig unbehelligt dort platzieren, er hatte nur einen möglichst unbeobachteten Moment abwarten müssen.

Baltasar überlegte, ob er das kostbare Teil bergen sollte. Dann entschied er sich anders, ging hinaus und zückte sein Handy.

34

Sehen Sie, Mirwald, jetzt kommen wir beide doch noch mal nach Altötting.« Kommissar Dix war vergnügt. »Das ist doch viel besser, als im Büro Akten durchzublättern. Denken Sie nur an die stickige trockene Luft, es ist gesünder, wenn wir einen Ausflug machen können.«

»Einen Ausflug würde ich das nicht gerade nennen. Wir müssen arbeiten.« Der Assistent saß am Steuer. Sie fuhren über die Umgehungsstraße bei Simbach.

»Und die Landschaft«, schwärmte Dix, »ganz anders als im Bayerischen Wald, viel flacher, viel mehr Landwirtschaft, Kühe, Schweine … Sehen Sie dort, wie bestellt.« Er zeigte hinaus auf eine Weide, wo ein paar Rinder grasten.

»Sind mir als Schnitzel lieber«, sagte Mirwald. »Kühe

und Schweine haben wir in Norddeutschland auch. Und Hühner.«

»Ihr Akademiker seid immer so nüchtern, ihr habt keinen Sinn für die Feinheiten der Natur. Die Viecher sind anders hier, die sind glücklich, weil sie in Niederbayern leben.«

»Man ist glücklicher, wenn man hier geschlachtet wird? Das ist ja interessant.«

»An Ihnen ist ein Philosoph verloren gegangen, Mirwald. Genießen Sie doch die Fahrt! Denken Sie nicht so viel nach.«

Vor der Gnadenkapelle warteten Polizisten.

»Wir haben ein Problem«, sagte einer von ihnen. »Der Stadtpfarrer rastet gleich aus, weil seine Kapelle so lange geschlossen ist.«

Die Zugänge zum Rundgang waren mit Absperrband gesichert. Auf dem Vorplatz hatte sich eine Menschentraube versammelt, Pilger und Einheimische, die das Spektakel nicht versäumen wollten.

»Auf in den Kampf«, sagte Dix. Er begrüßte den Stadtpfarrer, der nach wie vor auf die Polizisten einschimpfte.

»Endlich kommt jemand, der was zu sagen hat und Entscheidungen treffen kann«, sagte der Geistliche.

»Um was geht's denn?«

»Wie können Sie fragen? Sehen Sie sich doch um! Die Leute warten mit Ungeduld darauf, wieder zur Muttergottes zu dürfen. Sie kommen extra von weit her angereist, wir wollen sie doch nicht enttäuschen!«

»Sie müssen ein wenig Verständnis für die Polizeiarbeit aufbringen, schließlich ermitteln wir nicht wegen eines Ladendiebstahls«, antwortete Mirwald.

»Hier geht es um mehr! Es geht um den Seelenfrieden

der Menschen.« Der Stadtpfarrer streckte seine Hände gen Himmel bei so viel Ignoranz. »Zu uns nach Altötting reisen die Beladenen und Gepeinigten. Für viele ist es die letzte Hoffnung. Wollen Sie diesen Menschen ihre Hoffnung rauben? Wollen Sie das wirklich?«

»Beten hilft immer«, sagte Mirwald. »Dafür haben Sie doch genügend Kirchen, oder nicht?«

»Das ist doch nicht dasselbe. Die Schwarze Madonna gibt es nur bei uns.« Er zeigte auf die Kapelle.

»Wir werden uns bemühen, unsere Arbeit so schnell wie möglich zu beenden«, sagte Dix. »Je eher Sie uns helfen, desto früher können wir wieder abziehen.«

»Ich tue gern alles, was die Sache beschleunigt.«

»Ist die Anlage mit Kameras gesichert?«, fragte Dix.

»Überwachungstechnik? So etwas haben wir nicht. Unser Heiland wacht über uns, wir legen unser Schicksal in seine Hände.«

»Das allein wird nicht reichen, fürchte ich«, sagte Mirwald. »Wenn Sie wenigstens den Touristen ein Alternativprogramm anbieten würden, damit wir in Ruhe arbeiten können.«

»Ich will's versuchen, aber ich kann die Leute nicht zwingen, andere Gottesdienste zu besuchen.«

»Gibt es Zeugen?«, fragte Dix einen der Polizisten.

»Hier!«, rief eine Frau aus der Menge, die hinter der Absperrung stand und die Unterhaltung offenbar mitgehört hatte. »Ich bin Zeugin! Ich will eine Aussage machen.«

»Lassen Sie die Dame durch«, sagte Dix.

»Ich habe ihn gesehen«, sagte die Frau. Sie ging auf Krücken und brauchte eine Weile, bis sie vor ihnen stand. »Ich hab mir gleich gedacht, dass mit dem Mann was nicht stimmt. Wie der überall herumgeschnüffelt hat und dabei so heimlich tat.«

»Wie sah er denn aus?«

»Er hat sich als Priester verkleidet, hatte dieses schwarze Ding an, wie heißt das gleich wieder? Na, er kam eben wie ein Pfarrer daher.« Sie fuchtelte mit der Krücke vor ihnen herum. »Wenn Sie schneller gewesen wären, hätten Sie ihn schnappen können.«

In diesem Moment kam Baltasar Senner aus der Gnadenkapelle. »Da sind ja die Herren Kommissare«, sagte er.

Die Frau schrie: »Das ist er! Das ist der Mann, halten Sie ihn fest, ich erkenne ihn wieder, das ist er, bei allen Heiligen!«

»Der? Der war's?« Mirwald lächelte. »Nur zu gern würden wir den verhaften, aber jetzt noch nicht. Sie haben uns sehr geholfen, verehrte Dame, Sie können gehen, besten Dank nochmals.«

»Was ist mit meiner Aussage? Gibt's da kein Protokoll oder so was?«

Mirwald tippte sich an die Stirn. »Ist alles da drin gespeichert. Danke, aber wir brauchen Sie momentan nicht mehr. Wenn Sie bitte wieder gehen würden?« Er gab dem Polizisten ein Zeichen. »Begleiten Sie die Dame bitte.«

Dix wandte sich an Baltasar. »Also, Herr Senner, nun erzählen Sie mal ausführlich, was passiert ist.«

Baltasar Senner gab eine knappe Zusammenfassung seiner Suche und wie er schließlich auf die Kerzen gekommen war.

»Unser Täter liebt kirchliche Themen«, sagte Dix. »Und hat Sinn fürs Melodramatische.«

»Wollen Sie das Fundstück sehen?«, fragte Baltasar. »Ich

habe mir Ihren Rat zu Herzen genommen und nichts angefasst.«

»Lobenswert!«, meinte Mirwald. »Aber alles der Reihe nach. Die Votivtafel würde ich gerne zuerst sehen. Ich vermute, Sie hatten keine Handschuhe an, als Sie das Bild von der Wand genommen haben, oder? So viel zum Thema Lernfähigkeit.«

»Wie hätte das denn ausgesehen? So hätte ich mich doch auf jeden Fall verdächtig gemacht«, protestierte Baltasar und führte sie zu der Votivtafel.

Mirwald zog Gummihandschuhe an und hängte das Bild ab. »Schon eine unglaubliche Frechheit vom Täter, seine Botschaft ausgerechnet auf der Rückseite einer Votivtafel zu hinterlassen.«

»Oder das Gefühl von Überlegenheit«, meinte Dix. »Er kann sich solche Spielchen leisten, weil er eh nicht damit rechnet, erwischt zu werden. Bis jetzt hat er ja auch Recht behalten.«

»Es war außerdem kein großes Risiko«, sagte Baltasar. »In der Nacht ist der Kapellplatz wie ausgestorben, und das Anbringen der Botschaft dauert nur Sekunden, wenn man es geschickt anstellt.«

»Wir lassen die Votivtafel kriminaltechnisch untersuchen«, sagte Dix. »Aber ich fürchte, dass genauso wenig herauskommt wie in der Vergangenheit.« Er wandte sich an Senner. »Hochwürden, wir brauchen Sie im Moment nicht mehr. Aber bitte bleiben Sie im Ort, es könnte sein, dass wir später noch Fragen haben. Und achten Sie auf eine Frau mit Krücken!«

»Auf geht's, Mirwald, wir betreten nun das Allerheiligste. Zeigen Sie gehörigen Respekt.«

Der Assistent versuchte das Kreuzzeichen.

»Was lernt ihr jungen Leute eigentlich heute auf der Universität? Da wundert mich nichts mehr. Schauen Sie mir zu.« Er demonstrierte es mit einer das Kreuz nachzeichnenden Gebärde seiner rechten Hand. »Und jetzt probieren wir's drinnen.«

Ein Polizist bewachte den Durchgang zur Schwarzen Madonna. Die Tür zur Sakristei stand offen, auf einem Schemel saß der Stadtpfarrer.

»Schauen Sie nur, Mirwald, all die Schätze an der Wand, das gibt es bei euch in Norddeutschland nicht«, sagte Dix.

»Der Marienwallfahrtsort Kevelaer in Nordrhein-Westfalen ist auch nicht schlecht. Und solche Schätze hängen bei uns im Museum.«

»Spüre ich da einen Mangel an Glauben? Bitte nicht solche Gedanken an einem so heiligen Ort.«

Mirwald zeigte auf das Fragment der Monstranz. »Wirklich verblüffend, wie gut sich das zwischen all den anderen Kunstschätzen einfügt.«

»Die Kriminaltechniker sollen auch den Sims nach Spuren absuchen und sich beeilen, damit der Ortspfarrer nicht länger leidet«, sagte Dix.

»Sie wissen ja, was dieses Teilstück bedeutet, oder? Der Täter hat offenbar geplant, das Bistum mit weiteren Forderungen zu quälen.«

»Ganz Ihrer Meinung«, antwortete Dix. »Reden wir nochmals mit dem Ortspfarrer.«

Sie gingen in die Sakristei hinein, wo der Pfarrer saß, und sahen sich auch dort um. Mirwald entdeckte ein Guckloch. »Dadurch hätten Sie und Ihre Kollegen den ganzen Vorraum im Blick. Wie kann es dann sein, dass jemand seelenruhig etwas auf dem Sims platziert und dann mir nichts, dir nichts wieder verschwindet? Einem von Ihnen muss doch aufgefallen sein, dass sich die Anordnung verändert hat.«

»Der Sims ist erhöht. Man schaut nicht automatisch hinauf, im Gegenteil, der Blick wird von der Jungfrau Maria angezogen, die beleuchtet im Allerheiligsten steht. Und wir sind ja nicht ständig in der Kapelle, sondern nur zu Gottesdiensten. Zu manchen Tageszeiten ist der Vorraum leer, die Besucher gehen meistens direkt weiter zu der Schwarzen Madonna. So leid es mir tut, ich kann beim besten Willen nicht sagen, wie lange diese Monstranzspitze schon dort stand.«

35

Er hatte sich wieder einmal bei Philipp angemeldet und ging zu Fuß vom Pfarrhof zum Ortsrand, wo Philipp wohnte. In seinem Rucksack hatte er zwei Flaschen italienischen Rotwein, einen guten Barolo. Es begann bereits zu dämmern, nur vereinzelt waren noch Leute unterwegs, die ihn ehrfürchtig grüßten. Als katholischer Pfarrer galt man noch was in dieser Gemeinde. Nicht nur hier, sondern überall im Bayerischen Wald war der Priesterstand angesehen und brachte einem Respekt ein, wie Baltasar wusste. Aber niemand ahnte, mit welchen Problemen sich ein Geistlicher herumschlagen musste! Chronische Geldnot der Pfarrei, ständiger Ärger mit den Vorgesetzten. Und jetzt auch noch die Suche nach einem Mörder!

Philipp hatte bereits Musik aufgelegt, ein Stück von Nirwana, die Gläser standen bereit.

»Mach's dir gemütlich«, sagte er, nahm die Flaschen in Empfang und las das Etikett. »2004, ein sehr guter Jahrgang.«

Sie sprachen über Neuerscheinungen der Rockmusik, über Schwarz-Weiß-Filmklassiker und welcher Film der beste aller Zeiten war, ein Thema, über das sie stundenlang debattieren konnten.

»Und wie geht's mit deiner Wirtin?«, fragte Philipp.

»Wie soll's ihr schon gehen? Sie ist nicht ›meine‹ Wirtin. Und sie hat außerdem einen Namen, sie heißt Victoria.«

»Tu nicht so naiv. Also gut, dann frage ich anders: Läuft da was zwischen euch beiden?« Er trank einen Schluck Rotwein.

»Wir sind uns zugetan … irgendwie.«

»Nun red nicht so verquast. Heißt das ja oder nein?«

»So einfach kann man das nicht sagen. Eigentlich ist die Antwort nein. Aber …«

»Aber was?«

»Nun, ich denke, wir haben in etwa dieselbe Wellenlänge.«

»Und sonst?«

»Und sonst? Vergiss nicht, ich bin katholischer Priester. Da gelten andere Regeln als für Normalsterbliche. Leider.«

»Aber hast du sie schon mal direkt daraufhin angesprochen?«

»So direkt nicht.«

»Deine Zurückhaltung sorgt höchstens für Missverständnisse. Du bist doch sonst auch nicht auf den Mund gefallen.« Er trank wieder einen Schluck. »Aber ich sehe schon, das Thema ist dir unangenehm. Reden wir von was anderem.«

Baltasar berichtete über die aktuellen Geschehnisse und den Stand der Ermittlungen. »Dieser Mörder ist wie ein Phantom – einfach nicht zu greifen.«

»Apropos, hast du dir schon die Dateien des Studenten angesehen?«

»Ich habe damit angefangen«, sagte Baltasar, »bin aber noch nicht weit gekommen.«

»Das dachte ich mir schon. Deshalb habe ich mich dann doch geopfert und bin alles durchgegangen. Und ich muss sagen, es hat sich gelohnt!«

»Lass hören.«

»Langsam, langsam, mein Guter.« Philipp stand auf und entkorkte die zweite Flasche. »Ich sagte geopfert. Damit wollte ich andeuten, dass ich eigentlich eine kleine Anerkennung verdient hätte.«

»Ich bitte den lieben Gott, dich Sünder doch noch ins Paradies aufzunehmen, was für einen Atheisten natürlich unüblich wäre.«

»Bitte deinen Großen Außerirdischen lieber, er möge dich mit Weisheit segnen für die Lösung deines Falls. Ich wäre schon mit ein paar Flaschen dieses wunderbaren Tropfens zufrieden.«

»Meinetwegen. Ich habe eine ganze Kiste von dem Kloster im Piemont erhalten als Bezahlung für meine Weihrauchlieferung.«

»Das bringt mich zum ersten Resultat meiner Recherchen, die ich in deinem Auftrag durchgeführt habe. Diese Pillen, die du im Priesterseminar gefunden hast, sind Aufputschmittel. Die Droge, genauer gesagt der Wirkstoff ist Amphetamin, in einschlägigen Kreisen auch als Speed oder Pep bekannt. Ist beliebt als Partydroge, aber auch zur Leistungssteigerung zum Beispiel vor Prüfungen, weil man wacher ist und länger lernen kann. Die Konzentration des Wirkstoffs in den Proben war relativ gering.«

»Woher, glaubst du, haben die Studenten das Zeug?«

»Auf den Pillen ist ein Kreis mit einem Kreuz, eine Art Visitenkarte des Drogenlabors, wenn du so willst, ein spezieller Produzent, denn als Medikament bekommst du das nur auf Rezept. Das wird streng überwacht, illegal ist es sowieso. Nach der Quelle zu forschen, wäre eher eine Aufgabe für die Polizei.«

»Könnte hinter der anonymen Telefonnummer in Davids Notizbuch der Drogenlieferant stecken?«

»Ich habe mir den Anschluss vorgenommen, er gehört zu einer Prepaid-Karte, der Name des Eigentümers war nicht zu finden. Ist typisch für Nutzer, die nicht entdeckt werden wollen. Man könnte versuchen, das Handy zu orten, aber das ist extrem aufwändig. Außerdem sind solche Handys aus diesem Grund meist ausgeschaltet.«

»Nun zu den Dateien.« Baltasar holte den USB-Stick heraus und gab ihn Philipp.

»Brauche ich nicht«, winkte Philipp ab. »In weiser Voraussicht habe ich die wichtigsten Sachen ausgedruckt, meine Befürchtung, dass es heute wieder nicht nur ein gemütlicher Abend mit gutem Wein wird, hat sich selbstverständlich bewahrheitet.«

»Soweit ich gelesen hatte, waren es Referate und Seminararbeiten fürs Studium«, sagte Baltasar. »David muss ein sehr fleißiger Seminarist gewesen sein.«

»Sag ich ja. Das alles durchzugehen artet in echte Arbeit

aus.« Er legte Ausdrucke von Fotos auf den Tisch. »Guck dir das an.«

Die Fotos zeigten David Lämmerhirt auf einem Motorrad, italienische Marke, der Tank schwarz lackiert. David trug eine Lederkombi, in der Hand hielt er den Helm. Auf anderen Fotos sah man, wie er sich beim Fahren in die Kurven neigte, die Knie nur Zentimeter vom Boden entfernt. Ausflüge in die Berge.

»Du fragst dich sicher, wer fotografiert hat.« Philipp zeigte Baltasar ein weiteres Foto: David und Christian Helfer, beide in Motorradkleidung vor der Maschine stehend und in die Kamera lachend.

»Ich wusste gar nicht, dass David ein Motorrad besitzt. Vielleicht ist es nur ausgeliehen?« Baltasar runzelte die Stirn. »Ich erinnere mich an ein Prospekt, das in seinem Zimmer lag. Solche Maschinen kosten doch einiges.«

»Dieses Modell liegt sicher bei 10.000 Euro, ein teures Hobby für einen Studenten.«

»Christian Helfer hat derzeit gar keinen Führerschein. Wie alt sind die Fotos?«

»Laut Dateiinformation zwei Monate.«

Baltasar sah sich das Gebäude im Hintergrund des Bildes genauer an. »Ich wüsste gerne, wo das ist, schließlich musste David die Maschine irgendwo unterstellen.«

Ansonsten waren es Urlaubs- und Partyfotos, Aufnahmen von Studenten in Regensburg und von der Gruppe mit Leopold Keplinger. Baltasar fiel auf, wie vertraut der Regens mit seinen Zöglingen wirkte, nicht diese Distanz, die man von dem Leiter eines Priesterseminars eher erwarten würde.

»Hast du interessante Mails gefunden?«, fragte Baltasar.

»Erstaunlich wenig, nur so was wie Online-Bestellungen,

offizielle Briefe, Behördenkram, Korrespondenz mit der Uni, Recherchen für Seminararbeiten. David muss einen zusätzlichen Mail-Account für seine private Korrespondenz gehabt haben, auf den er von jedem PC aus Zugriff hatte. Da hab ich allerdings nichts weiter gefunden. Aber dafür habe ich etwas anderes.«

Philipp gab Baltasar einen Ausdruck. »Ich weiß nicht, ob es wichtig ist, der Student hat das E-Mail nicht gelöscht, obwohl es nur ein Entwurf war. Vielleicht hatte er vor, es später abzuschicken.«

Der Brief trug den Absender von David Lämmerhirt.

An
Regens Heinz Will
Leiter des Priesterseminars Sankt Wolfgang
persönlich/vertraulich

Sehr geehrter Herr Will,
ich wähle diesen ungewöhnlichen Weg, mich an Sie zu wenden, weil ich von einer tiefen Sorge gequält werde. Lange habe ich mit mir gerungen, ob ich mein Wissen offenbaren soll. Ich habe Zwiesprache mit Gott gehalten, habe in mein Innerstes gehorcht. Ich glaube, ich kann es nicht länger mit meinem Gewissen vereinbaren zu schweigen, ich kann das Unrecht nicht mehr decken. Deshalb bitte ich um eine persönliche Unterredung, um Sie über einen Betrug zu informieren, der bei den letzten Prüfungen im Seminar begangen worden ist.
Ich weiß, es ist ein schwerer Schritt, aber ich …

Hier endete der Brief. Deshalb also hatte David um das Gespräch mit Will gebeten. Aber warum hatte er den Brief nicht abgeschickt und den Termin mit dem Regensburger Seminarleiter verstreichen lassen?

Nachdem sie beide Flaschen geleert hatten, machte sich Baltasar auf den Heimweg, ein wenig wackelig auf den Beinen.

Als er am Rathaus vorbeikam, fiel ihm ein Plakat auf, das an die Hauswand geklebt worden war. Darauf stand in großen farbigen Lettern:

WIR WOLLEN KEINE FLEISCHFABRIK!

36

Schon in der Frühmesse war die Unruhe der Kirchgänger spürbar. Sie tuschelten, verpassten die Einsätze bei den Liedern, und viele sahen andauernd auf ihre Uhr. Die Kirche war nur zu einem Drittel gefüllt, und Baltasar beschloss, die Andacht möglichst schnell zu beenden.

Das war für einen katholischen Priester nicht sehr schwer, jeder einigermaßen erfahrene Geistliche verfügte über ein paar Tricks, Messen abzukürzen. Ein Pfarrer war der alleinige Herr über die Veranstaltung, niemand würde es wagen, ihm Vorschriften zu machen oder gar Kritik zu äußern, vorausgesetzt, die Kirchgänger bemerkten die Änderungen im Programm überhaupt. Natürlich konnte weder beim Glaubensbekenntnis noch beim Vaterunser gespart werden. Aber wer sagte denn, dass die Anwesenden alle Strophen eines

Liedes singen mussten? Eine reichte. Das Gebet ließ sich auf Kernsätze reduzieren, und der Segen am Schluss war genauso gültig, wenn er im Schnellverfahren durchgezogen wurde, auch wenn die Gesten dann an Karatefilme erinnerten. Das meiste Potenzial bot jedoch die Predigt, Baltasar erwähnte nur kurz eine Bibelstelle mit den Segnungen der Arbeit und wie wichtig Arbeit im Leben sei.

Danach gingen alle direkt zum Rathaus, Baltasar folgte ihnen.

Das Plakat mit der Aufschrift hatte Bürgermeister Wohlrab hängen lassen, aber vor dem Eingang war ein improvisierter Stand aufgebaut, flankiert von zwei Stoffbannern, auf denen stand:

ARBEITSPLÄTZE FÜR ALLE

Ein unbekannter Mann stand neben dem Bürgermeister. Wohlrab hielt eine Ansprache, in der er die anonymen Schmierfinken beschimpfte und darauf hinwies, dass im Bayerischen Wald richtige Männer ihre Meinungsverschiedenheiten offen und direkt austrugen und sich nicht feige versteckten. Er erklärte, er wolle nur das Beste für die Bürger, worauf ein zorniger Zwischenruf aus der Menge kam: »Das Beste für Ihren Geldbeutel, meinen Sie wohl!« Unbeirrt fuhr Wohlrab fort, neue Arbeitsplätze seien das dringlichste Problem in der Region, und er habe jetzt eine Chance für mehr Beschäftigung aufgetan.

Er stellte den Unbekannten neben sich als Vertreter der Investoren vor und hob ein Bündel Papiere und einen Kugelschreiber in die Höhe. Jeder, der Interesse an einer Beschäftigung in der Großschlachterei habe, könne sich nun in diese Liste eintragen. Natürlich sei das unverbindlich, aber die Einstellungen würden bald beginnen. Einige Leute traten vor und schrieben ihre Namen und Anschriften auf, danach zerstreute sich die Menge.

»Ist der Bau der Fabrik denn schon definitiv?«, fragte Baltasar den Bürgermeister.

»Die Investoren sind fest dazu entschlossen. Sie haben sich bereits eine Option auf die Grundstücke einräumen lassen. Es sind noch ein paar organisatorische Fragen zu klären, dann kann's losgehen.«

»Welche Fragen?«

»Na, sehen Sie, Hochwürden, solch eine Großschlachterei braucht entsprechendes Personal. Darum auch die Aktion heute. Aber ich bin zuversichtlich, dass genug Menschen die Chance auf einen Job nicht ausschlagen. Bei uns gibt es nicht alle Tage solche Angebote, auch wenn ein paar Uneinsichtige dagegen protestieren. Die Aufregung wird sich schon legen, und die Gewerbesteuer ist auch nicht zu verachten.«

»Sind denn die Bedenken wegen Lärm und Dreck schon ausgeräumt? Wie ich gehört habe, machen sich auch deswegen viele Menschen Sorgen.«

»Das bisschen, was da anfällt, ist gar nicht der Rede wert. Dafür gewinnt unsere Gemeinde mit dem neuen Arbeitgeber an Attraktion, daran müsste Ihnen doch auch gelegen sein. Werben Sie beim nächsten Gottesdienst für das Projekt. Auf Sie hören die Menschen.«

*

Teresa erklärte, sie wolle mit einer Freundin zum Einkaufen nach Straubing fahren und habe deshalb keine Zeit zum Kochen, und fragte ihn, ob er ausnahmsweise woanders mittagessen könne. Baltasar nickte, seine Freude verbergend.

Kaum war seine Haushälterin fort, ging er in die »Einkehr«.

Die Gaststube war voll besetzt, dem Stimmengewirr nach zu urteilen, kamen die Gäste von überall her, nur nicht aus dem Bayerischen Wald. Norddeutsche Dialekte mischten sich mit Schwäbisch und Sächsisch, sogar Wienerisch war herauszuhören.

Er fand gerade noch einen freien Platz an einem Tisch, an dem schon ein Ehepaar saß, das die Speisekarte studierte. Höflichkeitshalber stellte er sich vor.

»Ach, ein Pfarrer, so was gibt's hier noch? Wie interessant, schönen guten Tag auch, wir sind aus Rostock«, antwortete der Mann. »Sind Sie evangelisch oder katholisch oder von einer Sekte?«

»Ich bin katholischer Priester.«

»Wissen Sie, Herr Priester, für uns ist das alles aufregend, wir sind zum ersten Mal im Bayerischen Wald«, sagte die Frau, »es ist alles so exotisch, auch die Leute, wir haben schon richtige Einheimische gesehen und Hühner und Kühe.«

»Und Ochsen«, ergänzte der Mann.

»Das sind doch auch Kühe, nicht wahr, Herr Priester?«

»Ähm ...«

»Mein Mann kennt sich nicht so aus. Jedenfalls haben wir einen Ausflug gemacht«, fuhr die Frau fort. »Wie bergig hier alles ist, ganz anders als bei uns im Norden, da ist alles flach. Und das Grün, so ... so satt, ich weiß nicht, wie ich es sonst beschreiben soll.«

»Und was machen Sie so beruflich?«, fragte der Mann.

»Das weißt du doch, Schatz, er ist Priester.«

»Ich bin ja nicht taub«, antwortete der Mann, »aber ich meinte, was der Herr da so macht den ganzen Tag, mit was er beschäftigt ist, mit Beten oder so?«

Die Frau beugte sich weiter vor und sagte zu Baltasar: »Hören Sie nicht auf ihn, er war schon lange nicht mehr in der Kirche. Ich übrigens auch nicht, aber Ihre Kirche hier im Ort, die schauen wir uns sicher an! Diese Kirchen hier sind so alt, sie haben so was Erhabenes. Aber sagen Sie, was empfehlen Sie uns von der Speisekarte, was isst man denn hier am besten?«

»Da empfehle ich Ihnen auf jeden Fall Schweinsbraten mit Knödel, schmeckt vorzüglich und ist Balsam für Körper und Seele. Dazu trinken Sie ein Bier aus der Region, wohl bekomm's!«

Die Bedienung kam und sagte: »Hochwürden, Ihr Tisch wäre jetzt frei.«

Baltasar erhob sich und ging zu dem Platz in der Ecke. Der Kellnerin flüsterte er zu: »Danke, dass Sie mich erlöst haben!«

»Kein Thema! Diese Gäste sind ein wenig anstrengend.«

Nachdem er ihn schon empfohlen hatte, bestellte er sich selbst einen Schweinsbraten und erkundigte sich wie üblich: »Ist Frau Stowasser da?«

»Ja, sie ist in der Küche, ich sag ihr Bescheid.«

Das Fleisch war zart, die Kruste resch, die Knödel ließen sich wunderbar leicht mit der Gabel zerteilen. Für eine Weile vergaß Baltasar alles um sich herum, bis Victoria zu ihm kam.

»Ich muss mich jetzt erst um die Gäste dort drüben kümmern, es sind Freunde aus Stuttgart. Danach komme ich wieder zu Ihnen und erzähle von meinen Recherchen in Bad Füssing.«

Sie setzte sich zu ihren Freunden an den Tisch, eine sich angeregt unterhaltende Gruppe, ihr Idiom wies sie als Schwaben aus. Es waren zwei Paare in den Fünfzigern und ein einzelner Mann Mitte vierzig. Victoria schien sie alle gut zu kennen. Sie gestikulierte, lachte und offenbarte eine Vertrautheit, die Baltasar nicht an ihr kannte und die ihn ein wenig eifersüchtig auf diese Bekannten werden ließ.

Nach etwa einer halben Stunde kam Victoria wieder zu ihm.

»Sie haben Besuch aus Ihrer alten Heimat, oder?«, fragte er.

»Ja. Sie machen hier einen Wanderurlaub. Ich kenne sie noch aus Stuttgart, damals haben wir viel zusammen unternommen. Aber wie das so ist, wenn jemand umzieht, man verliert sich leicht aus den Augen. Deshalb freue ich mich umso mehr, nach so langer Zeit wieder mal vertraute Gesichter zu sehen.«

»Und wie war Ihr kleiner Ausflug nach Bad Füssing?«

»Aufregend! Für mich ist es ja absolut ungewohnt zu schauspielern, um jemanden quasi auszuspionieren. Sie hätten erleben sollen, was für ein Herzklopfen ich hatte, als ich in der Massagepraxis war.«

»Und konnten Sie mit Ingrid Toller sprechen?«

»Erst habe ich mal das ganze Programm durchlaufen, mich durchkneten lassen, mich in dieses Stangerbad gesetzt, der Physiotherapeut, dieser Jürgen Stadler, schwört darauf, es hat Unterwasserdüsen und irgendeinen Reizstrom, jedenfalls hat es mir wirklich gutgetan. Und zum Schluss bekam ich eine Schlammpackung.«

»Von Ingrid Toller, Stadlers Schwägerin, nehme ich an?«

»Sie haben die Frau zutreffend beschrieben, Herr Senner. Zunächst war sie unverbindlich und wirkte misstrauisch. Ich habe mich als Touristin ausgegeben, die Urlaub in Niederbayern macht und einmal als Tageskurgast in Bad Füssing ist. Je länger wir uns unterhielten, desto mehr taute sie auf.«

»Und was hat sie so erzählt?«

»Nun, sie hat schon erzählt, sie wohne jetzt in Perlesreut und fahre von dort jeden Tag zur Arbeit, denn sie habe ihren vorherigen Job im Ordinariat aufgeben müssen. Aber sie hat nicht dazugesagt, was der Grund dafür war. Nur, dass es für sie eine bodenlose Ungerechtigkeit war, wie mit ihr umgegangen wurde. Man merkt, dass es in ihr nagt, es zerfrisst sie regelrecht. Schlimm. Sie meinte noch, dass sie sich das nicht bieten lassen und ihr Recht fordern wolle.«

»Was meinen Sie? Trauen Sie ihr zu, dass sie nicht nur davon redet, sondern solche Dinge auch in die Tat umsetzt? Womöglich sogar auf nicht legalem Weg?«

»Es ist nur ein Bauchgefühl von mir, aber ich glaube, diese Frau ist zu einigem fähig. Wut darüber, ungerecht behandelt worden zu sein, ist sicher ein nicht zu unterschätzender Motor. Behalten Sie sie lieber noch im Auge, denn wer weiß?«

37

Vinzenz Siebenhaar saß zusammengesunken hinter seinem Schreibtisch, er wirkte schlaff und blutleer und sah aus wie ein Geist. »Hört denn das nie auf?«, fragte er matt. »Ich will wieder mein normales Leben zurück. Ich will mich nicht länger von diesem Verbrecher drangsalieren lassen.«

Er schob Baltasar einen Ausdruck zu mit einer Geste, als berühre er Luzifers Testament. Ein neues E-Mail war gekommen.

Herr Bischof,
wie immer haben Sie sich nicht an meine Anweisungen gehalten. Eigenmächtig haben Sie die Wallfahrt verkürzt. Sie haben die Polizei hinzugezogen. Und das verstehen Sie unter Buße tun: im vollen Ornat ein paar salbungsvolle Sätze ablassen? Das ist keine Buße und zeugt nicht von Demut.

Wenn Sie das Hauptteil der Monstranz zurückhaben wollen, müssen Sie endlich richtig büßen. Laden Sie die Bedürftigen, die Ärmsten und die Obdachlosen der Stadt in Ihre Prunkresidenz ein, und bewirten Sie sie alle persönlich und reichlich, im Büßergewande und in Demut.

Dann – und nur dann – erhalten Sie das Kunstwerk zurück.

»Ich weiß nicht mehr, was ich sagen soll. Ich weiß nicht mehr, was ich tun soll«, jammerte Siebenhaar und schüttelte den Kopf. »Die Kriminalpolizei habe ich schon informiert, die konnten mir auch keinen Rat geben. Dieser Gangster treibt es immer toller. Warum bin gerade ich seine Zielscheibe? Herr Senner, Sie müssen diesem Kriminellen endlich das Handwerk legen. Also, wie soll ich mich verhalten?«

»Letztlich müssen Sie das selbst entscheiden, Exzellenz. Zumindest hat der Täter seine Ankündigungen bisher immer wahr gemacht und uns letztlich zu den Verstecken geführt. Diese Aktion der Nächstenliebe, die er da ordert, passt zur Diözese und kommt bestimmt auch in der Öffentlichkeit gut an.«

»Es ist doch eine Frechheit, das so zu fordern. Wer tut denn das Meiste für die Benachteiligten der Gesellschaft? Die katholische Kirche! Wir betreiben Kindergärten, Pflegestationen, geben kostenlose Lebensmittel an Bedürftige aus, betreuen Gefängnisinsassen und Nichtsesshafte. Was also redet dieser unsägliche Mensch? Will er mich oder gar die ganze katholische Kirche provozieren?«

»Seine Motive sind nicht klar«, antwortete Baltasar. »Wenn wir wüssten, was ihn tatsächlich motiviert, könnten wir seine Identität wahrscheinlich schneller feststellen.«

»Ich verliere die Geduld, Herr Senner! Wir brauchen endlich Resultate, und ich zähle auf Sie! Soll Herr Castellion eine solche Veranstaltung organisieren. Selbst wenn ich mich dafür zum Kasperl machen muss. Ich will, dass das alles sofort ein Ende hat und wir die Monstranz komplett zurückbekommen.«

»Sie würden mir sehr weiterhelfen, Herr Siebenhaar, wenn Sie mir mehr Hintergrundinformationen geben, vor allem auch vertrauliche Dinge.«

»Bei aller Liebe, Herr Senner, mein Amt gebietet es, über bestimmte Angelegenheiten zu schweigen, ich bin schließlich auch dem Heiligen Stuhl gegenüber verantwortlich.«

»Wollen Sie, dass dieser Fall aufgeklärt wird, oder nicht?«

Der Bischof ließ einen tiefen Seufzer vernehmen. »So Gott will, meinetwegen! Sie erwischen mich heute in einem Zustand der Schwäche. Also fragen Sie. Aber alles, wirklich alles, was ich sage, ist ausnahmslos für Ihre Ohren bestimmt.«

»Beginnen wir mit Leopold Keplinger. Er leidet, weil er sich Sorgen um die Zukunft des Passauer Priesterseminars macht. Welche Pläne haben Sie?«

»Der Regens lebt für seine Studenten. Sie sind seit Jahrzehnten sein Lebensinhalt.

Wie oft habe ich ihm geraten, mehr Distanz zu wahren. Schließlich ist es doch ein Lehrer-Schüler-Verhältnis. Doch er sieht sich als Vater, der seine ›Jungs‹, wie er sie nennt, betreuen und zum festen Glauben führen muss. Er steht zu ihnen und schützt jeden Einzelnen, auch wenn einer mal etwas angestellt hat. Man könnte fast meinen, er stecke mit ihnen unter einer Decke.«

»Warum greifen Sie nicht beherzter ein, wenn Sie seinen Führungsstil missbilligen?«

»Herr Keplinger steht kurz vor der Pensionierung. Er hat sich in all den Jahren seine Meriten verdient. Deshalb lasse ich es gut sein. Und jetzt komme ich auch zum Kern Ihrer Frage. Ich habe beschlossen, das Passauer Priesterseminar zu schließen und die verbliebenen Seminaristen nach Regensburg zu schicken. Es macht keinen Sinn, das ganze Seminar für die paar Studenten aufrechtzuerhalten.«

»Weiß Keplinger schon davon?«

»Offiziell habe ich es noch nicht bekannt gegeben. Sie können sich vielleicht vorstellen, wie heikel dieses Thema ist. Doch möglich ist, dass ich in einem der Gespräche mit dem Regens eine Andeutung gemacht habe, aus der sich entsprechende Schlüsse ziehen lassen. Wir hatten nämlich schon einige hitzige Diskussionen in der Angelegenheit. Ich musste sie mehrmals abbrechen, denn Herr Keplinger kann laut und bisweilen sogar aggressiv werden. Er wirkt zwar meistens ruhig und besonnen, doch diese Fassade verbirgt seinen wahren Charakter.«

»Könnte es auch mit Herrn Keplinger zu tun gehabt haben, dass David Lämmerhirt kurz vor seinem Tod ein Gespräch mit Ihnen erbeten hat? Ich fand einen entsprechenden Eintrag in seinem Kalender«, sagte Baltasar.

»Das stimmt, David bat um ein vertrauliches Gespräch mit mir. Ich begegnete ihm zufällig nach dem Gottesdienst im Dom und fragte ihn, um was es ging und ob er das nicht mit dem Regens diskutieren könnte. Er meinte aber, mir persönlich etwas sagen zu müssen, es ging um Unregelmäßigkeiten im Priesterseminar, er habe einen Verdacht, den er mir mitteilen wolle, sein Gewissen zwinge ihn dazu. Ich wollte mehr erfahren, doch er bestand darauf, das Gespräch zu vertagen, wahrscheinlich fühlte er sich beobachtet. Zu dem Termin ist es nicht mehr gekommen, aus einem traurigen Grund, wie wir wissen.«

»Hat Herr Keplinger David bevorzugt, etwa weil er bessere Leistungen erbrachte als die anderen?«

»Ich denke, der Regens hat alle seine Studenten immer gleich behandelt. Wenn er Favoriten hatte oder hat, so wird er sich das sicher nicht anmerken lassen. Schließlich müssen wir unseren Nachwuchs motivieren, nicht demotivieren.«

»Würden Sie dem Domprobst illegale Machenschaften zutrauen?«

»Sie meinen, ob Zacharias etwas mit der Monstranz zu tun hat?« Siebenhaar wehrte ab. »Nein, das kann ich mir nicht vorstellen! Sicher nicht. Wir geraten zwar schnell mal aneinander, aber da geht es um rein berufliche Agenden wie Organisation, Messegestaltungen und dergleichen.«

»Sie haben zusammen studiert, waren befreundet, wie ist denn Ihr persönliches Verhältnis derzeit? Gibt es Neid oder Eifersucht?«

»Zacharias hätte durchaus das Zeug für höhere Ämter gehabt. Doch die Entscheidung darüber obliegt dem Vatikan. Der Heilige Vater hat sich damals für meine Person entschieden. Dass auch andere Anwärter sich Hoffnungen gemacht haben und enttäuscht waren, ist menschlich. Was Zacharias' und mein Verhältnis betrifft, so hat es sich im Laufe der Jahre abgekühlt. So ist der Lauf der Dinge. Ich habe viele Aufgaben und Verpflichtungen, da kann ich nicht jede Freundschaft pflegen. Das muss man akzeptieren, denn das bringt mein Amt mit sich.«

»Noch ein letzter Punkt«, sagte Baltasar, »und zwar die Entlassung von Ingrid Toller, Frau Stadlers Schwester. Was genau war der Grund dafür?«

»Herr Senner, was ist denn in Sie gefahren? Gibt es überhaupt noch Mitarbeiter von mir, die Sie nicht verdächtigen?« Vor Unmut klang die Stimme des Bischofs gedämpft. »Eine pikante Angelegenheit, ich spreche nur ungern darüber, denn so etwas war bis dahin in meinem Bistum noch nicht passiert. Der Generalvikar hat die Unselige dabei erwischt, wie sie sich zusätzliches Geld auf ihr Konto überwiesen hat. Frau Toller stritt alles ab, doch die Kontoauszüge ließen keinen Zweifel an der Tat. Frau Stadler hat sich damals sehr für ihre Schwester ins Zeug gelegt, und wir haben schließlich auch von einer Anzeige abgesehen, um Frau Toller nicht ihre ganze Zukunft zu verbauen.«

»Und Sie glauben den Aussagen von Herrn Castellion?«
»Selbstverständlich, wo denken Sie hin? Der Generalvikar ist meine rechte Hand! Ihm vertraue ich blind!«

38

Baltasar rief Philipp Vallerot und bat ihn, zwei Personen zu beschatten, nur vorübergehend.

»Was glaubst du denn? Soll ich meine ganze Freizeit opfern und stundenlang im Auto sitzen, um auf irgendwelche Leute zu warten? Das ist doch kein Vergnügen!«

»Du wärst zur Abwechslung mal Privatdetektiv, wäre das denn nichts?«, beharrte Baltasar. »Ich muss herausfinden, ob diese beiden Personen irgendetwas mit dem Mord an David zu tun haben. Es ist eine ernste Angelegenheit, und dazu brauche ich dringend deine Hilfe als Experte.«

»Teuer wird das für dich aber auf jeden Fall.«

»Was immer du willst, solange es für einen mittellosen Priester bezahlbar ist.«

»Wenn es anfängt, mich zu langweilen, breche ich sofort ab«, sagte Philipp, »das Ganze wird nicht wieder in Arbeit ausarten.«

»In Ordnung.«

»Länger als einen Tag halte ich das sowieso nicht durch.«

»Drei Tage.«

»Zwei.«

»In Ordnung.«

Baltasar entschuldigte sich bei Teresa, er bleibe leider nicht zu Mittag, trotz der duftenden Blumenkohlsuppe mit

Speck und Zwiebeln, doch er habe einen dringenden Termin. Sie möge ohne ihn essen und könne natürlich gern noch jemanden einladen.

In Passau parkte er an der Donaulände und ging zu Fuß durch die Altstadt zu dem Lokal. Drinnen wartete Wolfram Dix schon auf ihn.

»Schön, dass Sie kommen konnten«, sagte Baltasar.

»Kein Thema. Das war eine willkommene Gelegenheit, aus dem Büro zu fliehen. Das Wetter ist ideal für einen Spaziergang.«

Sie bestellten etwas zu essen.

»Ich bin gespannt, was Sie mir Schönes mitzuteilen haben, Hochwürden. Ihr Anruf hat mich überrascht, offen gesagt.«

»Nun, ich brauche Ihre Unterstützung.«

»Vermutlich suchen Sie keine Ministranten für den Gottesdienst, oder? Obwohl ich das gerne wieder mal machen würde. Ich war nämlich früher Ministrant, wissen Sie?«

»Ich will sehen, ob sich was arrangieren lässt. Aber jetzt geht es um den Mord, wie Sie sich vermutlich denken können.«

»Das riecht nach Ermittlungen auf eigene Faust. Hatten wir nicht vereinbart, diese Arbeit der Polizei zu überlassen?« Dix aß ein Stück von seinem Schweinsbraten. »Ah, wunderbar! Meine Frau kocht momentan nur Gemüse. Fleisch und Bratensoße seien Gift für mich, sagt sie, wegen meiner erhöhten Cholesterinwerte. Aber was wäre das Leben wert ohne Risiko, oder nicht?«

»Selbstverständlich mische ich mich nicht in Ihre Ermittlungen ein. Ich unterhalte mich nur mit diesem und jenem und erfahre dadurch einiges. Und das will ich Ihnen mitteilen. Sie profitieren davon, denn als Insider ist es für mich viel leichter, Interna aus der Diözese zu erfahren.«

»Hm. Dann legen Sie mal los.«

»Ich möchte nur vorausschicken, dass ich mich in einer verzwickten Situation befinde. Sagen wir so. Ich habe einige Puzzlestücke gefunden, weiß aber weder, wie sie ins Gesamtbild passen, noch, ob sie überhaupt etwas mit dem Fall zu tun haben. Wenn ich nun alles ganz offiziell der Polizei übergebe, würden unweigerlich einige Personen in ein schiefes Licht geraten. Das will ich nicht. Niemand soll in Verdacht geraten, und am Ende ist es harmlos.«

Dix nickte. »Ich verstehe, Herr Senner. Ich betrachte unser Gespräch als rein informell und akzeptiere, dass Sie außen vor bleiben wollen. Mich interessiert in diesem Zusammenhang sowieso nur der Mordfall.«

»Gut. Wo fange ich an? Also mir ist Davids Terminkalender in die Hände gefallen.« Baltasar zog eine Mappe hervor. »Hier sind Kopien davon, das Original haben Davids Eltern bekommen. Es findet sich eine unbekannte Telefonnummer in dem Kalender. Vielleicht können Sie die Person ausfindig machen, die diesen Anschluss benutzt.« Dazu legte er eine kleine Tüte auf den Tisch. »Vermutlich hat es mit diesen Amphetaminpillen zu tun.«

»Wo haben Sie die denn her, Hochwürden?«

»Na ja. Gefunden.«

Dix steckte die Tüte ein. »Da muss ich die Experten der Drogenfahndung konsultieren.«

»Auf den Fotos hier sehen Sie David auf einem Motorrad. Können Sie anhand des Nummernschildes den Halter ermitteln?«

»Das erledige ich sofort.« Der Kommissar rief die Dienststelle an und gab die Daten durch. Nach zwei Minuten kam die Antwort: »Die Maschine gehört Christian Helfer, als Adresse ist das Priesterseminar in Passau angegeben. Der junge Mann ist derzeit nicht in Besitz einer gültigen Fahrerlaubnis, da er alkoholisiert unterwegs war.«

»Tja, das soll vorkommen. Aber ich werde mich bei dem Studenten erkundigen, was es mit diesem Hobby auf sich hat und warum David und er ein solches Geheimnis daraus machten«, sagte Baltasar. »Haben Sie im Fall des Barons schon etwas herausgefunden?«

»Bruno von Stuckmann, der auf der Liste des Generalvikars stand? Ja, den haben wir durchleuchtet wie übrigens auch alle anderen genannten Personen. Um es kurz zu machen: Die Anhaltspunkte reichen bei allen nicht aus, sie ernsthaft in den engeren Kreis der Verdächtigen einzubeziehen. Die Leute haben entweder Alibis zur Tatzeit oder es fehlen die Motive. Schließlich bringt man niemanden um, nur weil das Ordinariat eine Handwerkerrechnung reklamiert hat.«

»Gilt das auch für den Baron?«

»Von Stuckmann hatte in der Vergangenheit mehrere Gerichtsverfahren am Hals, nicht nur mit dem Bistum Passau. Es ging um dubiose Immobiliengeschäfte. In den Akten steht kaum etwas über die Hintergründe, es drehte sich jedenfalls immer um Geld. Einige Anleger fühlten sich durch falsche Versprechen betrogen. Die Verfahren endeten mit einem Vergleich, der Baron konnte sich herauswinden und zahlte eine bestimmte Summe, und damit war die Sache erledigt. Nur jetzt hat es ihn derbröselt, wie die Niederbayern sagen. Er hat gestern Konkurs angemeldet und sich für mittellos erklärt.«

»Wäre das nicht ein starkes Motiv?«

»Es käme als Motiv infrage, aber es reicht nicht. Menschen werden ja nicht gleich zu Mördern, nur weil sie pleite sind. Ansonsten könnte sich die Kripo vor Einsätzen nicht mehr retten.«

»Demnach war der Streit mit der Diözese der Auslöser?«

»Es war der Sargnagel für den Baron. Aber man muss bedenken, dass der Adelige sich kostspielige Hobbys leistete, teure Autos fuhr, als Jäger ein eigenes Revier gepachtet hatte und all die Jahre auf großem Fuß gelebt zu haben schien.«

»Sind Ihnen im Zuge Ihrer Ermittlungen auch Zahlungen untergekommen, etwa auf ein Sonderkonto?«

»Du lieber Himmel, Hochwürden, Sie lassen ja wirklich niemanden aus! Jetzt wundert es mich nicht mehr, dass Sie Bammel haben, weil Sie die Hälfte der Kollegen in der Diözese verdächtigen. Das findet natürlich niemand witzig. Ich kann doch nicht die Kirchenrepräsentanten reihenweise zum Verhör bitten. Haben Sie vergessen, wo wir hier leben? Das gäbe einen Riesenaufstand. Nein, nein, da brauchen wir schon erheblich mehr als nur ein paar Indizien.«

»Es sind die einzigen Anhaltspunkte, die ich habe«, sagte Baltasar seufzend. »Ich wollte, ich wüsste mehr.«

Dix bestellte sich eine bayerische Creme als Nachtisch. »Im Grunde teile ich Ihre Einschätzung. Der Täter verfügt über erhebliches Insiderwissen. Dazu diese Codesätze aus der Bibel, das lässt auf jemanden mit Kenntnis der Strukturen des Ordinariats schließen. So gesehen zählen die Mitarbeiter des Bischofs natürlich mit zum Kreis der Verdächtigen. Aber so lange wir keine handfesten Beweise haben, kann ich das auf keinen Fall laut sagen.«

»Was hat die Auswertung der bisherigen Ergebnisse gebracht?«

»Auf den Einzelteilen der Monstranz und auch auf der Votivtafel sind weder Fingerabdrücke noch DNA-Spuren. Die Befragung der Zeugen verlief letztlich im Sande. Viele behaupteten, etwas oder jemanden gesehen zu haben, doch die jeweiligen Angaben widersprechen sich. Mal war der Unbekannte groß und dürr, mal klein und korpulent, mal schwarzhaarig, mal blond. Oder aber es war eine Frau. Mich wundert nur, dass niemandem aus der Geistlichkeit der Neuzugang eines Objektes in der Kapelle aufgefallen ist. Die Herren können es sich selber nicht erklären.«

»Das heißt jedenfalls, dass der Täter äußerst raffiniert ist und seine Schritte vorher genau geplant hat.«

»Sie sagen es, Hochwürden. Doch nun zur Sache: Soll ich mir zum Kaffee noch ein Stück Kuchen bestellen?«

*

Vom Restaurant aus machte Baltasar einen kleinen Umweg und ging zum Priesterseminar am Domplatz.

Regens Leopold Keplinger empfing ihn mit griesgrämigem Blick, als wollte er ihn am liebsten sofort wieder wegschicken. Er wirkte angeschlagen und übernächtigt, seine Augen lagen tief in dunklen Höhlen.

»Was wollen Sie, Herr Senner?«

»Ich bringe Ihnen den Generalschlüssel zurück, den Sie mir geliehen haben.«

Keplinger nahm den Schlüssel in Empfang und verstaute ihn wieder hinter dem Bild in der Wand. »Das wäre nicht so eilig gewesen, ich habe Reserveschlüssel.« Er machte keine Anstalten, Baltasar einen Platz anzubieten.

»Ich habe Davids Hinterlassenschaft inzwischen seinen Eltern geschickt.«

»Das ist gut. Sehr gut. David …« Er starrte die Wand an und schien seinen Besucher vergessen zu haben. »David war ein so guter Junge. Er hat es nicht verdient zu sterben. Ich hätte … Ich hätte …« Die Worte blieben ihm im Hals stecken.

»Was hätten Sie?«

»Ich hätte besser auf ihn aufpassen müssen. Vielleicht wäre das alles dann nicht passiert. Ich bin schuld. Und das werde ich mir nie verzeihen.«

»Machen Sie sich doch keine Vorwürfe, Herr Keplinger! David war erwachsen, er traf seine eigenen Entscheidungen.«

»Trotzdem … Als Leiter des Seminars bin ich für meine Jungs verantwortlich. Ich habe alles falsch angepackt, alles. Gott wird mich dafür bestrafen. Und ich habe die Strafe verdient.«

»Sie sehen das alles zu schwarz, Herr Keplinger. Seien Sie nachsichtiger mit sich. Die Zukunft wird zeigen …«

»Welche Zukunft? Von welcher Zukunft reden Sie? Von meiner Zukunft oder von der Zukunft meines Priesterseminars?«, fragte er mit Grabesstimme.

»Es ist noch nicht entschieden, wie es mit der Ausbildung der Priesteranwärter in Passau weitergeht. Und die Arbeitsteilung mit Regensburg macht in der aktuellen Situation doch Sinn, oder nicht?«

»Doch, es ist entschieden. Der Bischof hat sich entschieden, das weiß ich, auch wenn offiziell damit noch hinterm Berg gehalten wird. Ich weiß es genau. Das ist Verrat an der Idee!«

»Die Welt bricht doch nicht zusammen, nur weil einige Studenten nach Regensburg müssen. Die Situation kann sich ja wieder ändern, nichts ist für die Ewigkeit.«

»Ich habe nur noch gut ein Jahr bis zu meiner Rente. Die will ich hier im Priesterseminar mit meinen Jungs verbringen, hier ist mein Platz. Lieber sterbe ich, als dass ich wie ein Hund vom Hof gejagt werde.«

»Niemand wird Sie verjagen und schon gar nicht der Bischof. Vertrauen Sie auf seine Entscheidung.«

»Darüber habe ich lange genug mit ihm gesprochen. Es hat nichts gebracht. Der Allmächtige möge mir verzeihen. Aber Siebenhaar und ich werden keine gemeinsame Linie finden, so leid es mir tut. Eine bittere Erkenntnis, glauben Sie mir, Herr Senner.«

Christian Helfer kam, ohne anzuklopfen, herein. »Oh, Entschuldigung, ich wusste nicht, dass Sie Besuch haben, Herr Keplinger. Guten Tag, Herr Senner.«

»Schon gut, Christian. Wir müssen das auf später verschieben. Ich habe jetzt noch einen Termin und muss dringend gehen. Begleitest du Herrn Senner hinaus?« Keplinger kam die Unterbrechung offenbar gelegen, da er so ihr Gespräch beenden konnte.

Als der Regens gegangen war, machte auch der Student Anstalten, in sein Zimmer zurückzugehen.

»Einen Moment noch, Herr Helfer«, sagte Baltasar. »Können wir uns kurz irgendwo ungestört unterhalten?«

»Kein Problem. Gehen wir doch in den Aufenthaltsraum. Korbinian ist sowieso nicht da, der übernachtet in Regensburg.«

»Ich habe den Eindruck, Herrn Keplinger geht es momentan nicht besonders gut«, begann Baltasar.

»Er sieht erschöpft aus, das stimmt. Ich weiß nicht, was ihm fehlt oder ob ihn etwas belastet. Er redet nicht mit uns über solche Dinge.«

»Ich habe Davids Sachen zusammengepackt, um sie seinen Eltern zu schicken. Dabei sind mir Fotos in die Hände gefallen, die Sie und ihn auf einem Motorrad zeigen. Es hat mich überrascht, offen gesagt. Warum haben Sie das neulich gar nicht erwähnt?«

Christian Helfer kratzte sich am Kopf. »Nun ... Das war unser Geheimnis. Niemand sollte wissen, dass wir in der Freizeit Ausflüge mit der Maschine machen, der Regens hätte sich furchtbar aufgeregt und Davids Eltern auch, wenn sie es gewusst hätten. Deshalb haben wir es für uns behalten.«

»Aber Sie haben doch momentan keinen Führerschein, wenn ich recht informiert bin?«, sagte Baltasar.

Eine Weile schwieg der Student.

»Na gut«, sagte er schließlich, »da Sie ohnehin Bescheid wissen, ja, stimmt, ich bin schwarz Motorrad gefahren. Bitte verraten Sie mich nicht, sonst bekomme ich meinen Führerschein nie mehr zurück. David und ich hatten echt Spaß mit dem Bike, und ich wollte nicht immer nur mitfahren, sondern auch selber am Lenker sitzen. Herr Senner, bitte sagen Sie niemandem was, sonst bin ich dran.«

»Das ist Ihr Privatvergnügen. Keine Sorge. Was mich eigentlich nur wundert, ist, wie Sie als Student das Geld für dieses teure Gefährt aufgebracht haben.«

»Ich hatte was gespart. Es war immer Davids Traum, so eine Maschine zu besitzen. Und ich fand die Kiste auch super. Also habe ich was total Irres gemacht und das Motorrad gekauft. Für uns beide.«

»Wo ist es jetzt?«

»Wir haben eine Garage unten in der Innstadt gemietet, die ist bequem von hier aus zu erreichen. Aber in letzter Zeit sind wir kaum noch gefahren, weil die Prüfungen anstehen.«

»Noch was: Ich habe Amphetamintabletten gefunden. Habt ihr da …?«

»Sie sind ja wirklich ein neugieriger Mensch, Herr Senner! Gönnen Sie drei Studenten nicht ein bisschen Spaß? Außerdem helfen die Dinger wirklich beim Lernen und sind total harmlos. Fast alle in Regensburg nehmen irgendetwas, um durch die Prüfungen zu kommen.«

»Hat David das Zeug auch genommen?«

»Herr Senner, wo leben Sie? Es ist extrem wichtig, einen guten Abschluss zu machen, die Noten müssen gut sein, Sie sollten mal unser Lernpensum sehen. David und ich haben fast alles zusammen gemacht. Feiern. Motorrad fahren. Lernen. Er fehlt mir sehr.«

»Haben Sie eine Idee, was er vom Bischof und von Herrn Will in Regensburg wollte? Er bat sie um vertrauliche Gespräche, aber dazu ist es nicht mehr gekommen.«

»David wollte zu den Chefs? Keine Ahnung, was ihn da geritten hat! Davon hat er mir nichts erzählt.«

39

Der Bischof hatte die Veranstaltung als »Aktion Nächstenliebe und Buße« in der Zeitung ankündigen lassen und zugleich als »Tag der offenen Tür« für alle Bedürftigen Passaus. Das Bistum wolle damit unterstreichen, dass Barmherzigkeit im Zentrum der christlichen Botschaft stehe und die katholische Kirche nicht nur darüber rede, sondern auch praktische Taten folgen lasse.

»Gott schaut besonders auf die Ärmsten, und wir reichen ihnen die Hand, wir lassen sie teilhaben an den Segnungen der Gesellschaft«, ließ sich Siebenhaar zitieren. »Wir haben nichts zu verbergen, jeder kann sich selbst bei uns ein Urteil bilden, die Diözese lebt die Bescheidenheit.«

Einlass ab elf Uhr vormittags, Haupteingang des Ordinariats am Domplatz.

In der Passauer Tafel ließ die Diözese Einladungsplakate aufhängen mit dem Hinweis »Essen und Trinken frei«. Außerdem bat der Generalvikar das Sozialreferat der Stadt, Bedürftige anzuschreiben und auf das Ereignis aufmerksam zu machen. Domprobst Zacharias Windhagen wies in der Frühmesse darauf hin, und auch andere Pfarreien waren angehalten, für die Aktion zu werben.

Am meisten Kopfzerbrechen bereiteten Siebenhaar die Kosten. »Wir müssen mit dem Budget haushalten«, sagte er. »Auch wenn dieser unverschämte Erpresser Luxus von uns erwartet, wir sind hier in Passau, nicht in Limburg. Außerdem brauchen wir unser Geld noch für andere Aufgaben.«

Am liebsten wäre es dem Bischof gewesen, er könnte Wunder wirken, um wie auf der Hochzeit zu Kana Wein in Wasser verwandeln oder bei der Speisung der Fünftausend mit fünf Broten und zwei Fischen alle satt machen zu können. Da ihm diese preisgünstige Lösung verwehrt war, musste er andere Wege gehen.

Deshalb teilte Siebenhaar die Leitenden des Ordinariats als Helfer für die Veranstaltung ein, um Personalkosten zu sparen »und um Demut zu praktizieren wie Jesus bei der

Fußwaschung«, wie er es kommentierte. Klosterschwestern hatten sich um die Küche zu kümmern, Klosterbrüder und Pfarrer sollten beim Aufbau und Dekorieren helfen.

Castellion brachte die Idee des Sponsorings ein, was dem Bischof gefiel. »Warum nicht moderne Methoden benutzen«, meinte er. Persönlich rief er den Chef einer regionalen Brauerei an, sprach mit ihm über christliche Nächstenliebe und den Werbewert ihres Events und nahm dem verdutzten Bierbrauer das Versprechen ab, gegen Gotteslohn Bier, Tische und Bänke zu liefern.

Bei einer Großbäckerei konnte der Generalvikar Brezen und Brot organisieren, gratis, verstand sich. Die Backwaren mussten nicht unbedingt frisch sein, und in die Brotlaibe sollte das Siegel des Bischofs geprägt werden, nach einigen Verhandlungen durfte der Bäcker darunter »unterstützt von …« und seinen Firmennamen anbringen.

Die Mitarbeiter der Diözese mussten überdies Lebensmittelläden abklappern, ob irgendwo eine Ladung überreifer und damit billiger Ware zu haben war.

»Wir brauchen noch etwas, das nach Luxus klingt«, sagte Siebenhaar, »damit es nicht so aussieht, als würden wir nur Billigprodukte anbieten. Und um diesem Verbrecher zu zeigen, dass wir auch anders können. Trüffel wären eine gute Idee.«

Als er jedoch die Preise erfuhr, fand er die Idee nicht mehr so gut. Genauso verhielt es sich bezüglich Kaviar, selbst die Version aus Forellenrogen scheiterte am Geld. Am Ende blieb es bei Lachs und Prager Schinken, dazu Pralinen als Nachtisch, es war ein günstiger Einkauf, weil bei diesen Waren soeben das Verfallsdatum abgelaufen war.

Als Veranstaltungsplatz hatte der Bischof den Hinterhof

des Ordinariats bestimmt und verfügt, dass »unter keinen Umständen« Gäste in die Diensträume dürften. So sei der Tag der offenen Tür nun auch wieder nicht gemeint gewesen.

Bereits um halb elf Uhr drängten sich Menschen vor dem Tor. Die Trachtenkapelle Hals spielte zur Begrüßung auf. Über dem Eingang prangte ein Banner mit der Aufschrift »Grüß Gott im Bistum Passau«, umrahmt von Blumengirlanden und Efeu, eine Spende des Blumengeschäfts vom Einkaufszentrum, was allerdings nur die Organisatoren wussten.

Erika Stadler, im schlichten Leinenkleid, schüttelte allen Hereinkommenden die Hand und führte sie in den Hof. Dort waren die Sitzgelegenheiten in Bierzeltmanier arrangiert. An der einen Seite standen Tische mit den Speisen, gegenüber waren die Getränke angerichtet, Wasser, Säfte und Bier. Der Domprobst schenkte aus. Er trug eine Schürze und hatte sein Hemd hochgekrempelt.

Justus Castellion in Jeans und Polohemd saß ein wenig abseits und unterhielt sich mit seinem Assistenten Daniel Moor. Baltasar winkte ihnen zu.

Leopold Keplinger redete auf die beiden Seminaristen Christian Helfer und Korbinian Landauer ein.

Nur Bischof Siebenhaar war nirgends zu sehen.

Die Menschenmenge war bunt gemischt. Baltasar war nicht sicher, ob wirklich alle bedürftig waren, niemand hatte das am Eingang kontrolliert. Außerdem sah man den meisten Menschen ihre Armut nicht an. Die Kleidung der Gäste war einfach, aber ordentlich, allenfalls einige Obdachlose mit schmuddeligeren Jacken fielen auf.

Vor der Bierzapfstation bildete sich bald eine Schlange,

das Buffet war noch nicht eröffnet worden. Baltasar schlenderte durch die Menge, doch schon nach kurzer Zeit wurde es mehr zu einem Drängen und Schieben, die Leute standen dicht an dicht.

»Wir haben rund um den Domplatz Polizisten in Zivil postiert, die Sicherheit hat oberste Priorität.« Kommissar Wolfram Dix begrüßte Baltasar. »Seine Exzellenz kommt gleich.«

»Der möchte seinen Auftritt zelebrieren, schließlich ist die Presse da«, meinte der Kollege Oliver Mirwald. Er trug eine Sonnenbrille, sein Blouson war ein wenig geöffnet, so dass ein Schulterhalfter mit Pistole zu sehen war. »Wir sind auf alles vorbereitet.«

»So schlimm wird's schon nicht werden«, meinte Baltasar. »Oder wollen Sie sich den Weg zum Buffet freischießen?«

»Man kann nie wissen. Ich halt's wie die Pfadfinder: allzeit bereit.«

Tatsächlich erschien kurz danach der Bischof. Fast hätte ihn Baltasar nicht erkannt. Siebenhaar trug eine weit geschnittene Baumwollhose mit weißen Flecken, die sich beim Näherkommen als absichtliche Schäden und Löcher im Stoff entpuppten, eine Mode, wie sie vorzugsweise Teenager trugen. Sein Sweatshirt sah verwaschen aus und hing labberig an seinem schmächtigen Körper, die Füße steckten in beigen Stoffschuhen, eine Art Ballerinas für Männer, vermutlich made in Indien. Baltasar fragte sich, wie der Bischof sich sein Outfit organisiert haben mochte, denn in seinem Kleiderschrank fanden sich solche Stücke garantiert nicht. Wollte er damit seine Rolle als armer Büßer unterstreichen?

Siebenhaar stieg auf einen Stuhl und gab ein Zeichen, auf das hin die Kapelle aufhörte zu spielen. Er hob die Hände.

»Liebe Gäste, ein herzliches Grüß Gott«, begann er.

Der Journalist des Passauer Bistumsblattes und die Lokalreporter zückten Block und Bleistift. Der Bischof bedankte sich nochmals für das »zahlreiche Erscheinen« und betonte, wie er sich freue, endlich alle persönlich begrüßen zu dürfen, viele kenne er ja vom Sehen her aus den Gottesdiensten. Dass diese Einladung so großen Zuspruch finde, freue ihn immens, es sei die größte Veranstaltung dieser Art in der Geschichte des Bistums Passau – die Journalisten horchten auf – und er überlege, ob man so etwas nicht im nächsten Jahr wiederholen solle. Im Hintergrund verdrehte der Generalvikar die Augen.

»Die Botschaft der Bibel ist die Richtschnur für die katholische Kirche«, fuhr er fort. Insbesondere die Themen Nächstenliebe und Barmherzigkeit und der Auftrag, Gutes zu tun, bewege ihn persönlich. Er verwies auf das vielfältige caritative Engagement der Diözese trotz der hohen Kosten. Es sei auch wichtig, dass die Passauer diejenigen einmal kennenlernten, die hinter alldem stünden, und er hob die Leistung seiner Mitarbeiter hervor, die alle Anstrengungen unternommen hatten, damit dieses Fest ein Erfolg werde.

Er sprach von persönlicher Demut, die ihn ergreife, wenn er in all die glücklichen Gesichter blicke. Er hob die Buße hervor, zu der er wie jeder Mensch bereit sein müsse, immer und jederzeit, so gebiete es die christliche Lehre, und man möge ihm vergeben, wenn er selbst Fehler gemacht oder jemanden verletzt haben sollte, ein Satz, den Siebenhaar mit sichtlicher Anstrengung herauspresste. Aber er sei auch nur ein Mensch, ein Sünder vor dem Herrn.

»Und nun, meine lieben Gäste, ist das Buffet eröffnet!«

Beifall brandete auf, einzelne »Bravo«-Rufe, und Siebenhaar wäre fast vom Stuhl gestoßen worden, als die Gäste an ihm vorbei das Buffet stürmten.

»Hoffentlich verletzt sich niemand mit den Gabeln«, sagte Daniel Moor. »Schade, dass zur Feier des Tages nicht auch was zum Rauchen ausgegeben wird, das würde hervorragend zum Anlass passen.«

»Es ist jedenfalls genügend Bier da«, sagte Baltasar. »Was machen Ihre Recherchen?«

»Was ich noch gefunden habe, ist die Adresse eines Mehrfamilienhauses in Cham in der Oberpfalz. Es war eine Notiz auf dem Schreibtisch meines Chefs.«

»Ist es denn im Besitz der Diözese?«

»Nein, ist es nicht. Das habe ich gecheckt.«

Beim Domprobst bestellte Baltasar ein Bier. Windhagen lief der Schweiß von der Stirn. In Akkordarbeit zapfte er, Klosterbrüder schleppten derweil Wannen voller frisch gespülter Gläser herbei.

»Wir hätten Maßkrüge verwenden sollen«, sagte der Domprobst. »Überhaupt war es im wahrsten Sinne des Wortes eine Schnapsidee, Alkohol auszuschenken.«

»Bier gehört im Bayerischen Wald einfach zum Essen dazu, und zwar zu jeder Tageszeit«, antwortete Baltasar.

»Mag sein, aber so habe ich mir die Armenspeisung nicht vorgestellt. Ich werde mich gleich von einem Kollegen ablösen lassen. Ich spüre jetzt schon meine Arme nicht mehr.« Er reichte zwei Wartenden ihre Gläser. »Haben *Sie* eigentlich die Polizei bestellt?«

»Es war eine Entscheidung des Kommissariats. Kann

nicht schaden, und Bier dürfen die Herren im Dienst sowieso nicht trinken.«

»Ich weiß nicht, was bewaffnete Beamte auf einer sozialen Veranstaltung der Kirche suchen. Sonst schicken sie ja auch niemanden. Oder hat Seine Exzellenz Angst vor explodierenden Wurstsemmeln?« Er lachte kurz auf.

»Immerhin läuft ein Mörder frei herum. Das macht die Leute nervös – und mich auch. Sie etwa nicht?«

»Der Täter ist wahrscheinlich über alle Berge, sonst hätte ihn die Polizei doch längst gefasst. Ich halte das für reine Panikmache und Wichtigtuerei.«

»Wie können Sie da so sicher sein?«

»Das sagt mir meine Lebenserfahrung. Schließlich gab es doch keine Morddrohungen gegen den Bischof, oder?«

»Nicht jeder Täter kündigt seine Taten an.«

»Nicht jeder Täter schlägt ein zweites Mal zu. Auch Sie, Herr Senner, als bischöflicher Rechercheur, haben bis jetzt nichts Handfestes herausgefunden, oder irre ich mich?«

»Den Täter habe ich nicht identifiziert, das stimmt.«

»Sehen Sie? Viel Theater um nichts. Erzeugt wird durch dieses Bespitzeln aber ein Klima des Misstrauens. Und wenn Sie noch ein Bier wollen, wenden Sie sich bitte an meine Vertretung. Ich mache nämlich jetzt Pause.«

Baltasar stellte sich beim Buffet an in der Hoffnung, noch etwas zu bekommen. Vor ihm wartete Erika Stadlers Sekretärin.

»Es wird schon knapp, Hochwürden«, sagte sie, »die Platten mit Lachs und Schinken sind fast leer. Wenigstens habe ich in der ersten Runde ein wenig Salat erwischt. Wissen Sie, eigentlich habe ich mir vorgenommen, auf meine Linie zu achten, aber wenn sich der Bischof schon mal spendabel zeigt … Tja, wenn man den ganzen Tag am Schreibtisch sitzt, kommt die Bewegung viel zu kurz, deshalb versuche ich, weniger zu essen.«

»Das verstehe ich sehr gut. Und durch das ewige Arbeiten am Computer verspannt man sich auch umso schneller. Wahre Wunder wirkt da ein Ausflug nach Bad Füssing, ich bin Ihrer Chefin immer noch dankbar für den Tipp! Wirklich toll!«

Sie lächelte und fuhr fort: »Tja, ohne Computer geht heute gar nichts mehr, ständig muss ich mich fortbilden, weil es irgendeine neue Software gibt, auch meine Chefin belegt Kurse, um auf dem Laufenden zu bleiben.«

»Gehen Sie mit Frau Stadler zusammen zu den Fortbildungen?«

»Zu manchen ja, je nachdem. Sie hat zuletzt Internetseminare gebucht, es ging um sicheres Surfen im Netz. Ihre Schwester ist auch angemeldet.«

»Wozu brauchen sie denn diese Kurse?« Baltasar war hellhörig geworden.

»Meine Chefin sagt, sie will nicht vom amerikanischen Geheimdienst abgehört werden, von diesem NSA, nur weil sie E-Mails schreibt oder Webseiten besucht. Deshalb will sie wissen, wie man sich dagegen schützen kann. Wenn Sie mich fragen, Hochwürden, dafür muss man den Nerv haben. Mir reichen die ganzen E-Mails und Briefe, die ich jeden Tag schreiben muss, da ist es mir egal, wer mitliest oder ob alles die Empfänger sicher erreicht. Hauptsache, ich werde fertig mit meiner Arbeit und habe Feierabend.« Sie langte in den Besteckkorb und drückte Baltasar Teller, Messer und Gabel in die Hand. »Jetzt wird's ernst, Hochwürden, wir sind an der Reihe. Konzentrieren Sie sich auf den Lachs und den Schinken, den Rest können Sie nachher nehmen. Lassen Sie sich bloß nicht wegdrängeln.«

Baltasar nahm sich vom Salat und ein Stück Brot, weiter kam er nicht, denn es entstand ein Gerangel um die letzten Schinkenscheiben. Es wurde geschubst und geschoben, die Sekretärin war mitten im Getümmel und verteidigte ihren Teller mit der Gabel.

Baltasar wurde das alles zu bunt, und er entfloh dem Gedränge. Als er Christian Helfer und Regens Keplinger beisammenstehen sah, beschloss er, sich zu ihnen zu gesellen.

Als er auf sie zuging, hörte er, wie der Student zu dem Regens sagte: »Das können Sie nicht machen! Sie müssen durchhalten.«

»Ich hoffe, Sie haben noch etwas zu essen ergattert?«, begrüßte Baltasar die beiden Männer. Sie schreckten auf, offenbar hatten sie ihn nicht bemerkt. Keplinger sah trotz des Sonnenlichtes noch immer blass aus, die Wangen waren eingefallen.

»Guten Tag, Herr Senner. Ja, es ist ziemlich viel los hier«, antwortete Keplinger. Er blickte in die Menschenmenge, als suche er jemanden.

»Hallo, Hochwürden! Hier herrscht richtige Partystimmung, oder nicht?« Christian Helfer hob sein Bierglas.

»Ja, eine Gartenparty, halt ohne Grill«, meinte Baltasar.

»Herr Senner, wenn Sie mich entschuldigen? Ich möchte noch ein paar Leute begrüßen.« Keplinger verschwand in der Menge.

»Was ist denn nur mit dem Regens«, fragte Baltasar Christian Helfer, »in der letzten Zeit kommt er mir verändert vor. Ich weiß, ich habe Sie das schon gefragt. Oder ist er etwa krank?«

»Sie haben Recht, er ist nervös und sieht schlecht aus, das stimmt«, antwortete der Student. »Vielleicht hängt es mit dem Priesterseminar zusammen. Es belastet ihn ja sehr, dass er nicht weiß, wie es damit weitergehen wird.«

»Und Sie, wie stehen Sie dazu?«

»Ich kann Herrn Keplinger schon verstehen. Jahrzehntelang war das Passauer Priesterseminar eine frequentierte und angesehene Ausbildungsstätte, und nun soll auf einmal alles zu Ende sein. Ich finde, Seine Exzellenz hätte den Regens früher in die Pläne einbeziehen müssen. Hier bei uns sind Atmosphäre und Zusammenhalt viel besser als in Regensburg. Nur wenn wir keinen Nachwuchs mehr erhalten, dann bleibt nichts anderes übrig, als das Seminar zu verlegen. Und um den richtigen Weg zum Herrn zu finden, braucht es keinen bestimmten Ort.«

»Wenn Herr Keplinger euch nach Regensburg chauffiert, was tut er dann in der Stadt, hat er dort irgendwelche Termine?«

»Termine? Nicht dass ich wüsste. Er hat jedenfalls nie dergleichen erwähnt. Übrigens, Herr Senner, ich darf mich doch weiterhin auf Ihre Diskretion verlassen, was das Motorrad betrifft?«

»Das ist Ihre Privatsache, die geht mich nichts an. Keine Sorge. Sind die Prüfungen denn bald vorbei?«

»Noch nicht ganz. Einige Tests stehen noch an, aber auch die gehen vorüber. Und wenn wir alles bestanden haben, gebe ich eine Flasche Schampus aus!«

Von gegenüber hörten sie Gesang. Eine Gruppe von Nichtsesshaften hatte Trinklieder angestimmt. Zwei Männer hatten sich links und rechts beim Bischof eingehakt und versuchten, mit ihm zu schunkeln. Siebenhaar schnitt eine

Grimasse, die wohl ein Lächeln darstellen sollte, doch er war steif wie ein Baumstamm und ließ sich nicht zum Mitmachen bewegen.

»Herr … Herr Bischof, san's doch fröhlich, Herr Bischof!« Der Mann hielt eisern den Griff, er sprach schon etwas undeutlich, als hätte er ein Handtuch im Mund. »Ich dank Ihnen schön, Herr Bischof …« Er rülpste. »'tschuldigung, Herr Bischof. Ich wollt nur sagen … was wollt … was wollt ich sagen? Ah ja. Sie sind so nobel, Herr Bischof, nobel … Genau, das sind Sie!« Er wandte sich an seine Kumpels. »Oder? Ist er nicht uns gegenüber nobel?«

Zustimmend hoben die anderen ihre Biergläser in die Höhe. »Wie der Kaiser von China!«, rief einer. »Ein richtiger Herr«, lallte ein anderer, der hin und her schwankte, als befinde er sich auf hoher See. »Eine schöne Idee mit der Feier.« Er schubste die anderen zur Seite, stellte sich neben den Bischof und gab dem schunkelnden Kollegen sein Handy: »Mach mal ein Foto, das glaubt mir sonst keiner!«

Castellion kam seinem Chef zu Hilfe. »Jetzt muss ich leider kurz stören, die Herren, ich brauche den Bischof in einer dienstlichen Angelegenheit«, sagte er und zog Siebenhaar energisch hinter sich her.

»Na gut, wenn Seine Heiligkeit arbeiten muss, geh'n wir ein Bier trinken, wir sehen uns später.« Der Mann winkte, stolperte über seine Füße, rappelte sich aber wieder hoch. »Kann passieren. Ein Bier, und ich bin wieder der Alte.«

»Geht's, Exzellenz?« Baltasar war hinzugekommen.

»Geht schon wieder, danke.« Siebenhaar betupfte mit einem Taschentuch die Bierflecken auf seinem Sweatshirt. »Mein Gott, das ist die schwerste Prüfung seit meinem Amtsantritt. Der Allmächtige will mich strafen. Was das für

Leute sind, diese ... diese ...« Er verschluckte das Schimpfwort. »Lassen Sie nur, meine Herren, ich bin der Gastgeber, da muss ich Opfer bringen. Auf ins Gefecht, den Drachen töten wie der heilige Sankt Georg!« Er ging auf eine andere Besuchergruppe zu.

»Wenn er es sich in den Kopf gesetzt hat, wollen wir ihn nicht davon abhalten«, meinte der Generalvikar. »Jedenfalls hat der unbekannte Täter mit seiner Forderung immerhin erreicht, dass Herr Siebenhaar dieses Fest wirklich als Buße begreift. Und da wir gerade davon sprechen: Haben Sie etwas Neues herausgefunden, Herr Senner?«

»Ich gehe nach wie vor den verschiedenen Spuren nach, aber von einem Durchbruch bin ich leider weit entfernt.«

»Was ist mit Spuren innerhalb des Ordinariats?« Etwas Lauerndes war aus der Frage herauszuhören.

»Dasselbe. Außerdem würde ich keine Namen nennen, solange es keinen plausiblen Grund für den Verdacht gibt.«

»Also haben Sie jemanden im Visier?«

»Nein. Ich hole nur Erkundigungen ein. Aber ich werde mich hüten, Kollegen anzuschwärzen. Immerhin geht es hier um Mord. Eine Frage noch, Herr Castellion. Angenommen, der Täter verlangt noch mehr Geld, könnte und würde das Ordinariat wieder zahlen?«

»Die Entscheidung liegt beim Bischof. Wir sind nun fast am Ziel, es fehlt nur noch das letzte Stück der Monstranz, und wir erfüllen gerade die Forderungen des Erpressers. Seine Exzellenz will das Kunstwerk unbedingt wiederhaben, da wird es ihm auf ein paar Euro mehr oder weniger auch nicht mehr ankommen.«

»Sie hatten mal angedeutet, dass dieses Geld aus Kassen kommt, die vermutlich nicht offiziell im Haushaltsplan des

Bistums auftauchen. Ist in diesen Kassen noch immer genug Geld?«

»Na, na, Herr Senner.« Der Generalvikar lächelte zwar, doch seine Stimme klang eisig. »Lassen Sie es dabei bewenden, ich bitte Sie. Sie sollten sich vorsehen, wenn Ihnen an Seiner Exzellenz etwas gelegen ist, und sich besser nicht auf vermintes Gelände begeben.«

Plötzlich ertönte ein Schrei.

»Du Grattler, schleich di, du stinknda Abfoi!«

Einer der Gäste hatte einen anderen am Hemdkragen gepackt und schüttelte ihn. »Glaubst wohl, du kennst di vordrängeln, du Blädl.«

Die beiden Männer standen vor dem Bierausschank, Domprobst Windhagen hielt ein volles Glas in der Hand und blickte erschrocken drein.

Die anderen Gäste drehten sich um, erfreut über die Abwechslung, sie witterten Unterhaltung. Die Bewohner des Bayerischen Waldes ließen sich normalerweise die Gelegenheit zu einem Live-Spektakel nicht entgehen, vor allem, wenn es kostenlos war.

»Selber Blädl«, konterte der andere und packte den Angreifer an den Schultern. »Deine Mutter hätte dich als Kind weggeben sollen, du Brunza, du Gläzn, depperta.«

»Sag noch ein Wort, und du kriegst was in deine Fotzn, du …« Der Rest ging im Getümmel unter. Kommissar Mirwald stürzte auf die beiden Streithähne zu und versuchte, sie zu trennen.

Baltasar hatte sich auf einer Bank niedergelassen und beobachtete die Szene. In der Nähe des Eingangs stand Siebenhaar, abgelenkt durch das Handgemenge.

Da eilte auf einmal ein Mann, den Hut tief ins Gesicht gezogen, auf den Bischof zu. Sein Gang, seine Figur – der Mann kam Baltasar bekannt vor.

Unvermittelt warf er sich auf Siebenhaar und umklammerte mit beiden Händen seinen Hals.

»Sie elender Lump! Sie haben mich auf dem Gewissen! Sie haben mich ruiniert! Sie bigotter Bastard!«

Beide Männer stürzten zu Boden. Der Mann hielt den Hals des Bischofs immer noch im Schraubstock seiner Hände. Der Bischof röchelte und ruderte verzweifelt mit den Armen. Baltasar eilte zu Hilfe und versuchte, den Angreifer nach oben zu ziehen. Er sah in sein Gesicht. Es war Baron Bruno von Stuckmann.

Neben ihm sagte eine schneidende Stimme: »Sofort loslassen, oder ich blase Ihnen den Schädel weg!«

Oliver Mirwald hielt seine Pistole an die Schläfe des Barons.

40

Die Passauer Kriminalpolizei residierte in einem tristen Betonbau in der Nibelungenstraße in der Nähe des Bahnhofs. Baltasar parkte, meldete sich beim Pförtner an und fuhr mit dem Lift hinauf ins Büro von Wolfram Dix.

»Da sind Sie ja, Herr Senner! Und? Bereit für die Gegenüberstellung?«, grüßte Kommissar Dix ihn mit lauter Stimme. Dann zwinkerte er Baltasar verschwörerisch zu und sagte leiser: »Wenn wir damit fertig sind, werde ich einfach vergessen, Sie hinauszubitten, dann können wir nachher reden, aber sagen Sie ja nichts!«

Baron von Stuckmann saß mit hängendem Kopf da, mit Handschellen an seinen Stuhl gefesselt, gekleidet wie am Vortag auf dem Fest, unrasiert und mit zerzaustem Haar.

Oliver Mirwald stand hinter ihm, die Ärmel hochgekrempelt, die Pistole im Halfter. Wie die schlechte Kopie eines FBI-Agenten in Filmen wie »Stirb langsam«, dachte Baltasar.

Mirwald blickte auf, als Baltasar eintrat, und runzelte die Stirn. »Da sind Sie ja endlich.«

Stuckmann sah Baltasar ebenfalls an. »Der Priester! Ich erkenne Sie wieder. Sie waren bei mir und wollten meinen Rat. Also das finde ich grandios, ein Pfaffe, der lügt. Aber ich bin's mittlerweile gewohnt. Sie lügen alle. Der Bischof, der Generalvikar, die ganze Brut im Bistum lügt.«

»Beherrschen Sie sich«, sagte Mirwald. »Sie sind wahrlich nicht in der Position, große Töne zu spucken.«

»Ich kann sagen, was ich will. Oder ich sage gar kein Wort mehr und mache Gebrauch von meinem Recht zu schweigen. Was ist Ihnen lieber?« Der Baron sah sie herausfordernd und kampflustig an. »Dieser Senner hat also versucht, mich mit einer glatten Lüge hereinzulegen. Das ist Betrug, oder nicht? Aber ich habe sein Manöver durchschaut. Es war mir von Anfang an suspekt, dass ein katholischer Pfaffe bei mir aufkreuzt. Ausgerechnet den musste ich nun auf dem Fest treffen. Das war Pech.«

»Das war der liebe Gott«, sagte Baltasar. »Und der hat etwas gegen Mörder.«

»Herr Senner«, unterbrach Dix, »identifizieren Sie also Herrn von Stuckmann als den Angreifer auf Seine Exzellenz Vinzenz Siebenhaar?«

Baltasar nickte.

»Danke, Herr Senner. Nehmen Sie bitte dort hinten Platz.«

Mirwalds finsteren Blick überging der Kommissar geflissentlich. »Und nun zu Ihnen, Herr von Stuckmann. Ein Geständnis von Ihnen würde uns allen helfen und Ihnen Strafmilderung verschaffen. Warum wollten Sie den Bischof töten?«

»Töten? Wer redet von Töten? Das Ganze war doch ein Scherz!«

Mirwald beugte sich zu dem Mann hinunter. »Verarschen können wir uns auch alleine. Sie wollten dem Bischof an die Gurgel, und nur das mutige Einschreiten von Herrn Senner und mir hat Schlimmeres verhindert.«

»Das möchten Sie wohl gern glauben, Sie mit Ihrer Knarre, Sie wollen doch nur den Helden spielen, Sie norddeutscher Möchtegern-Til-Schweiger. Ich wollte Seine Exzellenz …« Er zog die Worte wie Kaugummi. »Ich wollte den Bischof eben wieder loslassen. Es war nur ein Spaß. Natürlich wollte ich ihn nicht ernsthaft verletzen.«

»Einen eigenen Sinn für Humor haben Sie, Herr von Stuckmann«, sagte Dix. »Was ist daran spaßig, jemand anders zu würgen, bis er keine Luft mehr bekommt und blau anläuft? Ein wenig länger, und Herr Siebenhaar hätte tot sein können.«

»Sie übertreiben, Herr Kommissar, Sie übertreiben wirklich. Wie gesagt, ich hatte alles unter Kontrolle. Und ja, ich wollte dem Bischof auch einen gehörigen Schreck einjagen. Das ist mir auch gelungen, so viel ist sicher, hahaha …«

»Und das sollen wir Ihnen abkaufen?« Mirwald schnaubte. »Da müssen Sie schon bessere Argumente liefern. Wir haben jedenfalls genug Zeugen, und deren Aussagen werden jedes Gericht überzeugen.«

»Benutzen Sie doch zur Abwechslung einmal Ihren Verstand«, entgegnete der Baron von oben herab. »Sie werden mir nicht weismachen, dass Sie mich für so dumm verkaufen können, am helllichten Tag vor Hunderten von Augenzeugen jemanden zu erwürgen.«

Mirwald ließ sich, jedenfalls nach außen hin, davon nicht provozieren, sondern las aus dem Protokoll vor: »Sie hatten eins Komma vier Promille im Blut. Mit so einem Pegel rasten viele aus. Alkohol enthemmt, die Menschen tun dann Dinge, die sie nüchtern nie täten. Also, Sie haben vollgetankt und denken, jetzt geb ich's diesem Schwein endgültig. Sie machen sich auf zum Ordinariat. Es ist brechend voll, Sie fallen niemandem auf. Sie finden Ihr Opfer, den Mann, den Sie für Ihr Unglück verantwortlich machen. Er ist allein. Die Gelegenheit, ihm an die Gurgel zu springen. Den Rest kennen wir.«

»Ich habe mir tatsächlich Mut angetrunken«, sagte Stuckmann. »Normalerweise bin ich ein Mensch mit guten Manieren, kein Verbrecher. Es war ein spontaner Entschluss, zu dem Fest zu gehen, weil ich in der Zeitung davon gelesen hatte. Ich wollte auf meinen Fall aufmerksam machen. Dieser Castellion und der Bischof haben mutwillig mein Leben zerstört.«

»Werden Sie mal nicht weinerlich«, fuhr Mirwald ihn an. »Sie haben sich verspekuliert und sind pleite. So einfach ist das! Und jetzt geben Sie anderen dafür die Schuld.«

»Sie haben den Falschen verhaftet!« Der Baron spuckte die Worte aus. »Sie sollten sich diesen Castellion vorknöpfen! Der hat Dreck am Stecken, sag ich Ihnen, nur ist ihm bisher keiner drauf gekommen. Der hat mich um Unsummen erleichtert, die er privat eingesteckt hat. Und Siebenhaar deckt ihn. Ein sauberes Duo. Gehen Sie ins Ordinariat, ermitteln Sie dort, und Sie werden sich wundern. Das Bistum Passau ist eine einzige Odelgrube!«

»Ich habe es Ihnen schon gesagt, Herr von Stuckmann. Beweisen Sie Ihre Behauptungen, und wir werden ermitteln.« Dix verschränkte die Arme vor der Brust. »Aber von Ihnen kommen nur wüste Unterstellungen ohne jede Substanz.«

»Ich wiederhole fürs Protokoll«, sagte Mirwald und las vor: »Ich hatte nie die Absicht, Herrn Siebenhaar zu töten oder ihn ernsthaft zu verletzen. Es war ein Protestakt, eine Demonstration.« Mirwald sah den Baron an. »Ein Akt der Verzweiflung also. Mal angenommen, wir würden Ihnen glauben, gibt's da leider noch etwas, das Sie belastet.«

Er ging zum Schreibtisch, holte eine durchsichtige Tüte aus einer Schublade und legte sie dem Baron vor die Nase.

In der Tüte war ein Messer.

»Kennen Sie das?«

»Keine Ahnung. Könnte von mir sein.«

»Ihre Fingerabdrücke sind drauf.«

»Dann wird es mir gehören. Kann ich es wiederhaben?«

»Witzbold. Es ist ein Jagdmesser. Sie sind ja Jäger, wie es sich für einen Adeligen gehört, Herr von Stuckmann. Und Sie benutzen dieses Messer als Waffe.«

»Wenn Sie das sagen. Aber was soll das beweisen?«

»Sie hatten die Waffe eingesteckt, um im Zweifelsfalle zustechen zu können. Sie wollten den Bischof töten, wenn nicht auf die eine, dann eben auf die andere Weise. Und Sie wollen wohl kaum behaupten, Sie brauchten das Messer nur zum Spaß, um Siebenhaar zu erschrecken, oder? Machen Sie sich nicht lächerlich!«

Eine Weile herrschte Stille im Raum.

Baltasar beobachtete den Baron, der trotz seiner Ausbrüche beherrscht wirkte. Oder war wieder alles nur Schauspiel?

»Dieses Messer trage ich immer bei mir. Es ist so was wie ein Schweizer Taschenmesser für mich, weiter nichts«, sagte Stuckmann.

»Ein Messer mit feststehender Klinge?«, sagte Dix. »Das ist mit einem Taschenmesser nicht zu vergleichen.«

»Es ist ideal, um Wurst zu schneiden und anderes mehr. Bei uns in der Gegend haben viele Leute solche Messer. Nicht nur Jäger.«

Dix hielt die Tüte mit dem Beweisstück in die Höhe.

»Sehen Sie, Herr von Stuckmann. Der bewaffnete Angriff auf den Bischof ist die eine Sache. Aber dieses Messer führt uns noch zu etwas anderem. Deshalb interessiert es uns.«

Für einen Moment war der Baron völlig verdutzt. »Was … Was meinen Sie damit?«

»An diesem Messer sind Blutspuren. Unser Labor hat Proben genommen und untersucht sie gerade. Sollte es Menschenblut sein …«

»Blödsinn! Sie unterstellen mir einen Mord? Sind Sie wahnsinnig? Ich benutze das Messer auf der Jagd, wenn, dann kann's nur Tierblut sein! Wen hätte ich denn Ihrer Meinung nach damit erstechen sollen?«

»Wir ermitteln im Mordfall David Lämmerhirt, ein Student aus dem Passauer Priesterseminar«, antwortete Mirwald. »Und jetzt tun Sie nicht so naiv, Herr Stuckmann,

Sie haben hundertprozentig schon davon gehört oder gelesen.«

»Aber was hat das mit mir zu tun?«

»Der Seminarist wurde erstochen. Wenn das sein Blut ist an dem Messer …«, sagte Dix, hielt inne und fuhr fort: »Außerdem werden unsere Spezialisten die Form der Klinge mit der Wunde des Opfers abgleichen. Wir rechnen in Kürze mit dem Bericht. Sie haben schlechte Karten, Herr Stuckmann.«

»Warum sollte ich den Studenten umbringen? Ich kenne ihn doch gar nicht. Sie wollen mir was anhängen, was ich nicht getan habe!«

»Sie wollten sich an dem Bischof rächen, haben die Monstranz gestohlen und ihn damit erpresst. Sie waren pleite, brauchten dringend Geld und sahen in dem Diebstahl eine Chance, Ihre Kasse wieder aufzufüllen. Bei der Geldübergabe unterlief Ihnen ein Fehler, Sie gerieten in Panik und töteten David Lämmerhirt mit diesem Messer.«

»Sie fantasieren sich was zusammen. Ich habe das nicht getan, Sie haben den Falschen verhaftet. Wie sollte ich überhaupt was von dieser Monstranz wissen? Alles an den Haaren herbeigezogen.«

»Da kommt Ihr Freund Zacharias Windhagen ins Spiel«, sagte Dix. »Oder wollen Sie bestreiten, dass Sie mit dem Domprobst näher bekannt sind?«

»Sie drehen es sich so hin, wie Sie es brauchen. Was soll ich mit Herrn Windhagen zu tun haben?«

»Sie haben seiner Verwandtschaft günstig Immobilien zugeschanzt«, sagte Dix. »Geben Sie doch endlich zu, dass Sie den Tipp mit der Monstranz von ihm erhalten haben.«

»Reine Spekulation. Sie haben keine Beweise!« Stuckmann zerrte an seinen Handschellen. »Alles Bullshit, was Sie reden.«

»Wo waren Sie zur Zeit des Mordes?«

»Wann soll das gewesen sein?«

Dix nannte ihm Datum und Zeitpunkt des Todes.

»Keine Ahnung, da muss ich in meinen Terminkalender gucken.«

»Das haben wir bereits für Sie erledigt.« Mirwald holte ein Büchlein hervor. »Ein Ergebnis der Hausdurchsuchung bei Ihnen. An dem Tag ist kein Termin vermerkt.«

»Das kann schon sein, ich schreib nicht alle Termine auf.« Er schien zu überlegen. »Warten Sie. An dem Tag habe ich in meinem Büro gearbeitet, jetzt weiß ich es wieder.«

»Gibt es Zeugen, die das bestätigen können?«

»Ich weiß es nicht. Fragen Sie doch meine Nachbarn.«

»Wir haben uns schon umgehört. Niemand kann sich erinnern, Sie zum Tatzeitpunkt dort gesehen zu haben.«

»Irgendwer muss mich aber bemerkt haben. Ich bin ja nicht unsichtbar! Fragen Sie die Leute noch einmal.«

»Erschwerend kommt hinzu, dass Sie während der Messe im Passauer Dom waren, als der Knallkörper explodierte«, sagte Dix. »Ist das nicht ein seltsamer Zufall für jemanden, der gerade aus der Kirche ausgetreten ist? Leugnen Sie es nicht. Wir haben Aufnahmen von Ihnen.«

Stuckmann sackte in sich zusammen. »Sie … Sie brauchen unbedingt einen Täter, und Sie haben mich dafür ausgewählt. Aber so läuft das nicht. Ich bin unschuldig. Ich lasse mich nicht wie ein Schaf zur Schlachtbank führen. Sie haben den Falschen.«

»Die Indizien sind erdrückend. Sagen Sie uns, wo Sie den

Rest der Monstranz und das Lösegeld versteckt haben. Es wirkt sich strafmildernd aus, wenn Sie kooperieren«, sagte Mirwald.

»Ich hab das verdammte Ding nicht! Ich weiß auch von keinem Geld.«

»Da müssen Sie für den Richter schon mehr aufbieten. Wir haben in Ihrer Wohnung eine Bibel gefunden, ein weiterer Hinweis auf die Erpressung, bei der Zitate aus der Heiligen Schrift eine Rolle spielten.«

»Was soll das nun wieder? Gibt es einen Haushalt im Bayerischen Wald, in dem keine Bibel steht? Dies ist eine katholische Gegend. Meine Großeltern waren katholisch, meine Eltern waren katholisch, selbst ich war lange Jahre …«

»Wenn das so ist, dürfen Sie sich auf die Zehn Gebote besinnen. ›Du sollst kein falsches Zeugnis geben‹ heißt es, und ›Du sollst nicht töten‹. Sie sollten beten und sich überlegen, reinen Tisch zu machen, Herr von Stuckmann«, sagte Mirwald.

Er rief einen Polizeibeamten herbei: »Bitte abführen.«

41

Die Verhaftung des Barons beschäftigte Baltasar noch während der Morgenandacht. Er war unkonzentriert und verpasste mehrmals seinen Einsatz. War von Stuckmann wirklich der Mörder von David Lämmerhirt? Die Frage ging Baltasar nicht aus dem Kopf. Viel sprach dafür. Der Mann hatte ein Motiv, hatte die Gelegenheit zur Tat und hatte seine Gewaltbereitschaft offen demonstriert. Doch irgendetwas ließ ihn zweifeln. Baltasar konnte seine Bedenken nicht wirklich begründen, es war mehr ein Gefühl, dass die Einzelteile kein Ganzes ergaben. Es fehlte eine Beweiskette.

Für Baltasar jedenfalls war der Fall damit nicht abgeschlossen. So lange Bruno von Stuckmann nicht eindeutig überführt war, würde er weitersuchen.

Nach der Andacht standen die Kirchenbesucher in Gruppen zusammen und diskutierten die Neuigkeiten zum Thema Großschlachterei. Einige hatten sich beworben und Vorstellungsgespräche geführt, aber noch keine Antwort erhalten.

Baltasar zog sich in der Sakristei um und machte sich auf den Weg zu seinem Freund.

»Du willst Ergebnisse sehen, nehme ich an«, sagte Philipp Vallerot.

»Ich will dir vor allem danken, dass du gewissermaßen ehrenamtlich diesen Job übernommen hast«, antwortete Baltasar.

»Was sollte ich auch sonst den ganzen Tag tun?«, erwiderte Philipp ironisch. »Aber warte nur ab, irgendwann präsentiere ich dir die Rechnung. Dann ist Zahltag.«

»Für Geld arbeitest du schon lange nicht mehr. Der Spaß bei diesen Aufträgen könnte dir ja auch Lohn genug sein.«

»Du meinst, es sei besser, als Videos anzuschauen? Ich sag dir, es ist verdammt anstrengend, stundenlang darauf zu warten, dass etwas passiert.«

»Und? Ist was passiert?«

»Also gut. Diesem Keplinger bin ich nach Regensburg

gefolgt. Dort fuhr er zunächst zum Priesterseminar. Die nächste Station war die Altstadt, dort ging er in eine Buchhandlung. Anschließend ging er ins Krankenhaus Barmherzige Brüder.«

»Wie lange blieb er dort?«

»Ungefähr eine halbe Stunde. Danach fuhr er auf direktem Weg zurück nach Passau.«

»Was war mit Ingrid Toller?«

»Tja, mit Ingrid Toller, das war merkwürdig. Ich habe sie nach Feierabend vor der Praxis in Füssing abgepasst und bin ihr bis nach Hause gefolgt. Dort bin ich nur pro forma noch stehen geblieben, und tatsächlich kam Toller nach ein paar Minuten wieder aus dem Haus. Sie hatte sich offensichtlich umgezogen, setzte sich in ihr Auto und fuhr los. Und weißt du, wohin?«

»Mach's nicht so spannend!«

»Sie besuchte nacheinander drei Kirchen in drei verschiedenen Orten.«

»Was macht sie denn in drei Kirchen?« Baltasar war verblüfft. »Das ist mehr als ungewöhnlich. Wie lange war sie drin?«

»Ich schätze mal, jeweils so zehn Minuten. Wahrscheinlich wäre es nicht uninteressant, wenn du dich mit der Dame näher beschäftigst.«

»Oder wir gemeinsam. Du beobachtest sie weiterhin nach Arbeitsschluss, und wenn sie etwas Ungewöhnliches tut, rufst du mich an und ich komme dazu.«

»Dann müsste ich weiterhin langweilige Stunden im Auto sitzen«, sagte Philipp.

»Du kannst in Ruhe Musik hören, die jüngste CD von Black Sabbath, die ist alles andere als langweilig.«

»Die alten Aufnahmen der Band sind besser, Sachen wie Paranoid beispielsweise.« Er seufzte. »Na schön, schon gut. Aber ich opfere sicher nicht die ganze Woche!«

Mittags ging Baltasar in die »Einkehr«. Teresa musste etwas erledigen und hatte deshalb nicht gekocht.

Victoria saß an einem Tisch in der Nische einem Mann gegenüber, an den Baltasar sich von seinem letzten Besuch erinnern konnte. Ihn irritierte der Blick des Mannes und die Tatsache, dass er seine Hand auf Victorias Hand gelegt hatte, eine Geste, die zumindest Vertrautheit zum Ausdruck brachte. Sie versetzte Baltasar einen Stich ins Herz.

»Grüß Gott, Frau Stowasser!«

Victoria sah auf und zog ihre Hand weg.

»Hallo, Herr Senner. Darf ich Ihnen Frank vorstellen? Ein alter Bekannter aus Stuttgart, er ist mit Freunden bei uns zu Besuch.«

»Ja, ich weiß.«

»Wollen Sie sich nicht zu uns setzen?«

»Vielen Dank, nein, ich muss noch arbeiten.« Baltasar wusste, dass das keine überzeugende Ausrede war, aber seine Laune war in den Keller gerutscht, und er verspürte keinerlei Lust auf seichtes Geplauder. Sicher war es ungerecht gegenüber Victoria, sie meinte es nur nett. Aber er war auf eine solche Situation nicht vorbereitet, mochte sie im Grunde auch noch so harmlos sein. Er drehte sich um und verließ das Gasthaus, ohne etwas gegessen zu haben.

Am späten Abend rief Philipp an. »Schwing dich sofort in deinen Oldtimer, Frau Toller ist wieder unterwegs, ich fahre ihr nach, wir sind auf der B12 Richtung Norden und jetzt in Ringelai. Ich glaube, sie sucht einen Parkplatz.«

Baltasar fuhr so schnell wie möglich, aber sein alter VW-Käfer bockte und reagierte mit Motorstottern, bis er das Gaspedal wieder mehr losließ. Er rief Philipp an, als er in Ringelai ankam, und fand ihn in seinem Auto in der Nähe der Ortseinfahrt an einer Stelle außerhalb des Lichtkegels der Straßenbeleuchtung.

Baltasar stieg zu ihm ins Auto. »Mein Auto können wir nicht nehmen, es ist zu langsam und zu auffällig. Wo ist die Frau?«

»Ich muss dir leider gestehen, dass ich sie verloren habe. Ich war zu sehr damit beschäftigt, einen möglichst geschützten Parkplatz zu finden. Als ich wieder geschaut hab, war sie weg.«

»Was heißt weg?«

»Na, weg halt. Sie ist zu Fuß in Ringelai unterwegs, wahrscheinlich in einem Lokal. Ich konnte sie nicht suchen, weil ich auf dich gewartet habe.«

»Und was machen wir jetzt?«

»Warten, bis sie zurückkommt. Ich weiß jedenfalls, wo ihr Auto steht.« Er zeigte auf ein rotes Fahrzeug, das in einiger Entfernung in einer Parkbucht stand.

Es dauerte nicht lange, und Ingrid Toller tauchte aus der Dunkelheit auf. Sie hatte einen Rucksack geschultert, verstaute ihn im Kofferraum und fuhr sofort los. Als sie an Baltasar und Philipp vorbeirauschte, duckten sich beide sofort.

»Jetzt los!«, rief Baltasar.

»Was du nicht sagst! Wohl noch nie Verfolgungsjagden

in amerikanischen Filmen gesehen, was? Ich weiß schon, was zu tun ist.«

Er wendete und folgte Ingrid Toller.

Sie fuhr gemächlich vor ihnen her. Schon nach wenigen Kilometern war sie offenbar am Ziel ihrer nächsten Station in der Marktgemeinde Perlesreut. Sie fuhr Richtung Zentrum, wendete aber kurz vorher, was Philipp zu einem hektischen Manöver veranlasste. Sie bog in eine Seitenstraße ein, wo sie parkte.

»Dieses Mal dürfen wir sie nicht verlieren!«, sagte Baltasar.

»Geht klar, Boss.« Falls Baltasar grinste, konnte Philipp das in der Dunkelheit nicht erkennen. Er drückte Baltasar eine Taschenlampe in die Hand. »Die kannst du brauchen.«

Die Frau stieg aus, nahm ihren Rucksack aus dem Kofferraum und ging eiligen Schrittes los.

Baltasar und Philipp folgten ihr mit Sicherheitsabstand und nutzten Mauernischen, Hauseingänge oder Autos als Deckung. Auf dem Marktplatz verlangsamte Ingrid Toller ihr Tempo. Sie blieb immer wieder stehen, warf einen Blick in Schaufenster und sah sich regelmäßig um, als hätte sie Angst, verfolgt zu werden.

»Ob sie uns bemerkt hat?«, flüsterte Philipp.

»Glaube ich nicht, sonst hätte sie sicher längst versucht uns abzuhängen, oder sie wäre zurück zu ihrem Auto gegangen. Aber wir müssen vorsichtig sein.«

Sie ging zur Pfarrkirche Sankt Andreas, umrundete sie und ging schließlich durch den Haupteingang hinein.

»Was will die da mitten in der Nacht? Macht ein Gespräch mit dem Großen Außerirdischen zu dieser Zeit mehr Spaß?« Philipp behielt den Eingang im Auge.

»Ein Gespräch mit ihm funktioniert zu jeder Tageszeit und an jedem Ort der Welt. Solltest du mal probieren«, antwortete Baltasar. »Was sollen wir jetzt machen? Hier warten oder auch hineingehen?«

»Auf jeden Fall erst mal näher heranpirschen.« Philipp wechselte die Straßenseite und huschte hinter die Kirche. Notgedrungen folgte ihm Baltasar.

Nach kurzer Zeit hörten sie Geräusche von innen, erst ein Knirschen, dann ein lautes metallisches Prasseln.

»Es macht keinen Sinn, länger zu warten«, sagte Baltasar. »Ich gehe vorne rein, du bleibst hier hinten, falls sie hier herauskommt.«

Ohne Philipps Antwort abzuwarten, verschwand Baltasar Richtung Haupteingang, öffnete das Portal einen Spalt und schlüpfte hinein. Drinnen war es dunkel, er brauchte einen Moment, um sich zu orientieren, und lauschte. War die Frau überhaupt noch hier, oder hatte sie die Kirche längst durch einen anderen Ausgang verlassen? Doch das hätten sie eigentlich mitbekommen müssen.

Er schaltete seine Taschenlampe ein und leuchtete umher. Die Kirche war im neugotischen Stil erbaut, die Wände weiß getüncht, zwei Bankreihen. Der Lichtkegel erfasste den Opferstock in der Nähe des Eingangs. Münzen lagen auf dem Boden. Baltasar sah sich die Stelle näher an. Das Türchen war aufgebrochen worden, das Schloss hing demoliert herunter.

»Frau Toller? Hier ist Pfarrer Baltasar Senner. Ich weiß, dass Sie irgendwo hier drinnen sind. Bitte zeigen Sie sich. Davonlaufen hat keinen Zweck, draußen warten Freunde von mir.«

Nichts geschah.

»Haben Sie keine Angst, Frau Toller! Ihnen geschieht nichts. Ich will nur mit Ihnen reden. Bitte kommen Sie aus Ihrem Versteck.«

Nach einer Weile hörte Baltasar etwas. Es kam von der Kanzel. Ingrid Toller stieg herunter, ihren Rucksack hielt sie in der Hand. Sie blieb in einiger Entfernung vor ihm stehen.

»Wir können uns schlecht im Dunkeln unterhalten, ich werde ein wenig Licht machen.« In seiner Nähe war ein Ständer mit Opferkerzen, Baltasar zündete einige der Kerzen an. »Bitte, nehmen Sie doch Platz.« Er zeigte auf die Bank und setzte sich ebenfalls. Zögernd folgte ihm die Frau.

Er griff nach dem Rucksack, aber Ingrid Toller hielt ihn fest umklammert. »Das geht Sie gar nichts an!«, sagte sie mit leicht zittriger Stimme.

»Bitte. Ich muss wissen, was Sie da drin verbergen. Wir müssen das doch nicht der Polizei überlassen.«

Da gab sie den Rucksack frei. Baltasar öffnete den Reißverschluss und leuchtete hinein. Lose Geldscheine befanden sich darin, Münzen, eine Eisensäge, mehrere Schraubenzieher, Zangen und ein kompaktes Brecheisen.

»Ein schönes kleines Einbrecherwerkzeug haben Sie da.« Er verschloss den Rucksack wieder und gab ihn ihr zurück. »Nicht unbedingt die Utensilien, die man in so einem Rucksack erwarten würde.«

»Wie haben Sie mich gefunden? Haben Sie mir nachspioniert?« Ihr Gesicht sah im Flackern der Kerzen aus wie eine Maske.

»Ich bekam einen Tipp und wollte mich vergewissern«, sagte Baltasar. »Und was ich sehe, erschreckt mich. Sie sind also die Serieneinbrecherin, die seit Monaten im Bayerischen Wald Kirchen und Pfarrämter ausraubt. Und Sie waren es auch, die neulich den Opferstock in meiner Kirche geknackt hat. Sie konnten aber entkommen.«

»Ich kann mich daran erinnern. Aber das war nicht gegen Sie persönlich gerichtet, Herr Senner.«

»Und ob ich das persönlich nehme! Es gibt wohl nichts Mieseres, als die Spenden von Gottesdienstbesuchern zu stehlen. Das Geld wird für soziale Zwecke verwendet, es wandert nicht in die Kasse der Kirche. Sie schaden damit nur den Bedürftigen.«

»Die Kirche hat genug Geld, sie braucht nicht um die paar Euros zu jammern!«, brach es aus ihr heraus.

»Eine seltsame Logik haben Sie, Frau Toller. Diebstahl ist Diebstahl.«

»Es geschieht dem Bistum recht! All diese Heuchler, sie sollen wissen, wie es ist, wenn man bestohlen wird.« Sie war lauter geworden. »Es soll wehtun! Sie und Ihre Kollegen, die ganze Diözese soll es spüren!«

»Was genau sollen wir denn spüren?«

»Was Ungerechtigkeit ist. In Wahrheit sind Sie alle Täter.«

»Wie meinen Sie das?«

»Die katholische Kirche beraubt die Menschen, sie entzieht ihnen die Existenzgrundlagen. Der Bischof und der Generalvikar und alle, die dazugehören, haben sich schuldig gemacht, sie haben mich geschädigt. Jetzt schädige ich sie, das ist nur gerecht!« Ihre Stimme bebte jetzt vor Zorn.

»Sie machen die ganze Kirche dafür verantwortlich, dass Sie entlassen wurden?«

»Es war ungerecht! Und es sind Männer, die vorgeben, christlich zu sein. Das ist besonders mies!«

»Es gab einen Grund für Ihre Entlassung, das vergessen Sie. Der Bischof hat es sich nicht leicht gemacht.«

»Ich habe das Geld nicht genommen! Castellion war's, der hat die Beträge unterschlagen und hatte Angst aufzufliegen. Deshalb hat er es mir in die Schuhe geschoben. Aber mir hörte niemand zu, man tat es als Ausrede ab. Und was habe ich schon für Chancen gegen diese hohen Herren? Wem hat man mehr geglaubt?« Sie fasste Baltasar am Arm. »Das müssen Sie mir glauben, Herr Senner. Ich schwöre, dass es so war, ich schwöre es hier in der Kirche bei allen Heiligen und der Muttergottes.«

»Weiß Ihre Schwester, dass Sie jetzt hier sind?«

»Um Gottes willen, nein! Sie wäre furchtbar enttäuscht von mir. Denn sie hat sich von ganzem Herzen für mich eingesetzt. Leider hat das alles nichts geholfen.«

Baltasar sah ihr in die Augen. »Ihre Diebestour ist eine Sache. Aber seien Sie ehrlich. Haben Sie auch die Monstranz gestohlen?«

»Das wertvolle Teil aus dem Dom? Meine Schwester hat mir davon erzählt, sie wiederum hat's von Regens Keplinger gehört. Damit habe ich nichts zu tun.«

»Es würde aber perfekt in Ihre Pläne passen, es dem Ordinariat heimzuzahlen.«

»Ja, ich muss zugeben, dass ich Sympathie für den Unbekannten habe. Der zeigt's den aufgeblasenen Herrschaften. Hätte ich die Möglichkeit dazu gehabt, ich hätte diese Monstranz wahrscheinlich auch mitgenommen. Aber ich war's nicht. Es freut mich, dass dieser Diebstahl für ordentlichen Wirbel sorgt.«

»Das Traurige daran ist nur, dass hinter dem Diebstahl ein Mord steht. Das Opfer ist David Lämmerhirt vom Priesterseminar.«

»Ich weiß, ja. Aber ich würde niemals jemanden umbringen, nicht um alles in der Welt!« Das Entsetzen in ihrer Stimme war unüberhörbar. »Ich bin doch keine Mörderin! Als das passierte, war ich im Urlaub in der Türkei, das lässt sich alles nachprüfen.«

Baltasar glaubte ihr. Sie wirkte nicht wie eine, die das perfekte Schauspiel abliefern und ihre Gefühle auf Dauer verbergen konnte. Dennoch hatte sie mit der Serie von Einbrüchen eine erhebliche kriminelle Energie gezeigt.

»Bleiben die Diebstähle, Frau Toller, das sind keine Kavaliersdelikte. Ich schlage vor, Sie machen den Schaden wieder gut, erstatten umgehend das Geld, meinetwegen anonym, und legen dieselbe Summe nochmals als Buße und Spende obendrauf. Und beten Sie. Bitten Sie den Allmächtigen um Verzeihung.«

»Warum sollte ich …?«

»Es ist Ihre einzige Chance, einer Anzeige zu entgehen. Verstehen Sie es als Angebot. Wenn ich innerhalb einer Woche erfahre, dass Sie vollständige Wiedergutmachung geleistet haben, werde ich es der Polizei nicht melden. Sie haben die Wahl.«

42

Teresa stellte Kaffee, Semmeln und Brombeermarmelade auf den Tisch und blieb reglos stehen. Sie schien etwas auf dem Herzen zu haben.

»Was ist denn, Teresa?« Baltasar sah von der Zeitung hoch. »Setzen Sie sich doch, und trinken Sie eine Tasse Kaffee mit mir.«

»Ich waren bei der Informationsveranstaltung.« Teresa nahm Platz.

»Um was ging's denn?«

»Na ja, wegen Anstellungen in der Fleischfabrik.«

Baltasar richtete sich erschrocken auf. »Sie wollen sich doch nicht einen neuen Job suchen, oder? Das können Sie mir nicht antun, Teresa! Was mache ich denn ohne Sie?«

»Ich zusammen mit der Metzgerin hingegangen. Sie wollte, dass sie jemand begleitet. Leute von der Gewerkschaft da waren, die haben gesprochen über die Arbeitsplätze und alles, was damit zusammenhängt.«

»Gibt es denn schon Arbeitsverträge?«

»Einige aus der Gemeinde haben mündliches Angebot bekommen. Sie sollten als selbstständige Einzelunternehmer in der Fabrik arbeiten. Der Gewerkschaftsmann haben ausgerechnet, dass der effektive Lohn fünf Euro die Stunde wäre, hat es Scheinselbstständigkeit genannt und davor gewarnt.«

»Er hat Recht. So etwas sollte man nicht unterschreiben.«

»Außerdem ich haben zufällig gesehen die Wirtin von ›Einkehr‹«, fuhr Teresa fort.

»War sie auch auf der Veranstaltung?«

»Nein. Ich war mit Fahrrad unterwegs, ich Victoria kommen sehen auf Feldweg aus dem Wald.«

»Sie wird einen Spaziergang gemacht haben. Den ganzen Tag im Wirtshaus stehen, da braucht man regelmäßig frische Luft.«

»Sie nicht war allein.«

»Ach so?«

»Nun, wie soll ich sagen …« Sie rang nach Worten. »Sie … Victoria Händchen halten mit einem blonden Mann.«

»Was?« Baltasar ließ die Zeitung fallen.

Der Schock musste sich in seinem Gesicht widerspiegeln, denn Teresa sagte: »Tut mir leid, ich wissen, wie Sie über Frau Stowasser denken und was Sie …«

Sie brauchte nicht weiterzusprechen, denn Baltasar wusste, was sie meinte: Seine Beziehung – oder besser Nicht-Beziehung – zu Victoria, seine unausgesprochenen Wünsche, seine Hoffnung und zugleich das Wissen darum, dass sie mit seinem Beruf unvereinbar war.

»Aha.« Mehr brachte er nicht heraus. Sein Magen krampfte sich zusammen, er brachte keinen Bissen mehr hinunter, er hielt es auch nicht länger aus, in der Küche zu sitzen, sondern ging wortlos in sein Arbeitszimmer. Er setzte sich an den Schreibtisch und starrte aus dem Fenster, Bilder schossen ihm durch den Kopf, es gelang ihm nicht, einen klaren Gedanken zu fassen.

Nach einer Ewigkeit – er hätte beim besten Willen nicht sagen können, wie lange er einfach so dagesessen hatte – erwachte er aus seiner Lethargie. Er musste sich ablenken, er musste etwas unternehmen.

Er las in den Notizen auf seinem Schreibtisch, die Adresse der Immobilie in Cham fiel ihm auf, die Daniel Moor in den Unterlagen seines Chefs gefunden hatte und die in den Vermögenslisten des Bistums nicht vorkam.

*

Er beschloss, einen Umweg in Kauf zu nehmen, und fuhr über Nebenstraßen Richtung Norden, was den Vorteil hatte, ungleich viel mehr von der Natur des Bayerischen Waldes genießen zu können. Die Sonne schien, die Wolkenwatte hatte keine Chance gegen das Blau des Himmels, Felder und Wiesen lösten einander ab, dazwischen lagen einzelne Gehöfte und kleinere Dörfer und dahinter der angrenzende Wald.

Baltasars Laune besserte sich, er freute sich an der schönen Landschaft und entdeckte wie fast immer neue Details, die ihm bislang entgangen waren.

Die Kreisstadt Cham lag am Fluss Regen, der in einem Bogen das Zentrum umschmiegte. Baltasar parkte sein Auto, spazierte durch das Biertor, Überbleibsel einer Befestigungsanlage aus dem 14. Jahrhundert, und ging durch die Straßen bis zum Marktplatz mit den historischen Bürgerhäusern. In einem Gasthaus genehmigte er sich eine Kalbshaxe mit Knödel und Krautsalat.

Als er das Lokal verließ, läutete sein Handy.

»Dix hier! Herr Senner, bei uns hat sich eine neue Entwicklung ergeben. Ich wollte Sie ja auf dem Laufenden halten. Wir haben die Laborergebnisse des Messers von Bruno von Stuckmann.«

»Und?«

»Es ist kein menschliches Blut an dem Stahl. Auch die Form der Klinge stimmt nicht mit den Verletzungen des Mordopfers überein.«

»Heißt das, Sie haben den falschen Täter und der richtige läuft nach wie vor frei herum?«

»Gut möglich. Wir mussten den Baron jedenfalls gehen

lassen, er hat einen festen Wohnsitz und keine Vorstrafen, da reicht der Angriff auf den Bischof nicht für eine längere Untersuchungshaft. Schade, schade.«

Die Adresse war am Stadtrand von Cham, in einer Wohnsiedlung, ein Mehrfamilienhaus neueren Baujahrs, Baltasar zählte sechs Klingelknöpfe. Da er keinen Namen hatte, musste er es auf gut Glück versuchen und notfalls ein wenig bluffen.

Eine Frau kam aus dem Haus, die Haustür stand noch offen. Baltasar nutzte die Gelegenheit und ging ins Treppenhaus. Die Namen auf den Briefkästen sagten ihm alle nichts. An der Wand klebten eine Hausordnung und eine Karte, auf der der zuständige Hausmeister mit Telefonnummer angegeben war.

Baltasar wählte die Nummer an.

»Grüß Gott, Senner. Ich bräuchte Informationen wegen einer Anmietung, können Sie mir weiterhelfen? Ich bin hier im Haus und habe Ihre Kontaktdaten gesehen.«

»Kein Problem, ich komme gleich selber rüber, ich wohne im Nachbarhaus.«

Drei Minuten später stand der Hausmeister, ein Rentner mit schütterem Haar, Baltasar gegenüber.

»Ich würde gerne hier eine Wohnung mieten und weiß nicht, an wen ich mich wenden kann«, begann Baltasar.

»Ich kann Ihnen die Adresse der Hausverwaltung geben, die kümmern sich darum.« Aus seiner Geldbörse holte er eine Visitenkarte und gab sie Baltasar. »Da steht alles drauf. Aber ich muss Sie enttäuschen, derzeit sind alle Wohnungen in diesem Haus vermietet.«

»Vielleicht kann ich mich auf eine Warteliste setzen lassen. Vielen Dank für die Information. Gehört das ganze Haus der Verwaltungsfirma, oder gibt es mehrere Eigentümer, an die ich mich wenden könnte?«

»Ein Kumpel von mir arbeitet in der Hausverwaltung, der hat mir auch den Job hier besorgt«, sagte der Mann. »Er hat erzählt, dass das Haus einem einzelnen Herrn gehört, einem Doktor aus Passau, angeblich irgendein hohes Tier in der Kirche. Aber die ganze Organisation und Vermietung macht die Hausverwaltung.«

»Da könnte ich den Eigentümer auch direkt anrufen. Wissen Sie zufällig den Namen?«

»Tut mir leid, da muss ich passen.«

Aber Baltasar wusste auch so, dass dieser besagte ominöse Doktor und Justus Castellion ein und dieselbe Person waren.

Während der Heimfahrt überlegte er, ob der Generalvikar sich die Immobilie von seinem Gehalt leisten konnte oder ob er noch über andere Einnahmequellen verfügte. Was ihn stutzig machte, war die Geheimniskrämerei um diese Vermögensanlage und auch dass Castellion die Geschäfte des Bistums unter der Decke hielt.

Zu Hause suchte er alle Papiere heraus, die er bisher zu dem Fall gesammelt hatte, und breitete sie auf seinem Schreibtisch aus. Er wollte sie nochmals minutiös durchgehen, insbesondere bezüglich Justus Castellion. Vielleicht hatte er ja doch etwas Wichtiges übersehen. Er verzichtete aufs Abendessen, sagte zu Teresa, er wolle nicht gestört werden, und vergrub sich in seine Arbeit.

Aus den Überweisungsbelegen und Kontoauszügen ergab sich keinerlei Verbindung zu dem Mehrfamilienhaus in

Cham. Etwas, das Baltasar schon länger immer mal wieder beschäftigt hatte, drängte sich nun in den Vordergrund: Hätte Doktor Justus Castellion, der stets überlegen und souverän wirkende Bistumsmanager, ein Motiv gehabt, die Monstranz zu stehlen und David Lämmerhirt umzubringen? Auf den ersten Blick passte das nicht zusammen. Doch was wäre, wenn der smarte Generalvikar Angst bekommen hätte, dass jemand seine mannigfachen dubiosen Transaktionen aufdecken könnte? Die Ablenkung durch die Erpressung wäre dann ganz in seinem Sinne gewesen und er hätte Zeit gewonnen. Aber konnte es wirklich so gewesen sein?

Baltasar las erneut die Drohbriefe an den Bischof, die Castellion ihm gegeben hatte. Hinter den Worten taten sich Abgründe auf. Wie gehässig Menschen werden konnten, wenn sie sich durch die Anonymität in Sicherheit wähnten.

Er wollte die bösen Briefe schon wieder zur Seite legen, als ein einzelnes Wort sich wie ein Widerhaken in seinem Gehirn festsetzte. »Helel«. In einem der Dokumente musste er es gelesen haben, »Helel«. Er durchblätterte die Briefe noch einmal, bis er die Stelle fand. In einer an Siebenhaar gerichteten anonymen Beleidigung hieß es:

Ihr Geiz und Ihre Engstirnigkeit sind hässlich, Ihre Menschenverachtung ist unerträglich. Ihnen ist nicht mehr zu helfen. Ich hoffe, Helel holt Sie und lässt Sie in der Hölle schmoren.

Da stand das Wort. »Helel« war ein sehr selten verwendeter Name für den Teufel, üblicherweise sprach man von Satan, Luzifer oder Beelzebub. Es erforderte schon ein gehobeneres Bibelwissen, um diesen Namen zu kennen. Baltasar erinnerte sich, dass er »Helel« erst unlängst gehört hatte. Jemand hatte den Namen in einem Gespräch verwendet, es war …

Die plötzliche Gewissheit elektrisierte Baltasar. Er ließ sich in den Stuhl zurücksinken. Es gab keinen Beweis, doch »Helel« führte direkt zu einer bestimmten Person.

Er suchte eine Telefonnummer heraus und gab die Ziffern ins Handy ein. Er erreichte nur einen Anrufbeantworter.

»Guten Abend, Baltasar Senner hier. Ich muss Sie dringend sprechen, es geht um einen Drohbrief an den Bischof, der mir aufgefallen ist. Bitte rufen Sie zurück, ansonsten komme ich morgen Vormittag zu Ihnen.«

Baltasar legte auf.

Er fühlte sich ausgebrannt und niedergeschlagen. Die Erkenntnis war deprimierend. Aber er konnte und wollte heute Abend nichts mehr unternehmen.

Stattdessen beschloss er, trotz später Stunde in die »Einkehr« zu gehen. Vielleicht war diese Geschichte zwischen Victoria und dem Freund aus Stuttgart ja nur eine Posse, und er nahm sich fest vor, bei einer Flasche Wein endlich ein offenes Gespräch mit ihr zu führen.

Die Gaststube war fast leer.

»Tut mir leid, Hochwürden, die Küche hat schon geschlossen«, sagte die Bedienung.

»Ich würde gerne mit Frau Stowasser sprechen.«

»Sie sagte, sie müsse sich oben um einige Gästezimmer kümmern. Sie ist schon einige Zeit weg und müsste bald wiederkommen. Darf ich Ihnen derweil etwas bringen?«

»Eine Flasche Moselriesling und zwei Gläser bitte.«

Eine gute halbe Stunde später war Victoria noch immer

nicht erschienen. Baltasar beschloss, hinaufzugehen und ihr seine Hilfe anzubieten. Vom Gang gingen die Gästezimmer ab, doch sämtliche Türen waren geschlossen, und die Wirtin war nirgends zu sehen. Vielleicht war sie schon in der Küche. Er war schon fast auf dem Weg nach unten, als eine Tür geöffnet wurde und eine leise Unterhaltung zu hören war, unterbrochen von einem Lachen. Ein Mann und eine Frau. Das Lachen kam Baltasar bekannt vor. Er ging noch einmal zurück und erstarrte.

Auf dem Gang kam ihm Victoria entgegen. Ihr attraktiver Körper war deutlich zu sehen, weil sie nur ein Badetuch umgeschlagen hatte. Ansonsten war sie nackt, ihre Kleidung trug sie überm Arm. Sie erschrak, als sie Baltasar sah.

»Herr Senner …«

Baltasar drehte sich auf dem Absatz um und eilte die Stufen hinunter, er stolperte und stürzte aus der Tür der »Einkehr« hinaus, fiel fast hin, rannte bis zum Pfarrhof, zwang sich verzweifelt, an nichts zu denken.

Außer Atem stürmte er in die Küche, ein ungewohntes Gefühl stieg in ihm auf, eine Übelkeit, zugleich ein Schmerz im ganzen Körper.

Er suchte seine Weihrauchutensilien heraus, ging damit ins Arbeitszimmer und zündete dort die Kohletablette an. An nichts denken. An nichts denken. Er nahm die dreifache Menge seines Spezialgewürzes und schüttete noch eine Dosis nach.

Rauch nebelte ihn ein, lähmte sein Gehirn, jede Faser seines Körpers. Weihrauch, das Himmelsgeschenk. Victoria.

Dann sank er tief und tiefer in eine weite wattige Dunkelheit.

43

Ein Hämmern. Es bohrte, dann hämmerte es wieder. Dann ein Erdbeben. Der Schädel mit Lava gefüllt. Das war die Hölle, eindeutig. Er befand sich in der Hölle, Buße für all die Verfehlungen im Laufe seines Lebens, die Strafe für verbotene Gedanken. Das Erdbeben wandelte sich in ein Schütteln.

»Herr Senner! Aufwachen!«

Wieder ein Schütteln. Nur nicht bewegen. Irgendwann würde der Schmerz vorübergehen, Hölle hin oder her.

»Herr Senner! Wachen Sie endlich auf, Telefon, es sein dringend!«

Mit größter Willensanstrengung öffnete er ein Auge. Was er sah, konnte nicht der Teufel sein. Es war seine Haushälterin Teresa.

»Sie sehen ja furchtbar aus, Herr Senner. Jetzt hoch, der Kommissar ist in der Leitung, ich machen Ihnen starken Kaffee.«

In der Hölle gab es keinen Kaffee, folglich konnte er auch nicht in der Hölle sein. Er bemerkte erleichtert, dass er zu diesem klaren Gedanken fähig war. Victoria. Sofort war der Schmerz wieder da und mit ihm die Bilder vom Vorabend. Victoria mit ihrem … ihrem Liebhaber, diesem blonden Schwaben.

Er richtete sich auf und stellte fest, dass er auf dem Fußboden seines Arbeitszimmers lag. Er zog sich am Schreibtisch hoch, ein wackliger Schritt, dann knickten seine Beine ein, und er fiel wieder auf den Boden. Der zweite Versuch gelang besser. Wo waren die Kopfschmerztabletten? Er tastete sich in die Küche, ein Auge hielt er vorsichtshalber geschlossen, zu viel Licht schadete in seinem Zustand, und ließ sich von Teresa den Telefonhörer geben.

»Wie spät ist es?«, sagte er zur Begrüßung.

»Herr Senner, guten Morgen, Dix hier, es ist halb zehn Uhr. Was ist denn mit Ihrer Stimme passiert? Sie klingen wie ein Kakadu.«

»Kleinen Moment bitte.«

Er legte den Hörer beiseite, nahm die Kaffeetasse und trank sie leer in einem Zug, auch wenn Teresas Gebräu höllisch heiß war.

»Da bin ich wieder.« Baltasar hustete in den Hörer. »Sie haben mich zu einem ungünstigen Zeitpunkt erwischt, rufen Sie mich morgen wieder an. Oder übermorgen.«

»Das geht nicht, Sie müssen jetzt sofort nach Passau ins Priesterseminar kommen. Und mit sofort meine ich sofort, das ist sozusagen ein dienstlicher Befehl. Ich warte auf Sie. Pronto!«

Der Kommissar hatte aufgelegt.

»Hat Ihnen Herr Dix vorhin gesagt, um was es geht?« Baltasar hielt Teresa seine Tasse hin.

»Hat nichts gesagt, nur gemeint, ich solle Sie auf Trab bringen.« Sie schenkte nach. »Eine Dusche vorher nicht schlecht sein. Wenn Sie wollen, ich mache Brotzeit für unterwegs.«

»Danke, Teresa, aber ich bringe jetzt nichts hinunter.«

Keine halbe Stunde später saß er in seinem Käfer und fuhr Richtung Passau. Die Dringlichkeit in der Stimme des Kommissars hatte ihn neugierig gemacht. Irgendetwas war vorgefallen – vielleicht war das letzte Teil der Monstranz aufgetaucht, oder der Unbekannte hatte eine neue Forderung gemailt.

Etliche Polizeiwagen parkten am Domplatz vor dem Eingang zum Priesterseminar. Ein Beamter hielt ihn auf, Baltasar erklärte, er sei von Wolfram Dix herbestellt worden. Der Mann verschwand ins Gebäude und kam mit Oliver Mirwald wieder zurück.

»Ich soll Sie abholen, hat mein Kollege gemeint.« Dix' Assistent winkte, ihm zu folgen. »Bitte nichts anfassen und den Anweisungen der Ermittler Folge leisten, haben wir uns verstanden?«

Baltasar nickte. Sie gingen in Leopold Keplingers Arbeitszimmer und weiter in den daran anschließenden Raum, offenbar das private Wohnzimmer des Regens. Baltasar war hier noch nie gewesen. Es sah aus, als würde dieses Zimmer selten benutzt; ein Sofa, zwei Polsterstühle, eine Anrichte mit einem alten Fernseher. Persönliche Dinge lagen nicht herum, nicht einmal eine Fernsehzeitung. Rechts ging ein weiterer Raum ab. Grelles Blitzlicht blendete Baltasar, und aus dem Zimmer waren mehrere Stimmen zu hören.

Als Baltasar eintrat, fiel sein Blick sofort auf das Bett. Darauf lag jemand bäuchlings, der eine Arm hing seitlich herab, der andere war verdreht. Baltasar erkannte ihn.

Es war Leopold Keplinger. Und er war tot.

Der Regens trug einen gestreiften Schlafanzug, seine Augen waren geschlossen, als ruhe er sich nur aus. Experten der Spurensicherung drehten seinen Leichnam auf den Rücken, er wurde fotografiert. Fingerabdrücke von sämtlichen Gegenständen im Raum, dem Fenster, dem Lampenschalter, vom Bettrahmen und vom Kleiderschrank wurden abgenommen. Mehr Möbel waren nicht im Raum.

Baltasar sprach ein stummes Gebet für den Verstorbenen.

Auf dem Nachtkästchen lagen eine Brille und ein Buch, daneben standen ein leeres Glas und leere Tablettenröhrchen. Neben dem Bett auf dem Boden lag eine umgekippte Flasche Rotwein. Keplingers Kleidung hing an einem Haken an der Wand neben dem Kruzifix.

»Ein bedürfnisloser Mensch«, sagte Wolfram Dix, der hinzugekommen war. »Ein echter Mönch. Ich habe Sie verständigt, weil wir Ihre Meldung auf seinem Anrufbeantworter gefunden haben. Ihr Anruf war der letzte. Sie müssen mir später erklären, welchen Drohbrief Sie meinen und was das mit dem Regens zu tun hat.« Er packte alles, was auf dem Nachtkästchen stand, in Plastiktüten.

Ein Arzt untersuchte den Toten.

Dix zeigte ihm die Tablettenröhrchen. »Ist er daran gestorben?«

»Das kann ich erst nach der Obduktion sagen. Todeszeitpunkt dürfte so gegen vier Uhr morgens gewesen sein, plus minus eine Stunde. Nach den Laborberichten wissen wir mehr.«

»Was ist die Todesursache?«

»Wie gesagt, mein Befund ist vorläufig. Herzstillstand aufgrund der Einnahme von Tabletten, verstärkt durch Alkohol. Es war eine Überdosis von Schlafmitteln und einem Morphin-Derivat.«

»Eine Droge?«, fragte Baltasar.

»Nein. Laut Etikett handelt es sich um ein Analgetikum, also um ein starkes Schmerzmittel. Die Kombination mit den anderen Präparaten wirkt tödlich.«

»Irgendwelche Hinweise auf Fremdeinwirkung?« Dix verstaute die Beweismittel.

»Laut bisherigem Stand der Untersuchung heißt die Antwort nein. Es deutet alles auf einen Suizid hin.«

»Herr Keplinger hat Selbstmord begangen?« Baltasar fühlte sich immer noch überrollt von den Ereignissen. Sollte sein Anruf etwa der Auslöser für diese Verzweiflungstat gewesen sein? Demnach wäre ... Leopold Keplinger der unbekannte Erpresser und, schlimmer noch, der Mörder seines Studenten David. »Ist kein Zweifel daran möglich?«

»Zweifel gibt es immer, solange der Verstorbene nicht auf dem Obduktionstisch lag und solange wir nicht sämtliche Spuren und Analysen ausgewertet haben«, antwortete der Arzt.

»Da ist noch etwas«, sagte Dix und zog Baltasar leicht am Arm. »Kommen Sie bitte mit, Herr Senner.«

Sie gingen in Keplingers Arbeitszimmer. Dort sah es noch immer so aus wie vor oder nach einem Umzug, so hatte Baltasar diesen Raum in Erinnerung.

Dix nahm eine Plastikfolie vom Schreibtisch, in der ein Blatt Papier steckte.

»Das haben wir hier gefunden. Bitte seien Sie vorsichtig.« Er reichte Baltasar die Folie. Baltasar strich sie glatt und las:

Wochenlang habe ich die Bürde ertragen, habe zu meiner Todsünde geschwiegen. Das hätte nicht geschehen dürfen. Der Diebstahl der Monstranz und die Konsequenzen – ich habe mich schuldig gemacht. Ich will alles bekennen, will als Büßer vor das Antlitz meines Herrn treten. In seine Hände lege ich mein Schicksal. Ich habe mich aufgelehnt und habe Ungehorsam gezeigt.

Ich habe gelebt für das Priesterseminar. Jetzt ist mein Leben zu Ende. Möge Gott Erbarmen mit mir haben.

Die Zeilen waren mit der Hand geschrieben worden, darunter stand seine Unterschrift: »Regens Leopold Keplinger«.

»Das ist ein umfassendes Geständnis«, sagte Wolfram Dix. »Wir haben unseren Täter. Wir haben den Dieb der Monstranz und damit auch den Mörder von David Lämmerhirt. Der Fall ist gelöst. Der Schuldige hat sich durch Selbstmord seiner Bestrafung entzogen.«

»Wir können die Akten schließen«, ergänzte sein Assistent Mirwald. »Es ist alles da: das Motiv, die Gelegenheit, das Insiderwissen.«

Dix nahm das Beweisstück wieder an sich. »Ich sehe es so: Herr Keplinger lebte für die Priesterausbildung und für seine Studenten. Die drohende Schließung des Seminars zerstörte alles, wofür er über Jahrzehnte sein Herzblut gegeben hatte. Er war mit der Entscheidung nicht einverstanden. Er kämpfte verzweifelt und verbissen dagegen an, diskutierte und stritt mit dem Bischof. Dann muss es zum Bruch gekommen sein. Statt sich den Plänen seines Vorgesetzten gehorsam zu beugen, beschloss er, dagegen vorzugehen. Der Diebstahl der Monstranz und die anschließende Erpressung schienen ihm ideal dafür zu sein, es Siebenhaar heimzuzahlen und ihn innerhalb des Klerus bloßzustellen.

Als Angehöriger des Ordinariats war er über die Termine des Bischofs weitgehend informiert, so wusste er auch, dass die Monstranz als Prestigeobjekt einer Delegation aus dem Vatikan überreicht werden sollte.«

»Doch es kam etwas dazwischen«, fuhr Mirwald fort. »Ausgerechnet David Lämmerhirt übernahm unvorhergesehenerweise den Job des Lösegeldüberbringers. Wie sich Keplinger getarnt hat, wissen wir noch nicht. Jedenfalls hat Lämmerhirt ihn erkannt. Der Regens fürchtete die Konsequenzen und tötete den Zeugen, der ihn auffliegen lassen und damit alles zerstören würde, wenn auch vielleicht nur im Affekt. Fortan quälten den Regens Gewissensbisse. Möglicherweise gab er in einer verzerrten Wahrnehmung der Dinge dem Bischof die Schuld an dem schrecklichen Verlauf und beschloss nach dem Motto ›Jetzt erst recht‹, seinen Rachefeldzug in die Länge zu ziehen und alle Beteiligten massiv unter Druck zu setzen.«

»Die diversen Verstecke zu arrangieren, war für ihn ein leichtes Spiel«, sagte Dix. »Er kannte den Dom wie seine Westentasche, er war regelmäßig in Altötting, er wusste, wann die Kirchen besonders frequentiert wurden und wann er unbemerkt bleiben würde. Und natürlich war der Regens bibelfest. Er suchte die passenden Stellen heraus, die auf die Fundorte hinwiesen. Wahrscheinlich haben Sie ihn mit Ihrem Anruf erschreckt, Herr Senner. Was hatte es denn damit auf sich?«

Baltasar berichtete über die Drohbriefe, über »Helel« und dass Keplinger diesen Begriff verwendet hatte.

»Somit passt alles ins Bild«, sagte Dix. »Und wir haben noch etwas.«

Der Kommissar zog eine weitere Plastikfolie hervor, in der sich ein Büchlein über den Passauer Domschatz befand. »Dies hier ist die offizielle Museumsbroschüre. Sie kennen sie wahrscheinlich. Wir haben sie in Keplingers Bücherschrank gefunden. Das allein wäre noch nicht weiter bemerkenswert. Aber in der Seite mit der Abbildung der Fersenmayr-Monstranz ist ein Eselsohr. Die Stellen über die Monstranz wurden außerdem mit Textmarker unterstrichen. Wenn wir die Wohnung hier zu Ende durchsucht haben, haben wir sicher noch mehr Belastungsmaterial, wenn nicht sogar auch das letzte Stück der Monstranz.«

»Moment«, schaltete Baltasar sich nun ein. »Es war vorher kein Eselsohr in der Broschüre! Ich bin ganz sicher, denn ich hatte sie in der Hand. Ich muss deshalb die Frage in den Raum stellen, ob es nicht auch sein könnte, dass jemand Keplinger dazu gezwungen hat, den Abschiedsbrief zu schreiben und anschließend die Tabletten zu schlucken.«

»Ziemlich unwahrscheinlich, Herr Senner.« Mirwald schüttelte den Kopf. »Wer würde so etwas einfach mit sich geschehen lassen? Keplinger ist der Einzige, der Motiv und Gelegenheiten hatte.«

Baltasar erinnerte sich an Keplingers Zusammenbruch in der Wallfahrtskirche Altötting und warf ein: »Schon da war er wie zerfressen von schlechtem Gewissen, er kann also nicht spontan beschlossen haben, sich das Leben zu nehmen.«

»Für Priester mit hohem moralischem Anspruch ist die Diskrepanz zu eigenem Versagen oder persönlicher Schuld erst recht nicht auszuhalten«, sagte Mirwald. »Der Druck auf die Psyche steigt. Und wenn es sich dann auch noch um kriminelle Vergehen handelt, kann der Druck tödlich wirken.«

»Wer hat den Regens denn gefunden?«

»Der Seminarist Christian Helfer. Wir müssen ihn noch einmal vernehmen. Er wartet in der Bibliothek auf uns. Sie können mitkommen, wenn Sie wollen, Hochwürden.«

Christian Helfer saß vor einem Glas Wasser und starrte auf die Tischplatte.

»Der Regens. Es ist so furchtbar«, sagte er zur Begrüßung, »wissen Sie schon, woran er gestorben ist?«

»Wir gehen von Suizid aus«, meinte Dix.

Sie setzten sich.

»Wie kam es, dass Sie Herrn Keplinger gefunden haben?« Mirwald zog einen Notizblock hervor.

»Ich wollte ihm heute Morgen Bescheid sagen, dass ich mit dem Zug nach Regensburg fahre und er sich keine Umstände machen muss. Als ich bei ihm anklopfte, machte niemand auf. Aber normalerweise ist der Regens um diese Zeit längst munter. Ich öffnete die Tür und rief ihn mehrmals. Dann bin ich weitergegangen und fand ihn schließlich im Schlafzimmer auf dem Bett. Ich fühlte die Halsschlagader, aber mir war eigentlich sofort klar, dass Herr Keplinger nicht mehr lebte.«

»Ist es nicht ein wenig ungewöhnlich, ins Schlafzimmer des Seminarleiters zu gehen?«

»Trifft sicher auf andere Seminare zu, Herr Kommissar, aber hier bei uns ist das anders. Der Regens legte Wert auf ein persönliches nahes Verhältnis mit seinen Studenten. Wir hatten keine Geheimnisse voreinander und durften ihn jederzeit auch privat aufsuchen, wenn wir etwas auf dem Herzen hatten.«

»Wann haben Sie Herrn Keplinger denn das letzte Mal gesehen?«

»Es muss gestern am späten Nachmittag gewesen sein. Ich war mit einem Studienkollegen in der Altstadt verabredet und traf den Regens, als ich rausging.«

»Haben Sie miteinander gesprochen? Wirkte er verändert?«

»Hm, er war etwas kurz angebunden, sagte nur ›Guten

Abend‹, normalerweise wechseln … wechselten wir immer ein paar Worte miteinander, wenn wir uns begegneten.«

»Hat der Regens denn in den letzten Wochen einmal irgendetwas gesagt oder getan, das man als Hinweis auf Selbstmordabsichten hätte interpretieren können?«

Christian Helfer kratzte sich am Kopf. »Hm, wie soll ich sagen. Verändert war er schon, er wirkte oft irgendwie fahrig, gereizt, nervös. Ich dachte immer, es ist wegen des Priesterseminars, das wahrscheinlich nach Regensburg verlegt wird. Aber sich deswegen das Leben nehmen?«

»Wissen Sie vielleicht, ob er gestern Abend noch unterwegs war? Herr Senner hatte versucht ihn anzurufen, aber es lief der Anrufbeantworter.«

»Tut mir leid, keine Ahnung. Er war aber nicht einer, der viel ausging. Er blieb lieber zu Hause.«

»Waren Sie beide die Einzigen im Priesterseminar?«

»Ich denke schon. Korbinian übernachtet seit ein paar Tagen bei einem Freund in Regensburg, und ich wüsste nicht, wer sonst außer uns hier gewesen sein sollte.«

»Danke. Sie können gehen, Herr Helfer.« Dix erhob sich. »Bitte verständigen Sie Ihren Studienkollegen über den Vorfall. Ach so, noch etwas, hatte Herr Keplinger irgendwelche Angehörigen?«

»Nicht dass ich wüsste. Seine Eltern sind schon lange tot, und er hat mal erzählt, er sei ein Einzelkind gewesen.«

Die Kommissare und Baltasar gingen zurück in Keplingers Schlafzimmer. Die Spurensicherung war noch immer bei der Arbeit.

»Eigentlich brauchen wir Sie nicht mehr, Herr Senner. Sie können wieder heimfahren«, sagte Mirwald. »Vielen Dank, dass Sie gekommen sind. Den Rest erledigen wir. Es sind noch eine Menge Protokolle zu schreiben, bis der Fall abgeschlossen ist.«

Baltasar verabschiedete sich und verließ das Schlafzimmer. Im Arbeitszimmer des Regens blieb er kurz stehen, horchte, ob er ungestört war, klappte mehr aus Neugierde das Bild an der Wand zur Seite und öffnete die dahinter versteckte Blechbox. Elf Schlüssel hingen aufgereiht dort. Einer fehlte. Er sah in die auf dem Boden herumstehenden Kartons und warf einen Blick auf den mit Zetteln übersäten Schreibtisch. Es waren offenbar Notizen und Kommentare zu Zeitungsartikeln, die Keplinger zuletzt gelesen hatte.

Baltasar zog die oberste Schublade auf. Darin lag eine Bibel. Baltasar nahm sie mit einem Taschentuch vorsichtig heraus, um keine Fingerabdrücke zu hinterlassen, und legte sie auf den Schreibtisch. Zwischen den Seiten steckte ein Lesezeichen. Baltasar schlug die Bibel an dieser Stelle auf. Es war das Buch Jesaja, Kapitel 14, Vers elf:

Dahin ist nun die Pracht, die dich umgab, dahin die rauschende Musik der Harfen, hinunter in die dunkle Totenwelt. Das Bett, auf dem du liegen darfst, sind Maden, und Würmer sind die Decke über dir.

44

Der Bischof kam von der Andacht zurück. »Ich habe für die verlorene Seele des Regens gebetet«, sagte er zu Baltasar. »Wer hätte das gedacht? Ausgerechnet Regens Keplinger, der sich all die Jahre für die Diözese aufgeopfert hat. Selbstmord zu begehen, um sich der irdischen Strafe zu entziehen. Das ist doppelt verwerflich. Er ermordet seinen Schutzbefohlenen und legt dann Hand an sich selbst. Das Leben ist heilig, nur der Herr im Himmel darf es nehmen – niemand sonst.«

»Haben Sie denn in der letzten Zeit eine Wesensänderung bemerkt? Hat er Ihnen direkt gedroht?«, fragte Baltasar. »Seine Verzweiflung und Wut müssen ganz schrecklich gewesen sein.«

»Niemals hätte ich gedacht, dass der Regens zu so etwas fähig sein könnte.« Siebenhaar schüttelte den Kopf. »So kann man sich in den Menschen täuschen. Er war in letzter Zeit oft grimmig und ungehalten und hat es mir gegenüber am nötigen Respekt mangeln lassen. Das mochte mit den hitzigen Diskussionen über die Zukunft des Priesterseminars zusammenhängen. Der Regens hat es also verstanden, sich hinter der Maske des fürsorglichen Schulleiters zu verstecken. Was sagen denn die Herren von der Kriminalpolizei?«

»Sie werten die Spuren am Tatort aus, dann folgt der Abschlussbericht.«

»Was heißt Abschlussbericht? Der Täter ist ermittelt, er kann nur nicht mehr zur Rechenschaft gezogen werden. Dennoch, es bleiben Fragen offen. Wo ist das letzte Stück der Monstranz? Wo sind die 50.000 Euro Lösegeld geblieben? Wenn ich nur an diese Summe denke … Wenigstens kann ich dem Wachdienst kündigen. Was mich der allein gekostet hat!«

»Wachdienst? Das höre ich heute zum ersten Mal«, meinte Baltasar überrascht.

»Ich habe eine Dienstleistungsfirma beauftragt, unsere Wertsachen im Auge zu behalten. Wachmänner patrouillierten nachts im Dom. Schließlich wollte ich um jeden Preis vermeiden, dass noch mehr gestohlen wird.«

»Sind diese Wachmänner so eine Art Nachtwächter?« Baltasar dachte an seinen nächtlichen Ausflug mit Philipp. Das war also der Unbekannte im Dom gewesen.

Der Bischof nickte. »Ich bin froh, die Kosten vom Hals zu haben, Herr Senner, Sie ahnen nicht, was solche Firmen heutzutage verlangen, da sind die biblischen Geldwechsler im Tempel nichts dagegen. Deshalb ist es wichtig, dass wir das erpresste Geld zurückbekommen.«

»Die Polizei ist da zuversichtlich. Vermutlich ergeben sich mehr Klarheiten aus Keplingers persönlichen Dokumenten.«

»Offen gestanden habe ich keine hohe Meinung von den kriminalistischen Fähigkeiten unserer Behörden. Haben sie etwa das Verbrechen aufgeklärt? Nein. Es ergab sich durch das Ableben des Täters. Haben sie uns das gestohlene Kunstwerk zurückgebracht? Wieder nein. Was das betrifft, sind wir genauso weit wie am Anfang. Ich will das Geld zurück, und vor allem will ich die Monstranz zurück! Oder soll ich die Teile etwa einzeln nach Rom schicken und sie bitten, sich den Rest dazuzudenken?«

»Zeigen Sie ein wenig mehr Optimismus, Exzellenz.«

»Sie haben gut reden. Sie kehren zurück in die Geborgenheit Ihrer Gemeinde, niemand wird Ihnen irgendeinen Vorwurf machen. Ich hingegen stehe blamiert da, und mein Ruf ist bis ans Ende meiner Tage ruiniert. Außerdem hatte ich Sie damit beauftragt, die Sache aufzuklären. Bringen Sie mir das fehlende Stück der Fersenmayr-Monstranz, bei allen Heiligen! Enttäuschen Sie mich nicht. Es ist noch nicht zu Ende!«

»Ich soll also weiter nach der Monstranz suchen?«

»Ja, Herr Senner, das sollen Sie. Herr Keplinger kann uns jetzt nicht mehr verraten, wo er den Rest der Beute versteckt hat. Er hat sein Wissen mit ins Grab genommen. Sie müssen das Stück finden, und Sie werden es auch ohne Hinweise wie Bibelzitate schaffen.«

Baltasar telefonierte mit Wolfram Dix, um ihn über den erneuerten Suchauftrag des Bischofs zu informieren und um Neues über die Ermittlungsergebnisse zu erfahren.

»Die Monstranz haben wir in Keplingers Wohnung nicht gefunden, auch keine größere Menge an Bargeld. Wir haben die Suche auf die Gemeinschaftsräume und die Kapelle im Erdgeschoss ausgedehnt«, sagte der Kommissar, »ohne Erfolg. Der war auch nicht zu erwarten. Keplingers private Papiere haben uns ebenso wenig weitergeholfen. Was die Obduktion ergibt, erfahren wir frühestens morgen, ich rechne aber nicht mit Überraschungen. Die Kollegen vom Drogendezernat haben übrigens wegen der Amphetamine und der unbekannten Telefonnummer nachgeforscht. Die Nummer gehört einem stadtbekannten Dealer, bisher zwei Vorstrafen. Derzeit hält er sich im Ausland auf, deshalb ist er für uns nicht zu greifen. Was die Kontobewegungen und Geschäfte des Herrn Doktor Castellion betrifft, so hat das sich inzwischen ja wohl erledigt. Wäre ohnehin ein diözeseinternes Problem.«

Baltasar versuchte, sich in Leopold Keplinger hineinzuversetzen: Wo würde er das Diebesgut verstauen? Irgendwo in der Nähe, nicht einzusehen, aber doch jederzeit leicht zugänglich. Je weiter weg, desto höher war das Risiko, entdeckt zu werden.

Der Passauer Dom, obwohl der von Keplingers Wohnung aus gut erreichbar war, schied als Depot aus, dort waren viel zu viele Leute, wie Baltasar selbst erfahren hatte. Baltasar dachte nach. Es gab eigentlich nur einen Ort, der zugleich nah und nicht bevölkert und sicher war: das Priesterseminar selbst. Der Regens kannte dort jeden Winkel, er hatte Zugang zu allen Räumen, warum sollte er komplizierte Verstecke wählen, wenn er es bequemer haben konnte?

Baltasar kam ein Gedanke, der ihn auf der Stelle in Aufregung versetzte: Es gab de facto ungenutzte Plätze im Seminar: die verwaisten Zimmer im ersten Stock.

Der Eingang zum Priesterseminar war geschlossen, trotz Klingelns öffnete niemand.

Baltasar ließ sich vom Hausmeister des Ordinariats aufsperren.

Es war ein bedrückendes Gefühl, wieder in Keplingers Wohnung zu stehen. Obwohl die Polizei viel mitgenommen hatte, sah alles noch so aus wie vorher, als sei der Regens nur kurz vor die Tür gegangen. Doch er würde nie mehr zurückkommen.

Baltasar klappte wieder den Bilderrahmen an der Wand zur Seite und holte den Generalschlüssel aus der Box. Ihm fiel sofort auf, dass die Schlüsselreihe jetzt wieder komplett war.

Er sah sich nochmals das Bücherregal an. Mehrere medizinische Sachbücher standen ganz unten, Lesezeichen ragten daraus hervor, auf den entsprechenden Seiten ging es um Krankheiten und Behandlungsmethoden. Baltasar hatte nicht gewusst, dass Keplinger sich dafür interessierte. Ob seine Abstecher ins Regensburger Krankenhaus damit zu tun hatten? Baltasar nahm sich vor, dort anzurufen.

Der Schreibtisch barg keine besonderen Geheimnisse. Unterlagen über Studiengänge, Rechnungen von Wein oder Bier, alte Prospekte und Zeitungsausschnitte über kirchliche Veranstaltungen.

Wenn auch in den Unterlagen, die die Polizei durchkämmt hatte, nichts stand, was den Tathergang erhellte, so war das alles doch ziemlich merkwürdig. Dann hätte der Regens sowohl seine Pläne als auch deren Durchführungen ohne jede Notiz, ohne irgendwelche Memos vorgenommen? War denn das realistisch? Einen Computer hatte er jedenfalls nicht besessen.

Und wer hatte den zwölften Schlüssel benutzt? Die Polizei?

Baltasar ging ein Stockwerk höher. Er begann mit der Suche in dem Partyraum der Studenten, obwohl er nicht erwartete, die Monstranz dort zu finden. Das Zimmer war ordentlicher als beim letzten Besuch. Die leeren Flaschen und Chipstüten waren entsorgt worden. Er zog die Schublade auf und tastete darunter nach der Tüte mit den Tabletten. Die Tüte war verschwunden. Er sah auch in und unter den anderen Schubladen nach, dann im Bett, alles ohne Ergebnis.

Systematisch schloss er danach Zimmertür für Zimmertür auf und machte sich ans Werk. Die ehemaligen Wohnräume für Studenten waren alle ähnlich möbliert: ein Bett, ein Schreibtisch, ein Kleiderschrank, Tisch und zwei Stühle. In manchen hingen noch alte Kalender an der Wand oder Poster von Kirchen und Landschaften, sie waren schon angegilbt, stumme Zeugen einer Zeit, in der im Priesterseminar noch das Leben pulsierte.

Die Tische waren von einer Staubschicht bedeckt, auch die Stühle und Bettgestelle. Es roch abgestanden und muffig, seit Jahren schien sich niemand mehr um diesen Wohntrakt gekümmert zu haben.

Er öffnete sämtliche Schranktüren, verrückte die Stühle, zog die Vorhänge beiseite, bis er vor lauter Staub zu husten begann. Doch bis auf sparsame Hinterlassenschaften früherer Bewohner, etwa eingetrocknete Kaugummis, und vereinzelte Schimmelflecken waren die Zimmer leer.

Lediglich der letzte Raum, der von dem Gang abging, war anders. Der Boden roch, als hätte ihn jemand vor Kurzem feucht gewischt. Die Möbel glänzten wie frisch poliert. Baltasar bückte sich zu Boden und inspizierte, so gut es ging, die Unterseite des Bettes, fand jedoch nichts. In den Schubladen des Schreibtisches und auf dem Schrank war ebenfalls nichts. Er öffnete die Schranktür.

Sein Herz blieb fast stehen.

Im Schrank stand ein Umzugskarton, einer von denen, die Keplinger in seinem Arbeitszimmer stehen hatte. Vorsichtig klappte Baltasar ihn auf. Darin befand sich ein von weichem Stoff umhüllter Gegenstand. Mit vor Aufregung zitternden Fingern nahm Baltasar ihn aus dem Karton, behutsam wie ein Chirurg zog er den Stoff auseinander – und das Blut stockte ihm in den Adern.

Das Licht brach sich in den Edelsteinen, das Gold schien aufzuglühen.

Er hatte die Monstranz gefunden.

45

Kommissar Dix rieb sich die Hände. »Das nenne ich einen krönenden Abschluss des Falls! Ich gratuliere Ihnen, Hochwürden, Respekt, Sie haben die Nase eines Trüffelhundes, Sie sollten auf Schatzsucher umschulen.«

»So lange er sich nicht zum Kriminalisten weiterbildet«, meinte Mirwald. »Das war Glück, Herr Senner.«

»Nehmen Sie's nicht so ernst, was mein Kollege sagt, er muss noch lernen, dass man sich selbst Glück erarbeiten muss. Außerdem haben Sie die richtigen Schlussfolgerungen gezogen, das hat Sie zu dem Versteck geführt.«

»Dem Bischof wird ein Stein vom Herzen fallen, die Beförderung ist Ihnen sicher«, sagte Mirwald.

»So was gibt's bei uns nicht«, sagte Baltasar.

»Na dann eine Gehaltserhöhung.«

»Gibt's bei uns auch nicht.«

»Wenigstens bleibt Ihnen der Gotteslohn.« Mirwald grinste. »Das ist besser als nichts, oder?«

»Unsere Kollegen von der Spurensicherung haben Fingerabdrücke auf dem Karton gefunden«, sagte Dix, »es würde mich nicht überraschen, wenn es Leopold Keplingers sind.«

»Waren auch welche auf der Monstranz?«

»Soweit ich weiß nicht.«

»Sonstige Spuren in dem Zimmer?«

»Die Spezialisten sind dran. Wie es scheint, werden sie nicht fündig. Der Raum ist vor Kurzem gründlich geputzt worden.«

»Übrigens, Herr Senner, denken Sie ja nicht, die Kripo

sei nicht fähig, akribisch zu arbeiten!«, sagte Mirwald. »Wir haben da eine Überraschung für Sie.«

»Ach ja? Was ist es?«

»Der Obduktionsbericht liegt vor. Keplinger ist an einem Herzstillstand gestorben, hervorgerufen, wie bereits diagnostiziert, durch einen Medikamentencocktail und Alkohol.«

»Und was ist daran überraschend?«

»Das kommt jetzt. Herr Keplinger hatte Krebs im Endstadium. Nach Einschätzung des Pathologen hatte er nur noch wenige Wochen zu leben. Das erklärt auch die morphinhaltigen Schmerzmittel, die wir gefunden haben.«

Baltasar sagte nichts. Deshalb war Keplinger also ständig nach Regensburg gefahren. Unter dem Vorwand, seine Studenten zu chauffieren, konnte er sich unbemerkt im Krankenhaus der Barmherzigen Brüder behandeln lassen. Offenbar wollte er seine Krebserkrankung vor seiner Umgebung geheim halten. Sein ungesundes Aussehen und seine schlechte Gesamtverfassung waren Folgen der Krankheit.

Das warf natürlich ein vollkommen anderes Licht auf die Dinge.

»Wir haben mit seinem Hausarzt gesprochen, der die Diagnose bestätigen konnte«, fuhr Mirwald fort. »Der Regens wollte sich nicht in Passau behandeln lassen, sondern …«

»… in der katholischen Klinik der Barmherzigen Brüder«, sagte Baltasar.

»Woher wissen Sie … Für Überraschungen sind Sie immer wieder gut, Herr Senner. Ja, das stimmt. Er wollte nicht, dass irgendjemand von seiner Krankheit erfuhr. Ein weiterer Beleg für sein Motiv: Er hatte nichts mehr zu verlieren, die Zeit rannte ihm davon.«

»Was ist mit dem Lösegeld, haben Sie es gefunden?«

»Wir haben die Kontobewegungen von Herrn Keplingers Hausbank analysiert und nach potenziellen Depots und zusätzlichen Bankverbindungen geforscht, doch die Recherche hat nichts ergeben«, antwortete Dix. »Entweder hat der Regens das Geld im Ausland gebunkert oder sonst wo gut versteckt. Aber ich bin zuversichtlich, dass wir noch fündig werden.«

»Hat die Spurensicherung eigentlich den Schlüsselkasten im Arbeitszimmer untersucht?«

»Nein. Von was für einem Schlüsselkasten reden Sie, Hochwürden?«

»Nicht so wichtig, ich … dachte nur …«

»Richten Sie Ihre Gedanken lieber auf die Suche nach dem Geld, Herr Senner«, sagte Mirwald. »Vielleicht haben Sie ja einen göttlichen Geistesblitz.«

*

Während der Heimfahrt wurde Baltasar das Gefühl nicht los, etwas übersehen zu haben. Alles klang zwar logisch und nachvollziehbar, und doch … Er kam jedoch nicht darauf, was ihn an diesem Fall störte. War es, weil er sich einfach nicht vorstellen konnte, dass der Regens einen seiner »Jungs« umbrachte? Den Raub der Monstranz traute er ihm inzwischen zu, aber einen Mord?

Baltasar rekapitulierte den Abschiedsbrief. In dem Brief war die Rede von der Todsünde und dem Diebstahl der Monstranz. Um den Mord jedoch ging es darin nicht.

Das Planen und die Organisation der Erpressung, die Inszenierung der Schnitzeljagd durch Bibelzitate und Rätselaufgaben erforderten doch einen enormen logistischen

Aufwand. Hatte der Regens das wirklich alles alleine bewerkstelligt? War es möglich, dass eine einzelne Person so etwas durchzog? Oder gab es einen oder gar mehrere Partner?

Auch das plötzliche Auftauchen der Monstranz ging ihm letztlich zu glatt über die Bühne. Das Versteck war naheliegend, aber die Umstände … Warum sollte Keplinger seine Fingerabdrücke auf dem Karton ignoriert haben, wenn er bisher peinlich genau darauf geachtet hatte, keine Spuren zu hinterlassen? Hatte jemand, bereits bevor die Polizei kam, alle Spuren in Keplingers Wohnung beseitigt, um den Verdacht ausschließlich auf Keplinger zu lenken?

Was, wenn es in Wirklichkeit um etwas anderes ging? Wenn sie alle miteinander einer falschen Fährte gefolgt waren? Die geschickt gelegt worden war von einer zweiten Person? Doch wer könnte das sein? Wer sollte Interesse daran haben – und die Gelegenheit dazu?

Ihm fiel nur eine Person ein. Je länger er darüber nachsann, desto zwingender erschien ihm diese Antwort. Konnte es wirklich sein, dass er, Baltasar Senner, sich so hatte irreführen lassen? Doch wenn er die Puzzlestücke aus dieser Perspektive betrachtete, ließ das nur einen Schluss zu: Der Mörder von David Lämmerhirt lief noch frei herum. Und Baltasar kannte seinen Namen.

Er hatte keine Beweise für seine Annahme, allenfalls Indizien oder belastende Details. Doch vor Gericht würde das nicht reichen. Er brauchte mehr überzeugende Argumente. Er musste den Täter aus der Reserve locken.

Die Erkenntnis beunruhigte ihn und erfüllte ihn zugleich mit neuem Tatendrang. Das alles musste endlich ein Ende haben, so oder so. Er würde es darauf ankommen lassen, auch wenn es nicht ungefährlich war.

Baltasar fuhr zu Philipp Vallerot, lieh sich einige seiner technischen Geräte aus und weihte seinen Freund in den Plan ein.

»Du kannst auch eine Pistole haben, kleines Kaliber, die kannst du verdeckt unter der Jacke tragen«, sagte Philipp.

»Ich möchte lieber nichts von deiner illegalen Waffensammlung wissen«, antwortete Baltasar. »Aber es würde mich sehr beruhigen, wenn du mir Rückendeckung gibst.«

»Du kannst auf mich zählen. Auch wenn ich es verrückt finde, dass du dich mutwillig in Gefahr begibst. Man weiß nie, wie so jemand reagiert, die Situation ist nicht berechenbar.«

»Mach dir keine Sorgen, ich kann die Situation einschätzen«, meinte Baltasar, doch die Unsicherheit in seiner Stimme war nicht zu überhören.

Zu Hause tätigte er einige Telefonate und schrieb schließlich eine SMS:

> Brauche Ihre Hilfe. Im Fall Keplinger hat sich eine neue Entwicklung ergeben. Treffpunkt im Priesterseminar. Heute Abend 21 Uhr.

Baltasar hatte keine Ahnung, ob der Adressat sich auf ein Treffen mit ihm einlassen würde. Er fuhr bereits am späten Nachmittag wieder nach Passau, denn es gab noch einige Vorbereitungen zu treffen.

*

Das Erdgeschoss des Priesterseminars war wie ausgestorben. Baltasar hörte seine eigenen Schritte im Flur. Er betrat

Leopold Keplingers Arbeitszimmer, nahm ein Buch über Franz von Assisi aus dem Regal und setzte sich. Doch es gelang ihm nicht, sich auf den Text zu konzentrieren.

Es wurde neun Uhr, Viertel nach neun, halb zehn. Das war's, dachte Baltasar, der Plan war ein Fehlschlag. Zeit, nach Hause zu fahren.

»Ich bin neugierig, wozu Sie meine Hilfe brauchen, Herr Senner.«

Im Türrahmen stand Christian Helfer.

»Guten Abend, Herr Helfer. Schön, dass Sie Zeit fanden.« Baltasar legte das Buch beiseite. »Nehmen Sie doch Platz.«

»Danke, ich stehe lieber.« Der Student kam ins Zimmer und sah sich um, als rechnete er damit, dass noch jemand anders da war.

»Ich bin allein«, sagte Baltasar. »Mir ist kein anderer Treffpunkt eingefallen, aber ich denke, zum Reden ist es hier ideal, wir sind ungestört, und es ist zugleich ein Ort der Erinnerung an den Verstorbenen.«

»Armer Herr Keplinger. Wer hätte gedacht, dass er Selbstmord verübt.«

»Nun, mit dem Wissen um seine fortgeschrittene Krebserkrankung ist es vielleicht doch nicht mehr so verwunderlich.«

»Hand an sich zu legen, das akzeptiert die Lehre der katholischen Kirche nicht.«

»Hand an jemanden zu legen aber auch nicht.«

»So schlimm stand es also um den Regens? So krank war er? Das ist traurig.«

»Sehr traurig sogar. Wissen Sie, Herr Helfer, und da frage ich mich: Wie konnten Sie, der Sie ständig mit ihm zusammen waren, das nicht bemerken?«

»Fragen Sie Korbinian Landauer.«

»Er war in letzter Zeit immer seltener im Priesterseminar, da er meistens in Regensburg blieb. Deshalb meine Frage: Haben Sie von Leopold Keplingers tödlicher Krankheit nichts mitbekommen?«

»Herr Keplinger sah schlecht aus in letzter Zeit, wie gesagt, das ist richtig. Aber ich dachte immer, es ging um die Zukunft des Seminars, auch das habe ich Ihnen ja schon gesagt.«

»Hat er Ihnen nichts von sich aus erzählt? Haben Sie nie mit ihm darüber gesprochen?«

»Nein, nie. Schließlich war er unser Lehrer. Da hat man Respekt und fragt nicht einfach mal so nach.«

»Nun, was Sie da sagen, widerspricht ein wenig meinen Beobachtungen. Ich habe Herrn Keplinger und Sie gesehen, wie Sie in Regensburg ins Krankenhaus Barmherzige Brüder gefahren sind. Damals dachte ich mir nichts weiter dabei, aber heute …«

»Sie haben uns nachspioniert?« Für einen Moment schien die Stimme des Studenten zu zittern.

»Es war Zufall. Die entscheidende Frage aber bleibt: Wenn Sie Herrn Keplinger in die Klinik begleitet haben, wie können Sie dann von seiner Krebserkrankung nichts gewusst haben?«

»Was wollen Sie mir da unterstellen?« Christian Helfer klang schon wieder selbstbewusst.

»Ich unterstelle Ihnen nichts. Ich habe nur Fragen, für deren Beantwortung ich auf Sie zähle«, antwortete Baltasar.

»Was wollen Sie noch wissen?«

»Lassen Sie mich meine Schlussfolgerungen darlegen.

Sie wussten also über Herrn Keplingers Zustand Bescheid. Nicht nur das. Sie haben ihn unterstützt und begleitet. Und Sie haben niemandem weitergesagt, wie es um den Regens stand. Das vermittelt den Eindruck, dass Sie beide ein sehr enges Verhältnis hatten, eines, das über eine normale Lehrer-Schüler-Beziehung hinausgeht.«

»Also gut. Ich gebe zu, den Regens gedeckt zu haben. Er tat mir leid. Man muss Herrn Keplinger verstehen, er wollte mit seiner Krankheit auf keinen Fall hausieren gehen.«

»Ich frage mich, Herr Helfer, ob Sie den Regens auch beim Diebstahl und bei der Erpressung unterstützt haben.«

»Wie bitte? Sie beschuldigen mich allen Ernstes der Komplizenschaft? Das ist eine böse Unterstellung! Sie kennen sicher Keplingers Abschiedsbrief und wissen, dass dieser Brief zugleich sein Geständnis ist. Was also sollen diese Anschuldigungen gegen mich?«

»Auf die Idee gekommen bin ich durch das Versteck der Monstranz hier im ersten Stock. Das kam mir zu arrangiert vor. Es wäre leicht für Sie gewesen, einfach einen der Kartons zu nehmen.« Baltasar deutete auf die Stapel von Kartons an der Wand. »Keplingers Fingerabdrücke waren überall darauf. Sie haben die Monstranz hineingepackt – und schon hatten Sie für einen Beweis gesorgt, der Keplinger schwer belasten würde. Das Eselsohr in der Broschüre über das Dommuseum geht ebenfalls auf Sie zurück, denn es war vorher nicht darin. Ich hatte mir die Broschüre schon einmal angesehen. Auch das Lesezeichen in Keplingers Bibel bei dem Vers von Jesaja ist von Ihnen. Sie wollten die Polizei direkt mit der Nase darauf stoßen. Ein kluger Schachzug, so wie all die Fährten, die Sie gelegt haben, Herr Helfer.«

»Das ist doch Unsinn! Wie hätte ich das anstellen sollen? Ich wusste doch gar nicht, wo die Monstranz war. Ich habe auch keine Schlüssel zu den Zimmern.«

»Aber, aber, Herr Helfer. Zu dem Partyraum oben im ersten Stock hattet ihr doch auch Zugang. So vertraut, wie Sie mit dem Regens waren, kannten Sie sicherlich seinen Schlüsselkasten. Ihr Plan ergab sich spontan: Sie fanden den Regens tot in seinem Bett und witterten Ihre einmalige Chance, ihm alles in die Schuhe schieben zu können, denn er würde sich nicht mehr dagegen wehren, und sein Abschiedsbrief belastete ihn sowieso schon. Sie nahmen den Schlüssel, holten die Monstranz aus ihrem Versteck und verstauten sie in einem der Schränke im ersten Stock. Danach reinigten Sie das Zimmer gründlich, um keine Spuren zu hinterlassen. Ihr Ziel war erreicht. Für die Kripo und für das Ordinariat ist der Fall damit abgeschlossen. Niemand könnte Sie jemals belangen.«

»Sie hören sich gern reden, Herr Senner. Aber wie wollen Sie Ihre abstrusen Behauptungen beweisen?«

»Der Schlüsselkasten. Ich habe hineingeschaut, als die Polizei den Tatort untersuchte. Ein Schlüssel fehlte. Als ich noch einmal herkam, um die Monstranz hier zu suchen, war der Schlüssel plötzlich wieder an seinem Platz. Es konnte nur jemand gewesen sein, der das Versteck kannte. Und das waren Sie.«

»Und das nennen Sie Beweis?«

»Es gibt da noch etwas. Schauen Sie einmal, was dort zwischen den Büchern versteckt ist.« Baltasar zeigte auf das Regal. »Sehen Sie das Gerät dort?«

Christian Helfer untersuchte die Bücherreihen, bis er auf die Miniaturkamera stieß. »Eine Spionagewanze«, sagte er, ließ das Gerät auf den Boden fallen und trat darauf. Es knirschte.

»Diese Kamera habe ich angebracht, weil ich durch den fehlenden Schlüssel misstrauisch wurde. Und wissen Sie, wer auf der Aufzeichnung zu sehen ist, wie er den Schlüssel zurückbringt?«

»Sie … Sie wollten mich reinlegen!« Helfer kam näher, seine Haltung hatte etwas Drohendes. »Na und? Was beweist das schon? Ich hatte den Schlüssel noch bei mir und habe ihn einfach zurück in den Kasten geräumt. Mit der Monstranz hat das überhaupt nichts zu tun.«

»Wo hatten Sie die Monstranz in Wirklichkeit versteckt? In der Garage, in der das Motorrad untergestellt war? Ist es nicht so gewesen? Ein ideales Depot, denn niemand wusste davon, außer David. Glauben Sie mir, die Polizei wird die Garage auf den Kopf stellen und alle Nachbarn befragen, sie werden es herausfinden.«

»Haben Sie hier etwa noch mehr Kameras und Abhörgeräte versteckt, mit denen Sie mich reinlegen wollen?« Christian Helfer beugte sich zu Baltasar hinunter und tastete ihn mit geübtem Griff ab. »Sie sind sauber.« Danach durchsuchte er systematisch das Zimmer.

»Es ist nichts installiert, niemand hört mit, wir beide sind hier allein, das schwöre ich bei der Jungfrau Maria.«

»Gut, ich will es Ihnen mal glauben.«

»Dann können wir uns also weiter unterhalten?«

»Sie haben nichts gegen mich in der Hand, nur ehrabschneidende Behauptungen. Außerdem habe ich auch gar kein Motiv.«

»Lassen Sie mich dazu meine Theorie vom Ablauf der Tat skizzieren.« Baltasar blieb weiterhin sitzen, behielt jedoch seinen Gesprächspartner genau im Auge. »Der Ausgangspunkt war Keplingers Enttäuschung über das drohende Ende des Priesterseminars. Vielleicht mischte sich auch Wut hinein oder kam sogar Hass dazu auf den Bischof, der diese Entscheidung zu verantworten hatte. Keplingers eigenes Ableben war nur noch eine Frage von Wochen, deshalb wollte sich der Regens an Siebenhaar rächen und ihn für die frevelhaften Schließungspläne bestrafen. Er selbst hatte nichts mehr zu befürchten, der Allmächtige würde ihn bald zu sich holen. Deshalb beschloss er, die Monstranz zu stehlen, um den Bischof zu blamieren und um ihn durch die Erpressung zu demütigen. Vielleicht haben Sie dem Regens das auch alles eingeredet, ein harmloser Spaß, ein Studentenstreich, und am Ende würde Siebenhaar alles wieder zurückbekommen und niemand würde geschädigt. Keplinger jedenfalls beging den Fehler seines Lebens und ließ sich darauf ein. Ich glaube, dass er das später bereut hat.«

»Sie sagten es bereits, Herr Senner, alles nur Theorie.« Christian Helfer lehnte sich an die Wand.

»Jetzt kommen wir zu dem entscheidenden Punkt. Denn bisher ging es um Diebstahl, um Erpressung, was allein schon schlimm genug ist. Aber ich habe nicht verstanden, warum David bei der Übergabe des Lösegeldes sterben musste. Warum sollte der Regens so etwas Furchtbares tun? Und beleuchten wir den Fall nun aus der Perspektive der zweiten Person, nämlich aus Ihrer, so wird es noch verworrener: Welches Motiv sollten Sie haben, Ihren Studienkollegen und guten Freund umzubringen?«

»Sie sagen es. Da gibt es kein Motiv. Ihre Theorie führt ins Leere.«

Baltasar erhob sich.

»Sowohl die Polizei als auch ich saßen die ganze Zeit einer falschen Annahme auf. Nämlich der, dass der Monstranzraub und der Mord in einem Zusammenhang stehen und auf denselben Täter zurückgehen. Wir haben uns nie gefragt, ob für den Mord nicht vielleicht ein ganz anderes Motiv eine Rolle gespielt hat, ob es also nicht auch einen anderen Täter gibt.«

»Jetzt wird's aber wirklich abenteuerlich, Herr Senner. Tut mir leid, Ihrem Gedankenlabyrinth kann ich nicht mehr folgen.«

»Nun, wenn der Dieb des Kunstwerks nicht der Mörder war, wer hätte sonst einen Grund, David Lämmerhirt nach dem Leben zu trachten? Und da gibt es nur eine Person. Nämlich Sie.«

Christian Helfer lachte. »Schwachsinn. David war mein bester Freund.« Seine Stimme klang frostig.

»Ja, Sie waren befreundet. Doch diese Freundschaft ist nach und nach in die Brüche gegangen. David wandte sich von Ihnen ab und schlimmer noch. Er beabsichtigte, Ihre Verfehlungen beim Bischof und beim Leiter des Regensburger Priesterseminars zu melden. Das wäre das Ende Ihrer Kirchenkarriere gewesen. Ihr Leben drohte ein Scherbenhaufen zu werden. Zu Hause hätten Sie sich wahrscheinlich nicht mehr blicken lassen dürfen, und obendrein hätte es strafrechtliche Konsequenzen gegeben.«

»Das ist doch Quatsch! Was für Verfehlungen sollten das denn sein?«

»Zum einen Ihr Drogenkonsum. David hat Sie vermutlich mehr als einmal dringend aufgefordert, damit aufzuhören. Da sich jedoch nichts änderte, beschloss er irgendwann, seinem Gewissen zu folgen und es Siebenhaar zu melden. Zum andern der Betrug bei den Prüfungen in Regensburg. David wusste, dass Sie derjenige waren. Er wollte Sie melden, er hatte schon einen Termin mit dem Regens vereinbart. Damit wären Sie unweigerlich aus dem Priesterseminar geflogen.«

»Und deswegen soll ich meinen Freund getötet haben? Das ist doch lächerlich!«

»Am meisten hat Sie vermutlich getroffen, dass David nicht mehr Ihr Freund sein wollte und sich von Ihnen zurückzog. Sie empfanden es als Verrat. Und dieser Verrat musste bestraft werden. Die Gelegenheit bot sich, als ich einen Überbringer des Lösegelds suchte. Sie brachten David als Kandidaten dafür ins Spiel, denn Sie erkannten die einmalige Chance, ihn auf diese Weise loszuwerden und den Verdacht auf den Dieb der Monstranz zu schieben. Denn die Zeit drängte. Sie hatten in Davids Kalender gelesen, dass er Termine mit dem Leiter des Priesterseminars in Regensburg und mit Siebenhaar vereinbart hatte. Sie mussten handeln, und zwar schnell. Sie mussten David für immer zum Schweigen bringen. Der Rest war leicht für Sie: Sie lauerten ihm bei der Mariahilf-Kirche auf. Ich weiß nicht, ob er Sie erkannte, jedenfalls lockten Sie ihn zur Aussichtsplattform und stachen zu. Ich vermute, dass Sie das Motorrad zur Flucht benutzt haben. Sie brauchten ja nur den Berg hinunterzufahren und das Lösegeld in Ihrer Garage in der Innstadt zu verstecken.«

»Das mag alles überzeugend klingen, Herr Senner, aber wie wollen Sie das beweisen?«

»Keine Sorge. Die Polizei weiß jetzt, wonach sie suchen muss. Und sie wird genügend belastende Indizien zusammentragen. Sie wird alle Ihre Handytelefonate rekonstruieren und orten, wo Sie wann waren. Sind Sie sicher, dass Sie nicht ein Haar auf der Geldtasche in der Garage übersehen haben, dass Sie wirklich alle Erdkrümel vom Motorradreifen entfernt haben? Eine mikroskopisch kleine DNA-Spur reicht. Bei aller kriminellen Schlauheit, die Sie an den Tag legten, glauben Sie tatsächlich, dass niemand Sie gesehen hat im Dom? Oder in Altötting? Irgendwer wird sich doch an Sie erinnern, Überwachungskameras werden nochmals ausgewertet. Glauben Sie mir, man muss nur lange genug suchen. Aber was mich zutiefst erschüttert und wofür ich keine Erklärung habe, ist, wie sind Sie je auf den Gedanken gekommen, Pfarrer zu werden? Wie kann ein angehender Priester das Fünfte Gebot, ›Du sollst nicht töten‹, so missachten?«

»Sie tun mir leid, wenn Sie nur die Zehn Gebote kennen, Herr Senner. Die Heilige Schrift ist voller Geschichten über Rache und Strafe. Es gibt so etwas wie das Recht auf Vergeltung. ›Du sollst ihm antun, was er seinem Bruder zu tun gedachte. Da sollst du kein Mitleid kennen: Leben für Leben, Auge für Auge, Zahn für Zahn, Hand für Hand, Fuß für Fuß‹, so steht es wortwörtlich in der Bibel oder im Buch Hosea neun, ›Jahwe ist ein Gott der Vergeltung, er rechnet gründlich ab‹!«

»Die zentrale Botschaft des Allmächtigen ist Liebe und Barmherzigkeit«, antwortete Baltasar. »Nach ihr haben sich Geistliche zu orientieren. Sie haben sich verrannt, Herr Helfer. Und die Heilige Schrift entschuldigt nicht, den besten Freund zu ermorden. Wie der Allmächtige im Buch Obdaja Kapitel eins sagt: ›Wegen des Mordens, der Gewalt an deinem Bruder, deswegen bedeckt dich die Schande, deshalb wirst du für immer beseitigt.‹ Deshalb meine Frage, Herr Helfer: Wie konnten Sie Ihre Freundschaft so verraten?«

»Wer hat hier wen verraten?« Christian Helfer schrie den Satz heraus. Baltasar erschrak vor dem plötzlichen Wutausbruch. »›Ein Freund steht immer zu dir, wie ein Bruder ist er dir in der Not‹, heißt es in der Bibel. David hat diesen heiligen Pakt aufgekündigt. Er hat den Verrat begangen. Es steht schon in Jeremia neun: ›Seid auf der Hut vor euren Freunden und traut selbst eurem Bruder nicht. Nach außen täuschen sie Freundschaft vor, doch im Herzen planen sie den Überfall. Sollte ich das etwa nicht bestrafen?‹, spricht Gott.« Die Augen des jungen Mannes glühten, und Trotz zerriss seine Stimme. »Ja genau, das ist es. So habe ich gehandelt. Ich habe bestraft.«

»Sie können doch nicht allen Ernstes die Bibel als Rechtfertigung für Ihre Verbrechen heranziehen.« Baltasar schüttelte fassungslos den Kopf. »Denken Sie an Mose 19, ›Du sollst im Herzen keinen Hass gegen deinen Bruder tragen. Räche dich nicht selbst und trage nichts nach. Deinen Nächsten sollst du lieben wie dich selbst.‹«

Christian Helfer sackte plötzlich zu Boden, als sei alle Kraft aus ihm gewichen. »›Warum hört mein Schmerz nicht auf? Warum schließt sich meine Wunde nicht? Warum will sie nicht heilen? Du hast mich enttäuscht, du bist für mich wie ein Bach, der im Sommer versiegt … David, David.‹« Der Student zitierte eine Bibelstelle aus Jeremia. Seine Stimme war tonlos, er schien mit sich selbst zu sprechen. »David. Er wollte mich tatsächlich hinhängen, einfach so, es war ihm scheißegal, was mit mir passieren würde. Und das nach allem, was wir gemeinsam unternommen haben.

Faselte etwas von moralischen Werten, von seinem Glauben, der ihn dazu zwinge. Wollte nicht mit sich reden lassen. Er ist der Verräter! Er hat den Tod verdient! Jawohl, und es war Gottes Hand, die ihn bestraft hat!«

Auf einmal herrschte Stille im Raum. Keiner von beiden sagte mehr etwas. Der Student starrte auf die gegenüberliegende Wand, starrte ins Nirgendwo.

Schließlich räusperte sich Baltasar und sagte: »Stehen Sie auf, Herr Helfer, es ist Zeit zu gehen. Seien Sie jetzt kein Feigling. Bekennen Sie sich zu Ihren Taten. Treten Sie vor einen weltlichen Richter. Versuchen Sie jetzt nicht wegzulaufen, draußen warten schon die beiden Kriminalkommissare Dix und Mirwald mit ihren Kollegen auf Sie. Kommen Sie!«

Baltasar wandte sich zur Tür. Christian Helfer stand auf, wankte und folgte ihm wie ein Schlafwandler.

»Mich kann nur Gott richten«, murmelte er. »Ich werde alles leugnen. Sie werden ja sehen, wie weit Ihre Beweise reichen.« Er sah Baltasar an. »Glauben Sie, Herr Senner, das Gefängnis würde mich schrecken? Ganz im Gegenteil, es wird sein wie im Kloster. Oder wie im Urlaub. Ich werde mich in Ruhe meinem Bibelstudium widmen können. Der Allmächtige wird mich nicht fallen lassen.«

46

Die Musik setzte ein, ein Stück von Johann Sebastian Bach, »Der Tag, der ist so freudenreich«. Der Jubel der Orgelpfeifen hüllte die Besucher des Passauer Doms ein, der Chor stand auf der Empore bereit für seinen Einsatz, die vielen Kerzen sorgten für eine festliche Stimmung, das Licht brach sich im Prisma der Gold- und Edelsteine der Fersenmayr-Monstranz auf dem Altar, die zusätzlich von Scheinwerfern angestrahlt wurde.

Vinzenz Siebenhaar stand hinter dem Altar, er strahlte vor Glück über das ganze Gesicht. Mit einer lässig ausholenden Bewegung, die nur er so elegant beherrschte, rief er zum Gebet auf. Die Leuchter im Hintergrund erzeugten einen glitzernden Kranz, der wie ein Heiligenschein über dem Kopf des Bischofs aussah. Doch das war nur eine optische Täuschung. Er dankte dem Allmächtigen für seine Gnade und Einsicht, sprach von Gerechtigkeit und Buße und dem Geschenk Gottes an die Menschen, sich an schönen Dingen erfreuen zu dürfen. Dabei sah er die Monstranz an wie ein kleiner Junge den Weihnachtsbaum.

Dann rief er zum Abendmahl, und die Ministranten läuteten mit den Altarschellen. Einer von ihnen fiel wegen seines fortgeschrittenen Alters auf, das Messgewand spannte ein wenig über dem Bauch, und nur Eingeweihte wussten, dass es sich um einen gewissen Kriminalhauptkommissar Wolfram Dix handelte, dem Siebenhaar mit dem Ministrantenamt einen Herzenswunsch erfüllt hatte.

In der ersten Reihe saß die lokale Prominenz, der Passauer Oberbürgermeister, Abgesandte der Freiwilligen Feuerwehr und des Spielmannszugs in Uniformen, die Vorsitzenden der Parteiortsverbände, Präsidenten und Geschäftsführer verschiedener Vereine und Verbände. Dahinter kamen die Kirchenvertreter, Heinz Will vom Regensburger Priesterseminar war angereist, neben ihm Korbinian Landauer. Domprobst Zacharias Windhagen wirkte abwesend, er nestelte ständig an seiner Kleidung herum und sah nur gelegentlich nach vorne. Generalvikar Justus Castellion wirkte in seinem Nadelstreifenanzug wie der Teilnehmer einer Aktionärsversammlung. Etwas weiter weg saß Erika Stadler mit unbewegter Miene.

Als Baltasar an die Reihe kam, schob ihm Siebenhaar die Oblate in den Mund, beugte sich hinunter und flüsterte ihm ins Ohr: »Wir reden später, kommen Sie in die Sakristei.«

Selbst der Messwein schmeckte besser als sonst, Baltasar tippte auf einen Chardonnay, offenbar hatte der Bischof zu diesem festlichen Anlass eine Flasche aus seinem privaten Weinkeller kredenzt.

Nach dem Segen verließen die Kirchgänger nach und nach den Dom. Im Seitengang stieß Baltasar auf Wolfram Dix, der noch seinen Ministrantenanzug trug, hinter ihm ging sein Assistent.

»Ich kenne diesen Mann nicht, ich bin ihm nie begegnet«, sagte Oliver Mirwald und verdrehte die Augen. »Wenn unsere Kollegen ihn so sehen! Den Spott müssen wir dann monatelang aushalten.«

»Mein lieber Mirwald, Ihnen fehlt einfach der rechte Glaube. Ministrant zu sein ist eine Ehre! Und, Hochwürden? Wie war ich?«

»Voll peinlich«, sagte Mirwald.

»Beachten Sie meinen Assistenten gar nicht, das ist der blanke Neid. Nun? Wie sehe ich in diesem Gewand aus?«

»Es passt Ihnen wie angegossen, als ob Sie damit auf die Welt gekommen wären.« Baltasar hüstelte.

»Und sonst?«

»Sie haben Ihre Aufgabe mit Eifer und Würde gemeistert«, sagte Baltasar. »Ich wäre froh, wenn ich solche Ministranten wie Sie in meiner Kirche hätte.«

»Da hören Sie's, Mirwald! Es hat ihm gefallen.« Die Wangen des Kommissars glühten vor Stolz. »Es war auch toll. Das Publikum, das einen anschaut, dieser besondere Blickwinkel vom Altar aus, so etwas ist einem nicht alle Tage vergönnt.«

»Wie steht's mit den Ermittlungen?«, erkundigte Baltasar sich.

»Herr Helfer leugnet alles«, sagte Mirwald. »Er behauptet, das Gespräch mit Ihnen sei nur eine akademische Diskussion gewesen. Sie beide hätten unterschiedliche Standpunkte bezüglich Recht und Moral. Er habe verschiedene Theorien beleuchtet, aber ein Geständnis sei das nicht gewesen.«

»Unsere Experten nehmen gerade sein Zimmer und die Garage in der Innstadt auseinander«, sagte Dix, »außerdem die Daten auf seinem Handy und seinem Computer. Sie verfolgen, wo er im Internet surfte. Ich vertraue meinen Kollegen, die sind wie Spürhunde, wenn die sich mal festgebissen haben ... Und auch die intelligentesten Täter übersehen etwas. Wir werden genug Material zusammentragen, es wird für eine Anklage reichen, auch ohne Geständnis.«

»Übrigens, ausnahmsweise ein Kompliment von mir, Herr Senner«, mischte Mirwald sich ein, »Ihr Bluff mit der Überwachungskamera in Keplingers Arbeitszimmer war beachtlich, Christian Helfer glaubt jetzt noch, dass das Gerät schon vorher dort montiert wurde, und wir lassen ihn natürlich in dem Glauben.«

»Was geschieht nun mit Baron von Stuckmann?«

»Das hängt vom Staatsanwalt ab. Es wird um Körperverletzung gehen.« Dix zuckte mit den Achseln. »Vermutlich wird es auf eine Bewährungsstrafe hinauslaufen.«

»Und die Konten im Ausland? Und all die dubiosen Dinge rund um die Finanzen der Diözese?«

»Das interessiert uns nicht mehr. Wir konzentrieren uns auf Christian Helfer«, sagte Dix. »Unser oberster Chef traf sich zu einem Mittagessen mit dem Bischof, wie ich hörte, und hat ihm einige Unterlagen überreicht, ganz informell, versteht sich. Damit war das Thema für uns erledigt.«

Baltasar ging in die Sakristei. Siebenhaar saß in seinem Ornat auf einem Stuhl.

»Ah, Herr Senner! Schließen Sie bitte die Tür hinter sich, und nehmen Sie Platz. Hätte ich eine Flasche Sekt griffbereit, könnten wir jetzt anstoßen. Heute ist ein Feiertag! Die Monstranz ist wieder da, und dieser schreckliche Mordfall ist hoffentlich bald restlos aufgeklärt.«

»Die Polizei kümmert sich darum.«

»Ich werde nie begreifen, wie ein Kandidat fürs Priesteramt zu einer solchen Tat fähig war. Vermutlich ist der junge Mann psychisch krank, das wäre die einzige Erklärung. Leider wirft das alles kein gutes Licht auf den verstorbenen Regens ...« Siebenhaar schüttelte den Kopf. »Steckte er doch glatt mit diesem Christian unter einer Decke. Wenn ich daran denke, in welcher Gefahr ich schwebte. Dieses kriminelle Duo arbeitete nur wenige Meter von meinem Arbeitsplatz entfernt. Nicht auszudenken ... Und mich, den Vorgesetzten, der es immer nur gut mit Herrn Keplinger meinte, so schamlos zu erpressen und in Angst zu versetzen. Ich bin noch nicht bereit zu verzeihen. Meine Menschenkenntnis hat mich im Stich gelassen, das allerdings muss ich bekennen. Ich lerne daraus, bei der Auswahl von Kandidaten für das geistliche Amt noch rigider vorzugehen. Doch dieses Problem wird unser Bistum bald nicht mehr belasten.«

»Warum nicht?«

»Ich habe entschieden, das Priesterseminar früher als geplant zu schließen. Jetzt wohnt dort nur noch Korbinian Landauer. Für ihn allein einen neuen Regens als Leiter zu beauftragen, macht keinen Sinn. Es wird also in Kürze alles nach Regensburg verlagert.«

»Und wir wissen nun, dass Bruno von Stuckmann nicht hinter allem steckte«, sagte Baltasar.

»Dieser Kerl hat einen Denkzettel verdient. Sehen Sie nur her, was er mit mir gemacht hat.« Siebenhaar streifte das Ornat ab und zeigte Baltasar seinen Hals, der mit Blutergüssen übersät war. »Ich trage derzeit nur noch Hemden mit hohen Krägen, alles wegen dieses Rohlings. Aber ich werde mit dem Staatsanwalt reden, er soll Milde walten lassen, der Mann ist mit seinem Konkurs genug gestraft.«

»Gerüchte sagen, der Domprobst werde sich aufs Altenteil zurückziehen. Nicht ganz freiwillig, wie es heißt.«

»Zacharias Windhagen ist ein guter Mann. Wir kennen uns seit ewigen Zeiten. Aber er hat in letzter Zeit nachgelassen, um es milde zu formulieren, mir ist da einiges zu Ohren gekommen. Deshalb soll er jetzt seinen Ruhestand genießen, ob er will oder nicht. Unter uns, Herr Senner, als Bischof und Leiter einer Diözese muss man manchmal durchgreifen und zeigen, wer der Chef ist. Man darf doch ein Mindestmaß an Solidarität von seinen Mitarbeitern erwarten. Seien Sie froh, dass Sie solche Probleme in Ihrer Gemeinde nicht haben. Manchmal ist mein Amt auch eine Last.«

»Jetzt können Sie die Monstranz auf die Reise nach Rom schicken, Exzellenz. Das wird den Vatikan freuen.«

»Ganz wohl fühle ich mich nicht dabei. Nachdem das Kunstwerk so lange fort war, würde ich es am liebsten gar nicht mehr aus der Hand geben. Wer weiß, was die dort unten in Italien damit anstellen. Ich habe schon überlegt, ein Gutachten darüber erstellen zu lassen, dass die Monstranz beschädigt und deshalb nicht transportfähig ist. Das wäre doch eine elegante Lösung, oder nicht?«

»Das Stück sieht nach der Reinigung jetzt wieder aus wie neu, wie wollen Sie das anstellen?«

»Ich kenne da einen Professor, der ist mir noch einen Gefallen schuldig. Aber lassen wir das. Andererseits würde sich der Heilige Vater über die Monstranz freuen. Und ich baue darauf, dass er sie uns wieder zurückschickt.«

Restlos überzeugt wirkte Siebenhaar jedoch nicht.

Baltasar räusperte sich. »Nachdem der Fall nun abgeschlossen ist, darf ich Sie an Ihr Versprechen erinnern, Exzellenz.« Er bemühte sich um einen höflichen Ton.

»Was für ein Versprechen? Ich kann mich nicht erinnern.«

»Sie hatten zugesagt, für die Jugendarbeit in meiner Gemeinde einen Zuschuss zu geben, wenn ich diese Sache hier erfolgreich zu Ende bringe. Und unser Glockenturm ist immer noch ein Provisorium.«

»Habe ich das versprochen? Ich kann mich nicht erinnern, Sie müssen schon verzeihen, ich bin ein alter Mann. Aber nun gut, ich will es Ihnen glauben.« Siebenhaar machte ein nachdenkliches Gesicht. »Doch derzeit kann ich Ihrem Wunsch beim besten Willen nicht nachkommen, Herr Senner, so leid es mir tut. Die 50.000 Euro Lösegeld sind noch immer nicht aufgetaucht. Deshalb muss das Ordinariat jetzt sparen. Sie hatten doch zugesagt, die Sache restlos aufzuklären. Das ist noch nicht geschehen. Bringen Sie das Geld herbei, und ich bin gern bereit, Ihnen einen Teil davon als Unterstützung zu geben.«

»Es gibt angeblich Schwarzgeldkonten im Ausland, da wäre doch viel mehr zu holen, Sie bräuchten nur aktiv zu werden.«

»Nein, nein, nein, Herr Senner. Ich will davon nichts hören.« Siebenhaar hielt sich demonstrativ die Ohren zu. »Ich weiß schon, wer Ihre Informationsquelle ist, ich hatte ein aufschlussreiches Treffen zum Mittagessen. Aber jetzt mal ganz im Vertrauen, als Ihr Vorgesetzter werde ich kurz formell und vergattere Sie, alles für sich zu behalten, was ich Ihnen jetzt sage. Hier wäre der Teufel los, wenn das ans Tageslicht käme, ich mag gar nicht daran denken, dann rücken plötzlich die Steuereintreiber an, die sind schlimmer als Beelzebub. Woher, glauben Sie, haben wir die 50.000 Euro? Die Unterlagen der Ermittlungsbehörden weisen ja auf eine bestimmte Person …«

»… auf unseren Generalvikar, genauer gesagt.«

»Herr Castellion hat über die Jahre einen guten Job gemacht, ich werde jetzt nicht anfangen und Staub aufwirbeln. Wir können in diesem Fall keine Öffentlichkeit gebrauchen. Ich werde diskret eine Revision veranlassen, und dann schauen wir, was noch zu holen ist. Außerdem löst sich das Problem sowieso von selbst.«

»Wie das?«

»Herr Castellion wird uns verlassen. Er geht in die Privatwirtschaft. Er hat ein Angebot von einer Frankfurter Privatbank bekommen. Die Geldinstitute können Männer mit seinen Fähigkeiten immer gebrauchen. Aber kein Wort darüber, Herr Senner, verstanden? Ich bitte Sie. Ihre Mission ist beendet, Sie können sich freuen. Gott zum Gruße!«

*

Wie schön war es, wieder in Ruhe zu Hause vor einem Kaffee und einer Marmeladensemmel zu sitzen. Baltasar biss in die Semmel, es war Heidelbeerkonfitüre, von Teresa selbst eingemacht, erstmals nach ihrem eigenen Rezept, über dessen Zutaten sie aber nicht reden wollte. Jedenfalls schmeckte sie. Baltasar nahm einen Schluck Kaffee. Er schlug die Zeitung auf, überflog die Meldungen über geplante Steuererhöhungen der Regierung und die Vorwürfe der Opposition, über die Fußballergebnisse der Regionalmannschaften und die nächsten Treffen des Turnvereins. Alles war wie immer, die Welt schien wieder in Ordnung zu sein. Auf einer der letzten Seiten fiel ihm ein Artikel auf:

Reuiger Dieb im Bayerischen Wald

Einbruchsserie aufgeklärt

Ein seltenes Vorkommnis meldete jetzt die Polizei: Die Einbrüche in einer Reihe von Kirchen im Bayerischen Wald sind aufgeklärt – zumindest teilweise. Denn der anonyme Dieb hat sich jetzt per Post an die betroffenen Pfarreien in der Region gewandt und im Namen Gottes um Entschuldigung für seine Taten gebeten. Zugleich hat er Geldscheine beigelegt, deren Summe »das Doppelte des Schadens beträgt«, wie er schrieb. Für die Pfarreien sei die Sache damit erledigt, hieß es. Die Polizei werde gegen den Unbekannten weiterermitteln, doch das habe »nicht mehr oberste Priorität«, wie ein Polizeisprecher verlauten ließ.

Nach dieser guten Nachricht fand Baltasar, es wäre nun angebracht, sich zum zweiten Frühstück eine Schinkensemmel zu genehmigen. Er machte sich auf in die Metzgerei. Unterwegs traf er auf den Bürgermeister. Xaver Wohlrab schaute verdrießlich drein.

»Grüß Gott, Herr Wohlrab! Schlecht gelaunt an einem so schönen Morgen?«

»Sie haben gut reden, Hochwürden. Die schlechten Nachrichten prasseln auf mich nieder, ich weiß gar nicht, wie ich das den Bürgern verkaufen soll.«

»Um was geht's?«

»Die Investoren haben abgesagt. Aus der Großschlachterei wird nichts, und das nach all dem Herzblut, das ich dafür geopfert habe.«

»Wie kam es zu diesem Sinneswandel?«

»Den Herren waren die Diskussionen um die angeblichen Scheinverträge und der Zoff mit der Gewerkschaft zu mühsam. Sie sagten, sie würden die Fabrik jetzt in Tschechien bauen, gleich hinter der Grenze, dort gäbe es weniger Scherereien, und die Löhne seien noch niedriger als im Bayerischen Wald.«

»Nehmen Sie's nicht so schwer, Herr Bürgermeister! Es wird sich sicher bald eine neue Chance für Sie bieten.«

Baltasar verabschiedete sich und nahm aus der Metzgerei zur Feier des Tages noch eine Leberkäsesemmel mit.

Vor der Haustür erwartete ihn Teresa.

»Herr Senner, Sie Besuch haben in der Kirche.« Sie machte keine Anstalten, ihn ins Haus eintreten zu lassen. »Warten schon länger, wollen beichten.«

»Warum gerade jetzt? Geht es nicht später? Ich wollte gerade …« Er hob die Tüte vom Metzger hoch. »Wer ist es denn?«

»Ich nicht sagen können, Sie selber schauen.« Teresa sagte es so, als wolle sie die Offenbarung verkünden.

»Meinetwegen, in Gottes Namen.«

Manchmal verlangte das Priesteramt eben Opfer, die

Frühstückspause musste warten. Baltasar nahm seine Semmeln vorsichtshalber mit, schließlich wusste er vorher nie, was für langweilige Geschichten er sich bei der Beichte würde anhören müssen.

Die Person saß bereits im Beichtstuhl. Baltasar sprach die üblichen Einleitungsworte und wartete.

»Guten Tag, Herr Senner.«

Baltasar erstarrte. Es war Victoria Stowasser, die Wirtin der »Einkehr«.

»Frau Stowasser, Sie sind doch noch nie zum Beichten gekommen, was ist los?«

»Ich will auch nicht beichten, ich möchte nur in Ruhe mit Ihnen reden, Herr Senner. Ich wusste nicht, wie ich es sonst arrangieren sollte. Aber nach dem Vorfall letztens …«

»Ist schon gut, das ist Ihre Privatsache, es geht mich nichts an.« Er hatte das Bild noch in allen Einzelheiten vor sich, Victoria, wie sie leicht bekleidet aus dem Zimmer des Stuttgarter Spätzletypen kam.

»Doch. Es geht uns beide etwas an. Hören Sie mir bitte nur zu, Herr Senner, und sagen Sie nichts. Ich weiß, zwischen uns beiden, wie soll ich sagen, existiert etwas. Etwas Besonderes. Vielleicht haben Sie sich Hoffnungen gemacht. Vielleicht habe ich mir etwas erwartet. Doch der Besuch meines früheren Freundes hat etwas in mir verändert. Wir waren vor langer Zeit liiert, es hat damals drei Jahre gehalten, dann war es vorbei. Und nun tauchte er unvermittelt wieder bei mir auf, Sie haben ihn ja gesehen, und ich habe mich dazu hinreißen lassen, wieder etwas mit ihm anzufangen. Aber das war ein Fehler. Ich habe ihn wieder zurück nach Stuttgart geschickt.«

»Und … Und weiter?« Mehr brachte Baltasar nicht heraus.

»Meine Gefühle waren nicht mehr so wie früher, es funkte einfach nicht mehr zwischen uns. Mir ist klar geworden, dass ich einen Abstand von dieser Art von Beziehungen brauche. Ich bin dazu momentan nicht bereit. Und die Wahrheit ist auch: Mit uns beiden, Herr Senner, wäre das nichts geworden, machen wir uns nichts vor. Sie sind ein katholischer Pfarrer, Ihr Amt verbietet Liebesbeziehungen. Wir sollten es dabei belassen, es ist besser für uns beide, Sie werden das sicher einsehen. Mag das nun abgedroschen klingen, aber ich würde mich wirklich freuen, wenn wir Freunde bleiben könnten. Es tut mir leid, Ihnen nichts anderes sagen zu können, aber so geht es mir nun einmal. Ich werde jetzt gehen, Herr Senner. Aber kommen Sie bald wieder, ich freue mich immer über Ihren Besuch.«

Baltasar wartete, bis Victorias Schritte verklungen waren.

Das war heftig gewesen. Er stand auf, ging zum Altar und zündete mit zittrigen Händen eine Kerze für die Jungfrau Maria an. Das Licht war tröstlich, die Atmosphäre der Kirche beruhigte ihn, sein Atem ging wieder gleichmäßiger. Er setzte sich in die erste Reihe, ließ die Umgebung auf sich wirken und schloss die Augen.

Der liebe Gott würde es schon richten. Morgen war ein neuer Tag, und nur der Allmächtige wusste, was dieser neue Tag bringen würde.

Wolf Schreiner

wurde 1958 in Nürnberg geboren. Er wuchs in Oberbayern in der Nachbarschaft zum katholischen Wallfahrtsort Altötting auf und studierte in München Politik, Volkswirtschaft und Kommunikationswissenschaft. Wolf Schreiner arbeitete als Journalist für Zeitschriften, Rundfunk und Fernsehen, bevor er seine Leidenschaft für Krimis entdeckte. Er lebt heute in München.

Wolf Schreiners Baltasar-Senner-Krimis in chronologischer Reihenfolge:

Beichtgeheimnis. Ein Krimi aus dem Bayerischen Wald
Stoßgebete. Ein Krimi aus dem Bayerischen Wald
Bußpredigt. Ein Krimi aus dem Bayerischen Wald

(alle auch als E-Book erhältlich)

GOLDMANN
Lesen erleben